2007 · 20

（总第 386-389 期）

合订本

I0553304

STORIES

上海故事会文化传媒有限公司　出品

（00080）

图书在版编目(CIP)数据

2007年《故事会》合订本.20/《故事会》杂志编辑部编.
—上海: 上海锦绣文章出版社，2007
　ISBN 978-7-80685-755-7

Ⅰ.2…　Ⅱ.故…　Ⅲ.故事－作品集－中国－当代　Ⅳ.Ⅰ247.8

中国版本图书馆 CIP 数据核字（2007）第 074851 号

责任编辑：朱　虹
封面设计：李宝强

故事会 2007 年合订本 20

(总第 386－389 期)

《故事会》编辑部　编

上海锦绣文章出版社出版

地址: 上海绍兴路 74 号

网址：www.storychina.cn

中国图书进出口上海公司发行

地址：上海市广中路88号

电话：36357888

字数 280,000

ISBN 978-7-80685-755-7/G·021

386

2007
SEMIMONTHLY
上半月版

3月

STORIES

欢迎登录本刊主办的"故事中国网"（www.storychina.cn）

故事会
—STORIES—

2007年3月
上半月·红版

主　编：何承伟
常务副主编：吴　伦
副主编：姚自豪（上半月·红版）
副主编：夏一鸣（下半月·绿版）
本期责任编辑：姚自豪
电子邮箱：yaobianji@126.com
红版发稿编辑：
吕　佳　周　吟　郑继文
特约编辑：
范大宇　崔新三　申之珉
美术编辑：李宝强
电脑制作：郭瑾玮
通　联：归依玲
本社办公室电话：021-64375030
上半月刊编辑部电话：021-64332325
下半月刊编辑部电话：021-64336469
（上海市绍兴路74号 邮编：200020）
主管、主办：上海文艺出版社

制作、发行总监：张　凯
电话：021-64313938
广告业务：上海故事会文化传媒有限公司
广告总监：张　淮
广告业务：021-34010383
广告投诉：021-64333738
广告经营许可证
沪工商广字3100320050022号
发行：中国图书进出口上海公司

贵族

（本栏插图：包丰一）

小东的学校发放家庭联系卡，小东看了看那卡上的内容，问经商后赚了大钱的爸爸："爸爸，'民族'这一项填什么？"

爸爸一想，说："填贵族！"

（陈　丰）

不同的脚

小桂子在宫里当太监，负责给皇帝洗脚，皇帝问："你觉得朕的脚和你的脚有什么不同吗？"

小桂子答道："皇上的脚是别人洗的，奴才的脚是自己洗的！"

（那　来）

吃火锅

精神科医生问初次求诊的病人："你有什么不正常的？"

病人不安地说："我喜欢吃火锅。"

医生说"这很正常呀，我们一家人都喜欢吃火锅的。"

病人惊喜地问："那你们喜欢吃锅身还是锅盖？"

（张舒婷）

急中生智

有个城市缺少公共厕所，人们往往深受其苦。一天，一位外国游客想小便，急得无可奈何，忽然看见一个诊所，他匆忙走进去，对护士小姐说："我可能有糖尿病，请您给检查一下吧！"

护士递给那游客两个容器，他急忙找了个隐蔽处将两个容器都充满了，然后，他又说："护士小姐，现在我的病好像好多了！"

（陈　丰）

4

赔 不 赔

班上有一个同学的名字有点怪，叫"裴不培"。一天，他和一群同学一起逛市场，不小心弄坏了一个卖主的一盆花，卖主一看卖不出去了，就急着问："你赔不赔？"

这时，恰好有一位同学看见了裴不培，就大声喊："不培——"卖主一听"不赔"，更急了，一个劲地嚷着："你到底赔不赔？"

裴不培刚要回答，那边的同学又嚷开了："不培，不培，你怎么就听不见呢！"

（陈 蓉）

再不敢超速了

有一个人超速驾驶，被警察拦住。警察在开罚单时，看见那人的车里放着几把短刀，便问"那些刀是做什么用的？"

"我是表演杂耍的，那些刀是我表演用的。"为了证实这些话，那人表示可以当面表演一回，于是他拿出几把刀眼花缭乱地抛接起来，而且，刀的数量还在不断增加……

就在这个时候，另一辆车从这里驶过，开车的人看到这一场面后，大叫："天哪，以后我再也不酒后开车了，想不到警察是这样测试司机是不是喝了酒的！"

（惠正龙）

不是本地人

孙子用电脑的音响给爷爷放了一首英文歌曲《昨日重现》，然后，孙子问爷爷："这歌好听吧，这可是获得奥斯卡奖的。"

爷爷搔了搔头，说："好听是好听，不过，听口音好像不是本地人吧？"

（吴 岩）

优 待 俘 虏

老王老两口是退伍军人，宝贝女儿给他们找了个洋女婿。女婿来家吃饭时，丈母娘总是一个劲儿地给洋女婿夹菜，女儿看着满心高兴，嘴上却装作吃醋的样子说："妈，你咋就只给他夹，不给我夹呀？"

老王听了打趣道："你妈这是继承了我军的优良传统——'优待俘虏'！"

（尹秀宁）

职业用语

一天，一年轻男士因便秘到医院求医，医生吩咐一个护士给那个男生灌肠，护士听了，便转身用命令的语气对那患者大声说："先生！把裤子脱下来，在床上等我！"

（董 行）

兔崽子

晚饭后，爸爸说："儿子，走，跟老爸到外面散步去。"儿子听了毫无反应，倒是家中一条小狗立即跟着走了。这情景被今天刚从乡下来的奶奶见了，奶奶便对男孩说："你爸不是让你跟他出去散步吗？你怎么不动呀？"儿子回答说："他不是在叫我，他是在叫他的狗儿子呢。"

奶奶疑惑地问："那平时你爸管你叫什么呀？"儿子还没有回答，忽听门外传来一声叫："兔崽子，一会儿记着做作业啊！"

（郑宗良）

分门别类

信访办王主任上班总是姗姗来迟，但处理问题却以快速著称。一天，他照常来迟，见办公室已有数人等待，便不慌不忙地坐下，然后说："你们当中，事大的我管不了，请直接找法院；事小的不归我管，请回去找单位；没事的，请不要围在这里，该干什么就干什么去！"

（李光荣）

找 翻 译

半夜，一个老板把自己的女秘书叫来，说："公司在技术上有点问题，我特地找了一位西班牙专家来解决这些问题，可是不巧，专家的翻译病了，你一定要在今晚找到一个西班牙语的翻译。"

女秘书想"这么晚了，到哪里去找会西班牙语的翻译啊！"她想了一会儿，忽然有了主意。

一会儿，女秘书带来了四个女人，她向老板解释说："这位王小姐，她精通西班牙语和韩语，可不会汉语；这位张小姐精通韩语和日语，可也不懂汉语；这位许小姐精通日语和英语，可不会汉语；这位李小姐精通英语和汉语，让她们接力翻译，问题不是解决了吗？"

（胡华彬）

· 笑口常开 轻松一刻 ·

舞台上的主角

彼特带着妻子到"百老汇"看演出，在第一幕时，他就觉得自己不得不要去厕所了，于是赶紧去找，找了一圈，都没见厕所，最后发现了一个美丽的花坛，那里长着许多花草，还有喷泉。周围没有人，于是他就在那儿解决了自己的难题。

当彼特回到观众席时，第二幕已经开始了，他在黑暗中找到妻子，问："第一幕我错过了多少内容？"

"一点儿都没错过，"她答道，"你刚才不就是台上的主角吗？"

（张　仪）

该怎么办

连长："在这次的全团演习中，我们连射击倒数第一，投弹倒数第一，武装越野跑倒数第一。作为你们的连长，我很生气，后果很严重。你们说，该怎么办？"

全体士兵："换连长！"

（杨万里）

上电视

哥哥参加了电视台举办的音乐表演，因此骄傲地向别人吹嘘："我上电视了！"七岁的小弟很不平，就爬上电视柜，站在电视机上嚷道："我也上电视啦！"　（王志鹏）

吃油条还是油饼

早晨，萍萍走进小吃店，对店里的师傅说："给我炸一个油饼。"

师傅麻利地把油饼坯扔进油锅，萍萍见了，嘟囔道："这油饼太胖了，我在减肥不能要！"

师傅听了，问道："你嫌油饼胖，那你就要油条吧，油条瘦啊！"

萍萍听罢叫了起来："油条？那我更不要了！我刚和男朋友吹了，看着油条抱得这么紧我生气！"

（张金平）

绝妙方案

□ 赵清川

岳天是个卖保险的，这天，他的公文包丢了，说丢了不准确，准确的说法是被偷了——在公交车上被偷的。包里有身份证、名片、客户资料什么的，客户就是钱呀，岳天感到很可惜。

岳天正感到惋惜的时候，手机响了，一接听，听到一个陌生人在调侃："岳天先生吗？你是个办保险的，怎么这么没有责任心，把东西都弄丢了，你怎么没有把自己丢了？你这样的同志，哪个领导敢放心大胆地用？用你也太不保险了！幸亏这个东西叫我拾到了，如果叫别人拾到，你可亏大了。我这个人有个最大的毛病，就是心肠好，你丢了这么多的东西，就等于下了地狱，现在，我不下地狱救你谁下地狱救你？我准备把你丢的东西都还给你，不过，请你准备300元的辛苦费，干我们这行也不容易，300元，不多吧，是不是？"

岳天听着陌生人的胡扯，心里迅速产生了一个绝妙的对付方案，这个方案，打死你，你也想不出来！

于是，岳天接过陌生人的话头说："300元，不多不多，谢谢你，你真是个好人，比唐僧还好的人，我怎么把钱给你呢？"

陌生人说"我说个银行账号，你把钱打进去，我就把包邮寄到你的单位，银行账号是……"

岳天打断了陌生人的话："你是不想跟我见面，是不是？这说明你的工作充满了风险，说不定什么时候身体上就受到伤害了，对不对？既有风险，你为什么不办个保险？"

陌生人随口问道："办个保险多少钱？人身伤害的？"

岳天说："不多，才 300 元一年。在这一年里，你如果有个小伤小害的，就能获得 30000 元的赔偿。你干脆这样吧，你把你的基本资料邮寄过来，我给你办个保险，再给你寄过去，然后，你再把我的东西给我寄过来，好不好？"

陌生人冷笑着说："你不会根据我的资料去公安局告我吧？"

岳天说："怎么会呢？我的资料都在你手上，我还怕你报复呢！你们是一伙，好多人，对吧？都在一个城市里混，抬头不见低头见，我怎么敢跟你们作对？"

陌生人说："借你五个胆你也不敢使歪招！好吧，就这样办。"

几天后，岳天收到了那个陌生人的资料，于是岳天很快给他办了人身意外伤害保险，随即又把保险单给陌生人寄去了。

又过了几天，陌生人把岳天的包寄来了，岳天检查后，什么也没少，他笑了，他算过，人身意外伤害保险的提成是 10%，岳天从这 300 元里可以提 30 元利润，也就是说，岳天用 270 元钱就把自己的包要回来了。岳天笑罢，就拿起手机，给陌生人拨电话："怎么样？我还算守信吧？"

陌生人说："不错，不错。"

岳天说："你们不是有一个团队吗？"

陌生人困惑了："团队？"

岳天不紧不慢地说道："你们不是有一伙人吗？你不能光顾自己呀，你保险了，也得叫你的伙计们保险，是不是？你问问他们，看他们办不办，这么便宜，这么守信，去哪里找？"

陌生人说："哦，我明白了，我去问问他们办不办，办的话，我就把他们的资料寄给你。"

岳天说："好。你把他们的钱打进我的银行账户就中了。记住，我们干什么事情，都要讲个诚信。"说着，他把自己的银行账号告诉了陌生人。

过了几天，岳天收到了 107 个人的资料，他查查银行账户，自然也多

了32100元钱，于是，岳天就给这107人办了人身意外伤害保险，并按照他们提供的地址，把保单寄了过去。

办罢保险，岳天笑了，你给他算算，他赚了多少钱？

岳天一下子办了这么多保险，经理认为他能力突出，就委派他去另一个城市当分公司的经理。

岳天到了那里，当上经理后，就给那个陌生人打电话："保单收到了吧？我们合作得还可以吧？因为你们的大力支持，最近我们公司说我的业绩好，派我到另一个城市当分公司的

小头目，具体是哪个城市，我现在还没有必要告诉你，到时候我就把家都搬过去了。对了，还有一件事需要通知你们：根据《保险法》的规定，任何投保人——注意，你们都是投保人——不得从事抢劫、盗窃、强奸及其他违法活动，因为抢劫、盗窃、强奸及其他违法活动产生的人身伤害，保险公司拒绝赔付。"

陌生人听到《保险法》的规定后，立刻骂了起来："你等着，我们找你算账！"说完，"啪"，把手机挂了，岳天又马上把电话打过去："朋友，别急，你们去哪里找我？你们干这样的活儿，风险大，收入少，不正当，不稳定，你看我，卖保险，很赚钱，我一年的收入应该是你的几倍吧？干脆，你来我这里兼职当保险员，怎么样？你先干，感觉好了，再介绍你的朋友和伙计都来，怎么样？"

"你不怕我们报复你？"

"我给了你们一个新饭碗，有什么怕的？你们感激我都来不及呢！"说着，他把手机挂了。岳天刚挂了手机，陌生人就把电话打过来了，他在电话里向岳天详细咨询了当保险员的收入和其他待遇……

什么？你问后来怎么样了？不知道，反正岳天的生意很红火，为什么红火？别人都说他的手下有一百零八将！

（题图、插图：安玉民）

举起你的右手来

□ 姜玉胜

张处长一生为官谨慎，没想到临退下来时却栽了个大跟头，原因是架不住老婆孩子的一再撺掇，热热闹闹地过了把59岁的生日，收了一大笔礼金，一下子被纪委给查处了，礼金全部上缴不说，还背了一个党内严重警告的处分退了休。

一生磊落，晚节不保，张处长懊悔啊，一时急火攻心，得了轻微的脑中风。医院去过不少，就是治疗效果不太明显，后来找到了一个说是包治百病的老中医，给出的方子是除了按时吃药外，还要加强锻炼，说白了，就是要经常握紧右手，轻轻地捶打右脑。可让家人没想到的是，张处长刚把右手握成拳头抬起来，眼里就涌出了泪花，说什么也不往上举了，火气还特别大，家人谁劝他就骂谁。

"强攻"不行，家人想到了"智取"。这天，女儿特意赶了几百里路，请来了多年不见、对爸爸有恩的堂伯母，堂伯母又亲自下厨房做了一顿爸爸做梦都想吃的家乡饭：铁锅炖鱼贴饼子。

久违的亲情伴着热烈的气氛，这顿饭让张处长吃得特别高兴，趁着老爷子高兴，堂伯母嗫嚅着说道："弟呀，想吃家乡的饭菜，嫂子我可以经常给你做，可有一样事你得依我，除了按时吃药，说什么你也得勤用拳头捶打捶打有病的脑袋……"

堂伯母的话没说完，张处长就

"啪"地一下把半块饼子摔到了桌子上，堂伯母气得含着眼泪离开了家，一场精心谋划的攻心战失败了。

过了一段时间，老爷子远在美国留学的宝贝孙子回来了，常言说："老儿子，大孙子，爷爷奶奶的命根子"，老爷子亲得恨不能把孙子搂过来啃两口。

这天晚上，儿子对爸爸说："爸，您孙子将来留学期满了，您看是让他留在美国呢，还是让他回来？"

张处长口气坚定地说道："当然是回国！中国的人才，自然要回来报效国家！"

儿子不失时机地说道："那您就

得听话，按照大夫的要求，没事时就用右手握拳敲打右脑，加强锻炼……要不，我就让您的孙子永远留在美国！"儿子话没说完，背上早结结实实地挨了老爷子一拐棍！

儿女们煞费苦心，也没弄明白老爷子究竟为什么不肯举起右手，这事就像个谜一样留在了大伙的心底。

又过了一段时间，老爷子的病情明显加重了，当初拍着胸脯说"没问题"的医生也连连摇头，说："连举手捶打脑袋这样简单的动作老人都不肯做，我也无能为力了，你们还是另请高明吧。"

看着爸爸小病拖成了大病，儿女们的心里别提有多窝火了。这时，张处长早年当兵时的老班长正好顺路来探望他，儿女们借机把爸爸的"怪毛病"和老班长说了，老班长拍着胸脯说："你们放心，当年老山战斗时，我冒死从封锁线上救过你爸的命，我看他敢不听我的话！"

儿女们一听，十分高兴，他们陪着老班长进了张处长的房间，老班长走到床前，拉着老爷子的手，说："举一下右手，锻炼锻炼，对你来说就比死还难吗？"

张处长的眼里含着热泪，拉着老班长的手说："不是我不想举手，我是一举右手，就想到了当年入党时的宣誓……我有愧呀！"

（题图、插图：安玉民）

暴风雨中的

"的士"

□ 向　伟

麦先生是个新加坡商人，在亚洲好几个地方开了公司，几乎天天在各处奔波。这次，他到了日本京都，办完了事，准备第二天去曼谷。次日早晨7点，京都的出租汽车公司打来了电话，请求麦先生的原谅："先生，我们非常非常地抱歉，这会儿，公司实在很难派出车来……"

出租车公司派不出车，这不是见鬼吗？接到这电话，麦先生实在无法抑制内心的愤慨了，预约出租车的电话是昨天下午就打的，对方一再说"没问题"，可到现在问题却来了！麦先生竭力使自己平静，耐着性子和对方交涉，又详细说明了自己住处的方位，然后不耐烦地看了一眼墙上的挂

钟，离飞机起飞不到两小时了，而到机场的路程就要花去近一个小时！

此时的屋外风雨交加，狂风似乎要将这所坐落于山坡上的小房子卷走。这是京都的偏北处，一天只有两趟市内公共汽车经过这里。

没过多久，电话铃声再次响起，调度员熟悉的声音又传了过来："实在是对不起，先生……"这时，麦先生突然意识到发生了什么情况：要车的电话太多了，公司为了赚取最大的利润就只办理市内短程业务，麦先生以前也曾听说像这样糟糕的天气会发生这种事情，想到这些，麦先生便对着话筒大喊"我要赶飞机，我必须在正午以前赶到曼谷，这样吧，我将在几百米外的桥上等你们来接我！"

麦先生很快带了简单的行装，赶

到了离居所几百米远的桥上等着，站在风大浪急的河流上方，风夹着雨水打湿了他的外衣，麦先生向公路的两头焦急地张望着，可没有一辆出租汽车出现在视野中，最后，他只好艰难地撑着雨伞，拖着行李，开始拦车。

一辆又一辆的车过去了，司机和乘客无不张大眼睛，看着疯疯癫癫而衣着考究的他在倾盆大雨中拦车……

突然，一辆白色的尼桑车迎面而来，停在了麦先生的身边，随即，一个年轻人推开车门，打着手势要他上

车，他又冷又气，浑身发抖地钻进了车里。

年轻人用十分谦恭的英语，向麦先生说明自己就是早上和他通过两次电话的调度员，为了能让麦先生赶上飞机，便开着自己的私人汽车从公司赶来。年轻人一再道歉"我们今天早上实在是非常非常地忙……"但他并未说明为什么没有出租车来接麦先生。他把麦先生直接送到了机场公共汽车的停车站，并谢绝了麦先生递给他的车费，接着他又一再道歉，并请麦先生以后能继续光顾他的公司。

几小时后，那架因暴风雨而推迟的航班起飞了，麦先生舒服地坐在座位上打开了报纸，就在这时，他的眼睛无意中看到了一个标题——"今晨京都出租车司机开始罢工"……

（题图、插图：安玉民）

"第一推荐"征稿

为加强故事的可读性，本刊决定开辟"第一推荐"栏目，面向海内外读者征求"最好听的故事"，除发行量较大的文摘类杂志（如《读者》、《青年文摘》、《特别关注》等）外，凡公开或内部发表的作品均可推荐。推荐作品要求故事性强，有可传性，能引起读者的兴趣。

推荐稿务请注明原作者、出处，一经采用，每篇付稿酬100—200元。

来稿可从邮局寄发，也可从网上传发，本期责任编辑的电子信箱：yaobianji@126.com。

说大事、小事，普通人的身边事
讲闲话、实话，老百姓的心里话

做个好人

做几天好人不难，难的是一辈子做好人，难的是一辈子在很难的情况下做好人，可再难也得做好人呀！

今天，我就来讲三个如何做好人的故事……

·第一个故事·

出门走错了路

阿贵出生在一个偏远的小村里，打小一直在附近的学校读书，这是他第一次出远门，不料刚进城就遇上了小偷，放钱的包被偷走了，身上只剩下了二十几块零钱！阿贵不知道该咋办，他恍恍惚惚地沿着街道走，路上看到了一个卖菜刀的地摊，就在这一瞬间，他脑子里迸出了一个念头：别人拿了我的钱，我为啥不能去拿别人的钱？想到这里，阿贵不再犹豫，立刻掏出钱买了一把菜刀，暗插在腰带上。他买了刀后赶紧就走，因为他知道，只要一犹豫他就会打退堂鼓的。

街上的人实在太多了，阿贵不敢下手，不知不觉，来到了长途汽车站，他心里一动：对呀，不如在车上动手吧，车上人少，容易脱身。

阿贵上了车，一声不响地坐在一个角落里，一会儿车就开了。乘客大多是女人，还有几个是上了年纪的，阿贵壮起了胆，横下了心，突然，他站了起来，猛地抽出刀来，对着乘客们晃动着："打劫，不许动，把钱拿出来，拿出来！"

事情发生得太突然，乘客们全傻了，开始没有人愿掏钱，但禁不住阿贵拿着亮晃晃的刀威逼，只得交出钱来，有的多，有的少，但都是极不情愿的。一会儿，阿贵来到一个年轻人面前，那年轻人不肯掏钱出来，阿贵凶巴巴地冲那人吼道："找死啊？"年轻人没办法，只得从口袋里掏出了几张钞票，战战兢兢地递了过去。阿贵接过了钱，往裤包里揣了，正要转身走，突然，他的眼睛瞪大了，瞪得像牛眼睛一样大，为

啥？他看到那年轻人的座位旁放着一个包，而这，竟然就是他阿贵被小偷偷走的那个包！这时候，阿贵浑身的血都要冲到脑门上了，他顿时怒上心头，一拳打去，把那人打得鼻青眼肿，然后就去抢那包……

谁知那年轻人顾不上擦脸上的血，一把抓起那包藏到身后，挺着胸脯，理直气壮地说："我的钱已经给你了，这包你不能动！"接着，那年轻人说了这包的来历：今天上午，他刚下火车，走在街上，不知怎的，前边突然有人丢下这个包，年轻人叫那人，那人也不理，于是他就走过去，一看，包打开着，里面露着一张纸，拿起一看，竟是一张大学录取通知书。说到这里，年轻人有点激动了："巧的是这所大学，正是我要读的那所，而且刚好还是同一个班的。我在街上等了好久，丢包的人一直没来。我想，反正他迟早会到学校的，所以就带上包准备先到学校报了名再找他。这包里没钱，只有些衣服和书，不信，你看……"年轻人说着就要去翻包。

"当"的一声，阿贵手里的刀掉在了车厢里，随即阿贵捧着头蹲了下去，号啕大哭了起来！

车厢里的人都懵了，不知道是怎么回事。

过了半晌，年轻人回过神来，怯生生地问阿贵："你这是……"

阿贵哭道："这包是我的啊……"

事情是这样的：阿贵今年刚考上大学，因为要出远门，一家人怕路上小偷偷钱，都很担心，后来还是阿贵作了决定：把钱夹在书里，把书放在包里，不是吗？有哪个小偷会偷书呢？在火车站，就在阿贵摸出手帕擦汗的几秒钟里，放在脚边的包被小偷提走了，他的所有东西都在包里啊！阿贵错就错在一念之差、走错了一步，丢了包你可以去找警察呀，没钱你可以先去派出所呀，总有办法解决的，现在包是找到了，可你什么都没有了……

●第二个故事●

走出大山的女孩

孔洋今年33岁，是个单身贵族，在一家公司任职。这天晚上8点，他从公司下班，驾车回家，半道上去一家饭店用了晚餐。从饭店出来，他走到自己的车子旁，刚打开车门，忽然看见从前方跟跟跄跄地跑来一对青年男女，他俩一脸惊恐，那个女孩一把抓住了孔洋的手，颤抖着说："大哥，救命！有人追杀我们！"孔洋抬眼望去，果然看见前面一帮人嚷嚷着正往这边追，于是，他毫不犹豫地打开车门，让两人上车，自己随即将车子发动，猛踩油门，飞驰而去。

十多分钟后，车子在一条僻静的林荫路上停了下来，显然，这里安全

了。孔洋擦了一把额头上的汗，问那一男一女："你们怎么回事？那些人为什么要追杀你们？"

那女孩说，她叫卢凤，老家在贫困的外省山村。她外出找工作，被人拐卖到这座城市，被迫在一家洗浴中心做。前几天，村里一个跑长途运输的司机偶然之间发现了卢凤，看到她正穿着暴露的衣着，在洗浴中心的门口搔首弄姿地"打广告"，于是就回村告诉了卢凤的哥哥卢刚。卢刚按图索骥地一路找来，他冒充"客人"进了洗浴中心，找到了卢凤，好说歹说，说服了妹妹，于是两人从三楼客房阳台上，把床单撕开拧成绳索，坠滑到地面上逃生。洗浴中心的人发现后，便一路追来……

怎么办？孔洋是个富有同情心的人，他把这对兄妹接到自己的公寓，让他们避避，准备第二天送他们上火车回家。

当天夜里，卢凤睡在小卧室里。半夜，孔洋起来方便，刚从卫生间出来，忽然听见小卧室里有异常响动，孔洋察觉这响动不同寻常，便顾不上多想，几步冲过去，一膀子撞开了门，只见卢凤正在悬梁自尽，而且已经把脚下的凳子踢开了。孔洋一边高声呼喊卢刚来帮忙，一边抱起卢凤的小腿往上托举，好在卢刚及时赶到，救了卢凤的命。

卢凤被救了下来，但她却放声痛哭，她说，她即使回去，也没脸见人、没法做人了，乡亲们都知道她做了见不得人的事，她没脸活下去。

孔洋动了感情，他想了想，便拿定了主意，他把自己的想法告诉了兄妹俩，两人都感动得直抹眼泪。

几天后，一个惊人的消息在卢凤老家村里传开了：卢凤那丫头本领大，攀龙附凤，在城里找了个要模样

有模样、要钱有钱的姑爷，如今她和哥哥要带着姑爷上门来了。至于那个跑长途运输的本村人所看到的，其实不是这回事，那是卢凤和小姐妹们洗完澡，坐在洗浴中心大门前"日光浴"呢。那天，孔洋他们一行三人果然到了村里，乡亲们扶老携幼，来卢凤家相看新姑爷。卢凤告诉乡亲们：这次姑爷登门，并不是要来办喜事的，而是他要出国进修一年，所以先送自己回家，等他从国外学成归来，再办喜事，这一切连卢凤的父母居然都相信了。

一连几天，卢凤家贺客盈门，孔洋临走的那天，乡亲们送他去公路边等长途车，千叮咛万嘱咐，要他早点学成回国，好来迎娶卢凤。

孔洋临上车时，卢凤眼里含着泪花，往他手里塞了张字条，孔洋上车后打开了那字条，上面写着："谢谢你，好心的大哥，你给了我一个清白。这一辈子，我没有福气得到你，来生转世，让我再做你的妻。"

孔洋不由百感交集，他和卢凤兄妹商议的计策是：他冒充卢凤的未婚夫送卢凤回家，过一阵子，再以"陈世美"的面目出现，给卢凤去信，以身份、学识、性格不合等理由与她断交，这样，卢凤就能以一个被恋人抛弃的可怜女子的形象，在故乡生存下去了。

时光过得飞快，转眼一年时间过

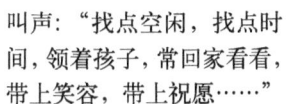

去了。这天傍晚，孔洋下班，在时常去的那家饭店旁停了车，就在这时，浓荫之下，一个浓妆艳抹的女子凑了过来，她娇滴滴地问："老板，一个人不寂寞吗？"

孔洋回头的刹那间，他和那个女子同时都愣住了——她正是卢凤！卢凤扭头要走，孔洋一把拽住了她，惊奇地问她怎么还在做这种事，卢凤说："孔大哥，我对不起你！可是，我已经出来过了，我已经见识过外面的世界是怎么样了，那个小山村，我实在呆不下去了，同样是人，凭什么我要一辈子窝在小山沟里？"

卢凤说着，再次要走，孔洋冲动地抓住她的胳膊，不让她走。卢凤翻了脸，说："你不让我走也可以，只要300块钱，我就跟你去！"

孔洋绝望地松开了手，他眼看着卢凤的身影，在灯红酒绿的街市中愈走愈远……

•第三个故事•

回家的路上一路歌声

春节前夕，一辆大巴车在盘山公路上开着，路很险要，那车又超载了，爬得很艰难。车上的乘客望左面看，悬崖陡壁；望右面看，万丈深渊，一个个全都看得心惊胆寒，有的索性闭上了眼睛……

突然，车里响起了杀猪一般的嚎叫声："找点空闲，找点时间，领着孩子，常回家看看，带上笑容，带上祝愿……"

"唱歌"的是坐在前面位子上的一个乘客，只见他一身脏今今的衣服，头发蓬蓬乱乱的，整个人就像是一个沿街乞讨的乞丐。他的"歌声"引起了全车人的反感，可他却没有一点自知之明，一唱就没完没了，而且越唱越起劲"妈妈准备了一些唠叨，爸爸张罗了一桌好饭，生活的烦恼跟妈妈说说……"

有个小伙子和唱歌的那人坐在一起，他厌恶地瞪了那人一眼，说："这位大哥，别唱了，你让我们安静一会儿，行不行？"

唱歌的那个人回过头来，嬉皮笑脸地说："我从小就喜欢唱歌，嘴我自个儿长着，我愿意唱我就唱！"说着，他又挺着脖子嚎了起来。

全车人义愤填膺，大家群起而攻之，纷纷指责那人没有最起码的公德意识，可那人就是毫不理会，唱唱停停，停停唱唱，把整个车厢里的人折磨得半死，大家实在猜想不出那人到底是怎么回事，于是一致认为——精神受了刺激，是个疯子！

汽车下了山，这时，疯子竟出人意料地安静了下来，他在小声地和身旁的那个小伙子嘀咕着什么。一会儿，汽车在一个小镇旁停了下来，疯子从座位上站了起来，原来他到站

了，他见所有人的眼光都冷冰冰的，便灰溜溜地下了车……

客车又向前开去，大家的心情都好了许多，都沉浸在即将和亲人团聚的兴奋之中。就在这时候，突然，大巴剧烈地颠簸起来，紧接着"砰"的一声响，汽车冲下公路，扎进了一片农田里！

乘客们惊魂未定，纷纷从车里爬了出来，也就在这个时候，一辆警车呼啸而来，在公路边停了下来，几个警察下了车，跑了过来，见没什么伤亡，就把司机带到了警车上，不一会儿，一个警察走了过来，对大家说："你们怎么能坐这种车？这是黑车，司机疲劳驾驶，已有两天两夜没休息了！"

大家听了这话，都吓出了一身冷汗，有人说："真是老天保佑，如果这事故发生在盘山公路上，这一车人都得见阎王！"可是，那个警察却说："你们说错了，保佑你们的不是老天，是一个乘客，他坐在司机的后边，司机一打盹他就唱歌，他唱了一路的歌，嗓子都唱哑了，后来他要下车了，就暗暗嘱咐身旁一个乘客注意那司机，如果司机打盹的话就想办法提醒。他下车后立刻报了警，我们马上追来了，但还是晚了一步。"

人们如梦方醒，原来那个"疯子"是在用"歌声"提醒打盹的司机，可大家却错怪了他。这时候，一个小伙子的脸红了，他就是和唱歌的那人坐在一个位子上的，当时那人把司机打盹的事告诉了他，可他不好意思唱歌，存着侥幸心，认为不一定会出事的，结果差点酿成大祸……

"出门走错了路"作者：夏力；"走出大山的女孩"作者：常山；"回家的路上一路歌声"作者：张国心。　　　　　　（题图、插图：刘斌昆）

请到我家坐坐

□ 岳小菲

星期五下午，我刚上班时，拉开抽屉，忽然飘下一张纸条，我瞟了一眼，上面写的是："小菲姐，今天下午五点，请到我家坐坐好吗？"落款只有一个字："鸿"。

我知道，这是阿鸿干的。阿鸿是和我一个办公室的同事，几年前我俩大学毕业后同时到了这家单位。阿鸿其实是个挺内向的人，平时话不多，见了陌生女孩还脸红呢。听人说，刚进单位那阵他还一厢情愿地暗恋过我，也不知是真是假。后来我跟我们单位那位年轻的副局长结了婚，可阿鸿一直独身，现在他居然写纸条邀请我去他家里，瓜田李下的，什么意思嘛！

我捏着那张纸条，心中又好笑又好气，我回头看了一眼，隔着两张办公桌，阿鸿正坐在位子上抄报表，一副埋头苦干、正正经经的样子，好像跟这张暧昧的纸条沾不上半点边。我在心里"哼"了一声：你阿鸿也未免太小看人了，难道我岳小菲是那种背着老公、随意和别的男人幽会的女人吗？再说，我和老公结婚后，感情一直不错，两年前老公辞去公职下了海，几番沉浮，如今生意已做得挺红火。老公做了老板之后，待我很好，你阿鸿想第三者插足，真是不自量力！我不屑地甩甩头发，把纸条往废纸篓里一扔……

第二个星期五的下午，一张相同内容的纸条又出现在我的抽屉里："小菲姐，今天下午五点，请到我家坐坐好吗？"我皱皱眉头，随手又扔了。谁知到了第三个星期五的下午，这样的纸条又不屈不挠地出现了。我一下火了，但碍于办公室里其他几位都在，我只好捏着纸条，隐忍不发。过了一会儿，阿鸿去隔壁茶水室倒开水，我瞅准这个机会，紧跟着出去，阿鸿见到我，怔了一下，红着脸问："小菲姐，我写的那纸条……"

我立刻沉下脸来，直截了当地把纸条扔到他脸上"阿鸿，纸条还给你，我当什么事也没发生过，倘若你继续骚扰，我可就对你不客气了！"我说完，一甩长发，扔下目瞪口呆的阿鸿走了。

过了半晌，阿鸿才红着脸回到办公室，没精打采地坐了一会，说是头痛，就提前下班走了。我憋着一肚子气，忙了一阵，看看表，已经是下午五点，离下班时间还有半个小时。

正在这时，我的手机忽然叫起来，一接听，竟是阿鸿打来的，他在电话里说："小菲姐，下午主任给了我两份财务报表，叫我和你一人负责一份，一定要在双休日加班完成。你那一份，我刚才走得太匆忙，忘了给你。现在我已经到了家了，反正你顺路，就到我家来取吧……哦，对了，你现在就过来拿吧，等一会儿我要去看医生了。"没待我出声，他就挂了机。

这个阿鸿，刚才在的时候不把报表给我，现在却叫我去他家里拿，真是的！

我隐隐觉得这似乎是阿鸿设的一个圈套，怎么办？去不去他家里拿报表？去吧，怕其中有陷阱；不去吧，主任交待的工作完不成，那可不是闹着玩的……最后一咬牙，我下定了决心：去就去！春风吹，战鼓擂，现代社会谁怕谁！

阿鸿和我同住一个小区，他住在向东的一排楼里，我住在西边。一条公路拐个弯从两家楼下经过，我去他家的确顺路，于是我提前半个小时下了班，不过为了安全起见，我还是从摩托车工具箱里拿了一把螺丝刀藏在手提包中，万一他敢胡来，那我也不是吃素的！

我骑着摩托车来到阿鸿家的楼下，我记得他是住在三楼，到了那里，刚按了一下门铃，门就开了，阿鸿热情地说"小菲姐，快进屋坐坐吧。"我犹豫一下，走了进去，回头见他并未关上房门，这才略微放了心。

阿鸿的家两房两厅，摆设略显凌乱，典型的单身汉家庭。我开门见山地问："报表呢？快拿给我。"阿鸿指指窗台说："在那边文件袋里装着呢。"我走过去一看，果真看见有个文件袋放在窗台上，拿起一看，里面确

实有一份表格。我拿了，正要转身离去，阿鸿忽然从后面走上来说："小菲姐，其实我们挺有缘的……"

"什么？"我一听这话不对劲，顿时警惕起来。

"啊，你别误会，我的意思是说我们同住一个小区，也算是一种缘分吧。你看，站在我家窗前，正好可以看见你家后面阳台呢！"

我顺着阿鸿的手指一瞧，可不，我家住二楼，两栋房子中间隔着一个外地人经营的种植场，站在他家窗前，正好可以居高临下瞧见我家后面阳台。报表已经拿到，阿鸿似乎也并无歹意，我的心里略为踏实了些，于是就站在窗前和阿鸿聊了两句。他看看手表，忽然一拍脑袋说："瞧我这记性，头一痛就什么都忘了，客人来了也不招待一下。你喝点什么，饮料好吗？"没容我回答，他便跑到客厅里开冰箱去了。

我不好在一个单身汉家里随意走动，只好站在窗前一边看着窗外的风景，一边等着阿鸿出来。这当儿，我的目光穿过一段不算太长的空间距离，再次落到了我家后面的阳台上，忽然，我发现我家的后门不知何时已经打开，老公穿着睡衣走到了阳台上，向下探看了一番，似乎在观察什么。我正在奇怪，忽然又看见从屋里走出一个女人，烫着爆炸头，一边走出来，一边还在整理着身上的衣衫，

袒胸露腿，打扮时髦。只见老公对那女人说了句什么，那女人笑着用指头点了一下老公的额头，样子十分风骚。老公伸手拥她入怀，两个人便亲昵起来，两分钟后才依依不舍地分开。老公看看手表，似乎在催促那女人快走，于是那女人便撩起裙子，跨出阳台，向下轻轻一跃，阳台下面正好是种植场的围墙，围墙外有一堆不知堆放了多久的建筑垃

圾。那女人跳到围墙上，再跳到那堆建筑垃圾上，向老公做了一个飞吻的手势，扭腰摆臀地去了……

我即便是个傻瓜，也明白这是怎么一回事了，我的头"嗡"一声就大了，眼泪夺眶而出，也没和阿鸿打声招呼，就"噔噔噔"地跑下了楼。到了家里，在我的强势攻击下，老公终于低头承认了一切：那个女人是他在一家酒吧认识的，起初两人只在酒店开房，后来被警察抓了一次，都是老公出钱摆平的。后来，他觉得在外面幽会不安全，但在公司里的话又怕传出风声，于是就把这女人带到家里来了。每周五下午都是他们幽会的时间，五点三十分，在我下班回家之前那个女人准时从阳台溜走，两人在我眼皮子底下鬼混了半年多时间，我居然一无所知！

事后联想起以前出现的那几张纸条，我恍然大悟，这才明白阿鸿为什么一定要在星期五下午五点邀请我去他家"坐坐"……

接下来是一段痛苦而忙乱的日子，吵架分居，热战冷战，最后无可挽回而黯然离婚。我休了年假，去张家界散心，再回单位上班时，已是初秋时节，天地间一片苍凉，一如我的心境。回单位上班的第一天，我打开抽屉，又有一张纸条出现在眼前："小菲姐，你瘦了许多，要多保重……"这正是阿鸿的笔迹。看着这张温馨的纸条，我心头涌起一阵莫名的感动……

纸条上还写着："……小菲姐，我下个月初八结婚，到时你一定要来哟！"

我看着这纸条，心头似乎轻松不少，却又好像怅然若失……

（题图、插图：刘斌昆）

故事中国网给您拜年

我就是

王老师

□ 江 薛

唢呐吹起来

丘林从师范学校毕业了，十来天后，就要走上工作岗位了，这十来天，算是他最后的放松机会，所以，丘林决定去旅游。他背上一个包，独自坐上了汽车，前往向往已久的一个风景区。五个小时的颠簸后，道路越来越窄，半个小时后，汽车终于停在路边，坏掉了。

司机下车检查了一会，说是出了大毛病，修不了啦，他同意全额退还车票款。这一下乘客可不答应了，和司机理论起来。丘林想，自己出来旅游，原本就是来寻找"野趣"的，既然车修不好了，那就来个"自助游"吧。于是，他从司机那里拿了钱，下了车，一个人悠然地闲逛了起来。

虽说这儿离风景区还有一个小时的车程，但山清水秀，风景独好。此处位于一座山的山腰，斜坡上有一条小径，丘林情不自禁地走了上去，渐渐的，山脚下的一切清晰了起来：这是一片四面环山的平原，有一个村庄，炊烟袅袅如同仙境。丘林的兴趣更大了，决定去村里走走。

还没到村口，丘林就看见路边站了好多人，男女老少，一个个都伸直了脖子朝这边望。丘林走了过去，还没看清他们的模样，突然响起了鞭炮声，紧接着又是唢呐声、锣鼓声，丘林估摸着这是谁家办喜事了，可他很

快发现那一张张笑脸竟然都是朝着他的!

虽然很奇怪,但村民的热情让丘林不得不也笑了起来。这时,人群里走出一个三十多岁的黑瘦男人,他一把握住丘林的手,大声说:"欢迎你,王老师,我是村主任。"这场面,让丘林糊涂了:自己什么时候变成了王老师? 其实,是村里的人弄错了,乡里跟他们说有个姓王的大学生,这几天会来村小学教书,丘林正好在这时候背个包进村,不错才怪呢!

村主任拉着丘林的手,说"王老师,我们等了你几天,娃娃们都急哭了,这下,我们就放心了。"丘林急了,忙解释道:"村主任,你弄错了,我不姓王。"可村主任没听到,鞭炮声实在太响了!

接着,丘林就看到了那些孩子:他们站在路边,胸前系着红领巾,手里举着一束束野花,脸上更是比那野花还灿烂。一个十来岁的小姑娘从他们中间走出来,恭恭敬敬地在丘林面前站好,将一束花递过来,说:"王老师,我代表村小学四十一名学生欢迎您!"丘林愣住了,他想推辞,却不忍伤了孩子的心,迟疑了好一会,才尴尬地把花接了过来,那解释的话就更说不出口了。

说话间,村主任把丘林带到了村小学。这是几间老屋,现在改成了村小学。小学一共有四间房,两间作教室,另两间是留给老师工作和生活的,屋子破落,但给老师准备的生活用具却很齐全。看完学校,村主任让大伙各自回家,然后对丘林说:"王老师,你先洗个澡,我回家帮着做饭,呆会儿让小芳送过来。"丘林已经知道,小芳就是那个给他献花的小姑娘,也是村主任的女儿,十二岁。里屋内,不知何时放了一个大木盆,木盆是新的,盆里,满满的温水已帮他备好了,旁边的椅上,放着全新的香皂和毛巾。丘林呆了好一会儿,这才开始脱衣服。

洗完澡,天黑了下来,四周静悄悄的。丘林靠着窗口,心事重重。是的,在白天,丘林随时都可以说明真相,但是,看着那一张张热切期盼的脸,他说不出半句拒绝的话,若是在城里,学校都开学一个多星期了,而这里的孩子却还没有老师。想到这里,丘林决定将错就错,反正自己也还有十来天的空闲时间,再过几天,也许真正的王老师也就来了。

第二天大清早,乡亲们又来了,没有人的手里是空的,不大一会儿,丘林的屋里多了一大堆东西:碗、筷子、热水瓶、油、盐、柴火、菜等等,村主任也来了,他问丘林:"王老师,晚上还安静吧? 睡得好不好? "丘林连连点头,村主任指着已经很像样的厨房,笑着说:"本来想让你在我家吃,可我们乡下人不讲究,怕你不习惯……这些东西都是新的，以后就让小芳给你做饭，别看她小，烧菜可是一把好手。"正说着，小芳从后面跳出来，喜滋滋地说："王老师，我家离学校最近，你想吃什么，就跟我说。"说完，小芳转身去了厨房，一会儿，香味就从那儿飘了过来。

村里的野味

饭菜很快做好了，丘林一看，居然有一碗肉。乡亲们都不富裕，哪儿来的肉？那颜色、香味都不像猪肉，丘林就问小芳，小芳脱口而出："老师，这是狗肉。"

丘林一听，就把筷子放下了："你家的狗？"

一旁的村主任忙解释道："王老师，你别看我们这儿穷，可我们是山区，野东西多，随便去哪座山，野兔、狍子、獾什么的，回来总空不了手，所以肉还是不缺的。昨天，我们家那只狗自己找死，爬到山冈上摔下来了，所以，今天让你尝个鲜。"

丘林想想也是，他还没吃过狗肉，尝了尝，味道确实不错。从这以后，丘林顿顿都能吃到野味，他不知道那是啥野味，小芳就告诉他，中午吃的是兔子，晚上吃的是狍子，连黄鼠狼的肉，小芳都做给他吃了，丘林可从没吃过这样的美味啊！

眨眼间三天过去了，这三天里，丘林认真地教，孩子们认真地学，他觉得自己真像个老师了，再一想，他禁不住笑了：自己本来就是师范学校毕业的嘛！也就在这时，意外突然发生了：这天晚上，丘林正在批改作业，村主任来找他，心事重重的样子，好半天才开口说："年轻人，你不是王老师，对不对？"原来，村主任在白天已经接到乡里的通知，说是王老师嫌这里偏僻、贫穷，不肯来了，他这才知道正在教孩子的不是王老师！

丘林没想到自己的身份这么快就给弄明白了，他红着脸，一五一十地

把经过说了一遍，丘林说"孩子们太需要老师了，被你们误会后，我不想让大家失望，所以才冒名——"

"别说了，我们怎么会责怪你呢？你是个好人，但是，现在事情清楚了，你不是王老师，你就没有必要留下来，你应该回去，随时都可以。"说完，村主任默默地离开了屋子。

丘林一个人呆呆地坐在那儿，脑子里一片混沌：我只是来旅游的，没有义务继续教，应该走，可我走了孩子们怎么办？还有那些乡亲，他们是那样善良，他们需要老师啊！这个晚上，丘林一夜没睡。第二天天刚亮，他就背上了包，刚到村口，丘林的心禁不住一颤：村口黑压压地站着一大片人，乡亲们早已等在那里了！丘林不敢看，他怕一看，眼泪就会掉下来，于是就咬了咬牙，自顾自地走，但是乡亲们全都默默地跟在后面……

出了村口，乡亲们才停下了脚步，丘林心头这才松了口气，他加快脚步走着，他得爬过两座山，到了镇上，那儿才有汽车。

可刚到山脚下，丘林被一个人拦住了，是小芳，她红肿着眼对丘林说"王老师，我不要你走！"

丘林走上前去，尴尬地笑了笑："可是，我、我不是王老师……"

"不，你就是王老师，在我们心里，你就是王老师！"小芳说着，眼泪不住地淌着，丘林不敢看，叹了口气，继续向前走。

小芳急了，她追了上来，一把拽住了丘林的手，大喊道："王老师，我要告诉你一个秘密！"

丘林停下了脚步，问什么秘密，小芳小声说"这事，我爸交待过不让告诉你，但现在，我一定要说——你吃的那些，都不是野味，全是狗肉，你来的前一天，村里就把所有的狗都杀了。"

"什么？"

"乡亲们说，怕狗晚上叫，影响你睡觉，而且，狗肉还可以给你改善伙食、增加营养。他们怕你吃不惯粗茶淡饭，离开这里，现在，他们每家都把狗肉腌成了腊味，说要存下来，让你一个人慢慢地吃，可你——"小芳说完，止不住哭出了声。

听完了小芳的话，丘林这才恍然大悟：怪不得晚上那么安静，听不到一声狗叫，原来……丘林再也无法抑制了，他放声大哭起来。

半晌，丘林擦了擦眼泪，对小芳说："孩子，回去吧，再等两天，王老师一定会来的！"

两天后，丘林带来了四处筹借的五万块钱，回到了村里……

新学校建好后的第一堂课，丘林站在讲台后，闪着泪花，说："从今往后，我就是你们的王老师……"

（题图、插图：魏忠善）

一手绝活

□ 尹全生

老温在胡仙镇中心饭店当杂工已经有二十年了，他每天的工作除了买米劈柴、买煤运煤、刷盘洗盏外，还负责倒泔水，倒泔水的地方一直固定在镇外小河旁的一条沟里，来回二三里路。

这些年胡仙镇的经济发展迅速，上级来检查、指导工作的人自然也就多了，一批接一批，都安排在中心饭店食宿，这样一来，饭店的生意越来越红火了，可就在这个时候，老温的女儿从卫校毕业了，找不到工作，老

温几经周折、多方设法，以他女儿的名义办了营业执照，自己也把饭店的活辞了，在胡仙镇开了家个体诊所，这诊所名为"狂犬病专科门诊"，专门医治被疯狗咬伤的人，而且明码实价：每治一例500元。老温还郑重承诺：治疗无效分文不取！

胡仙镇上居民养狗的多，近年来不知为什么，疯狗渐渐地多了起来，行人躲避不及，常被咬伤，镇上居民谈狗色变，畏狗如虎。

其实，对付狂犬病，至今仍是个国际性难题，无非是注射狂犬病疫苗，没有特效药可治，而老温治疗狂犬病竟然药到病除，真是奇了，神了！人们对老温又佩服又忌妒："想不到这王八蛋还有这一手绝活！"诊所开张后，求救就医者不绝，每日少则十多人，多则二三十人，老温的诊所生意兴隆、财源滚滚。

一天，又有一批上级领导到胡仙镇检查工作，检查组组长是个姓霍的

科长。出人意料的是：检查刚刚开始，霍科长就被疯狗咬了一口，人们十万火急地把他抬到了老温的诊所，老温先让女儿给霍科长打了一针，而后又用一种无色的药水擦拭了患者的伤口，又拿出一种白色药粉让患者当面用开水服下，紧接着，霍科长就昏昏沉沉地睡了过去，几小时后醒来，竟然什么事都没有了。霍科长感激不尽，专门设宴招待救命恩人。

席上，酒到酣时，霍科长沉吟了半响，吞吞吐吐地说出了自己的心事："我已经快要退休了，退休后，也想开你这样一个诊所。"

老温笑了："我用的是祖传秘方，这样的诊所你开不了。"

霍科长说："老弟，你要是肯把秘方透露给我，我出五万现钞！"

老温头摇得像拨浪鼓："我总不能把祖传饭碗给你、自己喝西北风吧？"

霍科长把价码翻了一番，并保证绝不在胡仙镇抢老温的生意，大路朝天，各走半边，自己在县城开门诊，话说到这份上，老温还是不松口。

霍科长没有急于求成，而是绕着弯子闲聊，他问老温眼下有什么为难事，老温虽然成了"暴发户"，钞票大大的有，但为难事还是有的，最令老温头痛的是：他急于大兴土木，扩大"狂犬病专科门诊"的规模，可占用土地的手续批不下来。霍科长听后大包大揽，拍着胸脯说道："这事我会想办法，一定帮你办成！"

老温大喜过望："你如果能帮我把这事办成，秘方我可以透露给你！"

两人当即立了契约，各按朱红手印，表示绝不反悔。

半月以后，十万元现钞和一份"土地使用证"一起送到了老温手上，老温也说出了秘方的全部细节："我女儿注射的针剂，是常用的狂犬病疫苗；我用的无色药水，是一般的生理盐水；白色药粉嘛，不过是普通的镇静药'安定'罢了！"

霍科长一怔"这么说，你治病是糊弄人的？"

老温坦然自若："怎能说我是糊弄人？凡是我救治的人，哪个没痊愈？"

霍科长一听，不觉动了肝火"你用那么几种药物就能治疗狂犬病？鬼才相信！"

老温神秘兮兮地眨巴着眼，说："你随我看个地方，就知道底细了。"

老温把霍科长带到了镇外的小河旁，也就是中心饭店倒泔水的地方，到这里看什么？看群狗争食泔水！到了这时，老温才道出了真相"其实这泔水里面多有剩酒，人们看到的那些疯狗，其实都是醉狗呀⋯⋯"

（题图：魏忠善）

·中国新传说·

月光下的

□ 安峰

秘密

这天，一支穿着迷彩服的工程兵部队开进了美莺谷。当天晚上，部队在野外宿营，可班长朱文海却发现了一个异常情况：他半夜起床小解，走进帐篷外黑糊糊的柑橘林，看见一个人影蹑手蹑脚，从他眼前一闪而过。这个神秘的人影走走停停，在柑橘林间徘徊着。朱班长"刷"地抽出腿间别着的匕首，隐在树后，他死死地"咬"着前面那人，一步不松地跟踪着。

国境线就在前面了，月光下，那人还在往前走着，他莫非要偷越国境？朱班长竭力屏住呼吸，继续跟踪着。一会儿，那人在柑橘林里的一个树桩上坐了下来，这时，朱班长借着月光仔细一看，顿时大吃一惊：这不是自己班里的战士胡子仪吗？他跑到这里来干什么呢？

这当儿，只见小胡解开了胸前的衣袋，摸出个什么东西，又把它凑近嘴巴，嘴里似乎还嘀嘀咕咕地念叨着什么。

朱班长插好匕首，站起身来，想走上前去，当面盘问，可就在这时，小胡也突然站起了身，急急地往宿营地走了。朱班长心里踌躇着，想了想，没有声张，尾随着小胡回了宿营地。小胡回来后，钻进睡袋就睡了，朱班长虽然也钻进了睡袋，但他的眼皮子半天没有合上，他在琢磨着：明天无论如何要多留个心眼，这美莺谷地形复杂，气候多变，曾经出现过土匪、间

谍的踪迹，前不久，一个贩毒集团的头目在这里被生擒，今晚小胡举动异常，可不能大意啊！

第二天一大早，朱班长用露水擦了一把脸，指挥战士们背上风镐、鹤嘴锄和各色工具，步行两里地，来到美莺谷的一个僻静处，开工之前，朱班长把大伙召集在一起，开了个会："同志们，我们这次行动是绝密的，不许出半点纰漏，我也向部队首长立下了军令状，出了岔子，提脑袋去见。同志们，咱们的队伍是人有情、枪无情，

谁犯了天条，该崩就崩，军法从事，没有二话。谁要藏着什么猫腻，趁早给我竹筒倒豆子，清清爽爽倒干净……"

说到这里，朱班长提高了嗓门："大家听明白没有？"

战士们齐声回答："明白了！"

朱班长瞟了一眼小胡，小胡似乎略有一丝慌乱，朱班长不动声色地宣布道："现在开始挖山洞！"

这里白天气候倒还好，到了晚上，天气奇冷，月亮却出奇的白。当天夜里，朱班长钻在睡袋里，眼睛闭着，耳朵醒着，像一只惯逮耗子的老猫在磨动爪子，捕捉着先发制人的时机。快到子夜，果然不出所料，"淅沥淅沥"，一阵微响，只见小胡又蹑手蹑脚地溜出帐篷，他的身形敏捷如猿，脚步轻盈，似雁落平沙，不着痕迹，一转眼已窜到三十米开外。朱班长紧随其后，一双鹰眼，死死盯着，他暗下决心：今儿非把事情弄个水落石出不可！小胡这小子，平时也没发现有啥大毛病，如果真的和贩毒团伙有什么瓜葛，估摸着也只是一名被人差遣的马仔而已，趁他还没到不能自拔的地步，一掌把他击醒，也算我老朱功德无量！

这时，小胡又来到了昨晚来过的老地方，这里月光如水，环境幽静。突然，只见小胡又打开了胸前的衣袋，掏出一件东西，塞进嘴里，随即他又

站了起来，仰望天空，仿佛在侧耳倾听什么。

朱班长的心猛地一颤：他难道要发什么信号？空中会有直升机来吗？这小子搞的什么鬼名堂！与其打哑谜胡猜，不如痛痛快快地刺刀见红，想到这里，朱班长一声低沉的断喝："小胡——"话音未落，他已直挺挺地出现在小胡面前。小胡吓傻了，张口结舌，竟倒退两步，下意识地把口中含的什么东西"叭哒"吐在手心里，也就在这时，朱班长早已跨步上前，一把擒他的手腕，掰开手指一看，嗨，小胡手心里捏的竟是一颗糖块，朱班长捏着糖块，严肃地问："小胡，你鬼鬼祟祟地跑到这里，到底什么意思？"

"班长，我……"小胡低着头，两分羞涩，三分忸怩，他鼓足勇气，说，"班长，我来这儿，是、是为了阿娇……"

"阿娇"是小胡的恋人，这不是什么秘密，班里全知道，可这糖和阿娇有什么关系呢？小胡吞吞吐吐地说道："班长，今儿是阿娇的生日，我们原先有个约定——只要对方过生日，不管天南海北，晚上十二点钟，我们都要同含一粒糖，同望一轮月。因为同一时间吃糖，就好像……好像在那一刻跟对方甜甜蜜蜜地团聚……"

"哼，臭美！想不到你小子还挺浪漫！"大脑解除了警报，朱班长一阵松

快，他又问："那昨天呢？昨天你干吗也跑到这里来了？"

"昨天是我的生日，今天是她的生日，我们两个，生日就只隔了一天……"

原来是这么回事，朱班长出了一口粗气，随即便拉着小胡回了宿营地。这天晚上，他一躺下，立刻就打起了如雷的鼾声。

美莺谷的工程完成了，临撤走的那天黄昏，朱班长心里轻松，一路散着步，来到了那片柑橘林，突然，他看见小胡正独自坐在柑橘林里的那个树桩上发呆，他走上前去，捶了小胡一拳："嗨，想阿娇还没想够？"

小胡苦涩地笑了笑，说："班长，昨天接到家里的信，说是阿娇跟一个有钱的老板跑了……"小胡说着就低下了头，半天没出声。

突然，朱班长伸出一只手，冲着小胡一声大喝："有糖吗？"

小胡迟疑着从口袋里拿出了一块糖，朱班长一把接过，扯了糖纸，把糖扔进嘴里，"嘎嘣嘎嘣"嚼了个碎，一边粗声粗气地说："今儿我吃的，就是你预支的喜糖，回头我让你嫂子给你物色一个姑娘！我老朱就不信，咱当兵的，就没女孩子爱！"

小胡听到这话，再也忍不住了，"哇"的一声，眼泪就"吧嗒吧嗒"淌了出来……

（题图、插图：魏忠善）

·中国新传说·

血馍馍

□ 武学荣

老安是小城里的交通协管员，他每天早出晚归，在马路口协助交警指挥交通。

在这个不大的古城里，老安算是个有点知名度的人物，但知名度更高的却是一个叫瑞儿的人，他是个傻子，十七八岁，父母早亡，家境贫寒，他平时邋里邋遢，目光呆滞，歪帽趿鞋，平时，你如果在古城的街上闲逛，冷不丁地会有人在你身后叫一声："馍馍！"你回过头来一看，这人正是傻子瑞儿，他正冲你"嘻嘻"笑着，伸着手讨要"馍馍"。他大概生下来就只会说这几个字，于是大家也不叫他的大名了，而叫他"馍馍"。

一天，老安正要去上班，远远看见一个长发青年带着一群人在捉弄瑞儿，长发青年要瑞儿唤他"爹"，瑞儿便走到那人面前，痴痴地唤了一声：

"爹，馍馍！"那伙人听了都笑得前俯后仰，就在这时，老安下了车，分开人群，霹雳般地一声怒吼："王八羔子，你们有没有一点人性！"

人群一哄而散，瑞儿见了老安，连忙迎了上来，笑嘻嘻地伸出了手："馍馍！"老安便从包里掏出馍来，递给瑞儿，瑞儿接过馍，立刻狼吞虎咽地嚼了起来……

老安从来没有嫌弃瑞儿，他每天上班时，会去馍馍铺子上买一个馍，放在那老旧的皮包里，挂在车把上，

34

到了值勤的马路口，把车子停好，就开始上班了。一会儿，瑞儿就来了，老安就会从包里拿出那个馍，笑吟吟地递给瑞儿，风雨无阻，数年如一日。瑞儿吃完馍，就会在马路口陪着老安，有时，老安拦下了违章的车，瑞儿就会随手捡起一根树枝，在地上划呀划的，起初老安不知道他划的是啥，次数多了，老安生了心，有一次走过去一看，他惊奇地发现，瑞儿竟然在地上划出了一长溜的数字——违章车的牌号！

冬天来了，年关近了，天寒日短，这天，老安有事去邻县一个亲戚家，一早就出了门，忙完后已是下午四点多，于是就独自骑着车往城里赶。

公路上已铺了薄薄的一层雪，老安正小心翼翼地骑着车，突然，他觉得身后一股疾风突袭而至，还来不及作出任何反应，人已经卷在车底了，他被一辆货车带出了老远。汽车终于停下，两个司机下来了，拖出老安时，他已经昏迷了，腿也折了，脸色煞白，眼睛闭着，血从后脑汩汩地渗出，染红了一片雪地……

两个司机吓傻了，他们想逃逸，于是就弃下了浑身是血的老安，匆匆上了车。司机的手直哆嗦，车子摇晃着开了，由于正下着大雪，不敢开得太快，而且心急慌忙的，车子又熄了火，突然，坐在副驾驶座上的司机叫了起来："坏了，有人追来了！"

· 大千世界 众生百相 ·

果然，一个黑点正由远而近，两个司机吓得魂飞魄散，正商议着该怎么办，那黑影已疯子似的冲了过来，来到面前，两个司机一看，差一点把鼻子都气歪了：来的还真是个傻子呢，衣裳邋里邋遢的，光着脚，眼睛虽无神，却满是愤怒。

一个司机强作镇静地问道："喂，你要干什么？"

来的正是瑞儿，此刻他不说话，冲上去想抓住他们，却被一个司机一脚狠狠地踹倒在地，两人跳上车，幸好这时车也能发动了，渐渐地，车成了一个小黑点，消失在风雪之中……

瑞儿艰难地爬起身来，走到老安身边，老安已经没有了气息，雪片已落了一身。今天老安穿了平时舍不得穿的簇新的制服，在他身边，那个包已被打开，一个红色的圆圆的东西滚落在一边，瑞儿拾了起来，看着这圆圆的红东西，瑞儿"嗷嗷"地哭叫着："爹，馍馍……"

老安的死，对于他们一家来说，无异于泼天大祸，全家人哭作一团。接下来的日子里，谁都没有注意到，傻子瑞儿竟不见了踪影，似乎从人世间消失了……

老安入土为安了，但肇事司机和肇事车辆却没有找到，同时，古城里已是好长时间没见到"馍馍"的身影了……

·中国新传说·

为老安烧"二七"的时候，傻子瑞儿突然出现在老安的家里，他拿着那个在车祸现场被血染红了的馍馍，时不时地给老安的家人看，嘴里还念叨着："馍馍，馍馍！"老安家里的人正忙着，谁都没有理会这个傻"馍馍"。有人见他拿着个血馍馍直嚷嚷，估摸着他是想换个馍，于是就从厨房里拿了一个热气腾腾的大白馍给瑞儿，瑞儿却并不接那白白的好馍，而是把那"血馍馍"攥得更紧了……

这天，西北风裹挟着鹅毛大雪纷纷扬扬地下着，深夜，老安家里的人听到了沉沉的敲门声，开始也没太在意，再说这么冷的天，下床去开门真不好受，但这声音断断续续地一直没停，于是老安的儿子只好去开门。门一开，老安的儿子看见门口的雪地上躺着一个人，已经被大雪覆盖了，扒开雪一看，正是傻子瑞儿，他的身体已经冻僵了，而且已没了气息，但他的手里还紧紧地攥着那冻得像铁块似的"血馍馍"，突然，老安的儿子一声大叫："你们快来看呀……"老安家里的人闻声而来，忙问怎么回事，老安的儿子把那个"血馍馍"递给众人看，只见那"血馍馍"上有一串数字，是用什么硬物刻的，有人叫了起来："车号，对，一定是肇事车的车号！"于是大家便打110报警……

根据"血馍馍"上刻的车号，肇事的司机被很快找到，终于被绳之以法，众人在欣喜之际，禁不住被人世间这惊心动魄的一幕所感动：傻子瑞儿在古城消失了十多天，他正是在这段时间里苦心寻觅着肇事车辆，难道他手中掌握着什么线索？还是好人好报、老天开了眼？

老安的儿子厚葬了瑞儿，在瑞儿的棺材里堆了满满的馍馍，雪白雪白，那天，风和日丽，日丽风和……

（题图、插图：魏忠善）

遥望

□老 三

故乡的人

江湖玄机

上午八点多，四十多岁的人贩子焦作梅，在长途汽车站的候车大厅转悠着。她早盯好了一个小姑娘，十七八岁，乡下人打扮，稚气而又秀气的脸上愁眉紧锁，胳膊上挽着个小包袱，已经在长椅上枯坐半个多钟头了。焦作梅确定那姑娘确实是独自一人后，便不声不响地凑了过去，在那姑娘身边坐下，和她搭讪道："闺女，坐车回家呀？"

姑娘瞟了焦作梅一眼，警惕地把包袱搂到怀里，点点头，"嗯"了一声。

焦作梅漫不经心地打听道："到城里来，是上学啊，串亲戚啊，还是打工啊？"听着她亲切的询问，女孩的眼眶湿润了，两行泪水，"滴滴答答"地流淌下来，她断断续续地诉说了起来：她叫翠萍，十七岁，是离城六十多里地的牛庄人。去年年底，她进城打工，在一家饭馆干了半年，不料丧尽天良的老板竟打起了她的坏主意，妄图非礼，她死不应允，老板连工钱都没给，就把她赶出了饭店。她伤心欲绝，只想着快点回家，永远离开这座令人伤心的城市。

焦作梅望着泪水涟涟的女孩，见她清秀的面庞如梨花带雨，楚楚动人，心里盘算着："这么标致的小姑娘，弄到手，转手一卖，至少能赚个五六千块啊！"想到这里，她装模作

样地问了那家饭店在什么地段，然后佯装愤怒地一拍大腿，说："太不像话啦！姑娘，我儿子就在你打工那家饭店的地界上当派出所的副所长，那个老板这么欺负人，我跟我儿子说一声，咱们去把你的工钱要回来！"

翠萍闻听，喜出望外，于是抹去眼角的泪花，拎着包袱，同焦作梅出了候车大厅。她们来到公路边"打的"，一辆跑黑出租的面包车驶过来停下，司机是个小伙子，他热情地招呼道："大妈、姑娘，坐我的车吧，便宜！"焦作梅同他讲好了价钱，便带着翠萍上了车。车子跑出不远，焦作梅忽然觉得大腿上一阵疼痛，转眼一看，只见坐在身旁的翠萍姑娘正冷冷地朝自己笑着，她的手里拿着一个闪亮的注射器，显然刚才她乘自己没有防备，迅疾出手，在自己的大腿上扎了一针！也就在这时，焦作梅只感到天旋地转："你、你、你……"她话还没说完，眼一闭，就昏迷了过去。

随即，翠萍给一个叫"海哥"的打电话，一会儿就联系好了，那司机是翠萍的帮手，这时，他调侃地对翠萍说道："你倒是阎王不嫌小鬼瘦，这么老的你也卖！"翠萍听了说："嗨，现在的小姑娘一个个鬼精鬼精，只好糊弄个半老徐娘，换点零花钱啦！"

四个小时后，也就是下午一点左右，面包车开进了一个村落小院，那个叫"海哥"的汉子把昏迷着的焦作梅抱进了屋，他仔细一瞅焦作梅的模样，"嘿嘿"笑了，对翠萍和司机说："他奶奶的，大水冲了龙王庙，这不是焦老太婆吗？咱们的同行，老前辈！我说翠萍，你能耐不小啊，把老前辈都给耍了！"

翠萍惊讶了半晌，毅然说道："既然已经干了，就干到底吧，反正她也不是个好鸟！"于是，经过讨价还价，"海哥"花钱把焦作梅买了下来。

翠萍和司机走后，"海哥"找来同村的老帮手，两人又给焦作梅打了一针他们特制的迷魂药，然后搀着她上公路，"打的"去火车站。打上这种药后，吃喝拉撒睡以至行走全不耽误，就是不清醒，一直处于迷迷糊糊的状态，这样，如果碰到警方盘查，就可以说这人是病号，他们是在送病人。就这样，一行三人乘坐了一夜的火车，再搭乘长途汽车，最后雇了辆摩托三轮，于次日下午抵达了目的地——一个叫龙尾堡的山村。

这是个偏远、贫穷的山村，姑娘们或者外出打工，或者嫁到比较富裕的地方，只见女孩嫁出去，却没有女孩肯嫁进来，男人们要想不打光棍，就只好掏钱买媳妇了；此外，也有些老光棍死了娶妻生养的心，就买个孩子收养，以便将来为自己养老送终，所以，儿童的买卖在这里也有市场。

"海哥"他们三人住在村头一个

熟人家，听说来了"新货"，村里人纷纷前来相看。大多数人一看，见焦作梅年纪偏大，都很失望，倒是有一个死了老婆、名叫薛全的人，十分坚决地买下了这个女人。村里人很奇怪："这个薛全，该不是疯了吧？花这么些钱买个老娘们！"

故乡的月

傍晚，薛全把已经醒来的焦作梅领回了家，进了屋，他立即锁了院门、屋门，指着屋里一个七八岁的男孩，问焦作梅："你还认得这个娃娃吗？"这男孩是他的儿子，小名叫狗剩。

焦作梅打量着狗剩，似乎有些面熟，但一时又想不起来，就疑惑地摇摇头，不料狗剩一见焦作梅，立刻激动地扑了上来，拼命踢打她："你这个坏阿姨，大坏蛋！"

这一来，焦作梅记起来了：三年前，她的一个同伙拐到了一个小男孩，转手卖给她，然后她又转手把孩子卖到了福建农村，她卖的那个小男孩，不就是眼前这个狗剩嘛！

薛全冲过来，揪住焦作梅的脖领咆哮着："你知道吗？因为找不回这个孩子，我老婆两年前投河自杀了！后来，虽然警察帮我找回了这儿子，可孩子永远永远没娘了！这都是你害的！老天爷开眼啊，今天下午，我儿子一眼就认出你就是拐卖他的那个人。你以为我买你回来是要你当老婆的？呸！我明白告诉你吧，我买你回来，是要为我老婆、为孩子他娘报仇雪恨的！我要一刀一刀活剐了你！"

薛全双眼血红，暴跳如雷，吓得焦作梅心胆俱裂，她"扑通"跪倒，抱住薛全的腿，苦苦哀求，左右开弓地抽打着自己的嘴巴，嘴角都抽出了血。薛全仍然怒不可遏，他去里屋拎出把菜刀，"哐"地剁在桌上，指着焦作梅的鼻尖说："你要打算活命，行，你就老老实实的，把你这些年来，拐卖过多少良家妇女、儿童，从哪拐的，都卖到哪了，都给老子在纸上一个一个写清楚，让老子瞧出一点要滑头的地方，就立马要了你的狗命！"

焦作梅哪敢不从？她哭哭啼啼地坐到桌前，一边回忆，一边提笔在纸上写了起来，等她写完，已经是夜里十点多了。

薛全把焦作梅的笔供仔细揣好，又把家中所有的钱都揣进兜里，关了灯，锁了屋门，一手攥着菜刀，一手攥着焦作梅的手腕子，儿子狗剩跟着，悄悄出了村下了山，步行赶往几十里外的镇派出所。

派出所所长晚上正在值班，看了焦作梅的交代材料，上公安网一查，立刻吓了一跳：这个焦作梅真名叫白爱云，是个网上通缉的"资深"人贩子，她犯下的好几起拐卖案，都是公安部直接督办的案件啊！他哪敢怠

慢,立即向县公安局汇报,县公安局值班领导一听,马上要通了省公安厅的电话……

过了一夜,当天下午,奉公安部之令,由省公安厅一名副厅长带队,省武警支队,加上地方公安、武警,总共一百多人,包围了龙尾堡村,抓捕了"海哥"等人犯,又按图索骥,根据薛全的情报,把近些年来被贩卖到这个村的十多名妇女、儿童解救了出来。

天下没有不透风的墙,当晚,村民们就晓得是薛全带着公安把村里的婆娘"解救"出去的,他们疯了似的撞开了薛全家的门,一阵打砸,洗劫一空,并放出风来:只要一见到薛全和他儿子,就乱棍打死!

薛全早料会是这个结果,但是他无怨无悔,当然,龙尾堡村是不能再回去了,于是薛全父子暂时住进了县公安局的招待所,被保护了起来。好人自然有好报,不久,薛全先是得到了一大笔举报奖金,接着,根据先后落网的人贩子焦作梅等人的交代,全国各地有130名妇女、儿童获救,其中一个是深圳一家工厂老板的独生子,那老板得知了薛全的境况,当即邀请他们父子到他那里去,还送给薛全一套住房,又请他到自己工厂当门卫,狗剩也在当地小学入了学。

对眼前的生活,薛全很知足,但狗剩毕竟只是个孩子,他不知道到底发生了什么事,还一心惦念着村里的小伙伴,一天,他问父亲什么时候能回龙尾堡去,薛全长叹一声,说:"孩子,咱们这辈子是回不去了……"

"为什么?"

"因为……爸爸做了一件让乡亲们痛恨的事。"说着,薛全缓缓站起身,走到阳台上,向着故乡的方向久久地遥望着,两行清泪随即滴落在脸颊上……

(题图、插图:刘斌昆)

·传闻逸事·

白色晚礼服

□ 方陵生 编译

在美国佛罗里达一个小镇上，这天，一个女孩去吊唁一位去世的邻居，在殡仪馆里，她走错了房间，看见了一具暂时寄放在这里准备安葬的棺材，棺材里躺着一个年龄与她相仿的女孩子，她低头望去，只见那女孩身上穿了一件漂亮的礼服。看见这件漂亮的晚礼服，女孩心头一动：过几天她要出席一次盛大的舞会，但她家境贫寒，没有漂亮的晚礼服，她正在为此而发愁呢。

正在这时，进来了一位殡仪馆的工作人员，他说该是合上棺盖的时候了。他用一个像大扳手形状的工具将棺盖封住，然后说葬礼将于明天早晨举行。这人走后，女孩突然灵机一动，她用那个"大扳手"将棺材盖重新打开，迅速将衣服从那个女孩身上脱下

来，然后将棺材盖原样合上，她将这件白色晚礼服匆匆塞到包里，悄悄溜出房间……

第二天晚上，女孩穿上那件从死人身上脱下的白色晚礼服，高高兴兴地去参加那个盛大的舞会。

在舞会上，女孩和好几个认识的男孩跳了舞，跳着跳着，她觉得身体的关节开始变得有些僵硬，过了一会儿，她又觉得身上的肌肉也变得僵硬起来，她的舞姿也越来越笨拙。她想，一定是这件衣服有什么不妥，于是她赶快跑到洗手间，将礼服脱下来仔细查看，可是没发现有什么问题，于是她重新穿上它回到舞会上。

女孩继续跳着舞，可是她的身体变得越来越冷，全身的肌肉、关节也变得越来越僵硬，直到最后变得像一

2007年《中国最有影响力的故事》征文启事

四大奖励措施　稿酬外追加千字 1000 元奖金

为鼓励多出优秀作品,《故事会》杂志社决定继续举办2007年"最有影响力的故事"征文大赛,并对优秀作品实行四大奖励措施:

1. 入选作品除在杂志上发表外,还将收入《〈故事会〉2007年最有影响力的故事》一书。2. 入选作品可得两笔稿酬: 在《故事会》杂志发表的作品,首发稿酬每千字400元; 获"《故事会》最有影响力的故事"优秀作品奖,再追加每千字1000元。3. 入选作品均颁发奖励证书。4. 本刊将邀请有关作者参加第十二届"故事创作研讨班"、优秀作品改稿会以及年底的颁奖大会,所有费用均由编辑部承担。

征稿范围: 1、具有现实感、新鲜感且可读性强的中短篇(包括超短篇)原创作品; 2、故事性强、有口传性、能引起读者兴趣的推荐作品。

超短篇(如幽默故事)的字数一般在1500字以内,短篇(如中国新传说)的字数一般在5000字以内,中篇故事的字数一般在15000字以内。

来稿方法: 1. 从邮局寄发,请在信封上注明"征文大赛"字样,本刊地址: 上海市绍兴路74号《故事会》杂志社,邮编: 200020。2. 从网上传递,可寄以下信箱: wulun@vip.sohu.net,请在主题上注明"征文大赛"字样; 也可直接与有关责任编辑联系,本期责任编辑的信箱是: yaobianji@126.com。

块木板一样。人们叫来了救护车,她被急速送往医院,医生宣布她已死亡,可是她心里明白,她还活着! 她听得到周围每一个人所说的每一句话,也看得见周围所发生的一切事情,但她就是动不了,也说不出话来。不久,她就躺在了她去过的那个殡仪馆里,她的家人和朋友们都来了,大家为她伤心哭泣,她想动一动,她想叫出声来,可是她做不到。

殡仪馆的工作人员进来了,为她合上棺盖。第二天,棺材被送往墓地,她听见两个挖掘墓坑的工人在交谈,其中一人问:"你听说了今天早上殡仪馆里发生的事吗?"

另一个人铲起满满一锹土甩到棺材上,问道:"没听说,怎么啦?"

"在殡仪馆工作的一位年轻人听到棺材里有拼命敲打的声音,他打开棺材盖一看,只见一位只穿着贴身内衣的年轻姑娘从棺材里爬出来,她说,有人给她穿上了一件施了魔法的礼服,于是她就变得像死人一样,但其实她并没有死。"

"太令人惊讶了! "另一个掘墓人说道,"我只是奇怪,那件被施了魔法的礼服上哪去了呢?"

接着,躺在棺材里的那个女孩什么声音也听不到了,唉,怪谁呢?

(题图: 佐　夫)

· 外国文学故事鉴赏 ·

根据德国作家爱因斯坦·埃林
的原作改编。

火线上的拯救

□ 傅辕 改编

奔赴死亡之地

深秋的一天，陆军上将丹克斯特离开疗养院，回到了家中。那几天里，没有疆场杀戮，没有鞍马劳顿，将军看上去精神很轻松。

早上，将军陪着夫人艾劳丝正在客厅里愉快交谈时，警卫快步跑进来报告说："将军，您的电报！"

将军接过一看，见是一份由最高军事长官亲笔签署的命令，上面还醒目地写着"十万火急"几个字。将军看完，眼睛投向窗外，窗外是一片秋意，与往年相比，显得特别的萧瑟。这一年，战场上的形势急转直下，战争胜利的天平正向另一边倾斜，将军明白：他已经无力回天了。丹克斯特将军在文件上看了好一会，然后不动声色地对夫人艾劳丝说："我们还有十分钟的时间，亲爱的，我们出去散散步吧。"

艾劳丝从丈夫的镇静中察觉到了什么，她尽力掩饰心中的焦虑，问道："怎么回事？发生了什么？"

将军笑道："最高军事长官直接下了命令，任命我为蒙塔维利尔要塞的司令官，它在比利时的边境，离海边不远。"

艾劳丝忐忑不安地问："那里是前线啊，它是个什么样的要塞？"

将军说："实际上那里称不上是一个要塞，但是最高军事长官把某一个地区确定为要塞，该地区就必须死守到最后一人。"

艾劳丝担忧地问："亲爱的，难道

就无可更改了吗？"

将军坦然地说道："不管前途如何，我都得服从命令，不过，如果一旦要塞被包围，那么就是再抵抗也将是徒劳的了。"说到这里，将军紧紧拉住夫人的手，正色道，"即使如此，有时却又非得那么做不可。"

艾劳丝心中一怔：真要是到了最糟糕的地步，无端牺牲成千上万人的生命，那是不值得的。她望着丈夫脸上阴郁的神情，话到嘴边，又咽了回去。她了解他，他是一个有着铁石心肠的职业军人，他所接受的教育连同他的人生观都是受到严格控制的。艾劳丝紧紧偎在丈夫的身边，因为将军马上就要离开自己，奔赴那块没有爱神栖身的死亡之地了！

丹克斯特将军挽住夫人艾劳丝的手，在凄凉的秋日阳光下，缓缓走在街上。将军感觉得出夫人的手在颤抖，他便轻声问道："亲爱的，你知道《人质法》吗？"这时候，将军挪开目光，他不敢正视夫人的眼睛。艾劳丝说："它——我知道！"

这是一部残酷的法律，在这个国家里，无人不晓：如果哪个军官开了小差，那么他的父母和妻儿都将被枪毙，哪怕是稍有异念，也会立即被处以极刑。望着萧瑟秋风中挣扎的衰草飞叶，将军的脑海中闪过一件件往事，他的嘴里喃喃地说着："亲爱的，我现在只有你一个亲人啦！"三年

前，丹克斯特将军的弟弟在阿拉梅战役中牺牲；前年，大儿子在一次战役中阵亡；去年，小儿子在又一次战役中失踪。眼下，家中只有他们两人了：一个将要奔赴比利时担任要塞司令官，另一个则必须留在家里当人质。

路边满是落叶，在风中缓缓地拂动，丹克斯特将军拥住夫人艾劳丝，谈论着那场战争。就在两人低语时，一名行色匆匆的卫兵跑过来报告说接将军的车已经到了，将军临上车时，艾劳丝深情地吻别丈夫，又重复问了一句："亲爱的，你想过怎么办吗？"丹克斯特将军朝夫人敬了个庄重的军礼，说："亲爱的，回去吧，不用为我担心！"

丹克斯特将军赶到蒙塔维利尔要塞的当天，对方的十万军队已经把这里包围得水泄不通，惨烈的厮杀一触即发。要塞还新来了一个参谋长，那是最高军事长官亲自委派的亲信，叫戈雷，戈雷那肥胖的身躯伏在军用地图上，看了好一阵，说："丹克斯特将军，我们必须要守上十天！"将军面无表情地说："请你转告最高军事长官，我们已经做好了一切准备！"说完，将军就躺进椅子里，不再理睬唠叨不休的戈雷。

心灵的战场

包围要塞的十万军队开始进攻了，死亡的灵车在要塞上空缓缓降

临。丹克斯特将军亲临前线指挥反击，打退了对方的六次进攻，要塞的一万多将士在血和肉的厮杀中坚守了十一天，就在这天，将军被一颗炸弹震得昏迷过去，等他一醒过来，就急匆匆地走进设在教堂地下室里的指挥部，有好多的事情需要他来处理。他刚走进去，参谋长戈雷就高声喊道："祝贺你，丹克斯特将军！"戈雷手里拿着一件金属制品，"这是最高军事长官的旨意，现在授予你，你真是当之无愧啊！"

丹克斯特将军一看，见是一枚勋章，他心中一阵惊愕，问："它，哪里来的？"戈雷参谋长说："今天早上，飞机投来的，还有你夫人给你的一封信。"丹克斯特将军接过信件，环视一下身边的军官们，问道"你们还有什么事情要报告吗？"只见副参谋长上前回答说"将军，医院报告说麻醉药和绷带已经用完了，血浆也没有了；炮兵报告说……"

将军打断了他的话，说"我知道了，每门炮只剩下十发炮弹，能用的炮已经寥寥无几了，还有什么事情吗？"副参谋长接着说："将军，有几名士兵临阵脱逃，您看是不是马上执行？"

将军的脸色凝重起来，战场上临阵脱逃，是要杀头的，但他们已经死死地坚持了十一天，超过了规定的期限。戈雷见将军迟疑不决，便语气阴

冷地说："将军，我衷心地祝愿夫人安然无恙，希望她一切平安！"丹克斯特将军听得出他话中有话，真想拔枪将这个疯子打死，但这只会给艾劳丝增添麻烦，并不能把她解救出来。丹克斯特将军极力控制住自己的情绪，挥挥手说："我要去休息一下！"他慢慢蹽向里间，躺在床上，手里紧紧握住夫人的信，手颤抖着，不敢把信拆开，他心里明白，自己只要一声令下，将士们将会和对方拼个你死我活，那样的话，是完全可以保住艾劳丝性命的，可全军一万多无辜将士的生命就岌岌可危了！

慢慢地，丹克斯特将军终于把信拆开了，看着信上的字，艾劳丝的声音犹如就响在耳边："我最亲爱的，我给你带来一条可怕的消息——当你收到它时，我已不在人世了！我患上了癌症，前不久发现的，因战事紧张，我就一直瞒着你。眼下，我是无力支撑下去了，医生给我开了安眠药来减轻我的疼痛，但在投出这封信后，我就把它们全吞了下去。亲爱的，我向你告别，在我人生最后关头，我的脑海里全是你的身影，我永远的亲人，再见了！"

丹克斯特将军看完信，心就碎了，手里那张薄薄的纸片，变成炙热的烙铁，落到地上，烫在心上，他的世界里不能没有艾劳丝啊！将军挣扎着从床上站起来，他明白善良的艾劳

丝以一种慈母般的胸怀感召着他，敦促着他去挽救手下那些无辜的士兵。将军异常镇静地掏出手枪，大步往指挥部赶去，艾劳丝已经走了，她已经不受国内那些警察的控制了，自己可以放心地履行另一个职责——一个眼下只有他能执行的天职！

戈雷见丹克斯特将军匆匆赶来，面对着将军手中黑洞洞的枪口，顿时明白了一切，他嗓子嘶哑地叫道："丹克斯特，你疯了！你在信里看到了什么？我提醒你，这里是战场！"

将军威严地命令道："戈雷先生，

我是要塞的司令官，我有权决定一切！"说完，他命令副参谋长："马上给福赛尔将军打电话！"

戈雷见丹克斯特要和对方军队的司令官福赛尔通电话，一下就明白了他真正的意图，顿时愤怒地嚷道："原来你想投降！丹克斯特，你完全疯了，你忘了《人质法》？你难道不想想你的夫人？"

丹克斯特低沉地说："不用了，她已经死了。"

戈雷恼羞成怒地叫道："可是我们还有老婆，还有孩子，你这个十足的疯子！"他伸手就要掏枪，就在这时，将军手中的枪响了，戈雷应声倒地。将军跨过戈雷的尸体，神情庄重、肃穆地接过副参谋长递来的话筒……

当天晚上，英国广播公司播出了一条消息：蒙塔维利尔要塞一万多守军向福赛尔将军投降！

也是在当天晚上，一队警察包围了丹克斯特将军的家，他们随即闯进屋去，一位神态安详的太太正站在走廊上，脸上笑吟吟地说："先生们，我正等候着你们呢。"说完，她走进客厅，利索地取下了衣帽，穿戴整齐后，信步走向等候她的汽车。她一点没有患上癌症的样子，她的脚步那样的轻盈，她的嘴角挂着迷人的笑，她刚刚完成了一次最有意义又十分巧妙的拯救……

（题图、插图：佐　夫）

乱收费、乱摊派，历来是令老百姓伤透脑筋的事，但就是有这么个人，他竟然使出了一式怪招，让想从他身上刮油拔毛的人乖乖地退避三舍，知道他用的是啥法子吗？告诉你，他用的可是绝代武功——碎蛇功！

壮士断腕

□ 宋文奇

三岛村山清水秀，风景优美，庄飞扬退役回乡后，他没要政府安排，也没外出求职，而是用自己那笔复员费，和一个朋友合伙，向县水利局承包了一个叫"三岛湖"的小型水库来进行水产养殖。不料老天不佑，当年连发几场大水，把大部分鱼都冲跑了，年底捕捞起来的鱼所卖的钱还不到投入的三分之一，更不用说利润了，就在这节骨眼上，他那朋友带着卖鱼款去银行存钱，突然卷款而逃，一去不归。

收入没了，可还得继续投资下去，不投资就会血本无归。那点复员费已所剩无几，前所未有的巨大压力向庄飞扬袭来。

屋漏偏遇连夜雨，可就在这个时候，水利局的王副局长打来了电话，说是局里想添置一辆小车，但资金紧张，想请庄老板支持一下；另外，水利局即将对三岛湖库区的面积进行重新测量，测量队十多个人那几天的食宿嘛，就请庄老板费心了，你听听！

庄飞扬捏着话筒，语气沉重地向王副局长诉着苦，电话里，王副局长不紧不慢地说道："没钱？不是刚卖完鱼吗？"庄飞扬正要辩解，对方说了声"你看着办吧"，就把电话挂了。

这个王副局长，庄飞扬和他打过好几次交道，表面看来 说话行事一团和气，其实眼睛专盯着庄飞扬这样的"钱袋子"，雁过拔毛，涮锅刮油，好

多个体经营户背地里都叫他"王剃头"。

这天晚上，月色朦胧，庄飞扬徘徊在三岛湖边，望着月下银光闪闪的湖水，一筹莫展，他干脆一屁股坐了下来。其实他也并不是真的一点办法也没有，他还可以找战友们帮忙，但他不愿开这个口。

就在庄飞扬神情颓丧地枯坐湖边时，身后忽然传来说话声："庄老板，你的水库淹了我的家，你让我现在到哪儿安身去？我要你给我个说法！"

庄飞扬回头一看，月光之下，只见一个六七十岁的老者用一条腿一蹦一蹦地走着，像只跳鱼儿似的向他"蹦"过来，老者的另一条裤管空荡荡的，显然是被截肢了。

老者肩上还扛着一根白晃晃的东西，开始庄飞扬以为那是一根伸缩式拐杖，仔细一看，那东西居然是一条两尺来长的人腿，但他猜想可能是条假腿。

庄飞扬十分惊诧眼前这人的走路样子，便问道："请问您老贵姓，为什么不把您的假腿装上，那样走路不是方便些吗？"

老者"蹦"到庄飞扬身边席地而坐，把肩上那条腿取下来放在地上，说："我叫尹三爷，我说的是实话，水库真的淹了我的家……"

尹三爷说，他家家境贫寒，很早的时候他就离家谋生去了，这一走就是四十几年，前不久刚回来。走时还没建这个水库，他家的位置较低，水库建起来就被淹了。家人现在已没一个在世，他去找当地政府，经办人员却以为他是叫花子，把他赶了出来。

庄飞扬问："您的腿……"

尹三爷叹道："唉，一言难尽，有机会再慢慢告诉你。现在我无家可归，我帮你看鱼塘好不好？让我有口饭吃，也让我能叶落归根。我老了，不想继续在外面流浪了。"

庄飞扬想，这个尹三爷这么大岁数了，又是残疾，没个落脚之处也实在可怜。反正看鱼塘也不是什么重活，就是划着船巡视，这老头虽只有一条腿，但划船是应该没问题的，不如暂且把他留下来，以后再抽空去找民政部门，看能不能解决他的问题，于是就对尹三爷说："行吧，只是我现在经济有困难，给您的待遇不会很高。"

尹三爷喜形于色："只要有饭吃就行！"

说完，尹三爷把放在地上的那条腿往空裤管里一插，一只手扶着，另一只手隔着裤子在断腿与身体的接合处搓揉了一会儿，然后站了起来，在地上转着圈儿走了十几步，看样子竟与正常人毫无差异！

庄飞扬惊叹道："您这条假腿简直跟真腿一样。"

尹三爷说："本来就是条真腿。"

庄飞扬以为尹三爷在跟他开玩笑，连连摇头："不可能！"

尹三爷说："小伙子，告诉你，我在外流浪时跟一个老乞丐学过一门功夫，如果你有兴趣的话我可以教给你。这门功夫本来是我们在要饭的时候施展的……"

庄飞扬对尹三爷那门功夫大感兴趣，当夜就跟他学了起来。

几天后的一个周末，庄飞扬在县城一个豪华的大酒店宴请王副局长，并托人请来了县残联郝主席，同时，还请了好多场面上的朋友作陪，包括一个当律师的朋友。

酒过三巡，庄飞扬站起来朗声说道："各位领导，各位朋友，现在，我给大家表演个节目，助助酒兴！"

大家的目光一下子全集中在庄飞扬的身上，庄飞扬吩咐服务员从厨房取来了一把亮光闪闪的菜刀，众人还没反应过来，只见寒光一闪，庄飞扬手起刀落，硬生生地把自己的左手掌从腕部齐刷刷地剁了下来！断腕处鲜血飞溅而出，喷了王副局长一头一脸，更让大家瞠目结舌

的是：那只刚剁下来的左手掌上的食指和中指，竟在"滴答、滴答"一下一下地敲击着桌面呢！

众人吓得脸色惨白、大声惊呼，而庄飞扬却是面不改色。王副局长最先清醒过来，他掏出手机要打电话，可就在这时，庄飞扬一声大喝："这里的人除了残联郝主席外，谁也不准打电话！"话音刚落，"啪！"王副局长居然吓得连手机都掉在了地上。

面如土色的残联郝主席打着哆嗦问庄飞扬："你……你让我给谁打……打电话？"

"打给你手下，请他们马上过来给我办残疾证！身份证和相片我都准备好了。快！残疾证啥时办好我啥时去医院！"

残联的工作效率特快，郝主席打

完电话，不到一刻钟，他的手下就赶到了，再过五分钟，庄飞扬的残疾证及相关手续就全部办妥，残废等级定为二级甲等。郝主席的手下想得周到，连钢印都带来了。

救护车早已等在酒店门口，那是酒店一个服务员偷偷出去打的电话，除此之外，大厅里的人除了郝主席，真的没人敢打一个电话。

庄飞扬还不忙着上救护车，他气定神闲地问那个当律师的朋友："我这算是犯法吗？"

那个律师说："你这是自残，按说……按说是……"

庄飞扬喝问道："是什么？"

那律师惊吓得嘴唇有点哆嗦："是……是没有犯法……"

庄飞扬又转过头来，问一旁的王副局长："请问王副局长，像我这样的残疾人创业，你们水利局，在政策上有没有什么优惠？"

王副局长说："减……减免一部分收费，并且……并且适当予以扶持。"

"怎么减免？怎么扶持？像你们局里添置小车这样的事要不要我再'支持'？"

"不要……不要你支持了。"

"那么，测量队那十多个人食宿，要不要我再'费心'了？"

"不要……不要你费心了。"王副局长早吓坏了，结结巴巴地说不出一句囫囵话来。

听了这些话，庄飞扬"哈哈"大笑，然后，他快步走到柜台前把账结了，又把残疾证放在那只断掌里，再用右手拿着断掌，匆匆出了门，但他并未上救护车，而是大踏步地扬长而去……

当天夜里，三岛湖上，银波荡漾，一老一少两人扁舟轻摇，谈笑风生，这是庄飞扬陪着尹三爷在巡视水库。

船上，尹三爷笑呵呵地对庄飞扬说："你可是'碎蛇功'唯一一个没当过乞丐的传人！"

此刻，庄飞扬又想到了当时在酒店里断腕的情景，他叹了口气，说："其实，我庄飞扬也是个明白人，该交的税，该付的费，我是一分都不会少交的！"

（题图、插图：黄全昌）

□ 李元奎

面对

陪审团

瞎火的，不小心踩到了卡车上，摔倒了，然后原路逃跑了。

周先生打电话报了警，警察很快赶来，勘察了现场，叮嘱周先生睡前要关好门窗。好在家里也没丢什么东西，只是踩瘪了一辆玩具卡车，第二天，周先生便把这事丢在脑后了，照常去公司上班。

谁知中午，周先生却收到了法院的传票，告状的是一个叫马丁的人，他状告周先生家的玩具卡车没有收拾好，致使他跌断了腿，周先生顿时气得七窍生烟！

这个马丁和周先生住在一个社区，三十多岁，是个靠政府福利金过日子的光棍、懒汉、酒鬼、赌棍，还因为吸毒贩毒蹲过监狱。他入室盗窃摔断了腿，原本是罪有应得，他不仅没有躲着藏着，还敢跳出来告状？简直是匪夷所思的混蛋逻辑！

周先生一家三口，办了"技术移民"，到国外去了，这一去就是6年。他居住的是一座美丽的花园城市，周先生家的二层小楼就掩映在红花绿柳之间。

这天半夜，周先生夫妇在二楼的卧室里已经睡熟了，突然，周先生被一楼传来的奇怪声响惊醒，难道贼进来了？周先生连忙披衣下床，先去隔壁卧室看7岁的儿子，还好，儿子依然熟睡着，然后他一边走一边按亮走廊、楼梯、一楼大厅等各处的灯，进行检查。检查到一楼的育儿室时，他确定有贼进来了：窗子开着，一辆玩具卡车被人踩瘪了，滑到了墙角处，估计是那家伙从窗户钻进来后，黑灯

周先生是个老实巴交、奉公守法的人，他有个华裔律师朋友，姓林。记得有一次，林律师和他开玩笑，说打官司可以找他，律师费打对折，周先生当时自信地说："要我打官司，除非公鸡能下蛋。"现在，公鸡果然下蛋。

下午下班后，周先生开车来到林律师的事务所，林律师听完情况介绍，无可奈何地耸了耸肩膀，说："周先生，你确实违法了，根据相关法律，因为你家里的东西没有收拾好，致使别人受伤，你需要负责赔偿。"

周先生的眼珠子都瞪出来了，叫道："这是什么鸟法律？他深更半夜潜入我家作案，摔坏了腿，我反倒犯法了？"

"这里的法律就是这样的。"林律师笑眯眯地说，"不过你放心，咱们可以反诉他，擅入私人住宅，图谋不轨，足够判他刑的了。"

周先生这才安心了些，咬牙切齿地说："这个王八蛋，是该到牢里清醒清醒了。"

十天后，法庭开庭了。照例，由七名市民组成了陪审团，其中有两个老太太，两个老头子，两名中年妇女，外加一个小伙子。

先是审理马丁起诉周先生因为家中的玩具卡车没有收妥、致使他跌断腿的案子，对此，双方均无异议，经陪审团裁定，法官宣判周先生赔付马丁一大笔钱。

接下来，审理周先生起诉马丁擅入民宅、图谋不轨一案，林律师首先站起身，来到陪审团面前，对着他们侃侃而谈："尊敬的陪审团的各位女士、先生，这个马丁我调查了，他是一个靠救济金为生的酒鬼、赌棍……"

马丁的辩护律师格林先生高叫："抗议！"

法官频频点头："抗议有效！林律师，请围绕案件谈！"

林律师瞪了法官一眼，说"我正是围绕案件在谈，请问诸位——什么人才会在半夜爬进别人家的窗子？哪位正人君子会这么干？"

林律师痛痛快快地把马丁的老底全揭了出来，这才回到自己的座上。

轮到格林辩护了，他是个年近六旬的老头，是一位名律师。马丁摔断了左腿，是坐着医院的轮椅出庭的，他的左腿上打着石膏，绑着厚厚的白色绷带，直伸着，显眼地跷在轮椅的踏板上。

格林把马丁推到了陪审团跟前，似乎是满怀深情地说着："我的当事人马丁先生，6岁那年，因为一场车祸，父母不幸双双遇难，他是在少儿救助中心长大成人的，从小就没有得到过父母的疼爱与家庭的温暖。"

配合着格林男低音的陈述，马丁恰到好处地抽泣起来。

格林继续声情并茂地诉说着："不可否认，我的当事人有这样那样的缺陷、毛病，但是，扪心自问，当圣诞的夜晚，我们欢聚一堂、尽享天伦之乐时，谁想到过可怜的小马丁，蜷缩在少儿救助中心的床上，如何地思念父母、如何地痛不欲生？我们可怜的小马丁，从他6岁到18岁成人，12年，4380个日日夜夜，孤独、凄惨、寂寞，长大成人的马丁，心灵的创伤致使他染上了一些毛病，难道我们不应该原谅吗？如果说马丁有罪的话，那么我们所有的人都有罪！"

陪审团中的四位老头、老太的眼眶首先湿润了，格林随即掏出一条手绢，走上前去，给轮椅上的马丁拭去泪花，说："那天晚上，我的当事人，他肚子饥饿，他只不过想要得到一块面包，所以才爬进了周先生家的窗子，准备去他家厨房找一块面包，以饱辘辘饥肠。在我们这个以美丽、富庶名扬天下的国度里，却有一个公民，饿得要去爬人家窗子，去拿一块面包……"

讲到这里，格林已是老泪纵横，他嘴唇剧烈地颤抖着，说："如果判马丁有罪的话，陪审团的女士们、先生们，请你们先判我格林有罪！我每月买狗粮，就要花去三四百块钱，而我却没有让我的狗稍微吃差一点儿，好省下一块钱来，给这位可怜的马丁先生买一块填饱肚子的面包……"

林律师与周先生对视了一眼，两人不约而同地感觉到：要坏事！果然，陪审团的表决结果是——5票对2票，法官宣判马丁无罪！

周先生瘫倒在椅子上，脑中一片空白，嘴里喃喃地咒骂着："他奶奶的陪审团，我骂你祖宗十八代！"

林律师难过地安慰道："周先生，官司输了，律师费我分文不取，你放心，我们一定要上诉……"

周先生一把推开了林律师，他快步冲出法庭，眼神直勾勾的，嘴角泛着可怕的泡沫。忽然，他冲向了一辆红色的美国产道奇轿车，这是当庭法官的车。他抱起了花圃里的一盆花，高高举起，疯狂地砸向车窗玻璃，玻璃立时应声而碎。周先生跌倒在地上，欲哭无泪，悲痛欲绝地痛诉着："我的心灵也受创伤了……我们夫妇带个孩子，来到这里，白手起家，拼死拼活地干，有3年时间我和妻子每人每天打3份工，一天只睡3、4个钟头，我们一分不少地纳税，养活了这个躺着吃救济的该死的寄生虫，公民们，陪审团的先生、太太们，你们的良心在哪里啊……"

可是，几名值勤警察迅速赶来，按住了周先生，给他戴上了手铐"这位先生，你有权保持沉默……"

周先生被捕了……

（题图：佐　夫）

告诉你我把密码

□ 王明新

常小丙是新大陆集团公司工会的一个普通干事，那天，他要到外地去开会，刚下楼，就碰见邻居许正茂，两人是很要好的朋友，而且许正茂也在新大陆上班。那会儿，许正茂正准备上车，急匆匆地要去参加公司的一个重要会议，两个人打声招呼，就各奔东西了。五天后常小丙回来，才知道许正茂因车祸已经离开了人世，阴阳两隔，再无聚首的机会！

许正茂的死，说起来也真是偶然之极，事情是这样的：

年底将到，公司按照惯例要调整一批干部，那天，许正茂急着参加的就是这会议。许正茂是公司党办副主任，今年四十出头，在这个位子上已经干了将近两年，公司一直没配正职，也就是说，名义上他是副职，做的却是正职的事，那天他怀着复杂的

心情担任了会议记录。

这个会议，从下午一直开到晚上八点，方案才定了下来，确定提拔的干部一共三十多人。

这事必须要特别交代一下：以前这样的会议都是用笔做记录的，现在公司推行无纸化办公，担任记录的许正茂用的是手提电脑，常委们确定一个人员，许正茂就在电脑上打出一个名字来，通过投影仪投在一个白色的大屏幕上。名单确定后要先公示，然后用带公司文件头的专用纸打印出来，盖上公章就可以正式发了。

那天的会议开得很晚，大家都饿了，党委书记提议共进晚餐，一行人就去了附近一家饭店。饭吃了一会儿，谁也没有注意许正茂什么时候提前退场了，常委们吃完饭又趁着酒兴唱起了卡拉OK，玩到很晚也没散。后

来，工会主席的手机突然响了，电话是市交警大队打来的，说第二大街发生一起交通事故，一辆轿车追尾撞上一辆东风大货车，由于轿车速度太快，轿车司机当场身亡，现场有人认出死亡的司机是新大陆集团公司党办副主任许正茂。后经检查，许正茂是酒后驾车，而且严重过量，是完全事故责任人。责任认定后，公司组织开了个追悼会，大热天尸体没往冷冻箱里放就火化了……

尸体火化了，麻烦却来了：新任命的干部要公示，打开许正茂的办公室，又打开了许正茂使用的那台电脑，意外的情况发生了——那个准备提拔的干部名单文档却怎么也打不开，许正茂给文档加了密，按理说这符合有关保密规定，许正茂做得对，但现在的问题是许正茂死了，密码只有他一个人知道，怎么办？

在这么一种万般无奈的情况下，常委们又坐到了一起，先是回忆，不料意外的情况又来了：两位主要领导的回忆产生了分歧，于是有人提议再重新讨论一次，但马上有人坚决反对，理由是："这么严肃的决定怎么可以随便推倒重来呢？"两种意见相持不下，最后党委书记十分恼火地拍板了："解开密码，把文档打开，我就不信活人能叫尿憋死！"

于是公司里那些精通电脑的人一个个被找来了，但遗憾的是最后他们全都一个个灰溜溜地走了。后来，电脑被搬进了一个会议室，专门派了两个保安看守，并贴出告示："能解密者奖励1万元。"

告示一出，不断有玩电脑的高手登门，但来的时候几斤几两，走的时候还是几斤几两，没人能把奖金拿走。五天时间过去了，常委们对解开密码已经失去希望，而这时候奖金已经提高到了3万元，而常小丙就是在这个时候回来的。

常小丙在工会的工作很轻松，是一个闲人，平时喜欢看些乱七八糟的书，写写推理小说什么的，他这次外出就是去参加市文联组织的一次采风活动。许正茂是常小丙的好朋友，因此许正茂的死让常小丙非常伤心。

这天下班，常小丙路过那个会议室，见许多人围着许正茂那台手提电脑议论纷纷，他就无意中说了一句："要解开密码，先要知道他的'心码'。"说者无心，听者有意，加上常小丙平时就有点怪，这话又说得玄妙，于是不断有人求上门来，要常小丙去解密。常小丙先是不理，后来求的人越来越多，常小丙不胜其烦，于是脱口而出说了几个英文字母："WNM"。当然没人相信会这么简单，以为常小丙开玩笑，要不就是说胡话，但事情就是这么怪，偏偏有个人信了常小丙的话，跑到电脑那里去试，结果文档真的被打开了，轻松地

拿到了3万元奖金！

这一下常小丙立即成了明星，一帮人把他拉进饭店，趁酒酣耳热之际，要常小丙说出他解开密码的奥妙，常小丙沉吟很久，起先不肯说，后来在众人的再三请求下，他叹了一口气，缓缓地说道："许正茂那天去参加会议，我见他面色潮红，说明他很兴奋；上了车却好几次都没能把车发动起来，这说明他内心紧张。他对这次转正抱有很大希望，而他今年已经四十多了，也是他最后的机会，结果完全出乎他的预料，是一个女士提了党办主任，当然，这是我事后听说的，因此当常委们又吃又喝的时候，他吃不下去，想喝酒又怕喝多了失态，所以才早早离去，但他又无法排遣心中的失落和不平，就找了个地方自己去喝闷酒，这一喝就喝多了，

驾车回家的时候就出了车祸……"

说到这，人们还是有点云里雾里，有人问："这和密码有什么关系呢？"

常小丙说的一句话石破天惊："他的密码就是在这种心境下加上去的——WNM，'为什么不是我'的英文是WHY NOT ME，缩写就是WNM，当然，这是我琢磨了几天才揣摩出来的！"

所有听的人全目瞪口呆了……

哲学先生评曰： 常小丙轻而易举地解开了旁人无法破译的密码，看似偶然，其实不然：常小丙了解许正茂的心思，掌握他的"心脉"，自然就能知道他的"心码"，从"心码"到密码，有其内在的规律，蕴涵着从偶然到必然的自然法则。世间万物都有从偶然到必然的规律所在，洞悉其奥秘者胜，无视其存在者败，这是真理。

（题图：谢　颖）

□ 侯智勇

帮你圆个梦

林飞喜欢旅游，他业余时间主持着一个"驴友"论坛，还建立了一个"驴友群"，经常发帖子介绍各地好玩的去处，还在QQ里跟旅游爱好者互相切磋，交流经验。

最近，"驴友"论坛和"驴友群"里进来了一个叫"小灰姑娘"的新网友，她经常向那些"大虾"们问一些笨笨的问题，引起了林飞的注意，林飞便将她加为好友进行私聊。"小灰姑娘"说，她从来没有出过门，更没有去过那些引人入胜的地方，因此特别向往。林飞便给她讲一些旅途中的

惊险和乐趣：过崎岖的山路，爬陡峭的斜坡，走湍急的险滩，翻险峻的崖壁，趟潺潺的溪水，听头顶的小鸟轻轻地唱，晚上找到一块平坦地安营扎寨、支锅做饭，大家"腐败"完后睡在温暖的帐篷里，闭目说着痴话"幸福啊！"

"小灰姑娘"听得入了迷，但她无奈地告诉林飞：她下肢瘫痪，无法成行……

林飞把"小灰姑娘"的事跟QQ群里的人一说，马上就有几个热心"驴友"愿意帮"小灰姑娘"完成心愿，他们说，哪怕是背，也要把她背上山，助人为乐，这比探险本身有意义多啦！于是大家商定，"五一"期间和"小灰姑娘"一起去攀登省内的大青山，那里地势相对平缓一些。

转眼到了"五一"前夕，就在大家摩拳擦掌要帮"小灰姑娘"完成爬山心愿的时候，从4月28日起，"小灰

姑娘"却忽然消失了,论坛上再没有登录,QQ群里也永远是一个黑色的身影,大家不知怎么回事,都猜疑被她"忽悠"了!

一直到"五一"过去,"小灰姑娘"都一直没有出现,结果大青山也没有去成,"驴友"群里顿时骂声一片,可到了5月11日,"小灰姑娘"突然又在论坛上出现了,林飞马上给她发了一条短信息,质问她为什么让那么多人失望。"小灰姑娘"过了好久才回复,而且说话吞吞吐吐、闪烁其词,林飞一看就火了:"你不是说要跟我们去爬大青山吗?想不到你年纪轻轻就涮人,这也罢了,现在又装傻充愣,哼!"

"小灰姑娘"赶紧道歉,她解释说,4月28日那天,父母都出门上班了,她苦苦央求邻居帮助她出了门,偷偷一个人到铁路附近的商店去买旅游探险用品,往回走时,只顾兴高采烈地欣赏那些东西,没看到一列火车越驶越近,等她反应过来已经来不及了,结果被呼啸而过的列车带来的强大气流击倒……

"你还蛮会编故事!哄鬼去吧!"林飞忍无可忍,他要求和"小灰姑娘"视频聊天,他要看看这个年纪轻轻的骗子到底是个啥模样,可是,"小灰姑娘"推三阻四不肯同意,林飞火了:"那就对不起了,'驴友'论坛不欢迎你!"

"小灰姑娘"慌了:"好吧,我同意……"

视频聊天开始了,林飞眼睛直勾勾地盯着QQ上对方那个旋转的画面,过了一会儿,图像出现了,就在这一瞬间,林飞傻了——里面竟然是个年近半百的妇女!"怎么回事?你……你是'小灰姑娘'?"

"不,'小灰姑娘'是我的女儿,叫林笑,她刚刚去世,我清理她的遗物,无意中登录这个网页,才知道她是要和你们一起去爬山……"画面上,那个妇女已经开始流泪,"那天,我的女儿被火车的气流击倒,虽然随后被送进医院,可由于脑部受了重伤,她呼吸微弱、瞳孔放大、血压下降,生命体征越来越微弱。为了抢救她,医院动用了所有的力量,可是,48小时过去了,女儿仍没醒来。等到第三天,医生告诉我,孩子不可能醒来了……虽然林笑的愿望再也无法亲自实现了,可你们是一群好心人,我代表林笑谢谢你们了……"

原来是这样,林飞呆住了。那个恰巧和自己同姓的女孩,那个虽然有些不谙世事但纯洁、可爱的女孩,原来已经走了,已经永远不可能在他们的庇护下爬上大青山了。

"小伙子,我还有个请求,如果国庆节有时间的话,我准备以特殊的方式帮助我女儿完成她的愿望,不知你愿意帮忙吗?"

林飞连连点头："阿姨，我一定帮你！"

"那好，一言为定！"林笑的妈妈说完，流泪的脸上终于绽开一丝笑容……

林飞把事情的真相在"驴友"群里一说，大家都感到震惊，几个当时说话尖刻的"驴友"也深为不安，可是，林笑的妈妈到底准备以什么样的方式完成女儿的遗愿呢？大家估计，她可能会带着女儿的骨灰去吧？这是个令人伤感的话题，后来大家都有意避开不谈了。

转眼到了"十一"黄金周，林飞跟林笑的妈妈联系好时间和路线，大家分头从自己所在的城市出发，然后在省城一家旅馆集中。汇合之后，林飞这才发现，跟林妈妈一起来的还有四个人：两个十四五岁的初中生，一个五十多岁的男人，还有一个七十来岁的老太太。林飞想，这些人一定是林笑的亲人吧，不过，那个老太太到底能坚持多久，他着实捏了一把汗。

一夜无话，第二天，大家坐车来到大青山脚下，开始了攀登。果然，仅仅过了一个小时，那个老太太就走不动了，林妈妈劝道："孙奶奶，要不，您就别往上走了。"老太太却很倔强："不，就是我这条老命扔在这里，也要爬上去，我要让笑笑看到更多风景啊！"

林飞赶紧和几个网友上来搀扶孙奶奶，林飞一边走一边问："孙奶奶，怎么，你们不是一家人吗？"

一行老泪从孙奶奶的眼窝里流出来："以前不是，但从'五一'开始，我们四个，就和林妈妈是一家人了。"

林飞用不解的眼神看着林妈妈，林妈妈咬了咬牙，说出了事情的原委：林笑生前立过遗书，一旦自己去世，要将她的肾脏和角膜捐献出来。她去世后，林妈妈忍着巨大的痛苦，到红十字会遗体捐献处签了字，最后有四个人接受了移植，其中两个人接受了林笑的角膜，包括失明多年的孙奶奶和那个男人，那两个初中生接受了林笑的肾脏，他们以前都是尿毒症患者。

"孩子才20岁，这么小就走了……我现在的心愿是多去几个地方旅游，这样可以让笑笑这个乖孩子多看看，多走走……"说到这里，孙奶奶泣不成声，林妈妈也揩了揩脸上的泪，喃喃地说："笑笑，你没有死，你还活着。"

林飞和几个网友已经哭得一塌糊涂，歇息片刻，他们搀着孙奶奶，拉着两个孩子，一起往上走，到中午的时候，终于一起踏上了大青山的顶峰，面对着层峦叠嶂的远方，大家扯开嗓子呼喊"林笑，你终于来到大青山了……"

（题图：谭海彦）

□崔新三

戏迷 山大王

月黑风高夜

上世纪的二十年代，辽宁西部遍地枭雄，黑山一带一个名叫孙继梦的青年也拉起一干人马，当上了山大王。

这个孙继梦从不骚扰穷苦百姓，专跟那些为富不仁的有钱人为敌，这个山大王还有一个奇怪的嗜好：从小爱听"二人转"，有时还要玩票下海唱上几口。孙继梦落草为寇后，成为官府捉拿的对象，当然也就不敢抛头露面去听二人转了，他憋得嗓子眼儿痒痒，就想出了一个法子：绑票。人质的亲属带着赎金上山赎票时，孙继梦会别出心裁地跟来人中会唱二人转的唱上一段，如果这位山大王唱得高兴了，还会将赎金减半，他就用这个办法过戏瘾。渐渐地，孙继梦的这个嗜好在辽西一带传开了，人们都称他为"戏迷山大王"。

一天晚上，孙继梦带领着十几个弟兄，偷偷潜入黑山县城。这一次，孙继梦抢劫的对象是三江商行的王老板，王老板有个儿子在保安团当参谋，仗着儿子的势力，他在黑山县城欺行霸市、抢男霸女，无恶不作，孙继梦便准备虎口拔牙。

月黑风高，孙继梦带着人翻墙进入王家大院时，竟然没遇到一个人，突然，从前院传来一阵唢呐声，原来王老板家前院正在唱二人转！孙继梦立刻就像馋猫闻到腥味似的，两条腿就迈不开步了，见此情景，山寨二当家的催促说："大哥，此地不可久留，我们赶快走吧！"

孙继梦却如醉如痴地说："我听出来了，这是'万人迷'唱的《西厢记》，太好听了！我已经三年没听过'万人迷'的戏了……"

"万人迷"是当年辽西地区最走红的二人转女艺人，用现在的话说，孙继梦就是"万人迷"的铁杆"粉丝"啊！二当家的见孙继梦动了听戏的念头，便提醒说："大哥，王家大院对面就是保安团司令部，万一被他们发现了，弟兄们就不好脱身了！"

此时此刻，孙继梦的戏瘾上来了，他说什么也不肯离开王家大院，实在没有办法，十几个弟兄只好冒险陪这个戏迷山大王听起了二人转。

听就听吧，听完走人，按理也不会闹出什么事来，可偏偏这个王老板见"万人迷"长得俊俏，竟然动了色心，他闯进后台，企图强暴，其实这个王老板早就对"万人迷"垂涎三尺，他把"万人迷"请到家里唱堂会，一开始就没安好心。

眼看着自己心目中的偶像被恶人侮辱，孙继梦怒火中烧，他双手提着两把驳壳枪，不顾一切地冲了过去，毫不犹豫地举起枪来，"啪啪"两下就把王老板的脑袋瓜子打开了花，然后

一把拉起惊魂未定的"万人迷"说："快走！"

"万人迷"从小就在戏班子里混，走南闯北，也算是半个江湖中人，她冷静下来之后，一下跪在孙继梦面前说："这位大哥，请留下尊姓大名，我万人迷日后一定报答您的救命之恩！"

孙继梦说："我叫孙继梦，是你的戏迷，也是个票友，如果日后能跟你这样的名角同台唱一次二人转，我孙某就是死了，也能闭上眼睛了！"

"万人迷"对孙继梦也早有耳闻，她抹了抹泪眼，说："孙大哥，日后我一定会和你同台唱一曲二人转的！"话刚说完，只听见外面枪声大作，王老板的儿子带着保安团的几十名团丁赶来了，王家大院顿时乱成了一锅粥，混乱中，"万人迷"和戏班子的人仓皇逃离，孙继梦指挥弟兄们跟保安团展开了激烈的枪战，枪战中，二当家和六个弟兄丧命。

血流了，人死了，可孙继梦对二人转的痴迷却一点没减。半年之后，孙继梦又绑架了一个富家子弟，此时，王老板的儿子已经升任保安团的团总了，他得知这一消息后，就想趁此机会捉拿孙继梦，报杀父之仇。王团总在保安团里精心挑选了十几个枪法好的团丁，装扮成二人转艺人，还让一个眉清目秀的亲信打扮成女人模样，一干人马带着喇叭、胡琴等文武场上的乐器，在那个富家子弟家属的陪同下，以

"赎票"的名义，乘坐几辆大马车，来到了孙继梦的山寨门前。

孙继梦听说来"赎票"的家属还带着一个戏班子，一时高兴，就放松了警惕，于是，他换上戏班里的演出服，旋转着花手绢，兴致勃勃地跟那个男扮女装的"女艺人"一起演唱了一出《牛郎织女》。

戏正演得热闹，突然，那个扮演织女的"女艺人"从怀里掏出手枪，一下子逼住手无寸铁的孙继梦："不许动！动一动我就打死你！"几乎同时，随同上山的那些人一个个掏出了身上的家伙，早就埋伏在山下的大队保安团丁立刻对山寨发起了攻击，孙继梦的手下溃不成军，这个戏迷山大王束手就擒，被押回了县城。

刑场上的"二人转"

王团总要砍掉孙继梦的脑袋，祭奠他父亲的亡灵，刑场就设在县城内一个广场上。

行刑那天，团丁押着戴了手铐、脚镣的孙继梦上了刑场，按照当地的风俗，犯人在临刑前，送行的亲人可以敬他一碗酒。孙继梦是个孤儿，他在黑山县城没有亲人，王团总为了显示自己的开明大度，他操着公鸭嗓对前来看热闹的人们高声宣布："我王某人虽然跟孙继梦有杀父之仇，但是，我也不愿意看见他空着肚子上

路，你们哪个能积点阴德，赏他一碗酒喝？"

王团总话音未落，只见一个长相俊俏的年轻女子，一手抱着一个酒坛子，一手拿着一个大碗，快步走到孙继梦面前说："孙大哥，我来给你送行！"

孙继梦睁眼一看，来人竟然是他日夜倾慕的"万人迷"！两人在这种场合相见，孙继梦百感交集，他含着热泪喝下了"万人迷"双手送上的一大碗酒，然后长叹一声说："唉，我孙继梦今生今世不能跟你同台唱二人转了！"

"万人迷"显然是有备而来的，这当儿，只见她从怀里掏出两块花手绢，说："孙大哥，我今天一是来给你送行，二是来兑现我的诺言，和你同台唱一出二人转，就算是报答你的救命之恩吧……"

一个要死的人，还要唱二人转，这可是从来没有过的事情，王团总立刻命令团丁把"万人迷"轰走，谁知"万人迷"不慌不忙地走到王团总面前，低声说："王团总，你要是不满足孙继梦的这个愿望，我就把你父亲是怎么死的，当着大家伙儿的面，全给你抖落出来！"

"万人迷"虽然声音不高，却把王团总吓出了一身冷汗，毕竟他那个老色鬼父亲死得不光彩，要是"万人迷"真的当众把这件事抖落出来，他这个

道貌岸然的"君子"就要颜面扫地了。王团总权衡利弊，被迫答应了"万人迷"的要求，并吩咐手下给孙继梦松了绑。

听说孙继梦临死前要和"万人迷"唱二人转，刑场周围顿时沸腾了起来，随同"万人迷"一起来的乐师也走了过来，给这两个奇人伴奏，一

时间，刑场上空响起了二人转的优美旋律，孙继梦和"万人迷"像模像样地唱起了二人转的名段《劈山救母》……

一出《劈山救母》演唱完毕，孙继梦知道他的最后时刻就要到了，此刻，这个山大王仰天"哈哈"大笑"我孙继梦今生能跟万人迷合唱一出戏，死而无憾！"说完，他大步走向断头台……

就在这时，又一个出人意料的场面出现了，只见"万人迷"跑上前去，双手紧紧抱住孙继梦，泪流满面地说："孙大哥，王团总的老爹是因我而死的，这半年多来，王团总几次派人想杀我灭口，都因为戏班子的兄弟姐妹们暗中相助，我才能活到今天……今天我又在大庭广众之下跟你同台演戏，我料想王团总是不会放过我的，就让我跟你一起去吧！"说着，她从怀里掏出早就准备好的匕首，用力刺进自己的胸膛……

这一切发生得太突然了，孙继梦抱着血流如注的"万人迷"，高声哭喊着"万人迷，是我害了你呀！"说着，他拿起"万人迷"手中的匕首，毅然刺向自己的心脏……

孙继梦和"万人迷"死去已经八十多年了，可是，他们两人的这段动人传说，一直在关东一带广为流传……

（题图、插图：黄全昌）

·中篇故事·

现如今时兴"驻×办"，驻北京的称为"驻京办"，驻上海的称为"驻沪办"，"牛村"是一个偏僻的小村子，它居然在马铺市有个"驻马办"，我们的故事，就从这"驻马办"说起……

牛村

"驻马办"

□ 何葆国

1. 最牛的"驻马办"

牛村是马铺市最偏僻的山村，狭长的山谷里住着一百来户人家，有人说它像是被丢弃在崇山峻岭之间的一根牛绳，可它却在马铺市有个"驻马办"，那里的头儿叫牛胜利，其实他只是一个小小的包工头，手下不过有一支杂牌施工队，一间歪歪斜斜的工棚，他却牛皮哄哄地把它称作牛村"驻马办"——牛村驻马市办事处，嗨，你说牛不牛？

这天，牛村"驻马办"里来了个人，他叫牛永春，牛永春在村小当代课教师，大半年没领到工资了，他心一横，和老婆一起来到马铺闯世界了。城市茫茫一片像大海，他们不知该到哪里去，于是就先到了"驻马办"。

牛胜利一见牛永春，就咧着嘴"呵呵"直笑，比着手势说："马铺有个'驻京办'，牛村有个'驻马办'，牛村人上马铺来，都要先来'驻马办'报到。永春，你这牛村的秀才，挑砖打桩的活儿能行吗？"

牛永春到底是文弱书生，干不了重活，几天后只好离开了"驻马办"。

64

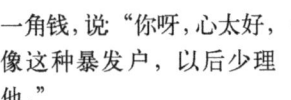

老婆进了一间服装厂，住在工厂宿舍里，过了几天，牛永春找到一份贴小广告的活儿，干了半个月，又改行卖起了光盘。

这天，牛永春正在街头兜售光盘，突然听到一阵骚动，有人喊道："城管来了——"小商小贩们"哗"地四处逃窜，牛永春跑得比兔子还快。

牛永春跑进了街头拐弯处的一间公厕，这是他上次偶然发现的"避风港"，一来二往，他跟管公厕的老头就混熟了。一会儿，外面的动静渐渐恢复了正常，他知道没什么大事了，就在他走出厕所的时候，一个西装革履、头发光亮的中年男人快步走过来，三步并作两步的，看样子是内急了。管公厕的老头坐在桌子后面，伸出一只手，摆出了一副公事公办的样子："两角。"

穿西装的气呼呼地盯了老头一眼，"啪"地把一张百元大钞往桌上一拍，说："老头子，睁眼看看，这张够拉五百次了！"

老头推开了大钞，冷冷地说"我没零钱找你。"

"你——"穿西装的气得脸色发青，却又无可奈何。牛永春正好走了过来，他手上捏着五角钱，放到老头面前，说："算了，我帮他交了。"穿西装的感激地看了看牛永春，像是得到特赦一样，也顾不上道谢，就火烧火燎地往里面走。老头找给了牛永春一角钱，说"你呀，心太好，像这种暴发户，以后少理他。"

牛永春走出了公厕，脚步就慢了下来，看着面前川流不息的行人和车辆，想着日后一家人的生计，心情变得有些沉重。这时，穿西装的那人也从公厕出来了，他脚步轻松，转过头看到牛永春，便笑吟吟地说："谢谢你帮我付了钱。"

牛永春淡淡一笑，摆了一下手，意思是说两角钱就别提了。

穿西装的上下打量了一下牛永春，问："看你长得挺斯文，做什么的？叫什么名字？"牛永春简要地说了一下自己的情况，穿西装的像是想了一想，说："这样吧，你到我这边来干活，我有座别墅闲着，你就替我看管别墅。"

"这……"这真是意外的运气，牛永春感觉像是做梦一样。

穿西装的拍拍牛永春的肩膀说："我看你是个厚道人，实话跟你说吧，我这人有个优点，就是做事干脆，走，现在我就带你去。"那人随后又到停车场把自己的车开了出来，让牛永春上了车，一路开着，到了水尖山脚下，停在一座两层小洋楼前面。

路上，牛永春已经看过了名片，知道眼前这人叫刘伟雄，是一家房地产公司的老总。这当儿，刘老板用遥控想打开别墅院子的铁门，可门开不

了，他只好下车开了门。

院子里长了许多杂草，有几盆花都枯死了，角落里还堆着一堆废弃的纸箱，看样子好久没人来料理了。

刘老板说："我在广场那边的小区住，这别墅很少来，有时就借给朋友用一用，现在交给你了，你好好给我看着。"说着，刘老板打开正门，简单向牛永春介绍了一下别墅的结构和功能，交给他一大串钥匙，并跟他约法三章：一、防火防盗；二、清理卫生，搞好绿化；三、只准他居住，不准留宿外人。刘老板说了一通，接着又问："明白了吗？"牛永春本来就是明白人，连声说明白了。

刘老板真是爽快人，当场就先给了一千块钱，作为第一个月的工资。他走了之后，牛永春楼上楼下走了一遍，除了二楼两间房间没办法打开之外，其他每个房间他都打开门来，探头探脑看了又看，心想，这些天都住五块钱一晚上的大通铺，现在可住上别墅啦！带着抑制不住的狂喜，牛永春拿起电话就想打给老婆，想告诉她自己住上别墅了，可是想到老婆工厂这时是上班时间，不会给工人传电话，他只好搁下了话筒。

这天晚上，牛永春住在一楼右侧的一间厢房里，这是刘老板指定的卧室，看样子原来就是给佣人准备的，有卫生间、有空调、有彩电，床是宽

阔柔软的席梦思，配置差不多是三星级宾馆的水准。牛永春在干净、暖和的床铺上翻来覆去睡不着，想起到马铺第一天晚上也是失眠，不过那是在牛胜利破旧、简陋的"驻马办"，身子冻得发抖，床板又硬得像棺材板一样，谁能想得到今天他突然住上了别墅，要问花了多少钱？嘿嘿，只有两角钱！他心里想："牛胜利的'驻马办'牛什么？这里才是最牛的'驻马办'！"

2. 人丁兴旺的"驻马办"

第二天，正好是牛永春的老婆每个月一天的休息日，牛永春跑到老婆的工厂门口，一见老婆就拉起她的手，说："我带你去住牛村最牛的'驻马办'，豪华大别墅！"老婆撇了撇嘴，压根儿就不当一回事，直到牛永春带着她来到别墅门边，用钥匙打开了铁门，他老婆这才惊呆了。牛永春说了事情的来龙去脉，老婆惊得嘴都合不拢了。

牛永春夫妻从没住过这么高档的房间，这天晚上，竟然整夜睡不着觉，睡不着觉也好，两个人就坐在床上说话，把分别一个多月该说的话全都说了。第二天一早，老婆有些依依不舍地离开别墅去工厂上班，牛永春送到门边，说："下回休息日，你自己搭车回来就行了。"那口气就像他是别墅的主人似的。

住在最牛的"驻马办"里，活儿不累，心情不错，时间似乎也过得快了。这天，牛永春到市场买了一些扫帚和浇花用的喷水器，哼着小曲一路走回别墅，突然，一辆摩托车停在牛永春身边，原来是牛胜利，他招呼道："秀才呀，发什么横财啦？都住上别墅啦？"

牛永春心想，消息这么快就传到牛胜利耳里了，恐怕是老婆跟厂里的老乡说的，然后传出去的，这也好，杀杀他那个"驻马办"的威风！

"走走，到你别墅参观参观。"牛胜利不由分说就把牛永春拉上车，往水尖山方向赶去。

到了别墅跟前，牛胜利眼睛都直了，连声啧啧赞叹，他回去后更是四处传扬，没多久，牛村在马铺打工的人都听说牛永春住别墅了，有人闲着没事，就找上门来看个新鲜。大家都是同村同姓的，牛永春不敢把人拒之门外，好在主人从没露面，也没给牛永春带来什么麻烦。每次牛村人来参观别墅，都跷着大拇指说：牛胜利那个"驻马办"算个啥，这才是最牛的"驻马办"呀！这话让牛永春听了心里特别受用。

这天一大早，院子外面就有人叫道："永春，永春呀——"一听到那牛村腔，牛永春哭笑不得地想："大家果真把这当成'牛村驻马办'了。"他磨磨蹭蹭，老大不情愿地走了出来，一看，铁栅栏外面站着同村的牛福清，扯起来也算是他的叔辈，牛福清打着哈哈说："永春呀，你好气派，住这么大的楼房。"

"这是别人的房子，我只是个看门的。"牛永春说着，还是把门打开了。

牛福清身上背着一只被包卷，一下就从门缝挤了进来，说："都说这儿是'牛村驻马办'，我就来住几天。"

牛永春一听，脑子里"嗡"地响了一声，连忙一口拒绝："这、这不行啊——"

牛福清一边往里面走去，一边说："我睡地板就行了，永春呀，你也知道你叔是穷人，没钱住旅社。"

"这、这……"牛永春支支吾吾地，不知道是答应好，还是拒绝好。牛福清把身上的被包卷往地上一搁，说："我现在有事出去，完事后再回来。"说完，他便转身走了。

牛永春叹了一声，只好把牛福清的被包卷提到自己的房间里，心想，看来他是甩不掉的鼻涕了，除非撕破脸赶人。

牛福清这一走就是一整天，他是吃晚饭光景回来的，牛永春见他像是散了骨架子，脚步蹒跚，看起来非常疲惫。他到城里干什么了？牛永春想知道，又懒得问。牛永春把牛福清带到自己的房间，发现他无精打采的，像是没了魂儿，实在横不下心赶他

走，只好把他安排到储藏间过夜。

也就在这个时候，牛永春忽然听到门外"嘀"地响起了小车的喇叭声，他知道刘老板来了，赶紧跑出门去迎接。

刘老板见了牛永春，按下半截车窗玻璃，问："这几天情况怎么样？""很好，一切正常，平安无事。"其实，这几天，陆陆续续地来了一些牛村的乡亲，牛永春生怕被刘老板察觉出什么蛛丝马迹，所以有些提心吊胆的，他故作镇静地这么说着，然后把大门推开："你请，刘总。"

刘老板进了别墅后就径直上楼了，这当儿，牛永春赶紧走到储藏间门口，把嘴对着门，压低声音对里面说："别出声，老板来了。"牛福清听不清，问道："怎么啦？"牛永春连忙

嘘了一声，推开一道门缝说："千万别出声，老板来了。"牛福清似懂非懂地"哦"了一声。

"你在跟谁说话？"刘老板一边从楼梯上走下来，一边向牛永春问道，牛永春差点吓破了胆，强笑两声，掩饰住慌乱的神情："没人……我看见一只老鼠……"

刘老板手上提着从楼上房间取来的袋子，对牛永春说："你要替我把别墅看好，注意防火防盗，不能留宿外人，哪怕是你的亲戚朋友。"牛永春连连点头说："是，是，是。"刘老板说完，径直向外面走了出去。牛永春如释重负地嘘了口气，心跳这才渐渐恢复了正常，他推开储藏间的门，对牛福清说："你呀，差点给我惹了麻烦！"

当天晚上，牛福清就睡在储藏间里。这一夜，牛永春睡得很不踏实，住进"驻马办"以来的一些事，像电影一样在眼前晃动着……

3. "驻马办"来了一个美女

第二天，牛永春睡过了头，他从房间里出来，发现储藏间的门开着，牛福清已经不见了踪影，估计

他是走了，可是外面的铁门还反锁着，想必牛福清是翻越栅栏走的。牛永春心想：这家伙到底来马铺干什么？搞得这么诡秘！

吃过早饭，牛永春打扫了院子，拿了一块干布正在擦拭铁门和门框。"突突突"，一阵摩托车声响了起来，只见牛胜利骑在车上，跑了过来，他一见牛永春就亲热地叫唤："秀才，我来你这'驻马办'玩玩。"

那边一把鼻涕甩不掉，这里又有一只毛毛虫粘上来了，牛永春冷冷地绷着脸说："这是人家的房子。"

牛胜利停好摩托车，大大咧咧地说："现在牛村人都知道你这'驻马办'比我那上档次了。"

虽说牛永春不欢迎他，但也不敢拉下面子，便带着牛胜利在别墅里随处走走。牛胜利像作客一样，跟在后面，眼珠子滴溜溜地转，有时看到桌上的一些摆设，还好奇地用手去摸。

忽然，门外响起了汽车声，牛永春下意识地一哆嗦，紧张地拉着牛胜利的手说："快，快躲起来。"他不容牛胜利说什么，一个劲地推搡着牛胜利往储藏间走去，"你躲在里面，千万别出声，要出声我就惨了。"牛胜利一头雾水，还没说什么就被牛永春推进了储藏间。

牛永春带上门，把外面的锁扣也扣上，这样牛胜利就出不来了，确保万无一失。这时，院子外面响起两声

喇叭，"来啦来啦，"牛永春一边应着一边奔了出去，手脚麻利地打开了门。

刘老板穿着一身休闲运动服，从车上走了下来，从另一边的车门也下来了一个人，是个俏丽的年轻女子，打扮得花枝招展的，牛永春觉得有点眼熟，却又想不出是谁，好像是电视上见过的美女。只见刘老板把手搭在美女的肩膀上，两人亲昵地走进了别墅，径直向楼上走去。

平时，牛永春在电视上看过许多老板和小蜜的故事，没想到今天看到了"现实版"，想必这别墅平时就是他们寻欢作乐的场所。当然，这是人家的事，和自己无关，自己该干什么还得干什么。这时，牛永春在客厅里擦桌子，听到了楼上的说话声，是刘老板正在向那个女的吹嘘这别墅如何如何好，值多少钱，一会儿，他们从楼上走下来了，牛永春不想正面见到他们，便走进自己的房间回避了一下。

刘老板原来是带着美女参观别墅的，他们察看了一楼客厅的装饰和摆设，然后往侧楼这边走来，刘老板一边走一边指点着说："那是佣人的卧室，对面是储藏间。"

刘老板正说着话，不料牛胜利在储藏间里弄出了一点响动，牛永春的心猛地提了起来，这时刘老板说话了："这别墅有段时间没住人，倒成了老鼠的安乐窝。"牛永春听了，这才稍

稍松了口气，又听见刘老板说"明天我叫人采购一些日用品，你就可以正式入住了。"

一会儿，刘老板拥着那女的走了出去，牛永春这才顺着墙根摸出了卧室，像做贼一样盯着他们的背影，见他们上车走了，一颗悬着的心才放了下来。

牛永春正要去关铁门，储藏间里响起一阵拍门声，他只好走过去把门打开，没好声气地说："你吵什么呀，我老板来了你懂不懂？要是被他发现就完了。"

牛胜利憋不住地吐了一口长气，说："你老板……声音好像有点熟，你老板姓什么？"

牛永春心想，你差点坏了我的大事，我老板姓什么关你什么鸟事？他故意说："姓什么？比牛大，虎！"

牛胜利眨巴着眼睛，想了想，说"姓'胡'？声音好像很熟……"他走到大门口，还踮起脚尖往前边望了望，可是什么也看不到。

牛永春说："你该回你的'驻马办'了，我要搞卫生了。"说着，他硬是把牛胜利推出了门，然后把铁门"砰"地关上，这才骂骂咧咧地走了。

吃过午饭，牛永春准备上街买点东西，刚打开铁门，门外像是有一只麻袋沉甸甸地压了进来，原来是牛福清靠门坐在门槛上，门一开他就倒了。牛永春大吃一惊，弯下身子抱住牛福清，发现他的神情很不对劲，全身软绵绵地站不住，却又重得像一块巨石。牛永春只好把他放下，用手摸了摸他的额头，像是被火烫了一下，心想他这是发烧了，难怪敲门都没力气了。

面对这样一个生病的同村人，牛永春觉得进退两难，自己能丢下不管吗？把牛福清像垃圾一样扔得远远的，这太狠了，他做不来。看着牛福清苍老的面容、迷糊的神态，他心里微微颤动，一咬牙，还是把牛福清背了起来，一口气背到储藏间，放在床铺上。

牛福清干裂的嘴唇在嚅动，想要说什么却说不出来，牛永春急忙给他端来一杯水，他喝了一小口，突然张大嘴全喝了下去，牛永春说："你病了，好好躺会儿，我等一下给你买点退烧的药。"

牛福清拉住牛永春的手，嘴里含糊不清地说了一句什么，一滴浑浊的眼泪掉了下来……

4. "驻马办"里的阴谋

一会儿，牛永春从街上买药回来，看到"驻马办"门前停着一部工具车，有个人在敲门，连忙跑上前去，原来是家具店送席梦思来了，他便帮着把席梦思抬到二楼，然后送走司机关上门，走到储藏间门前，一看，眼睛一下瞪大了："你？你怎么进来了？"原来，不知什么时候，牛胜利竟神不知、鬼不觉地进来了！

牛胜利坐在躺着的牛福清身边，爱理不理地对牛永春说："刚才你们搬床铺，门没关，我就进来了。"

牛永春心里恨不得踢牛胜利一脚，他从鼻孔里哼了一声，气得什么话也说不出来。

"福清看来病得不轻呀，"牛胜利摸了一下牛福清的手，接着又问牛永春，"他来马铺干什么呢？"

牛永春早就气得憋不住了，尖着声音嚷道："他来干什么关你什么

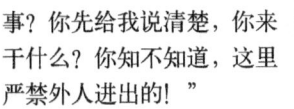

事？你先给我说清楚，你来干什么？你知不知道，这里严禁外人进出的！"

牛胜利嬉皮笑脸地说："大家都是牛村人，又不是外人，这里是'牛村驻马办'嘛！"

两个人的声音惊醒了昏睡中的牛福清，他微微睁开眼睛，嘴巴一张一合，声气虚弱地说："我、我、走……"

牛永春叹了一声，蹲下身子扶着牛福清坐起来，从口袋里掏出一包药片，说："你这样子能走到哪去？来，吃药吧。"说着，牛永春把药片倒在牛福清张开的嘴里，给他喂了一口水。

牛胜利说："秀才，你刀子嘴，豆腐心，是个好心人啊！"

牛永春把牛福清放平下来，很不高兴地瞟了牛胜利一眼，心想，这所谓的"驻马办"摊上了这两个牛村人，也真是没办法呀！

"秀才，我想跟你商量件事……"牛胜利的声音突然变得有些怯生生的，牛永春起身走出储藏间，牛胜利像尾巴一样跟了出来，仍是怯生生地说："你看，行不行……"

牛永春黑着脸说："什么破事？"

"这个，我那'驻马办'……工程款一直被拖欠……"牛胜利说着，一副愁苦的样子。

牛永春说："那你就去找老板要钱呀！"

"可是、可是老板连个影子也找

不到……"牛胜利说话的声音一下带了哭腔，"到他公司被赶出来，打电话给他，他一听是我就挂掉……"

一个大男人被欠款逼成这样，牛永春不由有些同情，说："这年头欠债不还的，太多了，你还是再想想办法吧。"

牛胜利叹了口气，带着乞求的语气说："'驻马办'十几张嘴要吃饭呀，都是牛村人，我实在……你能不能先借我几百块？"

牛永春犹豫了，他身上几百块是有的，可是……牛永春正在琢磨这钱该借还是不该借，突然外面又响起了汽车声，牛永春全身一个激灵，着火一样对牛胜利说："快，快，快躲起来！"

牛胜利再次被牛永春推进了储藏间，牛永春说："别出声呀，千万别出声！"说着，他把锁扣扣上，镇定了一下，这才跑出去开门。

刘老板已经下车了，拉开后座的车门，一具胖胖的身子挤了出来，原来是一个戴墨镜的胖男人，乍一看就像个大人物，挺着一个滚圆的肚子。刘老板恭敬地用手示意胖子先走，胖子漫不经心地看了看别墅，说："还可以嘛。"

刘老板谦恭地说："郑老板不嫌弃就好了。"

两个男人一起走进了别墅，牛永春轻轻关上门，识相地落在他们后面。

刘老板请胖子郑老板进了客厅，请他观赏了一下博古架上的摆设，便一边带他往楼上走，一边说："楼上主卧很大，有自动按摩浴缸，席梦思是新买的，包你满意。"

胖子像领导似的，说："硬件还行，关键要看软件行不行。"

刘老板笑眯眯地说："等一下我叫她一起来吃饭，你就知道行不行了。"两个男人心照不宣地笑了起来。

牛永春听得出来，他们说的"软件"其实就是女人，看样子就是上午刘老板带来的那个美女，看来这胖子是个厉害角色，刘老板有事需要讨好他，准备把别墅送给他住，还要送一个小蜜，供他金屋藏娇，现在的有钱人呀……牛永春心里不由骂了一声。

两个男人在楼上转了一圈下来，走到院子里，胖子看到正在浇花的牛永春，向刘老板努努嘴，大意是问这人怎么样，刘老板低声说："这人不错，可靠。"

他们开车走了，牛永春松了口气，心想，又躲过了一次。也真是的，每次老板来，他都吓得心惊肉跳，谁叫他私自藏着外人呢？

储藏间里"乒乒乓乓"地响着，牛永春只好过去把锁扣取了下来，牛胜利猛地从里面冲出来，跑到客厅门口

又折回头，自言自语地说："怪了，那说话声好熟悉……"

牛永春说："那是我老板，要是让他知道储藏间里藏着人，我就玩完了！"

牛胜利突然定定地看着牛永春说："你老板不是姓胡吧？"

牛永春不悦地说："他姓什么跟你没关系。"

牛胜利眼珠子转了一下，伸了个懒腰说："那是那是，没关系。"他突然"呵呵"笑了两声，让人很费解。

天色渐渐黑了，牛永春心想，牛福清是个病人，不能不让他躺在储藏间，而牛胜利，就没理由让他留下来了，想到这里，他装出一副严肃的样子，说："胜利，我们一笔写不出两个牛字，别说我不给情面，我老板是明令禁止的，不能让外人来这里，你还是回你的'驻马办'吧，没钱我先借你五百。"

牛胜利听了，感动得直搓着手："这……秀才，你真是大好人。"

"谁叫我们都是牛村人呢？"牛永春说着，转身走进房间，掏出钥匙打开自己的小抽屉，就在这一瞬间，突

然，牛胜利操起门后的扫把，朝牛永春的脑袋敲了一下，牛永春哼了一声，身子软绵绵地歪了下来……

牛胜利打了牛永春，显得有点慌乱，他喃喃地自言自语："秀才呀，别怪我，我这也是没办法，苍天在上，我下手不重，是你身子骨不经打呀……"

5. "驻马办"惊心的一夜

夜里十点左右，"嘀——"别墅外响起了汽车喇叭声，"驻马办"就跑出一个人来，把铁门打开了。

刘老板的车停在别墅门前，他走下车，从后座上用劲地拉出胖子，他发现醉酒的胖子像一头肥猪一样，扶都扶不住，连忙叫同车的一个年轻女

子来帮忙,这女子,就是上午来过的那个美女。

她皱着眉头,撅着嘴说:"自称酒精考验,一瓶五粮液就不行了。"

"今晚,郑老板一下被你迷住了,喝得太快,不然他一瓶酒是没事的。"刘老板说着,和年轻女子一人搀住胖子的一只胳膊,像架着一块冰冻肉条一样,脚步踉跄地往别墅里走。

刘老板一边走一边说:"小青呀,你可要对郑老板好点,我不会亏待你的。我的事儿要靠他呢,他好,我好,你就好,嘿嘿……"

被称作"小青"的女子嘀咕着说:"肥猪一样,让人没胃口。"

醉醺醺的胖子嘴里发出含糊不清的声音,肥胖的身子一直要往地上倒下来,两个人好不容易把他架到客厅的门槛前,小青叫了一声,说:"我不行了,我没力气了。"刘老板扭头看了一下,对落在后面的牛永春说:"来,你过来帮忙。"

牛永春大步走了过来,小青见状一松手,胖子肥胖的身躯就歪了下来,牛永春眼疾手快地把他抱起来,和刘老板一起架着他,又扶又拽地弄进客厅。

刘老板喘着粗气,说:"不行了,歇会儿。"他和牛永春一起松开手,胖子立即像一团五花肉倒在了地上。

"比跑马拉松还累。"刘老板说着,扭头看了牛永春一眼,就在这一刹那,刘老板惊呆了:眼前这人居然不是牛永春,而是给他干活的小包工头牛胜利!刘老板像是见到鬼一样叫了一声:"怎么是你?"

"刘老板,我找你找得好苦呀!"牛胜利猛地扑向刘老板,一手揪住他的衣领,一手就从裤腰带上拔出一把菜刀,顶住了刘老板的肚子。原来,牛胜利上一回听到刘老板的声音就有些生疑,这一回他又听到了那声音,他确认那不是什么"胡老板",而是那个拖欠了自己工钱而赖着不还的刘老板,于是便趁牛永春不备将他打昏,然后假冒"牛永春"守候在"驻马办"。

"你——"刘老板龇牙咧嘴地叫了一声,小青也发出一声尖叫,牛胜利操起手上的菜刀,朝着她扬了扬,她才乖乖地抱头蹲了下来。

刘老板全身哆嗦,声音也在发抖:"牛胜利,你这是干、干什么?有话好好说……"

"我要干什么,你别装蒜不知道,你欠我工钱,一直拖着不还,我那十几张嘴要吃饭呀,我、我……"牛胜利嘴里吐着粗气,一个劲地喷到刘老板的脸上,手上的菜刀搁在刘老板的肚子上,越搁越深,把衬衫划破了一道口子,血丝渗了出来。

刘老板扬起脖子叫道:"牛永春,你在哪?快来救我!"

牛胜利操起刀,恼怒地在刘老板的肚子上蹭了一下,说:"别指望牛永春了，他被我打昏了，一时半会醒不过来。"

刘老板一听，只得无奈地叹了一声，说："不就几个、几个小钱吗，你犯得着这样子吗？"

牛胜利气呼呼地说："对你是几个小钱，对我们可是天文数字，我们进城打工容易吗？要吃饭，要寄回家给孩子读书，给老人看病……"

刘老板结结巴巴地说："你先放开我，明天就到我公司取钱……"

牛胜利咬牙切齿地说："我前几天到你公司都被赶了出来，明天再到你公司，还不被你生吞活剥了？我不要明天，我只要你现在就把钱交出来！"

刘老板无奈地说："我现在身上没钱呀……"

"你没钱还债，却有钱泡妞！"牛胜利眼睛里喷着火，瞪着眼前的刘老板，恨不得一口吞了，一刀劈了，他操刀的手在颤抖着，盛怒之下的他，谁都不知道会干出什么事来！

这时，那个叫"小青"的姑娘正抱头蹲在地上，突然，她又抬起头看了看牛胜利，试探着叫了一声："胜利叔，我、我是小青呀……"

牛胜利愣了一下，眼睛定定地看着小青，说："你是牛村的小青？"

刘老板被牛胜利牢牢控制住，一动也不能动，他见小青在和牛胜利搭话，就吼了一声："小青，少跟他废话，

快打电话报警！"

牛胜利瞪着小青，凶巴巴地说："你敢！"

小青伸进挎包里的手又缩了回来，她看了看刘老板，又看了看牛胜利，喝的酒早就被吓醒了，不知道该听谁的。

刘老板跺了一下脚，说："打电话呀！"

于是，小青的手又伸进了挎包里……

6．不是我们自己的"驻马办"

就在小青的手伸进挎包、还没把

手机掏出来时，牛胜利望着小青，开口了："你是牛福清的小女儿吧？你爸到马铺找你来了，找你找不到，发高烧病倒了，现在就躺在那边的储藏间里。"小青一下愣住了，眼睛不停地眨着，似乎不相信这是真的。

这时，侧楼那边走出了两个人，向客厅一步一步地走来——正是牛永春搀扶着牛福清走了过来！原来，牛永春在没有任何防备下被牛胜利打昏过去，刚才好不容易醒了过来，客厅里发生的事情他都听到了，但是他全身疲乏无力，硬是撑着爬起身，靠在能够窥视到客厅的墙根上，看到牛胜利胁持着刘老板讨钱，心乱如麻，不知该怎么办。他想，牛胜利太狠心，把自己打昏了，现在又持刀威逼刘老板，这肯定是不对的，他要讨工钱也不应该是这种讨法。牛永春想来想去，想起经常看的马铺电视台的"记者行动"节目，于是就回房间打了一个报料电话。他不报警，因为他不希望牛胜利被抓，也许记者来了，牛胜利就会放下刀子，新闻一曝光，也许他很快就能讨到工钱。打完电话，牛永春看到牛福清从储藏间颤颤巍巍地走出来，原来他吃了药，也清醒了一些，并且听到客厅里一个女人的声音很像自己的女儿，便挣扎着爬起了身，到了这时，牛福清才告诉牛永春他听说女儿在马铺学坏了，跟着一些

不三不四的男人出入酒店宾馆，情急之下，就跑到城里来找她。

此刻，刘老板见牛永春居然还扶着一个陌生人，摇头叹了一声，说："牛永春呀，原以为你厚道可靠，没想到是你引狼入室！"

牛福清眼光停在小青身上，眼里像是喷出了一道怒火，他怒吼着："小青，你看看自己成了什么样！你跟我回家！"

牛永春这下想起来了，这个看着眼熟的姑娘原来是牛福清的女儿小青，以前自己还教过她呢，那时她还是一个拖着鼻涕的小女孩，谁知几年不见，她变成了一个水灵灵的大姑娘，不过更让他惊讶的是，她竟然自甘堕落，跟坏男人鬼混。想到这些，牛永春便摆出了一副老师的架势，口气严厉地说："小青，你不可以这样，做人不可走邪道，快跟你爸回家吧！"

小青羞愧地低下头，小声地抽泣起来。

牛福清颤着身子往前走了一步："小青——"还没等牛福清挨到小青身边，小青"哇"地哭了一声，就向外面跑了出去。牛永春扶着牛福清，两人一边叫着一边追了上去。

眼前的局面让刘老板十分沮丧，他晚上喝的酒也有些上脑了，全身晕晕乎乎的，便一屁股坐在了地上。

牛胜利也跟着蹲下来，他把菜刀架到刘老板脖子上，一只手伸进了刘

老板的口袋，一下就摸出了一叠钱，全是百元大钞，少说也有一百张，便塞到自己的口袋里，接着又搜出了身份证、几张银行卡，说："这些全没收了，等你明天还我工钱了，我再还给你。"他感觉这样差不多了，好戏可以收场了，便起身说："今天先给你一点颜色看看，让你知道我的厉害。"然后，牛胜利扬长而去。

刘老板呆呆地坐在地上，眼睁睁地看着牛胜利走到院子里，扔掉手中的菜刀，凯旋似的离开别墅。这时，躺在地上"呼呼"大睡的胖子伸了一下腿，两只眼睛睁开了一缝，像是在梦游一样，傻乎乎地问："怎么了？发生什么事了？"

刘老板咬紧牙根站起身，很不满地瞪了胖子一眼："天塌下来啦！"

也就在这个时候，"嚓"，一道摄像机的灯光照了过来，刘老板倒退了一步，大声问道："你们是谁？想干什么？"摄像机后面有人嚷了起来："我们是电视台'记者行动'节目组的，接到一个报料，说这里有人持刀绑架。"

刘老板不想和记者打交道，再说

今晚的事也不宜声张，他连忙整了整衣领说："这里什么事也没有，肯定是打错电话乱报料的。"那两个记者发现这里并没报料中的绑架场面，心想有人报假料了，这种事儿以前也发生过，但是他们认出了躺在地上的胖子是谁，顿时觉得十分奇怪，刘老板连忙解释说："我和郑、郑老板晚上喝多了，他、他有点醉意，呵呵，不好意思，打扰你们了……"

两个记者"哦"了一声，将信将疑地关上摄像机，走了。

这时候，地上的胖子也渐渐醒了，他突然坐起身来，恼怒地对着刘老板喝问："你叫电视台记者来拍我？你这什么意思？设局害我呀！"刘老板知道他误会了，便连忙解释，但胖子说什么也不相信，他霍地站起

身，说："我还正奇怪着呢，你突然要给我进贡一个美女，还要把别墅借给我住，知人知面不知心呀……"说着，他气鼓鼓地拂袖走了，把刘老板撇在一边，发着呆。

再说那天夜里，牛福清意外地找到女儿，好言相劝，第二天便带着她回到了牛村，后来就送小青去一所培训学校学手艺了。牛胜利呢，第二天接到刘老板电话，让他到公司去取工钱，没想到刚进门就被几个警察按倒在地，原来刘老板报案了，警察从他身上搜出刘老板的身份证和银行卡，牛胜利因涉嫌勒索被刑事拘留。

再说牛永春吧，那天夜里他帮牛福清找到女儿之后，不敢再回别墅，不过他没跑，还是和老婆一起留在马铺打工。

有一天，牛永春拖着疲惫的身子回到租住的房子里，老婆突然大惊小怪地叫起来："快，快来看！"他好奇地走到电视机前，那台从二手市场买来的旧电视机正在播放新闻专题片，画面上出现了一幢漂亮的别墅，老婆说："你看，这不就是我们那个'牛村驻马办'吗？"

牛永春眼睛一下瞪大了，自从那天离开"驻马办"后，他还不时回想起在里面经历的事呢。

这时，电视里正响着播音员的声音：纪检部门根据群众举报的线索，顺藤摸瓜，掌握了龙腾房地产开发公司总经理刘伟雄违法违规、行贿国家公务人员的大量事实，并且根据刘伟雄的揭发，顺藤摸瓜，查处了市建设局局长郑刚。这时，画面上出现了刘老板的镜头，然后出现的就是那个郑刚，牛永春一眼认出这就是那天晚上到"驻马办"的胖子，原来他们是官商勾结，狼狈为奸。牛永春指着电视上的胖子说："你们终于也有了今天！"

播音员继续说着：有关部门认为，刘伟雄的别墅是未经批准修建的违法建筑，按照有关法律规定，应该把它拆毁。

"不会吧，拆毁？"牛永春以为听错了，大声地说，"这么好的楼房呀！"

老婆说："城里的事，有时真是说不清。不过那不是我们自己的'驻马办'，拆了也就拆了……"

牛永春叹了一口气，说："可惜我没钱，要不就把它买下来，做一个真正的'牛村驻马办'，那多好呀！"话音刚落，电视上出现了别墅起爆的画面，"轰"的一声，腾起一片蘑菇云，刘伟雄的别墅被拆了……

老婆望着电视画面上满地的废墟，自言自语地说："是谁举报的呢？"

牛永春张了张嘴，但还是什么都没说……

（题图、插图：杨宏富）

· 漫画故事 ·

练手(文：张金平；图：包丰一)

1. 老婆笑容可掬地要为丈夫剪头发

2. 老婆剪发的手艺实在不怎么样，可丈夫嘴上却一个劲地说："不错，不错。"

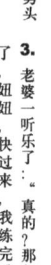

3. 老婆一听乐了："真的？那行了，姐姐，快过来，我练完手了……"

4. 话音刚落，家里那条小狗"呼"的一下蹿了过来……

· 快乐辞典 ·

如果人类有尾巴

◆ 幼儿园里的小朋友会互相牵着尾巴玩老鹰捉小鸡的游戏；
◆ 人每天除了梳头发，还会梳尾巴；
◆ 尾巴美容师将是一个很热门的职业；
◆ 武功高的人会在玩"一指禅"的同时玩"一尾禅"；
◆ 公园里会有很多尾巴牵着尾巴的青年男女在谈恋爱；
◆ 人类交流感情会继语言、文字、手语之后出现尾语；
◆ 父母会采用尾巴抽打的方式惩罚不听话的孩子；
◆ 淘气的孩子会用尾巴缠住父母的脖子撒娇；
◆ 男人的求婚方式会增加亲吻女人尾巴一项；
◆ 医院会增加尾科；
◆ 与尾巴有关的美尾、护尾等相关产品及产业会空前发达；
◆ 模特大赛对选手的要求将增加尾长一项；
◆ 公安局破案有可能借助"尾纹"，警察的配备除了手铐还会增加尾铐；
◆ 椅子的形象可能更像马桶；
◆ 拥有漂亮尾巴的明星将会如日中天，尾丝、尾迷、追尾族将会大量出现；
◆ 下属在奉承领导时会说："×经理，你的尾巴可真长呀！"

(推荐者：三月烟花)

雪夜灯光

□ 李树林

伍军是运输连的战士，这天，他和班长开着一辆货车执行任务，半途车却抛锚了。班长总是信心十足地说："车能修好，车能修好。"可是整整鼓捣了一天，就差没把车大卸八块了，还没找出故障在什么地方。本来中午就该到达目的地，好好地吃一顿中饭，下午钻进被窝美美地睡上一大觉，可现在，却在这冰天雪地的荒郊野外忍饥挨冻。伍军想：如果再这样呆下去，自己非冻成冰棍不可，而且两顿饭没吃了，肚子正饿得"咕咕"叫，伍军望着夜色中的雪野直发愁。

修了一会儿，还是八字不见一撇，忽然，伍军惊叫起来，指着远方说："班长，你看，那边有灯光！"

班长看了看夜光表，然后顺着伍军手指的方向举目望去，说"白天只顾修车了，还真没注意那边有人家，

现在已经是夜里十一点多了……"

伍军说："也就是说，我们在这里又冻又饿地呆了整整十多个小时了？班长，你看我们要不要去那个村庄找点吃的？"

班长点头答应了，于是伍军蹽开大步，准备向有灯光的地方跑，这时，班长却严厉地吼了一声："伍军！"

伍军一个立正，答道："到！"

班长说："向后——转！"

伍军以十分标准的动作原地向后转，面对着班长，班长说"我命令你，去那个有灯光的人家买卖公平地买一些食物，如果没有买到，绝对不允许打扰其他已经熄灯入睡的老乡！"

伍军精神抖擞地说："是！"

班长说："出发！"于是，伍军向着远方那如豆的灯光跑步前进，很快消失在雪夜中。

班长继续鼓捣着车子，不一会

儿，伍军气喘吁吁地回来了，拉开了驾驶室的门，班长见了他，问："这么快？买了什么？"伍军说："什么也没买到。"原来，伍军眼睛死死地盯着灯光，在过膝的雪地里一路连滚带爬，忽然让一块埋在雪地里的石头绊了一跤，等他爬起来再找那处灯光，却怎么也找不到了。他辨别了一下方向，觉得自己没有走错，一定是那处灯光熄灭了，再想到班长有话在先——"绝对不允许打扰其他已经熄灯入睡的老乡"，只得返回。

就这样，两人又修起了车，修了一会儿，突然，伍军又叫了起来："班长，你看那是不是灯光？"班长顺着伍军手指的方向仔细地望了一阵子，

肯定地说："是灯光，咋啦？"伍军目不转睛地盯着那个方向说："班长，你不是说不要打扰已经熄灯入睡的老乡么？可现在又有灯光了，说明老乡还没有睡……"

班长笑笑，大声命令道："伍军！"伍军顿时像打足了气的气球，从雪地上"忽啦"一下跳了起来："到！"班长说："我命令你，再次向有灯光的地方发起冲锋！"伍军挺有精神地答道："是！保证完成任务！"随即他就连滚带爬地朝着灯光冲去……

班长笑着望了望消失在雪夜里的伍军的身影，继续修车。不知道过了多少时候，忽然，雪地里响起了伍军的叫声："班长，我回来了！"班长从驾驶室里跳下来，看着奔来的伍军，说："看你这个高兴劲儿，任务一定完成了，买到什么好吃的东西了？"

伍军泄气地说："任务没有完成，什么吃的也没买到。"

班长抬头远望，疑惑地说："那……那灯光不是还亮着么？怎么，是老乡不卖给你，还是老乡家里真没有什么吃的东西可卖？"

伍军摇摇头说"那是个牛棚，是牛在灯光下吃草……"

牛在灯光下吃草，可两个军人在雪地里却什么也没有吃到，庆幸的是，没过多久，车修好了……

（题图、插图：安玉民）

俄罗斯的黑手纸

一次，一个中国代表团出访俄罗斯。在莫斯科，他们入住的宾馆条件不错，但住下来后却发现，洗手间里的手纸颜色黑糊糊的，显得档次很低。在后面的行程中，无论是机场、餐馆还是景点的洗手间，里面提供的统统是这种黑糊糊的手纸。一位团员忍不住去问为他们开车的当地司机："手纸为什么都这么黑？"司机告诉他：这是纸浆的本色。为了环保，在生产时没有加入漂白剂、荧光剂，所以显得不那么洁白。颜色虽黑，但质地却不差，并不影响使用。

细细观察，在俄罗斯，这样"本色"的东西还真不少，而在我们的生活中，大到城市建设，小到个人消费，有不少行为却偏离了生活本色。

（推荐者：习　恩）

萝卜花

这户人家很不幸，男人在一次施工中从高楼摔下，不幸瘫痪了。为了支撑家庭，妻子想摆摊卖炒菜，有人劝她："街上那么多饭店，你卖炒菜能卖得出去吗？"于是，女人想弄一点和别人不一样的东西，她想到了雕刻萝卜花。开始时的手是笨拙的，渐渐地就熟练了，一根再普通不过的胡萝卜，眨眼之间，竟能开出一小朵一小朵的花来。

就这样，女人的炒菜摊子摆开了，每次卖一份炒菜，必在装菜的盒里放上一朵她雕刻的萝卜花，于是这很快成为小城的一道风景。下班后来不及做菜的人，都会相互招呼一声："去买一份萝卜花吧。"

摊子上的生意很好，有人开玩笑地问女人：攒多少钱了？女人笑而不答，但不多久，女人竟出人意料地盘下了一家酒店。

生活，也许避免不了苦难，却从来不会拒绝一朵萝卜花的盛开。

（推荐者：飞　雪）

价值创新

三位来自荷兰的华裔教授到西安旅游，一出机场，就有一大群出租车司机朝他们蜂拥而来，其中一人更是热情，当这个司机知道他们是从荷兰来的，便拿出了一本意见簿，其中一页上全是荷兰文，写的是一对荷兰夫妇对这个出租车司机热情服务的赞扬。

就这样，这三位游客的西安之行就全由这个司机负责了。

他们在西安的三天过得很舒服、愉快，他们能买到价格较低的中国游客门票，他们在农家院里和农民们一起喝茶，他们从来不用看旅游指南，而这个司机在这三天里也过得很舒服、愉快，他不必到处兜揽生意，也不必无休止地在机场候车。临分别时，三位荷兰游客给了200欧元的小费，而且，这位司机还从他们去的商店、餐馆那里得到了一些回扣。

三年后，当这三位荷兰游客再次来西安见到这个司机时，他已经有了私家车，而且准备开一家餐馆。

这位司机不是机场拉客者，也不单是出租车司机，更不是旅游中介，他集以上角色于一身，是一位价值创新者，他凭借简单的策略和少许诚恳的个性，为自己创造了一个利润颇丰的细分市场。

（推荐者：三月烟花）

·沧海拾贝 人生百味·

奇妙的致歉信

有个顾客去超市买了一只"裴顿牌"的肉鸡，他回到家，打开包装后发现鸡肉已经变质，还散发着腐臭，于是他拿着鸡到了那家超市，得到了赔付，但事情并没结束，他还给裴顿集团的创始人兼老总福兰克·裴顿写了一封投诉信。

一周后，这个顾客收到了福兰克的亲笔回信，信中有真诚的道歉，还附了一张确保他能在任何裴顿店铺免费领取一只鸡的证明，还礼貌地请求他回答几道问题："您是在哪里购买裴顿鸡的？何时购买的？鸡肉有何问题？您认为是由什么原因导致的？当您退货时，商店的销售人员具体说了些什么？"

两天后，裴顿集团的一位行政人员给那顾客打了一个电话，问他是否已经收到回信并又询问了一些具体问题，从此，这位顾客就只买"裴顿牌"的肉鸡了。

（编译者：栾　薇；推荐者：中　人）

（本栏插图：安玉民）

学写作文，
可以从读故事开始

割 麦

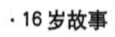

□ 曲学莉

石柏村又到收麦子的时候了，高中生大强和父亲一起去割麦。大强挥动着镰刀，跟在父亲后面割着麦。突然，大强发疯似的挥动着镰刀，很快赶了上去，歪着头看着父亲，父亲没有看他，只顾割麦。

这时，大强说话了："爹，我有事说。"

"啥事？"

"我想出去打工，隔壁的林子每月都还给家寄几百呢，我出去一定比他强，好歹我高中也快毕业了。"

父亲沉默了好久，这才开了口："你这个年龄还不可以打工的，你自个好好想想，就当是到外面去见见世面，觉得不行就回来。"

大强答应了。

这天，大强上了南下的列车，看着金黄的麦子，想着独自在家的父亲，大强心里就酸酸的。下车了，进了城，大强盘算找一份工作先做着，安定下来再找一份好的，因为从家出来也没带什么钱。大强沿着马路走着，看着红红绿绿的霓虹灯，就感觉一阵阵的迷糊。走着走着，他看见路边的一家餐馆门上贴着招收服务员的广告，大强急忙走进去问道："请问是招服务员吗？"但回答说已经招满。大强无奈，只好走了出来，接着，又问了几家店，出乎意料的是几乎每家都招满人了，大强琢磨着：难道我来晚了，工作被别人找完了？

天黑下来了，大强想找一个旅馆，可想到自己口袋里的钱不多，于是就找了个天桥下避风的位置坐了下来。都说天桥建好，下面还有三个用处，一是办假证和小道广告的宣传栏，二是流浪者的免费旅馆，三就是临时厕所，大强寻思着总结得还真不错。

天亮后，大强又出去找工作了，这次他换了一条街，走着走着，大强看见前面写着"鹏程职业介绍所"的字样。大强急忙奔了过去，见有咨询的，填表的，还有一些人坐在地上，不知道做什么。大强打算先打听一下，于是也在墙边蹲了下来。

这时，旁边有两个人在说着话，都是从乡下来的，都在说工作难找，其中一个还是大专生呢！大强听着，心里想：到底有多少人从乡下涌到城里来了？工作怎么这么难找呀！正想着，突然一阵熟悉的马达声传来，大强抬头一看，原来是农村最常见的那种农用四轮车，车上跳下一对中年男女，那个女的扯着大嗓门说："哎，大家听一下，我们是城郊贡村的，想找点人做点农活……"

大强急忙冲上去，大声叫道："哎！做农活？什么农活？我会割麦！"

旁边一个人笑道"这小子，会割麦？瞎嚷嚷啥？我还会割玉米呢！"

那个女的笑了："哎，这位大哥，你别笑，今天我还真的来找会割麦的人！这不，家里有二百来亩的麦子，该收了，本想在农村找人收了就行了，可是农村的人全跑到城里来打工了，这一时半刻的还真找不到人，庄稼等不了啦，没办法，只好开车到城里来找，我知道这儿有个介绍所，就把车开到这来了……我想话大家也听明白了，就是找人收麦，想做的就上车，我只招十个，上够车就走！"

大强心想：还是这工作保险一点，而且也能先歇歇脚，赚点钱，想到这里，他立即向车上冲去……

车开动了，大强感觉这车比城里的坐着还舒心。晚上，大强开始给家写信："爹，我工作找到了，二十元一天，包吃住，活也不是很累，老板对我也好……"

（题图：谭海彦）

只有寂寞的人才会想到和灵魂对话
只有耐心的人才会看到真实的自己

四个乞丐

□ 兔 子

有这么四个乞丐，分别是哑巴、聋子、瘸子和瞎子。这会儿，他们四个正倚在马路边的墙上等待好心人的施舍，瞎子嘴里念念有词，不知在嘀咕些什么；哑巴东张西望，在搜寻着目标；聋子半躺在地上闭目养神；瘸子正抽着不知哪捡来的烟蒂……

过了一会儿，从不远的商店里走出一个很胖的先生，天气很热，胖先生一出店门，就抬起头来，眯着眼睛瞧了瞧火辣辣的太阳，然后从裤兜里掏出手帕擦额头上的汗，接着便挥手叫了一辆出租，上车走了。可胖先生没注意就在他掏手帕的时候，从裤兜里带出来一张百元钞票，那一百元钱飘落到地上，路人们都匆匆赶路，竟然无人看到。

哑巴首先看见了这钱，但毕竟隔着一点距离，哑巴起先并没意识到那居然是一张钞票，而且还是一百元的大钞，后来他越看越像，就在这时，一阵微风吹过，稍微把钞票刮起了那么一点，这下哑巴确定了：嗨，一张百元大钞！

吃惊的哑巴突然大喊"呀，地上有100块钱！"

坐在哑巴身边的聋子第一个反应过来："什么？哪里？在哪里？"

瘸子也回过神来了，"噌"就从地上爬了起来，把手里的烟头往地上一扔，用脚踩灭，脚步敏捷地顺着哑巴和聋子注视的方向跑了过去，一脚踩住了那钞票，冲着哑巴和聋子大声喊道："这钱是我的了，哈哈！"

正当哑巴和聋子也想起身去和瘸子抢那钱时，瞎子开口了："都别抢了，那是张假币！"

最后一关

□ 厉周吉

经过三个月的培训，余志就要拿到"婚姻指导师"的资格证书了，现在是最后一关：现场婚姻指导，这种测试采用的是网上聊天的形式。

这天，余志走进了培训中心的电脑房，刚进入聊天室，就有人向余志咨询了，那人说："表面看来，我的婚姻非常幸福，可我在认识丈夫之前，被人侮辱过，因为怕丢人，我一直瞒着丈夫，我想问问你，假如你是我丈夫，你会原谅我吗？"

"不仅会原谅，我还会非常温柔地安慰你。"

对方一听，顿时显得十分高兴，她感谢余志的指导，还说了自己的手机号，说是以后还要来请余志指导，余志一看，差一点晕了过去：这不是我老婆的手机吗？余志来不及多想，怒气冲冲地跑出培训中心，骑上车，疯狂地朝家中奔去。到了家门前，只见妻子正和一群妇女在楼下聊天，余志冲上前去，"啪"地捆了妻子一记耳光，妻子捂着通红的脸说："你打我干什么？"

余志生气地喝道："你刚才干什么了？"

妻子说刚才一直在这里聊天，在场的所有人也都证实妻子说的是真的，到了这时候，余志才猛然意识到也许是培训中心在故意考验自己，于是快速往回赶，可是刚到门口，培训部的主任拦住了他，说："对不起，目前，你还不适合担任婚姻指导师。"

余志说："你肯定误会我了，我就是上了趟厕所，除了厕所，我哪里都没去！"

培训部主任笑着说："你刚才真的是在上厕所吗？如果确是真的，那我可以明确无误地告诉你——你上厕所时对一个人动手了，并且，那个人还是女的！"

鼓皮破了

□ 王长伟

朱班是个经理，他和老婆过着两地分居的生活。最近，有关丈夫的绯闻经常传到老婆的耳朵里，老婆是火爆脾气，立即对朱班进行了突击"查岗"，终于从一家夜总会的包间里，把朱班揪回了他住的单身公寓里。

这一下朱班可惨了，老婆罚他跪在搓板上，天亮后她立即出门，到乐器店买回了一张半米口径的大鼓，女人说："小流氓你听着，以后为了证明你在家里，我一打通电话，你就对着手机敲三声鼓，记住了没有？"

朱班说记住了，从这以后，他就老实多了，可时间久了，他还是耐不住寂寞。

那天，夜已深了，窗外下着小雨，朱班正和供货商马老板在酒店吃花酒，没想到老婆的电话打来了："家里的电话怎么没人接？你不在家？"

朱班一听就慌了："家……家里的电话坏了，我……我在家里呢！"

手机里传来了老婆冷冰冰的声音："你打鼓吧！"

朱班一听吓坏了，酒店离公寓很远，到哪儿去找鼓呢？这时，朱班盯住了对面的马老板，灵机一动，冲到他面前，掀起他的上衣，露出了弥勒佛似的大肚皮，朱班右手抡拳头，照着那凸起的白肚皮"咚咚咚"的三下，声音很似鼓声，电话那头的老婆问："这鼓咋这声音？"

朱班说："这几天这儿下大雨，鼓皮潮了，要不我再给你用力敲几下……"

朱班说着又把马老板的衣服往上拉了拉，刚抡起拳头，却见上面有着一条蜈蚣似的刀痕，他愣住了，马老板说："打吧，不要紧的，这是前几天做完心脏手术留下的，你老婆再问，就说是鼓皮破了，缝了几针……"

捣乱的热线

□ 老 侯

经过紧张筹备，著名妇科专家王医生的"妇科"咨询热线终于开通了，这天，王医生坐在电话机旁，静静地等着患者的求助。

"嘀铃铃！"电话响了，王医生拿起听筒，却传来一个男人的声音，那个男人很激动地嚷嚷起来："王大夫，您可要为我做主啊！我2000年就担任副科干部了，可2006年机构改革，我竟然被免掉了，从此，我就生下了病，我胸闷气短，失眠多梦，头晕心悸……王大夫，您的这个热线开得真是太及时了，所以，我在第一时间就打电话进来了，我……"

王医生再也听不下去了，大吼一声："对不起！你得的是'副科病'，不是'妇科病'！"说着，他"啪"地挂了电话。

王医生情绪刚平静了一些，电话又响了，王医生拿起话筒，里面传来一个稚嫩的女声："是王医生吗？"

王医生想，这回倒是个女的，不过听起来年纪不大呀，于是就问她几岁了，那边回答："我今年16岁了。"

王医生一惊，虽然妇科病现在有低龄化的趋势，但16岁实在是太小了，王医生紧锁眉头，试探道："小朋友，你……你说说有些什么症状吧。"

"嗨！真是愁死我了！"那边唉声叹气地说，"这次期末考试，凡是主科，比如语文、数学和外语，都考得还好，凡是副科，比如历史、地理、生物，我都考得一塌糊涂，老师说，我这是严重的'副科病'，要是照这样发展下去，以后高考肯定没戏！呜呜，王大夫，您可得救救我啊……"

"吧嗒！"王医生手里的电话掉到地上，再看王医生，脸色煞白，手脚抖动，嘴眼歪斜，旁边的助手见状，赶紧拨通了急诊室的电话"快，快过来抢救，王大夫不行了……"

罚款的理由

□ 陈龙江

那一天，天热得仿佛下了火，大刘穿着城管制服，懒懒地站在大街上值勤。

这时，一个老农驾着牲口，载着一车西瓜走了过来，大刘见了瓜，嘴巴就渴了，他走上前去，说是牲畜不能进城，罚款 100 块！

偏巧这时候那牲口又叫了起来，大刘马上大声喊了起来："噪声污染环境，加罚 100。"老农一听，操着鞭子朝牲口抽去："咋，还想报警？你能把 110 叫来啊！"牲口不叫了，却撑开腿撒了一泡热尿，大刘又嚷了起来："乱撒乱尿，再加罚 100！"老农掏不出钱交罚款，大刘就要把这车瓜抵罚款，拉到城管队里。这时，好多看热闹的人都围了上来，大刘见人多了，就装出一副公事公办的样子说："大爷，我是完全按照规定做的。"说着，他伸手从裤兜里掏出一个红本本晃了晃，其实，他手中拿的不是什么"规定"，只不过是上岗证罢了。

这当口，大刘像模像样地念了起来"第5条，不准毛驴进城，如果进城，罚款100，进城之后，毛驴乱吼乱叫，加罚100；到处拉屎撒尿，再加罚100。"

老农听后两眼猛地放出光来，问道："大兄弟，那本上果真这样规定的？"大刘认真地说道："是啊，白纸黑字，难道我还能骗你不成！"没想到老农却说"大兄弟，那俺走了。"大刘赶紧拦住道："没交罚款就想走？"

老农"哈哈"大笑道："你那本上规定的是不准毛驴进城，我这老伙计可不是毛驴，它是一头骡子。"说着，他一扬鞭子，"得儿——驾！"扬长而去……

大刘一下呆住了，周围的人顿时笑成了一团……

（本栏题图、插图：顾子易　王　俭）

3·87

2007 3月

SEMIMONTHLY
下半月刊

STORIES

欢迎登录本刊主办的"故事中国网"(www.storychina.cn)

STORIES

2007 年 3 月
下半月刊·绿版

主 编:何承伟
常务副主编:吴 伦
副主编:姚自豪(上半月·红版)
副主编:夏一鸣(下半月·绿版)
本期责任编辑:鲍 放
电子邮箱: tigerbao2002@yahoo.com.cn
绿版发稿编辑:
夏一鸣 邢 悦 王雅静 朱 虹
特约编辑:
范大宇 崔新三 申之珉
美术编辑:李宝强
电脑制作:郭瑾玮
通 联:归依玲
本社办公室电话:021-64375030
上半月刊编辑部电话:021-64332325
下半月刊编辑部电话:021-64336469
(上海市绍兴路 74 号 邮编: 200020)
主管、主办:上海文艺出版社总社

制作、发行总监:张 凯
电话: 021-64313938
广告业务:上海故事会文化传媒有限公司
广告总监:张 淮
广告业务: 021-34010383
广告投诉: 021-64333738
广告经营许可证
沪工商广字 3100320050022 号
发行:中国图书进出口上海公司

特别提示: 凡本刊录用的作品,即视为本刊已获得该作品与《故事会》相关的网上传播、汇编出版、电子和录音录像制品等权利。本刊向作者支付的稿酬,已包含了上述各项权利的报酬,如有特殊要求,请提前说明。

玛丽的遗憾

四岁的玛丽指着自己的肚脐眼好奇地问妈妈："妈妈，我这里为什么有个洞洞啊？"

妈妈笑着回答说："这是因为你刚从妈妈肚子里出来的时候，这里拖着一条管子。医生说，这么可爱的孩子，得让她快快自个儿长大，于是就用剪子把管子剪断了，还在剪断的地方打了个结，就成了你现在看到的这个样子啦！"

"原来是这样！"玛丽听得入了神，小大人似的点点头。

可是没一会儿，她忽然失望地大叫起来："妈妈，如果那时候医生能给我在这里打个蝴蝶结，该有多好！"

（林博达）

（本栏插图：包丰一）

私家车

女儿相亲回来，母亲问结果如何，女儿一个劲地摇头，表示很不满意。母亲奇怪地问："介绍人不是说男方还开着私家车吗？条件这么好，你怎么还看不中？"

女儿叹了口气，说："别提了，他哪有什么私家车啊，我特地问了，他是在汽车销售点专门负责试开新车的司机，人家喊他'试驾车'。"

（戴江州）

老公传经

丈夫这天晚饭后没出去打麻将，说是要陪妻子看电视，可他在电视机前坐了不到十分钟，就耷拉着脑袋打开了呼噜。

妻子很生气，一把推醒他，数落道："你除了打麻将就没别的爱好了？老打麻将，有啥意思？"

丈夫一听却来了精神："你问打麻将有啥意思？你喊几个人来，我给你现身说法！"

（徐海林）

溜号高手

小孙要去机场接岳母，又不愿意因为请假被扣奖金，于是便去向溜号高手老周请教。

老周说："这有什么难的？走之前，你别把电脑关上，人家会以为你是临时走开一会儿；出去碰到有人问你去哪儿，你就说去洗手间；记住，办完事回来，嘴里一定要嘟囔几句，比如'腰带又成了死结，半天都解不开'一类的话茬；我要还没走，会来接你的话茬'下次再去洗手间，得带把剪刀才行！'"

（柳小峰）

非常提醒

儿子做事向来马虎，而且忘性大，家里人总要时时提醒。

这天，儿子刚进家门，就看到客厅的餐桌上放着一张百元大钞，他心想：哇！老妈今天怎么突然大发慈悲，给这么多零花钱？跑过去一看，才发现百元大钞底下压着他妈留给他的一张纸条，上面写道"今天是外婆的生日，你在家等我，我们一起去给外婆祝寿。注意！这100元不是给你的，只是为了引起你的注意，所以，请放回原处！"

（韦原原）

套 路

大刘应邀给一群武术爱好者当教练，他对各路拳术都很熟悉，介绍起来滔滔不绝。

忽一日，大家发现大刘脸上青一块紫一块的，就关心地问他："教练，你怎么啦？"

大刘摸着脸，吞吞吐吐地说"昨晚在家里，教……教老婆练……练了几招。"

大家看大刘这副样子，猜他十有八九是被老婆治了。一个心直口快的人忍不住喊起来"教练，你不是懂拳术的吗，怎么还治不住你老婆？"

大刘见瞒不住了，叹口气说："唉，她又不按套路打，我有什么办法？"

（陈 铎）

· 笑话 ·

历史学家

甲：你妻子是搞什么工作的？

乙：家庭主妇。不过只要她一和我吵架，就成了历史学家。

甲：这话怎么说？

乙：揭我老底呗，而且一件小事都不会落下。

（冯建侨）

这是真的吗

妻子问丈夫："别人都说我很漂亮，这是真的吗？"

丈夫得意地回答说："那当然了。我当科长的时候，别人说你漂亮；我当处长的时候，别人说你越来越漂亮；现在我当局长了，你当然是更漂亮了！"

（马　伟）

忘了文化

某君的眼睛只是一般近视，但为了在朋友面前显示自己有文化品位，特地花大价钱配了一副眼镜，后来又觉得戴隐形眼镜更有气质，于是又去重配了一副。

那天正好朋友聚会，某君戴着刚配好的隐形眼镜兴冲冲地去了，心里还为自己刚刚改变了的新文化形象得意得不得了。

不料朋友看到他的第一句话却是："你的'文化'呢？你怎么把文化给丢了？"

（程　笃）

房租贵的理由

有个人想租房，又嫌租金贵，挑来挑去看了好多地方，总算找到了一处小阁楼。

这个人本以为阁楼的租金会便宜一点，可是一问，才知道根本不是这么回事。他觉得很委屈，对房东说："您为什么要把租金定得那么贵呢？这只不过是一个小阁楼！"

房东笑着给他解释："先生，您租的的确是一个小阁楼，可是您有没有注意到，通往这个阁楼的梯子是您一个人专用的啊！"

（严寿仪）

宁波电话

老太七十大寿，儿子想让老人也"新式"一下，就替她买了个款式很漂亮的手机。

老太很高兴，于是立即给老街坊打电话。拨通号码，听了一会儿，她着急地对儿子说："你买的手机上当啦！"儿子觉得奇怪"不会吧？这是名牌！"

老太嘀咕说："名牌怎么这个样子？我明明是打给老街坊的，这跟宁波电话有啥关系？"

"什么宁波电话？"儿子听得一头雾水，拿过来重拨，一听，不禁哑然失笑。原来电话里说的是："您拨（宁波）的电话已关机，请稍后再拨。"

（徐　迪）

奇怪的瓜

山沟沟里的儿子去海南闯天下，元旦时候托朋友带回来一只大椰子。他爹娘一辈子没出过远门，望着这只奇怪的"瓜"，用菜刀切了半天都没切开，不禁傻了眼。

还是他娘脑筋动得快，拿来一把铁锤，对准椰子敲了下去，椰汁顿时流了出来。老人不知道这是什么东西，他爹心疼得大叫起来："死老婆子，你乱敲什么？好好的一个瓜，被你敲成水了。"

（涂元涛）

戴手套

泰勒下班，打车回家，经过一片空旷地的时候，风"呼呼"地从没关紧的车窗缝里吹进来，泰勒觉得两只手有点冷，就从包里拿出一副工作用的手套戴上。司机从后视镜里看到了，结结巴巴地问他："这……这是什么东西？"

泰勒觉得很奇怪："这是我每天干活戴的手套啊！"

"你……你为什么要戴它？"

"我为什么不戴它？既不留痕迹，又割不到自己的手……"

司机一听，"吱——"刹住车就往下跳："不得了啦，有人要杀人啊！"

（言守义）

（本栏目欢迎来稿。来稿可从邮局寄发，也可从网上传递。如为电子邮件，请发以下信箱：gshxym@163.com）

其实，每个人都是一把有用的钥匙，就看你怎么去打开自己的心锁；其实，每个人都有一双隐形的翅膀，只要有合适的机会，就一定能飞起来！

你不是
没用的钥匙

□ 阿 辞

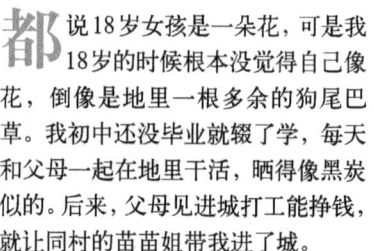

都说18岁女孩是一朵花，可是我18岁的时候根本没觉得自己像花，倒像是地里一根多余的狗尾巴草。我初中还没毕业就辍了学，每天和父母一起在地里干活，晒得像黑炭似的。后来，父母见进城打工能挣钱，就让同村的苗苗姐带我进了城。

苗苗姐在一家饭店当服务员，饭店正好在招人，苗苗姐就把我介绍了去，说我会做事。可是老板嫌我长得丑，说："光会做事有什么用，看她那脸黑的，还不把客人都吓跑了？"苗苗姐央求老板让我到饭店后面的池子里去帮大厨洗菜，谁知老板撇嘴说："我招个长相这么差的给大厨当帮手，他会要？"

听着这话，我的心就像被针刺了一样：难道我真丑得连洗碗都不配？

就在我心灰意冷的时候，无意中发现附近一条小巷里有个职业介绍所，那里每天都蹲着很多人，都是来找零工做的。我不甘心就这么回去，于是也去了那儿。

工夫不负有心人，一个星期以后，我终于等来了一个活儿，是为一套刚装修好了的新房子打扫卫生。东家是个中年女人，姓毛，我叫她毛阿姨。

毛阿姨给我交待一番之后，就把房门钥匙交给我，说："你收好了，出去倒垃圾时别忘了把门关上。我现在要去办点事儿，中午回来给你工钱。"说完，她就急匆匆地走了。

由于房子刚装修好，有很多垃圾需要清理，到处都很脏，每个地方都要扫两三遍。幸好我手脚快，到中午毛阿姨回来时，我已经把房子打扫得干干净净了。

毛阿姨看了很满意，给了我50元钱，比原先说好的足足多了20元。我简直开心坏了，一上午三个小时，我就挣了50元，这可比种地强多了！

我决定不回去了，我对自己说，我一定要在城里做下去！

因为太激动，走的时候我忘了把钥匙还给毛阿姨，几天后才发现，于是我赶紧去还钥匙。

毛阿姨不在新房子，不过小区门卫有毛阿姨的手机号，他拨通了毛阿姨的电话，让我说话。

毛阿姨问我有什么事，我说"你的钥匙还在我这里呢，我是特意来还钥匙的。"毛阿姨在电话那头笑了，说："那钥匙我不要了，你扔了吧！不过你这么认真，我还是要感谢你呵！"

毛阿姨对我这么客气，我觉得心里暖乎乎的，想起自己进城以来遭遇到的太多的白眼，从来没有一个人像毛阿姨这样对我，我就不由自主地把

这把钥匙留了下来，想给自己做个纪念。

这一整天，我心里都是乐呵呵的！

晚上苗苗姐下班回来，我故意伸出一个拳头在她眼前不停地晃，她奇怪地瞪着我问："你想干什么啊？"我把拳头松开，手心里捏着的就是毛阿姨的那把钥匙呢！我兴奋地对苗苗姐说："苗苗姐，我碰上好人啦，那个东家对我可相信啦……"

我还没来得及说下去，正好附近租房的几个男孩来串门，他们听到我说的话，立刻大喊："拿来，拿来！我

们去捞它一把，有油水大家分！"

我一听：什么，捞一把？还要分油水？怎么能干那样的事呢？我很生气，把脸一沉，说："走，你们赶快走！"我不客气地立刻把他们赶了出去，我自己不做，也不能眼睁睁地看着别人去做对不起毛阿姨的事。

但让我又气又急的是，第二天早上起来，我就发现我的这把钥匙不见了，虽然没有证据，但我可以肯定是被那几个男孩拿去了，我得赶紧去告诉毛阿姨，让她防着点。

我顾不上吃早饭，就去找毛阿

姨，把钥匙失踪的事告诉她。谁知她一听竟爽朗地笑起来，说："谢谢你，小姑娘！不过没关系的，我这个门用的是AB锁，这种锁有ABC三套钥匙，开始用A套钥匙，装修完了之后，我用C钥匙在锁里转一圈，锁心内部的结构就变了，A钥匙就打不开这扇门了，只有B钥匙才管用。我给你的那把是A钥匙，所以现在已经没用了。"

我听着有些犯晕，毛阿姨解释了两遍，我才懂。我心想：现在的人真聪明啊，居然能做出这么高级的锁来！于是我放心地离开了。

晚上，那几个男孩又来串门了，我故意大着嗓门对苗苗姐说："苗苗姐，你知道现在的人有多聪明吗？一把锁能做出三种不同的钥匙来呢，听说就是专门用来对付小偷的……"哼，我说这些话就是要让他们知道，就是偷去了钥匙也没用，别想害人。

几天后的一个上午，我正蹲在小巷的职业介绍所门口等接活儿，看见毛阿姨来了，我高兴地迎上去。

毛阿姨一把拉住我，着急地问："你跟我说起过的那几个男孩，能不能找到他们？我家里被盗了，门锁没有坏，是用钥匙开的，我怀疑会不会和那几个男孩有关？"

我愣住了："毛阿姨，你不是说那把钥匙没用了？"

"是呀，我也搞不清是怎么回事，反正要先找到那几个人。我丢的东西虽然不值钱，但对我很重要。"

听毛阿姨这么说，我很着急，就和她一起到公安局报案，警察立刻把那几个男孩带去了，一查问，果然是他们干的坏事。

警察也奇怪他们是怎么用A钥匙打开B锁的，追查下来，原来这家厂生产的AB锁用的模型是差不多的，只是把孔和齿的位置稍稍作了一点变动，那几个男孩很精，专门找了一个不法锁匠，钻了这个空子。

不过自打这件事后，毛阿姨对我特别相信，后来还把我招进了她的工厂，我直到这时才知道，原来毛阿姨还开着一个规模不小的厂子呢！

毛阿姨问我愿意在她厂里干什么，我看着那些转得飞快的机器很害怕，就选择了食堂。我原先干惯了力气活，食堂这工作对我来说实在不算什么，而且天天在屋子里风吹不着雨淋不着，黑炭似的脸竟一天天白了起来。几个月后的一天，毛阿姨来食堂，竟一下子没认出我来。

快到过年的时候，毛阿姨突然把我叫到她的办公室，说："厂里的工人对食堂伙食意见很大，我想把食堂承包给你，你敢接吗？"

我一愣，觉得非常意外："我一个乡下人……"

可是毛阿姨却很认真地看着我，说："我相信你！"毛阿姨从衣服口袋里掏出一把钥匙，递到我面前，我接

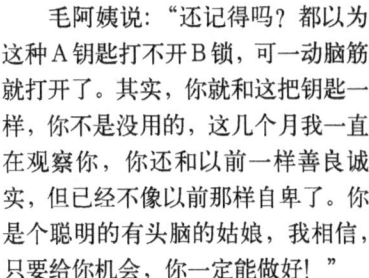

过一看，这不就是那把A钥匙吗？

毛阿姨说："还记得吗？都以为这种A钥匙打不开B锁，可一动脑筋就打开了。其实，你就和这把钥匙一样，你不是没用的，这几个月我一直在观察你，你还和以前一样善良诚实，但已经不像以前那样自卑了。你是个聪明的有头脑的姑娘，我相信，只要给你机会，你一定能做好！"

我被毛阿姨说得心里热乎乎的！我想：既然毛阿姨这么相信我，给我机会，我为什么不也像当初找工作一样试试呢？我紧握着手心里的这把钥匙，鼓起勇气和毛阿姨签下了承包食堂的合同。

再后来的事我就不细说了，反正我是苦出身，知道出来打工有多么不容易，我把厂子里的工人都看作是自己的亲人，尽着良心干，没多久，大家就再也不对食堂伙食说三道四了。

几年后，我在城里买了房子，把父母都接来了。现在已经没有人把我当狗尾巴草了，或许他们从来就没有把我当过狗尾巴草，只是我自己的心态而已，呵呵！

（题图、插图：安玉民）

绿版编辑部各编辑邮箱：
夏一鸣 gshxym@163.com
邢 悦 simyyue@126.com
王雅静 wyjing833@sohu.com
朱 虹 zhong98305@sina.com

会议的

另一种开法

□ 秦德龙

某集团公司在宾馆召集各单位中层以上干部开会，总结本年度工作。

王主任实在没空，就让秘书老罗去替他一次。老罗猜想这种会不但管吃管喝，还有纪念品发，不去白不去，于是就兴冲冲地去了。

赶到宾馆，会议已经开始，因为是冒名顶替，老罗就悄悄寻了个墙角的位子坐下来。老罗是个人精，知道这种会听不听都无所谓，反正会议结束要发材料，回去把材料往王主任那儿一交，不就没事了？所以他坐在那里索性把帽檐一压，闭上眼睛打起瞌睡来。

可让老罗没料到的是，这个会议开得特别长，几个领导都做了报告，会议结束前，主持人还一再强调，要与会者回去原原本本向群众传达会议精神，可散会后却什么材料都不发。

老罗顿时傻了眼！他急匆匆找到会务组，那里已经聚了一堆人，这些人和老罗一样，都是来要会议材料的。老罗看他们这副猴急样子，猜想这伙人没准都和自己一样，是来替领导开会的。

管会务的是个"小平头"，小平头对老罗他们说："上面有规定，这次会议不印发任何书面材料，包括领导的讲话稿，大家请回吧！"

老罗一听，急得直跳脚，嚷嚷着说："没有材料，我们回去怎么传达贯彻？我们要保证领导讲话的精神不走样啊！"老罗故意隐去自己是替会者的身份，话说得冠冕堂皇。

小平头望着老罗，意味深长地笑了，说："这有什么难的，你们都是中层以上干部，这点报告精神回去还传达不了？再说了，今天本来就是个内部会议，领导的讲话就更加不能随便印成文字材料公开发了。"

小平头说完，就要撵老罗他们走，这伙人哪里肯罢休，不拿到材料，回去都没法交差呀，于是就死皮赖脸地缠着小平头不放，会务组里闹哄哄乱成一片。

闹了好一会儿，小平头看看大家一副不拿到材料誓不罢休的样子，就站起身来，跑过去把办公室门一关，故作神秘地说："不是我要故意为难大家，其实我也知道你们的难处，所以，尽管领导明确这次会议不发材料，我还是给大家准备了一点，包括各位领导的讲话要点。不过，这事儿各位得替我保密，材料你们拿回去，每人得留50元钱下来，我总不能白白替各位担这个风险吧？哪天领导知道这事儿了，我可是要吃不了兜着走的啊！"

小平头一边说，一边变戏法似的从办公桌底下的柜子里捧出一叠打印好了的材料来。

这不是倒卖领导讲话稿吗？立刻有人冷笑一声："你不得了啊，发财发

到领导头上来了！"

小平头顿时把眼睛鼓得像鱼泡眼似的："老实说，我这也是给各位解难，你们怎么来开的会，我还不清楚？你们谁想要，就把钱掏出来，我这是限量发售，就这么点儿，卖完为止。"

话说到这个分上，还有什么可讨价还价的呢？要想回去交差，现在就赶快掏钱。那些刚才闹嚷嚷的人，虽然脸上十二分的不情愿，却还是一个个从口袋里把钱掏了出来。

小平头一边收钱一边嘟哝："唉，

排 队 （文：王为民；图：包丰一）

1. 江湖医生向王老汉推销新药："吃一个疗程，若是不好，你打我耳光。"

2. 王老汉吃了两个疗程，却一点不见好，就叫儿子去打江湖医生的耳光。

3. 江湖医生的家不远，儿子一大早就气哼哼地去了，可直到天黑了才回来。

4. 王老汉很奇怪，儿子说："没办法，打他耳光的队伍排得老长！"

叫我怎么说你们，都是来开会的，总该有个基本素质吧！你们想想，领导也是生产力，而且是更重要的生产力，如果把领导的讲话稿随意发送，岂不是对生产力的极大浪费？"

老罗没料到来替个会最终却还要自己掏钱买材料，心里实在不痛快，可不买回去又交不了差，没办法，只好也把手伸进口袋……

回到单位，老罗把买来的材料交给王主任，王主任正忙着，头也不抬，说："材料你拿回去，整理整理，依葫芦画瓢，尽快给我搞个讲话稿出来，我们马上召集各部门头头开会，把领导精神传达下去。"

老罗心里一动，问王主任"这个讲话还要不要打印出来发下去？"

"不打印！"王主任坚决地一摆手，"不要养成这种习惯，会后发材料，会上他们就不好好听了。以后开会，一律不发材料。"

老罗一听，笑痛了肚皮 好哇，这下，我也有生财之道了啊！

（推荐者：瑞 瑞）

（题图、插图：安玉民）

（"第一推荐"征稿启事详见本期第44页）

六指山上串串泪，
六指山下心难安！

六指山
不相信眼泪

□ 宾　炜

姑娘哪像山里妹

张龙和赵虎都特别喜欢开越野车，最近，他们合伙买了辆二手"猎豹"，一到双休日，就迫不及待地把车开了出去，到离城一百五十多公里外的六指山玩了两天，星期一一大早才匆匆忙忙往城里赶。

早晨这个时候，山上的空气特别清新，山路上一个人影也不见，猎豹沿着盘山公路在山里转了一圈又一圈，老半天还没有转出山，两个人归心似箭，于是就感觉有点乏味。就在这时候，坐在副驾驶位置的张龙眼前一亮，发现前面山路拐弯处有个姑娘正急急地走着，他伸手拍拍赵虎的肩说："你看！"赵虎也看到了，不由自主地按了两声喇叭"嘟嘟——"那姑娘可能是听到声音了，回头看了他们一眼，但却丝毫没有停下来的意思，继续急急地向前赶路。

张龙心里一动，对赵虎说："没准她有什么急事儿，要不咱们做回好事，捎她一程？""好哇！"赵虎心想一路上有个姑娘做伴，说说笑笑，可以解闷多了。于是他又连着按了两声喇叭，算是打招呼，把车开到了姑娘身边。

哟，这姑娘哪像山里妹子啊，白白的脸蛋，弯弯的眉毛，穿着打扮也完全是城里姑娘的样子。张龙热情地招呼她说："小妹，这么早就赶路啊？

是进城吗？上车吧，我们捎你一程！"那姑娘往车上瞥了一眼，脸上的神情显得很惊慌："不，不，我不……"她拼命摆着手，脚下的步子迈得更急了。

张龙和赵虎相视一笑：也难怪啊，姑娘家，一个人赶路当然得多个心眼，哪能随便上人家的车！张龙于是从口袋里掏出自己的工作证给姑娘看，说："小妹，现在这么早，哪有班车啊，我们没别的意思，正好要回城里去，顺路的！"张龙都把工作证伸到姑娘眼前了，可那姑娘看也不看，还是拼命摆手："不，不，不……"她边说边就突然拔腿拐进了山道边的小路。

这姑娘的警惕性也忒高了点吧？赵虎不禁鼻子里"哼"了一声："不上就不上，我们还省点事呢！"可话是这么说，两人总感觉有点没面子，赵虎气呼呼地伸头往车窗外的后视镜一照，自言自语道："奇怪，我赵虎怎么看也不像是干坏事的呀，那丫头咋就认定我们不是好人呢？"张龙心里也郁闷得很，摸摸自己的脸，叹了口气："唉，现在想做好事也难啊！算了，别管她，我们抓紧时间上路！"

突然，就在这个时候，从后面山路上传来一阵又急又乱的脚步声，张龙和赵虎回头一看，一群人正闹嚷嚷地向他们冲过来，有的手里还拿着扁担、绳索。张龙和赵虎不知道出了什么事，连忙跳下车，迎上去问："老乡，出什么事了？"

这伙人中，领头的是个四十来岁的男人，满脸麻子，张口就问他们："人呢？把人交出来！"张龙和赵虎愣了："什么人？"麻子怒气冲冲地说："我老婆跑了，是不是躲在你们车上？"他边说边就一个箭步冲到猎豹车前，把头探进去上上下下地看，还趴到车底下瞄。两处都见不到人，麻子急得双脚乱跳："你们是什么人？把车停在这里等谁？"

张龙和赵虎这才回过神来：麻子说的他老婆，说不定就是刚才他们看到的那个姑娘。张龙眼珠一转，急忙给麻子解释说，他们在这里停车不是等人，而是小解，抽根烟休息一下，马上就走。麻子上上下下打量着他们："你们见过一个女人吗？年纪很小的。"张龙、赵虎不约而同地摇头。

跟着麻子一起来的那伙人七嘴八舌地对麻子说："你老婆肯定是跑上山躲起来了，咱们还是上山去找！"不等麻子下令，他们就拔脚纷纷朝山上跑去。

这时候，从后面山路上又开过来几辆摩托车，停下就问："人呢？追上了吗？"麻子朝他们摆摆手，恶狠狠地说："你们都给我到山下各条路口去守着，非得给我把那贱货追回来，以后再跑，看我不打断她的腿！"这些人立刻领命而去。

麻子随后转过身来，瞪眼瞅着张龙和赵虎，一字一句地说："你们别想把那贱货带走，那是我花七千元买来的。哼，这儿都是我的人，你们要敢带她，就别想再把车开回去！"说完，也尾随着那帮人钻进了山里。

"求求你们，救救我！"

张龙和赵虎你看看我，我看看你，谁都没想到出游会碰上这样的事。怔了半晌，张龙摇摇头，拉着赵虎上了车："走吧，咱们还是赶快离开这里的好！"于是，赵虎把猎豹重又发动起来，车子沿着盘山公路继续向前开去。

车子刚开到前面拐弯处，冷不丁从路边草丛里冲出一个女人，张开双臂拦在车前，赵虎一个急刹车，好险，差点就撞到人了。可是定睛一看，他和张龙都愣住了：这女人不就是刚才看到的那个姑娘吗？姑娘一步扑到车子前，喘着气对张龙和赵虎说："对不起，刚才是我误会你们了，快让我上车吧！求求你们，救救我！"

张龙紧张得赶紧回头看，还好，后面公路上什么人也没有，估计麻子他们已经走远了。张龙于是问姑娘："你……你到底是怎么回事？"姑娘脸上、手上全是被荆棘划破的伤痕，衣服也撕破了，她一听张龙问，顿时泪流满面，哭着说："我是城里人，我还在上大学呢，我是被他们骗到这里来的。求求你们，救我回去吧！"

张龙转头看了赵虎一眼，又问姑娘："那你刚才为什么不跟我们走？"姑娘痛哭失声："我实在不知道你们是好人，我不敢……我还以为你们和他们是一伙的呢！"

张龙、赵虎顿时傻了眼：现在怎么救她？山下路口都是麻子的人，现在就是让她上车，待会儿也肯定过不了关。万一到时候麻子他们乱来，别说把猎豹砸了，说不定连自身性命都难保呢！

两人没了主意！

就在这犹豫的工夫，那麻子突然在公路上出现了，后面还跟着那群

人，"哇哇"怪叫着朝姑娘扑过来："看你还跑？看你敢往哪儿跑！"原来，这伙人根本就没有走远。姑娘的脸霎时变得灰白，一步跳过来抓着猎豹的车门，朝张龙、赵虎声嘶力竭地喊："大哥，救救我！救救我啊！"

眼看麻子一伙人越跑越近了，赵虎硬下头皮对张龙说："没办法，咱们只能管自己了，再不走，待会儿想走也走不了……"张龙有点不忍："那她怎么办？"赵虎闭上眼睛，不敢去看姑娘的脸。张龙一咬牙，隔着车窗对

姑娘说："我们回去替你报警，让警察来救你，要不然，我们三个谁都走不了，连报警的人都没……"

张龙话没说完，赵虎就把猎豹发动起来了。那姑娘当然知道这是什么意思，她死死拉着车门不肯松手："求求你们，把我带走吧！带……"可"带"字刚出口，猎豹已经加大速度朝前驶去，姑娘拉不住车门，"扑通"一声摔在了地上。随着姑娘一声尖叫，张龙和赵虎都分别从后视镜里看到她摔在地上那可怜样，泪流满面，却在拼命张着手向他们呼喊，很快，那麻子就跑到她身边，狠狠一脚，朝她身上踹去！

猎豹在前面山路口转了个弯，姑娘看不见了，赵虎"吱"地刹住车，把脑袋深深地埋进了方向盘，两个人都沉默着，车厢里死一般的鸦雀无声。过了好一会儿，赵虎抬起头，张龙问他："我们就这么走了？"赵虎的声音轻得不能再轻了："我们赶快帮她报警吧，我们就是留在这儿，又有什么用！"

于是，两人用最快的速度把车子开到附近小镇，到派出所报案。看到警察出动了，他们才松了口气，然后怀着复杂的心情把车开回城里……

时间很快就过去了好几年，张龙和赵虎虽然后来又开着猎豹游了不少地方，可他们常常会不约而同地想起第一次出游六指山时的这段阴影，他

· 大千世界 众生百相 ·

们不断地用"已经替姑娘报警"来安慰自己，可又都觉得欠了这姑娘什么，所以以后不管在哪里，只要碰上老弱妇幼，他们总是特别愿意帮忙。

这天，两人在出游路上途经六指山脚的时候，看见路边走着一个村妇，左脚跛了，一手牵着一个孩子，一手拎着一个蛇皮袋，十分吃力。赵虎"吱"地把车开到她们身边停下，探头问："大姐，坐车吗？"村妇说声"谢谢"，抱起孩子就上了车。张龙一看，顿时惊叫起来："你……你不就是那个被拐卖的姑娘吗？你怎么还在这里？"村妇一怔，瞪着眼，似乎也认

出了他们，木然地点点头。赵虎惊得目瞪口呆："我们……我们不是已经报警了吗？"村妇淡淡一笑："听说警察来过几次，可我没见着。我自己后来又跑了几次，把脚跌断了……"

张龙、赵虎都沉默了，赵虎突然大声对女人说："走，我们这就送你回城里去！"谁知村妇苦涩一笑，摇摇头："我现在这个样子，怎么还敢回去见人？再说，我还有了孩子，你们要是想做好事，就把我们母子两个捎上山吧！"

（题图、插图：魏忠善）

· 本刊信息传真 ·

发短信赢大奖　优秀作品月月评

春天的脚步近了，我们老茶馆又准时开张了。看完这期《故事会》，别忘了发条短信给您喜欢的作品投上一票，还有机会中 800 元的现金大奖。

小二上茶！请您评评这期《故事会》里的故事吧（本期期数：06）。

哪篇故事的情节最吸引您——最佳情节奖（奖项编号1）

哪篇故事让您觉得最有趣——最佳情趣奖（奖项编号2）

哪篇故事让您懒得看，还抽空倒了杯水——最佳广告时段奖（奖项编号3）

评选方式：**编辑短信306+ 奖项编号＋期数＋故事篇名所在的页数**，比如：您想选本期第35页起刊登的那篇故事为最佳情趣奖，只要发送30620635到3883752（移动用户）/9866752（联通用户）就可以了。每次评选只要1元钱，您就有机会拿走茶馆本期的特色奖品——最新大片DVD光碟共10张哦！本次活动另设一等奖1名，奖金800元，二等奖5名，奖金100元，参与奖200名，各获精美礼品一份。

1月下月月评揭晓：最佳情节奖《吃霸王餐的人》；最佳情趣奖《让"战争"结束》；最佳广告时段奖《举轻若重》。

更多评选结果和中奖读者名单可以上故事中国网（www.storychina.cn）查询，您还可以对本期作品发表意见哩！

客服电话：010-6786 8800（移动）、010-8298 8818（联通）。

阅读彩信版《故事会》，移动编辑短信81发送到80013981——用手机享用丰盛的故事大餐，获赠精选图铃，每月4期哦！信息费：5元／月。

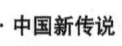

最不想见的人

的人

□ 赵 新

城郊有个光明村，村里有个叫喜乐的老汉，这几天，他女人不远千里伺候坐月子的闺女去了，他一个人在家里想吃就吃，想睡就睡，没有了女人的聒噪和管束，过着神仙般的日子。

可是好日子过了不到一个星期，出事儿了！那天晚饭前，喜乐老汉在村里散步，转了一圈回来，走到家门口，发现衣兜里的钥匙没了。守门的钥匙怎么能丢呢？他急出一身冷汗，低着头拼命地在地上找。

这时候，对面过来一个中年汉子，看他团团转的样子，问："找什么哪？"他不抬头听声音也知道来的是谁，唉，堵心哪，怎么最不想见的人，偏偏这个时候碰上了呢？

来者是这个村的村长，平时因为好喝酒，喝醉了就撒酒疯，误村里的事儿，所以有一次上面来检查工作的时候，喜乐老汉当面给提过意见。没想村长把这事儿给记恨上了，以后喜乐老汉找他办什么事儿，他总会揶揄几句："你走错门了吧？你怎么也来找我啊？"转而又换一副笑脸"开个玩笑，别当真！我这人什么都会，就是不会打击报复。"你既然不搞打击报复，你说那话作甚？所以喜乐老汉从此一看到他就远远避开，惹不起，还躲不起吗？

可偏偏现在想躲也躲不开了啊！喜乐老汉抬头看了村长一眼，他实在不想让村长知道自己碰上了这么倒霉的事儿，于是嘴里喃喃道："不找什么，不找什么！"村长说："不找什么？不找什么，那你怎么不进家呀？"喜乐老汉搪塞着回答："歇一会儿，歇一会儿。"

这时候，就见村长很警惕地把喜乐老汉拉到一边，说："你是找钥匙吧？怎么，钥匙丢了？"喜乐老汉愣住了："你……你怎么知道？"村长拍拍他肩上的尘土，大度地安慰说："都吃晚饭的时候了，哪有到家不进家的道理？大叔，别急，你把情况说说，我给你在喇叭里喊喊，谁捡到了，让他们给你送来。常言道，一把钥匙开一把锁。别人捡了你的钥匙有什么用，拿在手里反倒是个累赘！"

村长这番话说得很诚恳，喜乐老汉就在心里骂自己："我真是混了，怎么就把村长看低了呢！"于是他就对村长说："村长，我和你说实话，我真丢了钥匙！我家里原来有两串一模一样的钥匙，还你婶子带走一串，还有一串就装在我兜里，可今天真是奇怪了，出去时还明明在的，怎么回来就没……"

"慢，慢！"村长打断喜乐老汉的话头，说："你是说你丢的是一串钥匙？一串？""是啊！"喜乐老汉着急地点点头，"这串钥匙一共有六把呢，用一根红头绳拴着。最大的那把是开院门的，开不开院门我就进不了院

子；扁扁的那把是开西屋库房门的，开不开库房门我就拿不了米拿不了面；又瘦又长的那把是开东屋灶房门的，开不开灶房门我就做不了饭；还有鼓肚子的那把是开正屋门的，开不开正屋门我就不能算进家呀——"

说到这儿，喜乐老汉突然打住了。村长见他不说下去了，追着问："没了？院门、西屋库房门、东屋灶房门、正屋门，这只只四把钥匙嘛，哪来六把？"喜乐老汉四下看了看，放低声音，凑上去附着村长的耳朵，悄声说"剩下那两把格外管用哩，你别看它们最小，那是开我正屋里的橱柜和抽屉的，抽屉里放着三千多元钱，我刚卖了两头猪，那票还都是簌簌新的呢！"

村长听得笑出了声："大叔，我明白啦，这串钥匙对你很重要。走，你先到我家去吃饭，吃完了，我就去喇叭里广播你的事情，让大家帮着找找。"喜乐老汉一听，可不好意思了：如今村长一点不记自己的恨，自己再要说村长什么，就简直不是人了。

拗不过村长再三邀请，喜乐老汉脸红红的来到村长家，村长让老婆端酒端菜地好一阵忙活，然后就拉着喜乐老汉在桌子边坐了下来。村长说："大叔，你放心，你的事就是我的事，待会儿吃了饭，我给你去广播，你就在我家后屋睡，谁要捡到钥匙，让他

们替你送来。"听村长说着这一番热乎乎的话，喜乐老汉感动得眼泪都要掉下来了：饭还没吃呢，村长就连晚上的睡觉问题都替他想到了！

喝罢酒，吃罢饭，天都黑了，村长拔脚就往村广播站去了，喜乐老汉晕晕乎乎地撑着桌子站起来，不过他没有到村长家的后屋去睡觉，而是跌跌撞撞朝自家屋子走去。他心想：万一人家捡到钥匙往家里送呢？自己得在家门口等着。

喜乐老汉一路朝家走去，这时候，村里的广播喇叭响了，果然传来

村长的声音："乡亲们注意了，乡亲们注意了，我现在广播一件非常重要的事情，咱们村的喜乐大叔今天傍晚丢了一串钥匙，因为他老伴不远千里伺候闺女去了，所以他一个人没有钥匙就进不了家门。我在这里告诉大家，喜乐大叔家的钥匙其实很能辨认，这串钥匙是用一根红头绳拴着的，其中最大的一把是开院门的，开不开院门他就进不了院子；扁扁的那把是开西屋库房门的，开不开库房门他就拿不出里面的大米和白面；又瘦又长的钥匙是开东屋灶房门的，开不开灶房门他就做不了饭；鼓着肚子的钥匙是开正屋门的，开不开正屋门他就不能算进家啊！还有两把小钥匙，乡亲们千万不要看它小就觉得无所谓，其实它是喜乐大叔家正屋橱柜和抽屉上的钥匙，打不开柜门，开不开抽屉，拿不出钱来，大叔吃的喝的就都得向人家借去。所以，如果乡亲们有谁捡着了一串钥匙，又是用红头绳拴着的，钥匙有大有小有扁有长的，就赶紧给大叔送去，别让大叔着急，他岁数大了，急不起啊……"

村长反反复复在喇叭里说着，吐字清晰，声音响亮，差不多连附近村子的人都能听到，直到喜乐老汉走到家门口时，他还在喇叭里说着。喜乐老汉吓了一跳：村长怎么把自己私下对他说的话全给广播出去，而且还一遍又一遍地说呢？他很想去找村长，

2007年《中国最有影响力的故事》征文启事

四大奖励措施　稿酬外追加千字1000元奖金

为鼓励多出优秀作品，《故事会》杂志社决定继续举办2007年"最有影响力的故事"征文大赛，并对优秀作品实行四大奖励措施：

1．入选作品除在杂志上发表外，还将收入《〈故事会〉2007年最有影响力的故事》一书。2．入选作品可得两笔稿酬：在《故事会》杂志发表的作品，首发稿酬每千字400元；获"《故事会》最有影响力的故事"优秀作品奖，再追加每千字1000元。3．入选作品均颁发奖励证书。4．本刊将邀请有关作者参加第十二届"故事创作研讨班"、优秀作品改稿会以及年底的颁奖大会，所有费用均由编辑部承担。

征稿范围：1、具有现实感、新鲜感且可读性强的中短篇（包括超短篇）原创作品；2、故事性强、有口传性、能引起读者兴趣的推荐作品。

超短篇（如幽默故事）的字数一般在1500字以内，短篇（如中国新传说）的字数一般在5000字以内，中篇故事的字数一般在15000字以内。

来稿方法：1．从邮局寄发，请在信封上注明"征文大赛"字样，本刊地址：上海市绍兴路74号《故事会》杂志社，邮编：200020。2．从网上传递，可寄以下信箱：wulun@vip.sohu.net，请在主题上注明"征文大赛"字样。此外，重点作者的稿件可直接与有关责任编辑联系，本期责任编辑的信箱是：tigerbao2002@yahoo.com.cn。

觉得他不该这么说，可这时候他的两条腿已经不听使唤了，想迈步却"扑通"一声躺倒在地，睡死过去。

一觉醒来，已经是第二天早晨了。喜乐老汉睁眼一看，不对呀，怎么院子的门开了？他连忙爬起来，跑进去一看，腿软了：西屋库房和东屋灶房的门硬绷绷地锁着，可正屋的门却大开着，橱柜和抽屉都打开了，里面空空如也，而那一大串钥匙，就好端端地插在抽屉锁上。

喜乐老汉想哭，眼睛里流不出泪；想骂，又张不开口。

这时候，村长急急地赶来了："大叔，有人送钥匙来了？"没待喜乐老汉说话，他又鸡啄米似的点头："送来了就好，送来了就好！我说嘛，别人捡了你的钥匙有什么用，拿在手里反倒是个累赘。这回，你放心了吧？"

喜乐老汉一肚子的火没处发，实在憋不住了，冲口就说："你……你……我向你报案！"

"报案？"村长眨巴着小眼睛，"你可真会开玩笑，钥匙都在了，还报什么案？"

（题图、插图：刘斌昆）

古人说：大音希声，大象无形。"良心债"虽然无影无形，无臭无色，却是人生最为沉重的债务，有时候一辈子都洗不掉、还不清！一个有良心的人，生平最怕的事就是背上了"良心债"。

这事，偏偏就让一个未成年的穷孩子遇上了……

天地良心

□ 叶林生

新招的工人死了

有个孩子，名叫顺子，从小就没了爸爸妈妈，一直跟着爷爷奶奶，日子过得很苦。这事儿被当地一个开小五金加工厂的女老板知道了，女老板就主动替顺子付学费，后来还把顺子送进城里的中学。这个女老板姓赵，顺子叫她赵阿姨。

顺子从心底里感激赵阿姨，这一年他在全城同年级数学竞赛中夺得金奖，拿到一千元奖金后，他第一个想到的就是赵阿姨，揣着钱高高兴兴地去向赵阿姨报喜。

赵阿姨的厂其实规模很小，只有七八个工人，顺子去的时候，赵阿姨正好在和一个陌生女人说话。顺子站在旁边听了一会，才知道这女人是个外地民工，名叫菊花，是看到招工广告前来应聘的。赵阿姨和菊花交谈了一番，又接过她递来的身份证仔细看了看，当场就点头把她收下了，说好每天干八小时活，每月开工资800元。

菊花没想到女老板收人这么爽快，兴奋得两眼发亮："老板，太谢谢你了！我先去给我妹妹打电话报喜，她就在前面厂里做。"说着，菊花三步并作两步地跑到厂门外的公用电话亭，从口袋里摸出一张纸，对着上面拨了一串号码，接通后说了几句话，就立刻跑回来，喜滋滋地跟着赵阿姨进了车间。

说是车间，其实也就是一个不大的房间，里面放着五六台机器。这天，车间里的几个工人正好被赵阿姨派出去搬加工材料了，没人，赵阿姨就把菊花领到其中一台机器前，自己手把手地给她当起了师傅。菊花是个聪明人，跟着赵阿姨学做了几遍之后，很快就掌握了操作要领。赵阿姨看她干得挺像个样子，就又关照了几句，让她慢慢干着，然后才顾上和顺子说话。

中午，赵阿姨一定要留顺子在厂里吃饭，她正带着顺子要到饭厅去，经过车间的时候，就见菊花站在门口东张西望。赵阿姨问她要找什么，菊花怯怯地说要上厕所，赵阿姨随手朝门外给她指了指方向，然后就带着顺子进了饭厅。

大约十几分钟后，正在吃饭的赵阿姨和顺子突然听到从厕所方向传来一片惊慌的嚷嚷声："快来人啊，水塘里淹死人啦！"两个人大吃一惊，本能地跳起来就冲出门，朝厕所方向奔去。

厕所那里有个大水塘，水塘边已经围了很多人，都是在附近小企业里打工的。顺子和赵阿姨拨开人群挤进去一看，傻眼了：水塘里浮着个女人，竟然是才进厂几个小时的菊花！那塘里的水很深，等大家七手八脚把菊花捞上来时，她已经没气了。

警察很快就赶到了，经过一番勘查，发现水塘的一边是条小道，很窄很陡，平时不常有人走，所以上面长

满了杂草和青苔，小道的尽头就是厕所。警察问围观的人："这里有没有知道死者情况的？她叫什么名字？有谁认识她？"

大家你看我，我看你，谁也答不上来。也难怪，这里本来就是一个私营小手工业的集中地，各家小企业之间也没有明显的围墙分隔，来来去去的打工者就像流水似的换着，谁认得清谁啊？

可别人弄不清，顺子是知道的呀！所以警察调查问话的时候，顺子心里非常紧张：哎呀，这个叫菊花的人是赵阿姨收下来的，她刚才出去上厕所，也是赵阿姨指的方向，这会不会连累赵阿姨呢？顺子吓得大气不敢出，他实在不想赵阿姨有事啊！

忽然，顺子觉得有人在扯他的衣角，一瞥眼，是赵阿姨！

我不能忘恩负义

赵阿姨悄悄将顺子引到人群后面，附着他的耳朵，声音有些发颤："顺子，她死不关我什么事，可我怕到时候牵连上了说不清，你千万要帮赵阿姨的忙，别把我收她做工的事说出来，啊？"

顺子是个聪明的孩子，虽然不太明白这事情到底和赵阿姨有多少利害关系，但有一点他懂，就是一定要帮赵阿姨的忙，因为赵阿姨是自己的恩人！所以他听话地朝赵阿姨点点头。

这时，顺子看到警察从菊花衣袋里翻出刚才菊花打电话时用过的那张纸，并照着上面的号码拨通了电话。不大会儿，就见跌跌撞撞奔来一个年纪不大的女人，手里拉着一个五六岁的小男孩，扑在菊花身上拼命哭喊："姐，你这是咋了？你睁开眼睛说话呀！孩子还这么小，你咋就忍心撇下他不管了啊……"

原来那女人正是菊花的妹妹菊香，小男孩就是菊花的儿子。警察问菊香："你姐姐最近受过什么委屈吗？"菊香一面哭一面摇头："我姐绝对不可能寻短见，几个小时前她还打电话给我，说找到工作了，是一个五金厂的老板收的她，高兴得不得了。"

"五金厂？"警察对这一带的情况很熟悉，"这儿大大小小五金厂有七八家，你姐进的是哪一家？"菊香怔住了："这……她也没说是哪一家，只说要急着去上班干活，给我说了几句就把电话挂了……"往下，菊香就什么也说不上来了，只是哭。那小男孩紧紧抓住她的衣角，瞪着两只眼睛，惊恐地缩在她身边。

看着眼前这个场景，顺子心里酸酸的，不由想起了自己的妈妈。妈妈是为了挣钱给他上学，在山沟沟里挖草药时被突然而来的洪水卷走的，那年他才五岁，因为要妈妈，整日整夜地哭，哭得嗓子都咳出血来……菊花的儿子现在就像自己小时候那个样，多可怜呀!

顺子真想把自己知道的说出来,可他又拼命克制着自己:赵阿姨对我这么好,我绝不能做对不起她的事!就是怀着这种复杂的心情,顺子告别赵阿姨回到了学校。

当晚,他躺在床上翻来覆去睡不着,一闭上眼睛,满脑子都是白天在水塘边的场景,迷迷糊糊的时候,他还做了个梦,梦见自己的妈妈,又梦见自己和那个满眼惊恐的小弟弟搂在一起,伤心地哭泣……

这颗良心有点重

第二天一大早,顺子没去上课,忍不住又来到出事的水塘边。远远的,他就看到那儿依然聚满了人,原来是警察又来了,因为菊香举目无亲,昨晚搂着姐姐的孩子在这儿哭了一夜。顺子的心颤抖起来,像是有一只虫子在叮咬。

警察耐心地劝说菊香:"根据我们昨天的勘查,你姐姐并没有被谋害的迹象,至于其他的原因,还要等我们作进一步调查取证,所以目前,只能先将遗体火化了。"菊香听警察这么一说,伤心得一头栽倒在地上:"不管我姐是怎么死的,总不能死得不明不白,总要有个说法呀!不然,我怎么向家里交待?怎么对得起她可怜的孩子啊……"

许多围着的人也陪着落泪,对菊

· 大千世界 众生百相 ·

香说:"你光哭有什么用?你说你姐进厂上班了,有谁证明?她又怎么会掉进这水塘里的?你得想法子找出证人才行啊!"菊香一面听,一面用茫然而无助的目光在人群里寻找,终于,她抱起孩子,"扑通"一声朝大家跪了下来,嘶哑着喉咙哭求道:"你们有谁知道的,行行好,告诉我吧,我求求你们……"

顺子的心被抽得紧紧的,此时此刻,他只觉得有一股热血直冲脑门,身后像是被人用力地推了一把。他鼓起勇气分开众人,走上前去,大声地

对警察说："这件事情，我知道！"

众目聚焦，人们一片哗然。

警察看着这个还未成年的孩子，怔住了："哦，你知道？"顺子点点头，一字一句地说："昨天……在经过水塘边的时候，由于路太窄太陡，是我……是我不小心把她碰下塘里的。我……我愿意赔……赔……"顺子说到这里，"呼"的从口袋里掏出一个信封，那里面装的，正是他这次数学竞赛获得的一千元奖金。顺子把信封往菊香手里一塞，说："你先拿着，等以后有了钱，我还会再帮你们的。"

这是顺子翻来覆去煎熬一夜编出来的一个谎言，他想：我只有这么说，警察才不会去为难赵阿姨啊！可是警察哪里会像他一样想得这么简单？他们觉得这事情有点复杂，于是就决定把顺子带上警车，准备回去作进一步调查。

警车要开了，就在这当口，忽然有个人叫起来："不，请等一等！"顺子一看，从人群里走出来的，是赵阿姨！

只见赵阿姨一步上前，抱过菊花的儿子，又轻轻拉起菊香，对警察说："这是该我承担的事情，我跟你们去吧！"

顺子拼命摆手："不，赵阿姨，你不能……"

赵阿姨满脸通红，对顺子说："顺子，是阿姨一时糊涂……你的心意我懂，可这个情我不能领呀。为了我，让你一个孩子背这么重的良心债，我还算是人吗？"

顺子心里一震，望着赵阿姨艰难地跨上警车的背影，他的眼睛湿了……

（题图、插图：黄全昌）

一枚古币

□ 明 超

金钱可以是许多东西的外壳，却不是里面的果实。所以，这世界上还有比金钱更可贵的东西！

这一天，工作不久的李小红和朋友闲聊，说起即将到来的一年正好是自己的本命年，朋友就建议她手腕上戴个古钱币，既避邪又讨口彩。李小红本来倒不觉得什么，被朋友这么一说，动了心。

当晚，李小红就去了城西的一个古玩市场，那里小店多，卖的东西都不太贵，但因为去得晚，沿街的小铺早收了，不少店也上了门板，只有街口拐角处一个小店还半敞着门，李小红就走了进去。

店主是个年纪很大的老人，看到有人来就招呼说："想要什么，看看吧！"李小红问："你这儿有古钱币吗？""当然有啊！"店主用手指指一个角落，"你自己去挑吧！"李小红赶紧解释说"我不是收藏，只想买一枚普通的小钱币，明年是我的本命年，我想戴了避邪的。""啊，原来是这样！"店主于是就拿出一个很旧的藤篮，对李小红说："这些都是别人挑剩下的，10元钱一枚，你要就随便挑。"

藤篮里乱糟糟的大约有近百枚铜钱，李小红差不多把篮子都翻了个底，也没看中哪一枚。她正想再到别处找找，忽然有枚暗金色的铜币在她眼前闪过，她连忙拿起来细看，发现这是一枚很奇怪的古币，上面的文字和花纹她一点不认识。

她想问问店主，这是一枚什么样的古币，一回头，发现店主手里捏了一根红丝线，正讨好地站在她身后："看中了？我替你穿上吧？"

李小红吃不准店主为什么如此殷勤，不过她心想：不就是10元钱的东西嘛，我买了又不是收藏，管它什么真假，只要自己喜欢就行。于是，她就让店主把古币用红丝线穿起来，套上手腕，然后付了10元钱，走了。

第二天，朋友约李小红一起吃

饭，当看到李小红手腕上的这枚古币时，惊讶得大喊起来："丫头，怎么动作这么快，你从哪里搞到这东西的？昨天才说的事儿，今天就戴上了？"

李小红挺奇怪："怎么了？"

朋友让李小红把古币摘下来，仔细看过之后，激动地说："如果我没有搞错的话，这应该是一枚很值钱的古币。你等一下，我打个电话问问。"他急忙拨电话给一个据说是古币收藏协会的人，让对方过来看看。

李小红瞪大着眼睛问："你是开玩笑吧？我这东西只花了10元钱啊，待会儿人家来，可别让他笑掉大牙！"那朋友却一脸的正经"你怕什么？他要真看出名堂来，你就发财了！"

不一会儿，那个古币收藏协会的人果真抱着一本厚厚的图册，气喘吁吁地赶来了。李小红的朋友如此这般一说，他立刻小心翼翼地接过古币，掏出放大镜很认真地观察起来，还翻开那本厚厚的图册，在上面比对了半天。最后，他抬起头，十分肯定地对李小红说："这的确是一枚很珍贵的古币，当今世上已经非常稀少了。"

"哇噻！"李小红的朋友激动得跳起来，可是李小红却不敢相信他的话，结结巴巴地问："真……真的？你就这么……这么肯定？"

那人再次肯定地点点头，果断地说："我可以马上填写一张5万元的支票给你，你愿意把它转让给我吗？"为了表示诚意，那人竟就真的从包里抽出一张支票，在上面"唰唰唰"地填上了五万元的数字，然后把支票推到李小红面前。

李小红呆了半晌，问他"你能不能给我说说这枚古币的来历？"

那人笑着点点头，说"这枚古币之所以稀少，是因为当时并非为流通所用。铸造此币的目的，是为了要弘扬佛法，提醒人们一心向善，不要被恶念缠身而迷失人的本性。你看这图案，这文字，它的意思就是：财富往往引人走向邪恶，而善恶就在一念之间……"

"一念之间？"李小红脑子里一个闪念：那小店的店名好像就叫"一念斋"！莫非这是店主故意给起的店名？可也不对呀，如果店主知道古币的价值，怎么还会只收10元钱就把它卖出来呢？

李小红很动心地看着眼前这张支票，5万元，实在是个不小的数字啊！可是她心里又隐隐觉得有些不妥：我拿这么多钱，这对那位店主好像不太公平啊？

李小红的朋友吃吃地笑着，说："你啊，别太善良了，这种事情没什么良心可讲。他就是识货，搞错也是他自己的事，是老天要让你发财的嘛！"

话是这么说，可李小红还是觉得有点不妥："我……还是再让我想想。"

收藏协会的人见李小红这副犹犹豫豫的样子，以为李小红是在怀疑他出价不公道，就大度地说："这样吧，支票留在你这里，你考虑几天都行，想清楚了再约我，我今天还有点事，就不奉陪了。"说着，便起身告辞。

李小红的朋友拍拍李小红的肩说："丫头，你自个儿想清楚，这种机会说不定一辈子也就这么一回！"说罢，埋了单，也走了。

李小红一个人坐在那里，默默地把玩着手里的这枚古币，翻过来倒过去地看，那上面的文字她好像此刻全认得了：财富往往引人走向邪恶，而善恶就在一念之间……她看着看着，突然站起身来，冲出饭店大门，直向城西的古玩市场走去。她决定了：不放弃这个可以拿钱的机会，不过在把古币卖出去之前，先告诉店主一声。她愿意把钱分一半给店主，这样，她自己可以心安理得地发笔小财，也不亏待那个店主。

赶到古玩市场的时候，天已很晚了，和上次一样，沿街的小铺也早收了，不少店也都上了门板，只有一念斋还半敞着门。李小红一步跨进去，那店主正坐在屋角落里打着瞌睡，听见脚步声，睁开眼一看："啊，你又来买古币？"

"不，不，不！"李小红把5万元

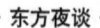

的支票和古币都拿出来放在桌上，如此这般把事情一说，那店主静静地听着，什么话也没说，但满脸的皱纹渐渐地竟都舒展开来，脸上露出了微笑。随后，他嘴里嘀嘀咕咕地不知说些什么，蹒跚着直往后厅堂走去。

奇怪的是，李小红等了半响，那店主却再没有出来，李小红"老先生、老先生"地叫了一遍又一遍，可后厅堂里什么动静也没有。望着里面黑漆漆一片，李小红吃不准店主是什么意思，不禁有点慌乱起来，她喊了一声：

"我明天给你送钱来！"拿起桌上的支票和古币就赶紧跑出店门。

第二天一早，李小红就约了古币收藏协会的那个人。午饭后，她揣着钱又一次来到一念斋。这回迎上来的是一位中年妇女，热情地招呼她说："欢迎光临，随便看看吧！"

李小红迟疑了一下，说"我昨晚来过，说好今天来给钱的。"中年妇女一脸疑惑："你昨晚来过？给钱？给什么钱？""那位老先生……他没跟你说？""什么老先生？这店里就我一个人啊！我昨晚一直在店里，你说你来过，我怎么没印象？你别是找错地方了？"

李小红惊疑万分："不可能啊！"她退出门外，抬头仔细地看，没错啊，门楣上"一念斋"三个镀金大字清清楚楚，再看看四周，应该就是这个位置啊！她问中年妇女："难道这里还有第二家一念斋？"中年妇女摇摇头"没有了，整个市场就我这一家。"

"这是怎么回事？"李小红觉得蹊跷极了，于是就把来买古币的事从头至尾向中年妇女说了一遍。那中年妇女还没听完，脸就变了色，失声叫道："这枚古币是我父亲最喜欢的东西啊！可是他……"中年妇女说到这里，不由把眼光投向屋角一边的墙上。李小红顺着她的视线望去，那墙上挂着一幅她前两次来从未留意到的黑框照片，照片上就是那个店主！李

编读往来：你的问题我来答

读者王文：我的一则作品在《故事会》上发表有五个月了，可到现在还没有收到稿费，这是怎么回事？

绿版编辑部：一般情况下，发表作品在两个月内均可收到稿费。没有如期收到，可能有以下几种情况：1. 作者提供的地址、姓名、邮编等有关信息不准确。2. 本社财务部门开出的汇款单有错误。3. 推荐类作品，如有原作者而地址不详的，其稿费已开至上海市版权中心代为管理。值得提醒的是，如遇以上情况，最为有效也最为便捷的办法，是直接与当期责任编辑联系。

读者储平：民间故事中常有"午时三刻开刀问斩"的说法，请问有什么道理吗？

绿版编辑部：古时有"时"和"刻"两套计时系统，如一昼夜划为十二个时辰，又划为一百刻。这样，平均每个时辰合八又三分之一刻，午时三刻就是将近正午十二点。此时太阳挂在天空中央，地面上阴影最短而阳气最盛。在中国古代，由于杀人被视作为"阴事"，无论被杀的人是否罪有应得，他的鬼魂总是会来纠缠"事主"的，因此，判官、刽子手选择此时杀人也最安全。

读者理论：请介绍一下什么叫"铺垫"？

绿版编辑部："铺垫"是故事创作中一个比较重要的技巧。作为一个概念来讲，铺垫就是渲染、衬托；作为两个概念来讲，铺是铺平，垫是垫高。有平有高，就意味着有起有伏、有动有静、有张有弛、有疏有密。铺垫也表现了主要与次要之间的关系：次要人物为主要人物铺垫，次要矛盾为主要矛盾铺垫，次要场面为主要场面铺垫以及"起承转合"相互之间的铺垫等。

（本栏目欢迎读者提供新鲜活泼、有代表性的问题，一经采用，即致薄酬。）

小红只觉得一股寒意从脚后跟升起。

中年妇女噙着泪，幽幽地对李小红说："我父亲三年前就去世了。临死前他拿出一枚古币给我看，告诉我说，那是他用很卑鄙的手段得来的，以致误了人家的性命，为这事他后来一直郁郁寡欢，而且从不敢对别人说。他去世后，我曾经想把这枚古币捐出去，随便捐给谁都行，可是找遍整个店堂，就是找不到，我一直觉得很奇怪。不瞒你说，他去世的这三年，我每天晚上都在做同样的梦，父亲在梦里对我说，他只有再找到一个真正不贪钱财的人，才能得到解脱。昨夜，是我三年中唯一没有做梦的一天，我都觉得有点奇怪，原来是因为有了你！现在他解脱了，终于解脱了啊，你说，让我怎么感谢你才好！"

李小红听得愣住了……

（题图、插图：刘斌昆）

· 情感故事 ·

□ 黄 胜

悲情
谢师宴

门铃又响了

红旗中学的田老师这几天家里电话都快被打爆了，上门的人也络绎不绝。为啥？他教的班级今年高考成绩特别好，五十个同学中，有四十二个上了本科录取分数线，其中一个叫何崇义的同学，还有可能被北京大学录取，这在红旗中学是破天荒的事，田老师的同事朋友们知道消息，都上门来向他贺喜。

刚刚送走一批人，门铃又响了，田老师开门一看，来的就是报考北京大学的学生何崇义。田老师又惊又喜："崇义，通知来了？"何崇义涨红着脸直摇头："不，田老师，我是来请……爹娘想……想请您吃顿饭。""吃饭？"田老师顿时严肃起来，"崇义，你怎么也来这一套？"

不知从哪一年起，高考结束后，学生家长就纷纷摆酒宴请老师，而且这股风越演越烈，动辄就是上千元的代价。这样的花费对富裕家庭来说也许不算什么，可是对大多数普通家长来说，实在是个不小的负担，所以田老师对这类邀请从来都是婉言谢绝。

田老师的这个做法，崇义不是不知道，可既然如此，他为什么还要来请田老师呢？说起来，这里有个故事。

崇义家在农村，母亲长年生病，父亲因为下煤窑采煤时被砸断了腿，也瘫在了炕上，崇义不得不因此而退

34

学回家。离开学校的时候，田老师鼓励崇义以后可以采取自学的方法，期末考试结束，他还给崇义带去几份试卷，让他有空时可以自己试着做做。可谁知崇义当场就做起来，做好以后给田老师一看，不得了，这个成绩在班里绝对是前五名之内。爱才如命的田老师心里一阵钻心似的痛：多么好的一棵苗苗啊，不上学实在太可惜了。所以新学年开始，田老师就坚决戒掉自己几十年的酒瘾，把生活标准降了又降，咬牙替崇义付学费生活费，让他复学。崇义也真是争气，苦读苦拼了三个学期，现在终于以优异的成绩通过了高考。

崇义对田老师说："田老师，您为我付出的实在太多太多，求您了，就给我和我爹娘一次表示感谢的机会吧！其实我们也没有什么好招待的，只是想表示个心意，您要不去，我们永远不会心安的。"

崇义说得非常诚恳，田老师觉得再坚持就不合适了，再说这一年多来，他心里对崇义也早有了父子般的感情，于是就点头答应下来。

今天就破一次例

车子一路颠簸了近两个小时，到崇义家正好是吃午饭的时间，崇义爹娘见儿子果真把田老师请来了，赶紧把恩人让到桌子前坐下。

饭菜早已准备好了，真的就是几

样简单的家常菜，外加一盆小鸡炖山菇。崇义爹娘脸上的表情既激动又尴尬，他们担心田老师看不上这些东西，田老师非常理解他们，他故意装出肚子已经很饿了的样子，一屁股坐下来，举起筷子就要吃。

崇义见田老师这么随意，兴奋地跑进灶房拿出一瓶酒来。田老师接过一看，吃了一惊："五粮液？"他生气了，"你买的？怎么买这么贵的酒？"

崇义的眼睛红了："田老师，您为了我已经这么多时候没沾过一滴酒了，我今天一定要好好敬您一杯。"

田老师"哼"了一声："你这个孩子啊，一瓶五粮液三四百元钱，你以为你是大款哪？我不喝，你快去退了它！"

崇义急得都要哭出来了："田老师，您今天一定要喝！您看，我刚才已经把盖子打开了，不能退啦！"

崇义爹也在一旁劝"田老师，您就领了孩子这份情吧，为了买这瓶酒，他考完就到后山下小煤窑了。孩子说，您是他最好的老师，就应该用最好的酒敬您。"

酒还没喝呢，父子俩的这番话就让田老师的心醉了，他非常清楚后山的那些小煤窑，因为缺乏必要的安全措施，下煤窑好似进鬼门关。这是崇义拿命换来的酒呀！田老师的心里涌动着一股热流"我活了几十年，这样

的酒还是头一次喝。好，老师今天就破一次例，喝它个一醉方休！"

田老师接过崇义递上的酒碗，先抿了一小口，只觉得一股辛辣气传遍全身。他以前喝酒，其实也就是贪个和朋友热闹，对酒本身并不怎么讲究，现在看到崇义和他爹娘正忐忑不安地看着自己，就故意高喊了一声："不错，果然是好酒！"猛喝了一大口……

这顿谢师宴一直吃到下午三点才

罢，一瓶五粮液，崇义爹娘只抿了几小口，全敬给了田老师。

离开崇义家的时候，田老师的步子有点摇晃，崇义要送他回城，田老师执意不让，要他留在家里照顾爹娘，田老师自己摇摇晃晃上了回城的班车。临分手时，田老师隔着车窗对崇义说："刚才离开你家前，老师在你睡觉的床板下放了一个红包，你回去赶紧把它收好。老师祝贺你考出这么好的成绩！另外，你一定要答应老师，以后不要再去后山下煤窑了，那里太危险。有什么困难，你来找老师，我一定尽力帮你想办法。"

田老师嘱咐崇义这番话的时候，车门已经关上，车子起动了，望着车上田老师宽厚的身影，关切的笑容，崇义忍不住两行热泪滚滚而下……

这不是你的错

客车开回县城时天都黑了，乘客们依次下车后，司机正要锁车门，忽然发现后排座位上还有个乘客，一动不动地坐在那里，睡得很沉。

司机朝他大声吆喝道："喂，什么人哪，车子到站了啊！"可是那人无动于衷。司机火了，走过去一把把他拉起来，那人猛地就倒在司机怀里，司机吓了一跳，仔细一看，发现这人样子不对，再伸手一摸："不得了，死人啦！"

这人就是田老师！田老师被紧急

送进了医院，经诊断，是由于喝了假五粮液引起的急性甲醇中毒，导致昏迷不醒，经医生全力抢救，第二天下午才苏醒过来，但因为中毒太深，他的视神经受到严重损害，从此，眼前的世界变得一片模糊。

田老师出事的消息，崇义还一点都不知道，一个星期后，他收到北大的录取通知书，兴冲冲进城来向田老师报喜，这才知道了一切。崇义如五雷轰顶，冷汗涔涔而下，他向田老师的邻居问清医院地址，一路狂奔而去，冲进病房，一头扑倒在田老师身上，失声痛哭道："田老师，是我害了您啊！"

田老师听出是崇义的声音，连忙安慰他说："快别这样，崇义，这不是你的错，要怪就怪那些做假酒的人。唉，也怪老师嘴馋，看到五粮液，就管不住自己嘴巴了。"顿了顿，田老师突然像想起了什么，大声说："崇义，你今天是来给我报喜的吧？一定是拿到北大的录取通知书了！"

崇义这才回过神来，连忙把口袋里的通知书取出来，递给田老师："田老师，您看。"

田老师不由苦笑了一下，说："你……念给老师听吧！"崇义这才看清，田老师以往那双慈父一般的眼睛，现在就像蒙上了一层白雾，完全失去了昔日的光彩。崇义心如刀绞，伤心的泪水再次夺眶而出。

田老师安慰崇义说："别难过，崇义，反正我也快到退休的年龄了，今后如果课不能上，我还可以做其他事情啊！你不要有负担，快回去准备准备，好好开始你新的生活！"

见崇义没有反应，田老师故作轻松地开玩笑说："可惜啊，崇义，到现在老师还不知道真正的五粮液是什么滋味哩。这样，咱们来个约定，等你以后大学毕业有了好工作，记得一定要给老师买一瓶真正的五粮液，给老师解解馋呀！"

"老师，一定！我一定给您买！"崇义拉着田老师的手拼命点头，止不住的泪水点点滴滴落在田老师的手背上。在田老师的再三劝说下，崇义才一步三回头地离开医院。

流不尽的泪

一个星期以后，这天中午，田老师在医院走廊上散步，突然听到有人在议论，说三天前县郊有家小煤窑坍塌，死了好几个人，其中有个半大孩子最可怜，刚考上北京一个有名的大学。田老师不由打了个冷战，扑上去抓着他们问："这孩子是哪里的？叫什么名字？你们快告诉我！"

说话的人都摇着头说不知道，田老师急了："他是不是叫崇义？他是不是红旗中学的学生？"就有个声音接口道："什么名字说不上来，不过红旗中学是肯定的,我邻居那小子就在那学校,就是他告诉我的。"田老师身子猛地晃了一下,一头栽倒在地上。

一周后,田老师才从病床上爬起来,在同事的陪伴下,他乘车来到崇义家。

相隔不过才这么些日子,重返这里,却恍如隔世。崇义爹娘见到田老师泣不成声,田老师心中酸楚,忍不住责怪他们说:"明知道危险,你们怎

么还让孩子下窑?"

崇义爹抹着泪说:"崇义一定要去,拦都拦不住。那天崇义去医院看您回来后,整天像掉了魂似的,老说对不起您。他说,一定要在去北京之前,就让您尝尝真正五粮液的味道。"

"什么?他下窑是为了挣钱给我买五粮液?"田老师愣住了。

崇义娘抖抖索索地从柜子里捧出一瓶酒来,递给田老师,说:"田老师,孩子的赔偿金第二天就发下来了,俺们托人专门去省城专卖店买回这瓶酒,这回一定是真的了,我们一定要替孩子了了他的心愿,您就收下吧!"

田老师再也控制不住自己的感情,痛心疾首地自责道:"我混呀,我干吗非要喝这五粮液?是我害死了崇义呀!"他一把夺过酒瓶子,举起来就要往地上摔。崇义娘急得死死拉住他的手,说:"田老师,千万不能摔,不能摔啊,这是孩子拿命换来的,您不喝,孩子死也不肯闭眼啊!"

田老师紧紧抱着这瓶酒,像个孩子一样,"呜呜呜"哭开了。

最后,田老师在崇义的坟头启开了这瓶酒,他举起来轻轻抿了一口,闭着眼睛品味着,这酒除了苦涩,还是苦涩——那是他流不尽的泪啊!

他把酒一滴不剩地全部洒在了崇义的坟上……

(题图、插图:谭海彦)

主人找保姆，居然开出一天303元的高价工资。这里到底有什么名堂？

高价保姆

□ 葛志杰

邵浦在人才市场转了一天，简历送出去好几十份，却一点结果也没有。正急得团团转的时候，有一对中年夫妇向他走来，男的西装革履，女的风姿犹存。他们问他是不是在找工作，邵浦点点头。

中年男子对邵浦说"我姓王，我们家有一个病重的老人，你愿不愿意去照顾？"邵浦一听心里挺别扭：自己一个堂堂小伙子，又是大学生，做这种事情未免太屈才了吧？中年男子似乎看出了邵浦的心思，非常诚恳地说："我们观察你一天了，觉得你很适合做这份工作。至于待遇方面，我们

包你吃住，另外每天再付你303元工资，怎么样？"

邵浦听了吓一跳：这哪是保姆的待遇？不禁脱口惊叫起来："你们开玩笑吧？"中年男子口气坚决地说："我们既然开了这个价，就一分钱不会少付。不过我把话说在前头，如果你答应接下这份活的话，今后在老人面前，也就是在我母亲面前，你就是她的孙子。"

"孙子？"原来出这么高的价，是要我做他们家孙子！邵浦不禁觉得奇怪：这家人在搞什么名堂？他想问个明白，可是中年男子却朝他摇摇头："你别问那么多，如果愿意，就跟我们走。"

邵浦心里疑团重重，但实在是这个出价太诱人了，看看这对夫妇脸相挺和善，再想想自己一时又找不到其他活儿，去就去，怕什么！于是就跟

着中年夫妇上了他们停靠在路边的一辆黑色轿车。

在车上，这对中年夫妇向邵浦道出了实情。原来他们家里有个七十多岁的老母亲，不但患了绝症，而且眼睛也瞎了，医生断言老人不会活多少日子。老人最后的心愿就是能在闭上眼睛之前再看看自己的孙子，可偏偏这孙子被中年夫妇送到国外读书后，学业没长进，却染上了毒瘾，三个月前因为过度吸毒而猝死。这事儿夫妇俩当然没敢对老人说，所以现在老人整天念叨孙子什么时候能回来看她，否则死不瞑目。中年男子对邵浦说："我们想让你去充当我们的儿子，陪老人度过她最后的日子。"

邵浦虽然为中年男子的孝心而感动，可仔细想想，就算老人眼睛看不出，耳朵总能分辨得出自己不是她孙子啊！他犹豫着对夫妇俩说："你们这个计划听起来蛮不错，可真做起来……"中年男子微微一笑："你放心，你的嗓音和我们儿子十分相像，这也是我们选择你的原因之一，况且我们儿子出去的这几年，正好是他嗓音变化期，所以要瞒过我母亲应该没有问题。我们倒是担心你，不知道能不能答应这个要求？"中年夫妇随即把老人和孙子以往的事情，挑主要的给邵浦介绍了一下。邵浦挺有信心地说："我是我们学校话剧团的顶梁柱，演戏不在话下，既然拿了你们的钱，

就一定会尽心尽力把老人照顾好。"

中年男子听邵浦这么说，立刻动情地拉起他的手说："小伙子，如果你真能这样做，我们永远都会感激你！再过三十三天，老人就要去世了，到时候我们会付给你足够的酬金。"邵浦一愣："你怎么那么确定老人三十三天之后一定会去世？"中年男子突然住了口，脸变得煞白。邵浦见他这个样子，再不敢多问。

车子很快就在临街的一所宅子前停了下来，邵浦跟着中年夫妇下车，跨进宅子大门。中年夫妇把邵浦领到老人房间，邵浦抬眼望去，靠墙的床上果然躺着一个满头白发的老太太，嘴里正在不住地唉声叹气。邵浦赶紧跑过去，拉着老人的手，亲亲热热地喊了一声："奶奶，我回来了，我看你来了！"老人听到声音，脸上的肌肉突然抽搐起来，不知哪来的力气，猛地从床上坐起来，两只手在空中乱抓："我孙子回来了？这是真的？我的乖孙子真的回来了？老天爷哪，谢谢你啊！"

邵浦一把拉住老人的手，把老人拥进怀里，任凭她抚摸自己的脸，在中年夫妇的眼里，这个小伙子真的把老人当成了自己的奶奶，那个亲热劲儿，简直就像祖孙俩一样。

可老人的身体毕竟虚弱得很，才一会儿就坐不住了。邵浦重新让老人躺了下来，随后跟着中年夫妇来到客

厅,夫妇俩激动地握着邵浦的手,连声说:"你做得太好了,这样我们就放心了!"当晚,夫妇俩给邵浦安排了舒适的睡房。

首战告捷,邵浦心里也踏实下来,这一晚,他睡得很香。可第二天天没亮,他就被中年夫妇叫醒了。中年夫妇是来向邵浦辞行的,他们对邵浦说:"我们要出远门,老人就拜托你照顾了。"他们给邵浦留下电话号码,告诉他,如果有特别紧急的事情,可以打这个电话找他们。夫妇俩的举动显得很神秘,而且从此就再也没有露面,老人就完全靠邵浦来照顾了。

好在老人一直没有对邵浦的身份产生过怀疑,有一天,她居然还从脖子上摘下一个绿色的玉佩,递给邵浦说:"我的亲亲孙子哎,这是你爷爷年轻时特地从国外给我买回来的,我一直把它戴在身上。你把它好好收着,就算是奶奶留给你的传家宝吧!"既然是老人家里的传家宝,自己怎么能接受呢?邵浦知道这东西不能拿,可是又不能把话说穿,于是他就谢过奶奶先收了下来,决定等中年夫妇回来之后交给他们。

日子一天天地

过去了,眼看就到了中年男子说的老人要离开这个世界的第三十三天上,邵浦以为中年夫妇俩会回来,可他们却踪影全无,邵浦心里不免紧张起来。

说起来,这事情也真是神透了!这天早上,邵浦刚起床,就发现老人原本睡得好好的,却突然咳嗽起来,越咳越厉害,咳得都喘不过气来。邵浦惊慌不已,赶紧按中年夫妇留下的号码,把电话打过去,谁知电话那头传来的却是一个陌生的声音:"你找谁?"邵浦愣了:"这不是王先生的电话吗?这个号码是他留给我的。请你转告他,他儿子有急事找他。"对方说:"什么王先生?这里是火葬场。""火葬场?"邵浦以为自己拨错了号码,重新拨一遍,仍旧是这个人的声音,邵浦只觉得头皮发麻,赶紧掉头拨医院的急救电话。

医院里的急救车很快就来了，急救人员把老人抬上车，一路上，邵浦紧握住老人的手，凑在她耳边不停地喊着："奶奶，你不能走，不能走啊！"可是，老人没能坚持到医院，半路上就停止了呼吸。邵浦禁不住痛哭失声，一个月来，他和老人已经建立起了深深的感情。

一个急救人员问邵浦："你是他们家什么人啊？"邵浦心想：既然老人已经去世，自己也没有必要再隐瞒身份了，于是便把事情的前后经过一五一十地说了出来。谁知他一听，顿时变了脸色："这不可能，你不可能遇上王家夫妇，一定是你搞错了。"

邵浦问："为什么不可能？他们明明告诉我，老人是他们的母亲，他姓王啊！"

这个急救人员说："他们夫妇俩在两个月前的一次车祸中就已经死了，那天正好也是我们值班，去救时用的就是这辆车。当时那个王先生还

有一口气在，攥着我的衣角对我说：'我不能死，我不能死，我要死了，我病重的母亲就没人照顾了！'后来我才知道，他们夫妇俩就是这所房子的主人，王先生是个大孝子，这一带的人都知道。"

邵浦听他这么一说，如同做梦一般。不过，尽管遇到的事情这么怪异，他并不觉得害怕。他想：就算自己真撞了鬼了，他们也肯定是善心鬼。做鬼还不忘侍奉母亲，这种鬼有什么好怕的！

让邵浦为难的却是，老人给他的那块从脖子上摘下的传家玉佩，该怎么处理呢？他有个朋友是开珠宝店的，邵浦于是拿过去请他看一下。谁知他朋友还没开口，旁边一个收购商冲口就报了个价："9999元。"邵浦听了大吃一惊：当初王先生给自己开出每天303元的工资，三十三天，不就是这个数？

（题图、插图：谢　颖）

· 本刊信息传真 ·

"第一推荐"面向全社会征稿
把"最好听的故事"推荐给《故事会》

为加强故事的可读性，本刊决定开辟"第一推荐"栏目，面向海内外读者征集"最好听的故事"。除发行量较大的文摘类杂志（如《读者》、《青年文摘》、《特别关注》等）外，凡公开或内部发表的作品均可推荐。推荐作品要求故事性强，有口传性，能引起读者的兴趣。

推荐稿务请注明原作者、出处，一经采用，每篇付稿酬100—200元。

来稿方法：1. 从邮局寄发，请在信封上注明"第一推荐"字样，本刊地址：上海市绍兴路74号《故事会》杂志社，邮编：200020。2. 从网上传递，可发以下信箱：wulun@vip.sohu.net，请在主题上注明"第一推荐"字样。来稿也可直接发至各责任编辑的电子信箱，本期责任编辑的电子信箱：tigerbao2002@yahoo.com.cn。

本故事根据〔美〕乔治·罗斯伯格的小说《凯西太太的庄园》改编。

购买生命

□ 陈泽军 改编

心里的盘算

罗恩大学刚毕业就在证券公司谋到了一个小职员的位子，本来想想同班同学中不少人还在为寻工作四处奔波，心里不免有点沾沾自喜，但上班不久，每天看着那些挥金如土的阔佬们在公司里进进出出，他心里就开始愤愤不平起来，总想什么时候自己也能挣到一笔大钱。

就在这时候，罗恩的朋友开出一家取名为"购买生命"的中介公司。社会上很多孤独老人退休后，晚年生活困窘潦倒，购买生命中介公司就策划将老人的房产作为抵押，为老人寻找生活上的赞助者，受助和赞助双方先签下自愿合同，直到老人生命结束，然后赞助方就可以合法继承受助方老人的房产。罗恩的朋友开始还担心这样的策划能否被社会接受，谁知项目一推出，生意非常不错。

机灵的罗恩心想：这样的机会自己为什么不去试试？于是他当即就去朋友的中介公司，在来登记的老人名单中挑选了一位，通过公司和他签下了自愿合同，并预付了老人三个月的生活费。

让罗恩欣喜若狂的是，这个合同签了不到两个月，那个受助方的老人就突然脑溢血去世了，罗恩轻而易举获得了老人全部的房产。

首签获大利，罗恩干脆辞去了证券公司的职务，整天泡在朋友的中介公司里，希望能购买到一个更具价值的"生命"，来获取更大的利润。

正好这个时候，一些富裕的孤寡老人因为晚年生活的寂寞，也找到购买生命中介公司来，他们也愿意抵押

自己房产，要求公司能够为他们提供精神上的帮助。这正中罗恩下怀！

罗恩挑来挑去，看中了一个叫凯西的太太，因为资料显示：凯西太太是一位富翁的遗孀，富翁为了不让家产旁落他人，在遗嘱中规定凯西太太不能改嫁；富翁和凯西太太唯一的儿子，已经在富翁去世后的一次车祸中撒手人寰；凯西太太目前的寂寞可想而知。而且，罗恩的朋友还不知从哪里搞来一份材料，说凯西家族成员中遗传有一种家族疾病，没有一个人的寿命能超过七十五岁。凯西太太今年已经七十二了，罗恩断定，自己这次一定能大赚一笔。

合同签订的当天，罗恩应邀来到凯西太太家里，打量着眼前豪华而气派的一切，他惊骇得心都要跳出了胸膛，自小到大，他还从来没有到过这么富有的地方。他心里暗暗叫好："老太太一死，这里的一切就全归我了啊！"

罗恩开始按合同履行义务。合同规定，赞助方除了平时给予受助方必要的关怀之外，每月20日，得给受助方送去生活费。罗恩每个月都是极不情愿地去凯西太太家送钱，出来之后又总是扳着指头计算，凯西太太离七十五岁去世还有多少日子。

按理，从七十二岁到七十五岁，三年三十六个月的时间一晃也就过了，可谁知到了七十五岁的时候，凯西太太不但还活着，而且活得很健康，哪里像生病的样子？罗恩不由慌了起来：奇怪，是公司提供的资料有假，还是老太太觅得了长生术？

下个月的20日一晃又到了，罗恩一脸无奈地来到凯西太太家，不冷不热地和凯西太太说了一阵话，交了生活费就想起身告辞。

凯西太太看他那样子，关切地问："小伙子，你是不是遇到了什么困难？告诉我，或许我能……"

罗恩瞥了她一眼，什么话也没说。是啊，他心里的算盘，怎么能对凯西太太说出口呢？他头也不回地出了门。

一路上，罗恩心里越想越不是滋味：按照凯西太太目前的身体状况，每月给她的生活费到底要付到什么时候才是个头啊？他越想越没劲，走着走着，一不留神竟跌到路边的水沟里去了，结果跌伤了一条腿。

我愿意这么做

罗恩被送进了医院，他不住地抱怨，怎么这么倒霉，懊悔自己真是昏了头，居然去做这样的投资。

这天，他正在病房里唉声叹气，忽然门外响起一个熟悉的声音："孩子，总算找到你了！"他心里一愣 自己从小就没了父母，一个人独来独往惯了，还会有谁会这么亲切地叫自己啊？猛抬头，没想到来的竟然是凯西太太！

罗恩惊讶地喊起来："怎么会……会是您？"凯西太太微笑地走到罗恩病床前，拉起他的手不住地问长问短。这一刹那，罗恩觉得自己的眼睛有点潮，他想哭，不过到底还是忍住了。

这以后，凯西太太每天都来看罗恩，一直到他伤愈出院。两个人相处的时间多了，不知不觉中，罗恩对凯西太太的感情起了变化，有事没事总想去看看这位老人，陪她在夕阳里散散步，聊天的话题也越来越多。

这天，罗恩又去看凯西太太，凯西太太问他："孩子，这个周末，你打算怎么过呀？"

罗恩不好意思地说："周末我不能来陪你了，朋友要为我开一个生日派对。"

凯西太太一听，立刻高兴地拍起手来："太好了，罗恩，你们可以到我家里来啊，我家这个花园，开派对是再适合不过了，我也可以和你的朋友们一起，为你祝福啊！"

有这么好的场地，罗恩自然喜出望外，可他实在不愿再给凯西太太添麻烦。但热情的凯西太太却认真起来，硬是把房子收拾得一尘不染，还在客厅里悬挂起一盏盏造型各异的彩灯。罗恩生日那天，凯西太太特地换上一件宝蓝色的丝绒裙，和罗恩一起

迎接朋友们的到来。罗恩被一种暖洋洋的快乐和亲情笼罩着，他觉得凯西太太就像自己心里一直默念着的妈妈。罗恩噙着泪对凯西太太说："谢谢你，凯西太太，你……你就像我的母亲！"

凯西太太脸上掠过一丝忧郁，但马上又恢复了笑脸："不不不，罗恩，今天晚上我非常快乐！如果我的儿子还活着，他也像你一样，这么年轻英俊。"凯西太太动情地把罗恩拥进怀里，"孩子，如果你不介意，就把这里当作你的家吧！"

罗恩听到这个话，眼中的泪水夺眶而出，突然降临的亲情让他感觉自

己像个幸福的孩子，而此前那种"购买生命"以图暴利的念头，早已消失得无影无踪。

又一年过去了。但这一年中，凯西太太突然衰老得很快，身体每况愈下，到圣诞节的前一天，终于被送进了医院。罗恩守在病床前，焦急地等待医生会诊的结果。

就在这时候，购买生命中介公司给他打来电话，说："罗恩先生，恭喜你，我们经过估算，你可能马上就将获得数百万美元的巨额财产！"

"你说什么？"罗恩只觉得两只耳朵嗡嗡作响，望着病床上凯西太太苍白的脸，紧闭的眼，他只想喊一声：不！我不能让凯西太太离去，我不愿再做一个被人抛弃的孤儿！

罗恩大步闯进医生办公室，嘶哑着喉咙对医生说："难道就没有办法救救凯西太太吗？"

医生无可奈何地表示："凯西太太患的是一种罕见的家族病，除非有健康亲属捐献肾脏，可要在这么短的时间里找到合适的配型，可能性太小太小了啊！她身边已经没有一个亲人了，唉——"说完，重重叹了口气。

"那么，就用我的吧！医生，用我的试试。我愿意！"罗恩朝医生喊道，话一出口，连他自己也吃了一惊。

原本一直密切关注凯西太太病情的罗恩的朋友，在得知罗恩要为凯西太太捐肾的态度后非常生气，找到罗恩后，把他痛骂了一顿，说："你这个家伙，你简直是疯了！你知道吗，你这样做不但是在提高你个人的成本，而且也是在提高我们公司的成本。要不择手段地赚钱！赚钱！懂吗？赚钱才是我们经营的目的……"

罗恩看着震怒之下的朋友，坦然自若地说："谢谢你的提醒。不过，我也要告诉你，我愿意这么做，我也有权这么做！"

也许是天意的安排，经检查和测试，罗恩居然完全符合凯西太太肾脏移植的配型要求，躺在手术台上，罗恩的心中涌动着一种从来没有过的幸福感。

移植手术做得十分成功，凯西太太闯过了死亡关，罗恩真正将凯西太太的生命从死亡线上"购买"了回来！为了更好地照顾凯西太太，罗恩搬进了她的家，精心照料和陪护了她四年。

整整四年情同母子般的感情生活，让罗恩真正感受到了一种无与伦比的幸福，因为这是用心换来的，而不是商场上的投机取巧。至于凯西太太身后的那笔遗产，对罗恩而言已经不是用金钱可以衡量的砝码，而是演绎成了一个母亲的馈赠。

（题图、插图：佐　夫）

（本栏目欢迎来稿。来稿可从邮局寄发，也可从网上传递。如为电子邮件，请发以下信箱：gshxym@163.com）

死要面子

活受罪

□ 张长公

王大卫升处长了，他自己倒不觉得什么，但他老婆刘宝仙却兴奋得不得了。为啥？她觉得自己身价也涨了嘛！

这天晚上，王大卫正聚精会神地坐在电视机前看球赛，门铃"叮咚"一声响了。

刘宝仙问："谁呀？"

门外回答："阿四！我和卫哥说好的，来看球赛。"

刘宝仙一听阿四的声音，眉头立刻皱紧了：这个阿四，下岗后一直在帮人家踏黄鱼车送菜，就因为早年曾经和王大卫在一个厂里干过，就一直不知天高地厚地和王大卫称兄道弟。过去喊喊也就罢了，可现在王大卫是处长了，你一个送菜的怎么还来套近乎啊？

刘宝仙在屋子里磨磨蹭蹭，就是不想去开这个门。

阿四在外面急了，"叮咚、叮咚"门铃按个不停。

王大卫这时候球赛正看得紧张，不耐烦了，催刘宝仙说："你怎么回事？"

刘宝仙只得十二分不情愿地去替阿四开门。

阿四哪知道刘宝仙现在这么嫌弃他，进门就一口一个"卫哥"地叫，大模大样地在王大卫身边的沙发上坐了下来。

王大卫两只眼睛不离电视，拍拍

阿四的肩算是招呼了，可刘宝仙却一肚子火没地方发：这种人上门，自己身价都被他掉尽了。

刘宝仙想故意气气阿四，拿了热水瓶给王大卫续茶，就是不理阿四。

阿四也没感觉，还变戏法似的从衣服口袋里掏出一只大瓶子，朝刘宝仙晃晃，说："嫂子，你别客气，我有茶，老婆知道我喜欢喝浓茶，特地泡好了给我带来的。"说着，他还打开瓶盖，"滋"地喝了一口。

刘宝仙鼻子里"哼"一声："谁是你嫂子！"她朝阿四翻了个白眼，别转身子就走。

恰恰就在这时，只听背后响起王大卫一声惊叫："好球！"刘宝仙回头一看，屏幕上，一只球正好被踢进门洞，全场疯了似的一片欢呼！

阿四也激动得大喊大叫，拍得手都红了，可是此时，王大卫却反而显得异常平静，坐在那里一动不动。

阿四推了王大卫一把："卫哥！"就见王大卫身子一晃，仍旧一声不响。阿四觉得有点奇怪，扭头一看，王大卫的面孔由红泛白，由白变灰，阿四要紧问："卫哥，你怎么啦？"

刘宝仙听声音不对，赶紧奔过去，推开阿四，拉着王大卫喊道："大卫，你怎么了？你说话呀！"

阿四一看王大卫这副样子，连忙对刘保仙说"卫哥肯定是中风了，嫂子，你别拉他，让他先躺着，我去踏黄鱼车，马上送他去医院。"

阿四飞奔回家，踏了黄鱼车就来，奔上楼，对刘宝仙说："嫂子，我把车子踏来了，就停在楼下，我背卫哥下去，你快拿床被子下来，垫在车上。"

没想刘宝仙两只眼睛瞪得铜铃似的大，说："你懂什么？大卫现在是处长了，怎么能坐你拉菜的黄鱼车去医院？我刚才已经给大卫单位打过电话了，他们马上派车过来。"

阿四一时愣住了，只好不响。

墙上的钟"滴滴答答"地走着，眼看二十分钟过去了，却根本不见车的

影子。

阿四看王大卫手脚不停地在抖，急出一身冷汗，朝刘宝仙嘀咕说："怎么车还没来？要让我踏车子去，现在早到医院了。"

刘宝仙也忍不住了，于是就拿起电话催问，单位回话说，给王处长开车的司机刚找到，车子马上出发，估计二十分钟后就到，要他们再等等。

等什么呀，阿四背起王大卫就要出门，可刘宝仙硬把他按住了："阿四，等等就等等，反正也就是二十分钟的事，等会儿车子送进去，人家医生一看咱大卫也是有级别的人，感觉不一样的！"

真正要命呀，只不过当个处长就这么不得了啦？阿四看这个刘宝仙，官迷真是走火入魔了！可他不好硬来啊，只好不时地看墙上的钟，在房间里急得团团转。

二十分钟后，"嘟嘟"楼下终于响起了汽车喇叭声，阿四二话不说，背

起王大卫就跑……

经医生全力抢救，王大卫的命总算是保住了，但人已经变得反应木木的，口角不住地流口水，说话谁也听不清。医生说："早来二十分钟，就不至于会留下这样的后遗症了。"

王大卫处长不能做了，只好病退回家。刘宝仙心里懊悔啊：我要不把大卫当处长看，不是早就坐阿四的黄鱼车将他送医院了？唉，我这是何苦呢，真是应了一句老话：死要面子活受罪啊！

哲学先生评曰：俗话说"人一阔，脸就变"，在生活中我们就看到有不少这样的人，一旦升了官或发了财，不但脸变了，就连说话的腔调（打官腔）、心态也为之一变。然而，也就在这时埋下了悲剧的种子。什么道理？老子说："福兮祸所伏，祸兮福所倚。"这大概也是人生的辩证法吧！

（题图、插图：魏忠善）

快乐的真谛

大李和妻子开车去超市购物，刚在车场停了车下来，正好隔壁车位一辆轿车也倒进来，开车的小伙子可能是个新手，车子进位的时候，车身偏了点，结果擦到大李这辆车的后视镜，只听"吱"的一声，双方都愣住了。

大李还没来得及开腔，从小伙子的车上下来一位老太太，扑过来抚摸着自家车身上的刮痕，心疼得声音都发抖了："我儿子花了十几万才买的车啊，你们得赔！"

大李一听，气得不行：你这老太太也太不讲理了，明明是你儿子车技不行，凭什么要我赔？

老太太的儿子倒是个明白人，马上跳下车，把大李拉到一边，轻声说："真对不起，都是我的错，你的车有什么问题，我一定赔。"

小伙子又立刻从口袋里掏出自己的名片，写上手机和车牌号，递给大李。

小伙子对大李说："我母亲刚从乡下来，几百元钱对她来说就是大数目了。今天是她的生日，我不想让她为这件事不开心，是不是你先让我们走，过后我一定……"

大李听他这么说，心里猛地一动。他拍了拍小伙子的肩，然后走到老太太面前，递上自己的名片，说："请别着急，我刚才已经和您儿子说好了，让他先把车开去修，这是我的名片，上面有我的地址和电话，您放心，修车的费用我一定会出的。"老太太这才长长地舒了口气。

小伙子朝大李投来感激的一瞥。

见证了整个事情过程的妻子后来十分不解地问大李："这不像你的性格呀，你平时最受不了的不就是被人冤枉吗？"

大李笑了，说："可我突然发现，你要想得到一份快乐，有时也很简单。"

（作者：横笛；推荐者：瑞瑞）

有爱的日子

有个老头，去买彩票，工作人员在电脑上为他选了一组数字。旁边一个年轻人觉得奇怪："你为什么不自己选呢？"老头说："我在这里买了四十年彩票了，一星期一次，每次都是这数字，他们背都背出来了。"年轻人看老头衣衫褴褛的样子，不像中过大奖，越发觉得奇怪：整整四十年，这老头在彩票上扔下去多少钱了呵！他为什么非死盯着这组数字不放？

老头笑着，解释说"这组数字是我初恋女友的生日，每次下注的时候，我都会想起她，心里就觉得很温暖。"年轻人说："可你每次买每次都不中，又有什么意思呢？"老头笑着摇摇头，说"你不懂！我每买新的一期，希望不就又长出来了？属于我们穷人的希望其实是很有限的，用这么少的钱就能买到一个星期的希望和快乐，这种机会对我们穷人来说真是太珍贵了。况且这组数字还满载着我的深情，如果我哪一次中了大奖，报纸上一登，她一定会看到，她就会好奇，是谁用她的生日数字中了这个奖，于是就能看到我的名字，就明白我这一辈子没有忘记她……"

老头脸上的笑容非常灿烂，年轻人不禁在心里感慨：有爱的日子，真好！

（作者：毕淑敏；推荐者：言　君）

挑战梦想

吉娜是艺术学院的优秀生，毕业时她暗下决心，将来一定要去百老汇发展。这天老师把她叫去，问她："既然你有决心，那么现在去和将来去有什么差别？"吉娜说："现在我没有把握啊！我想把基础打扎实些，明年去。"老师说："难道你明年去和现在去有本质的不同？"吉娜愣住了，看着老师热切的目光，想到百老汇金碧辉煌的舞台，她浑身热血沸腾："老师，我下个月就去。"

老师意味深长地看着她："下个月？你现在去和下个月去有什么两样？"吉娜坐不住了："老师，那我下个星期就出发。"老师依然步步进逼："所有的生活用品都能在百老汇买到，你为什么还要等下个星期呢？"吉娜激动地跳起来："老师，那我马上就去！"老师笑了："其实，我已经为你订了明天出发的机票。百老汇正在招聘演员，你不要错过这个机会。"

于是第二天，吉娜就告别老师，飞往她梦想的圣地。当她后来真的竞聘成为一部经典剧目的女主角时，她才体会到临行前老师送她的一段话：出发之前，梦想永远只是梦想；只有上了路，梦想才有可能实现；如果说梦想是可贵的，那么不失时机地挑战梦想，就更可贵！

（作者：蒋光宇；推荐者：邓伟明）

·3分钟典藏故事·

第一等的学问

盛夏的一天中午，年迈的伯父带着小孙子去河边给牛饮水，突然，这头牛发疯似的把伯父顶倒在河边，小孙子吓得号啕大哭。

村里人闻声赶来，救起伤痕累累的伯父，把他送去医院，经检查，外伤就别提了，光肋骨就撞断了好几根。

家里人一气之下就把这头牛卖给了集市上的一个牛贩子。

当他们把卖牛的钱交到伯父手里时，没想到躺在床上的伯父大骂起

来："伤我一个还不够吗？再伤着别人怎么办？去，赶紧给我把牛牵回来杀了，别留下再伤着别人！"

对于农家来说，杀一头耕牛损失太大了，这种事从来轻易不做，但伯父却不听家人再三劝说，到底让他们把牛追回来，杀了。

肯替别人着想，是第一等的学问。这位伯父善言善行，令人敬仰。

（作者：王广忠）

有个年轻漂亮的师范大学女生，毕业那年自愿到山村小学，做了一名女教师。

那一年，她收到一笔捐款，怎么用这笔钱，在老师中间引起了争议，有人建议添置教具，有人建议修缮教室。可年轻的女教师却没有把钱用在解决这些"现实问题"上，她把她的学生"奢侈"地带到一个新开发的沿海城市，让孩子们走出山旮旯，亲身感受外面世界的精彩。

女教师的举动，引来了一大群新闻记者。面对记者们的一大堆提问，女教师只淡淡地说了一句话："我们山区太穷了，我想让我的学生知道，山外有高楼！"

（作者：贺美艳；推荐者：小 君）

山外有高楼

另一种高贵

有个武打演员，因为老为别人做替身，观众从来看不到她的真面目，所以被圈内人戏称为"影后"。

这一年，这位武打演员又为一位女主演做影后，片子上映后，在国际上拿了大奖，誉满全球的导演为所有参加拍摄的工作人员举行庆功宴会，她也得到了邀请。

那样一个场面，这位武打演员深感自己的渺小，所以特地坐在一个不起眼的角落，人们争相去和导演握手祝贺，拍照留念，她却很清楚自己的分量，坐着没动。但是导演看到了她，导演特地让助手请她过去，对她说："小姑娘，你看，这是咱们的奖杯，快拿着奖杯拍张照片吧！"导演亲热地说着，就像老朋友见面，快门适时地按下，令她终生难忘的画面就定格在那一瞬间。

有人说，学会平视权威，会让人变得高贵。可是这位武打演员觉得，这位导演更让她明白，其实尊重弱小，又何尝不是这样？

（作者：姜钦峰；推荐者：严小军）

一列火车在雾中行驶，车上坐着女王和几个乘客。突然，火车司机看见前面有个黑影在急速地朝他挥动双臂，他立即让助手将这一情况报告给女王。女王想：那人一定是有急事求助，便立即让司机停车，并嘱咐自己的助手，一定要帮这个求助人解决困难。

可奇怪的是，女王的助手下车后却找不到求助人，他又往前找了一段路，结果救助人没找到，却意外地看到前面的桥梁被洪水冲塌了。助手倒吸了一口冷气，赶紧回来向司机报告前面的路况。这时候，司机突然发现火车车前灯的玻璃罩上，有一只僵死的大飞蛾，他分析：可能是那只展翅的大飞蛾受了伤，正好落在车前灯的灯罩上，受伤的翅膀一动一动的，从司机的视角看去，误以为是有人在挥臂求救。

乍一看，是垂死挣扎的大飞蛾使女王和几百个乘客逃过了劫难，但如果女王对所谓的"求助人"漠然视之不予理睬的话，司机就不会停车，大家也就躲不过这场灾祸。

事实再一次告诉人们：善待他人，往往最终拯救的却是自己。

（作者：胡守文；推荐者：傅志刚）

（本栏插图：安玉民）

逃过劫难

学写作文，可以从读故事开始

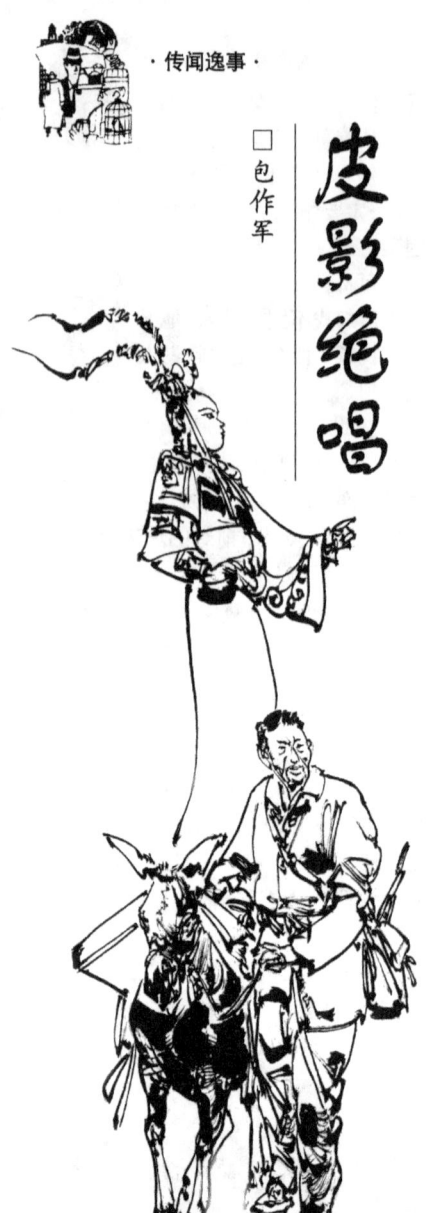

· 传闻逸事 ·

□ 包作军

皮影绝唱

走出演熟了的地界

皮影艺人潘京乐五岁拜师学艺，八岁登台献技，不但会操控皮影，还精于皮影戏具的制作，二十岁不到，他的名字就红遍了方圆百里。

这天，潘京乐单人独驴带着两箱皮影道具走出自己演熟了的地界，到邻省去开戏。

黄昏时分，他来到一个小村落，被村里一户复姓上官的人家请了去。上官家有个大儿子，在外面做皮货生意，家境颇为殷实，老爷一看来了个演皮影的，便留潘京乐在村里演三天戏。

于是上官家的院子外头很快就搭起了一个戏台，戏演到高潮时，坐在前排的老爷张着没牙的嘴，太太们瞪着大大的眼，都痴痴地盯着台上。潘京乐操着皮影道具，一腔三折，一叹三调，一抑扬，一顿挫，一声长叹，一阵狂笑，男女老幼，学谁像谁，把戏台下的人都深深吸引住了。

三天戏演下来，场子里天天掌声一片，看着老少爷们满意的笑脸，潘京乐心里很得意。

就在他收拾东西准备上路的时候，上官家老爷让管家把潘京乐请了去。原来上官家还有个少爷，不单喜欢看"一口叙说千古事，双手对舞百万兵"的皮影戏，而且还格外痴迷皮影道具的收藏，老爷让潘京乐给少爷

54

做几个皮影人，上官家愿意支付潘京乐丰厚的酬金。潘京乐何乐而不为呢？于是他很爽快地就答应留了下来。

少爷给潘京乐看他收藏的数十个皮影人，个个神态逼真。少爷说，其实他特别喜欢三国里的吕布与貂蝉。先前有过一个皮影人吕布，这次他想请潘京乐帮他做一个貂蝉，这样成双作对，才算得十全十美。

潘京乐点头道："上好的皮影人，需用上好的皮子才好。"

少爷一摆手："这个你不用操心，我自会挑选上好的皮子给你。"

潘京乐于是提出想看看少爷的皮影人吕布，以便自己制作貂蝉时能够在风格上与它统一。

谁知少爷迟疑了好一阵，才挺不情愿地拿出来。

潘京乐接过一看，不禁心里暗暗叫绝：这个皮影人制作精美不说，就是用的皮料，也绝非一般牛羊猪皮所比，难怪少爷不肯轻易示人。

潘京乐本想问问少爷这皮料出自何物，但见他一副莫测高深的样子，只得作罢。

少爷说，这次仍要自己亲自去挑选制作貂蝉的上好皮子，所以让潘京乐先好好休息几天，待皮子一到，抓紧做。

潘京乐其实是个闲不住的人，真要没事干了，实在觉得百无聊赖，于是便在村里串起了门子，也渐渐和大家混了个脸熟。

河边闹了个大红脸

这天，潘京乐大清老早地就起了床，在村子里散开了步子。别看这个小村子地处偏僻，但环境幽深宁静，山水纤尘不染，几天走下来看下来，潘京乐已经喜欢上了这个地方，他心想 若能在此修一茅屋，辟一良田，倒也逍遥自在。

沿着清澈照人的溪水河，潘京乐缓缓地走着，突然，他看见有个一身素衣的清纯女子正在溪头浣洗，细一看，原来是村里一个叫水莲的。潘京乐曾经听人说起过，这是个苦命的女子，一年前才嫁过来，男人长得相貌堂堂，谁料只在婚礼上见了一面，男人就突然没了踪影。

潘京乐挺同情水莲的遭遇，正要上前招呼，不料一脚踩在溪边松脱的泥块上，只听"扑通"一声，人就掉进了溪河里。

潘京乐是个旱鸭子，到了水里就只会胡乱扑腾，水莲见了急忙扑下水来拉他，憋足了劲才把他拖到溪岸上。

潘京乐狼狈不堪闹了个大红脸，再也无心闲走下去，于是就折身回了上官家给他安排的歇息处。

上官少爷不在家，潘京乐料想他是去找制作貂蝉的皮子了。可是少爷

一直到晚上也没有回来，潘京乐没了可以说话的人，想起白天把自己从溪河里救上来的水莲，还没好好谢过人家哩，于是就决定上门去当面谢谢她。

顺着路人指点，潘京乐走街过巷，在村西尽头看到一处十分破旧的宅院，据说这就是水莲的家。

潘京乐轻轻推开院门，见院子里房间倒是不少，可全是黑漆漆一片，

仿佛像一个个张大了嘴的鬼怪似的。潘京乐心里不由惶恐起来，他拿不定主意，自己到底是进去还是不进去。

先看看屋里的动静

就在潘京乐犹疑不决的时候，蓦地他看见里面有一间屋亮起了一豆烛光，潘京乐不敢莽撞，轻轻走过去，用食指蘸着唾液在薄薄的窗户纸上戳了一个小洞，想先看看房里的动静，果然就看见水莲的背影。

潘京乐惊喜万分，正要招呼，猛地就见上官少爷不知从屋里什么地方窜出来，一把就把水莲抱住了，然后狠命脱她身上的衣服，嘴里还嚷嚷着："我的小乖乖，我还从来没见过你这么好的皮肤呢！"

水莲死命地挣脱，骂道："你这个畜生，你放手，要不，我就死在你面前，以后我男人回来了，绝饶不了你！"

"嘿嘿，你还指望你男人回来？"上官少爷得意地狞笑道，"他早已经做了我的'吕布'啦，你也成全我，做我的'貂蝉'吧！"

水莲一怔："你……你这话是什么意思？"

水莲一时没听出上官少爷这话的意思，可站在院子里的潘京乐听明白了，他浑身一颤，一股寒气顿时从脚底升起。

房间里，上官少爷恶狠狠地对水

莲说:"我实话告诉你吧,你男人已经做我的刀下鬼啦!谁叫他长得这么俊?嘿嘿,我就要他做我的皮影吕布。"

上官少爷说到这里,伸出两只魔爪,死死掐住水莲的脖颈:"哈哈,我成全你们,你就一辈子做我的貂蝉吧!"

这一切,潘京乐在屋外看得真真切切,他又怒又急,就要冲进去救水莲,却不料脚下一滑,被什么东西绊倒在地,只听"咚"的一声,他的头撞在窗下的一块大石头上,两眼一黑就晕了过去……

第二天潘京乐醒来,发现自己已经回到歇息处了,正睡在床上。是谁把自己送回来,又是什么时候送回来的,他都不知道,他也不想知道,除了上官少爷还能有谁呢!他知道上官少爷绝不会放过自己,但他什么都不顾了,昨晚在水莲家看到的那一幕,已经深深地留在他的脑海里。他立刻起身朝村西头走去,想去水莲家看看她到底怎么样了。

没想一路上所见之人,个个脸色惨白。潘京乐上前询问,一老汉摇头叹息:"昨晚不知为何原因,村西头的水莲突然死在自家屋里,浑身血淋淋的,皮都没了,唉——"

潘京乐心头一阵震颤,把上官少爷骂得个咬牙切齿:"这畜生,到底还是被你得了手!"

这天夜里,上官少爷自己不出面,让管家把皮子送到潘京乐处,逼他连夜就开始制作,为了让貂蝉和吕布成为完美一对,他让管家把皮影吕布也一起送了过来。

看着眼前这一切,想想水莲在世时的模样,潘京乐泪流满面,他握紧拳头,心说:"水莲啊,还有那位我没有见过面的兄弟,我一定要为你们报仇!"他带着这两张皮子,摸黑来到水莲家,将他们悄悄合葬于一处……

第二天,村里传出一个消息,上官家少爷不知为何原因死于房中;与此同时,皮影艺人潘京乐也不辞而别,去向不明。

自此,皮影戏台上,再也无人听到潘京乐那令人叫绝的吟唱……

(题图、插图:刘斌昆)

您手中有没有得意之作?本刊辟有二十多个原创性栏目,如中国新传说、悬念故事、我的故事、情感故事、幽默世界、16岁故事、海外故事和中篇故事等,总有一款适合您;读到或听到什么有趣事可以和大家一起分享吗?3分钟典藏故事、第一推荐、外国文学故事鉴赏和快乐辞典等都是本刊推荐性栏目,欢迎您独具慧眼,积极来稿。稿件可从邮局寄发,也可从网上传递。邮寄地址:上海绍兴路74号《故事会》杂志社,邮编:200020;如为电子邮件,请发以下信箱:gshxym@163.com。

完美替身

□廖华

"你可以来演这个角色！"

纳西姆大学毕业后一直没有找到称心的工作，整天无所事事。

这天他走在街上，突然被一个蓄着小胡子的人拉住了。

小胡子兴奋地对他说："你长得太像比尔斯了，我们正在拍他的片子，你可以来演这个角色！"

纳西姆吓了一跳，小胡子说的这个比尔斯谁不知道，是当地赫赫有名的黑帮头子啊！

纳西姆战战兢兢地对小胡子说："不不不，这……这会给我带来麻烦的！"

小胡子笑着拍拍他的肩，说："你怕什么，难道你不知道比尔斯已经死了？要不我们哪敢拍他的电影？你就

放一百二十个心，等着当明星赚大钱吧！"小胡子一边说着，一边把名片递了过来。

纳西姆一听比尔斯已经死了，再看小胡子的名片，原来是电影导演，他松了一口气：既然是导演看中了自己，这种送上门来的赚钱机会怎么能轻易放弃？纳西姆笑得嘴都合不拢，非常爽快地就跟着小胡子上了一辆轿车。

一刻钟之后，纳西姆被带进一所豪宅。可谁知这时候，小胡子却脸一沉，说："纳西姆先生，现在我可以告诉你了，我找你来，根本不是要你来演什么男主角，而是要你来当比尔斯的替身！"

"替身？"纳西姆吃了一惊。

"是的，"小胡子答道，"实话告诉你吧，比尔斯不久前确实已经死了，但为了保持我们帮会内部的稳定，我们对下面封锁了消息，比尔斯一向深居简出，所以对做到这一点，我们有完全的把握。不过从现在起，你必须要把自己当作比尔斯，你的任务就是要让别人相信比尔斯还活着。为了避免露馅，你以后要尽量少与外界接触，什么时候需要你出场，我会通知你的。"

纳西姆发觉自己上了大当，心里又懊恼又恐慌，他正想说点什么，小胡子却冷冷地开口道："只要听我指挥，你从此就可以享受以前做梦都想象不到的生活；但如果你想打退堂鼓，我可是什么都干得出来的！"说完，他让手下人拿来比尔斯的行头给纳西姆换上，还摆出丰盛大餐给纳西姆享用。

纳西姆根本没有选择的余地，只好在这所豪宅里住下来，每天好吃好喝，就是绝对没有自由。纳西姆心里焦虑万分，不知道这样的日子什么时候才有个头。

"我是来救你的！"

这天傍晚，突然有一辆黑色轿车驶进豪宅的花园，从车上下来一位美丽的女人，她径直进宅上楼，一头扑进纳西姆的怀里，鸡啄米似的就在他脸上吻个不停。

纳西姆目瞪口呆，好半天突然反应过来：这女人一定是比尔斯的情妇，以前常常来这里。

果然，女人对豪宅里的一切都很熟悉，她吩咐仆人送上晚餐，然后示意他们统统退下，接着她亲自为纳西姆斟酒，说要和他干一杯。

纳西姆心里不免有点得意：看来这些天操练下来，自己的演技还真不错，居然连比尔斯的情妇也没有看出来自己是假的！

纳西姆端起酒杯正要一饮而尽，

却发现女人并没有喝杯中的酒，而是意味深长地看着自己。女人对他说："纳西姆先生，你的演技可真让人佩服，几乎连我也给骗了！"

这女人竟然知道自己？纳西姆吃了一惊，手一抖，杯里的酒全洒在地上。

这女人叫玛丽安娜，以前确实是比尔斯的情妇。

玛丽安娜告诉纳西姆，骗纳西姆来的那个小胡子，是比尔斯帮会的第三号人物，为了争夺老大的位置，把比尔斯杀了，但他又怕控制不了局面，所以煞费苦心地找到纳西姆，让他来做比尔斯的替身。小胡子早就垂涎玛丽安娜的美貌，所以杀害比尔斯后马上就霸占了这个女人，而玛丽安娜也假装顺从，目的就是要取得小胡子的信任。不过小胡子现在对玛丽安娜已经玩腻了，把她送给了纳西姆，同时也是为了让其他人更加相信比尔斯还活着。

小胡子如此凶残，纳西姆吓得直冒冷汗。

玛丽安娜见纳西姆这副样子，警惕地看了看四周，确信没人偷听后，附着纳西姆的耳朵，轻声对他说："你不用害怕，我是来救你的。"

纳西姆对她的话将信将疑："你既然是来救我的，不如……不如把我送回去得了？"

玛丽安娜摇摇头："你太天真了，你对他有这么高的利用价值，他怎么肯轻易放过你？再说了，你现在被他软禁在这里，根本就不知道外面的消息，其实他早已经放出风声，说比尔斯得了病，现在不能见客，以后他一旦控制了局面，马上就会宣布比尔斯病重身亡。到时候，你还想有活路？不过我的境遇其实和你一样，咱们这些知道他秘密的人，一个也跑不掉啊！"

"那怎么办？"听玛丽安娜这么一说，纳西姆更加害怕起来。

玛丽安娜想了想，说："我知道有一个人可以救我们，不过他现在被关在监狱里，咱们得先把他救出来。"

"谁？"纳西姆着急地问。

玛丽安娜说："他就是咱们帮会的第二号人物，名字叫威廉，小胡子为了夺权，出卖了他，所以他才会被关进监狱。"

"她早已计划好了！"

一听说要去监狱里救人，纳西姆又吓了一跳："咱们自己还没逃出去呢，怎么救得了别人？再说这样也太危险了！"

玛丽安娜胸有成竹地说："我早已经计划好了，咱们不仅能逃出去，还能把威廉救出来。"她神秘地一笑，说，"告诉你，咱们救威廉，也不单纯是为了让他制服小胡子，给比尔斯报仇。你知道吗？威廉本来就是比尔斯指定的接班人，他手里掌握着帮会上亿美元的资金，我已经通过监狱的内线联系到了他，他明确表示，只要把他从监狱里弄出来，就奖赏我们三千万美金。"

"三千万美金！"纳西姆瞪大了眼睛。

玛丽安娜含情脉脉地看着他，说："亲爱的，我一看见你，就想起了比尔斯，你长得太像他了，可你的脾气要比他好得多，你实在是他的一个完美替身啊！经过这场血腥内乱，我已经厌倦了帮会生活，我想好了，如果咱们能救出威廉，得到那三千万美金，咱们就找一个地方隐居起来，过神仙般的日子……"她一面说着，一面就像小猫一样钻进了纳西姆的怀里。

两个人在一起缠绵了几天，玛丽安娜深情地对纳西姆说："亲爱的，说实话，一开始，我是把你当作比尔斯的替身来看，可是几天下来，我发现自己已经无可救药地爱上了你。咱们一起逃出这个火坑吧？"

纳西姆被玛丽安娜的话深深地陶醉了："原来她早已计划好了！"为了那三千万美金，为了这个心

爱的女人，他决定豁出去了，赌一把！

这天早晨，两人正手挽手在花园里散步，突然空中传来一阵低低的轰鸣声，纳西姆抬头一看，一架直升机正迅速朝花园大草坪降落下来，机身上巨大的警徽标志分外刺目。难道是警方突袭来了？仆人们吓得四散奔逃，纳西姆也慌得手足无措。

没料到，玛丽安娜却果断地拉起纳西姆的手就朝直升机跑去。原来，这架直升机上的警徽标志是假的，这是玛丽安娜事先就已经安排好了的，他们两人刚登机，直升机就"呼"的一下腾空而起，从机上看下去，小胡子这时带人赶了来，朝着远去的直升

机"哇哇"直叫。

看着地面上的豪宅逐渐变成了一个小黑点，直升机上的纳西姆大大松了口气：总算逃出魔掌了!

这时，玛丽安娜把一支手枪塞到他手里："拿着，等会到监狱的时候用得着。"

纳西姆的神经又绷紧了起来，脸都白了。玛丽安娜看纳西姆这副紧张的样子，笑了："亲爱的，你放心，我不会让你杀人的，到时候你只要朝天开枪，制造混乱就可以了。"

然后，玛丽安娜又拿出一套囚衣，让纳西姆换上，说是这样容易混在囚犯中，避免目标太显眼而成为狱警的靶子。纳西姆见她考虑问题如此周到，这才稍稍缓过气来。

直升机很快就飞到了监狱上空，此时正是放风时间，囚犯们都在大操场上，很显然，玛丽安娜是算准了这个时间的。

直升机降落在操场上的时候，玛丽安娜先扔了两颗烟雾弹，并不断地向狱警开枪，操场上顿时烟雾弥漫。

纳西姆根据玛丽安娜的吩咐，跳下直升机后立刻朝天鸣枪，并大叫"劫狱"。

囚犯们开始四散奔跑起来，那些狱警们看见警用直升机的标志，开始还都以为是上级部门来突击检查，直到烟雾弹扔下来才发现事情不对头，

他们回过神来并开始还击，操场上乱作一团。

烟雾中，纳西姆看见一个囚犯在玛丽安娜的接应下上了飞机，显然此人就是黑帮里的二号头目威廉，看来他早已得到了内线的通知，等待着这一时刻。

眼看大功就要告成，纳西姆抑制着内心的狂喜准备登机，就在这一瞬间，他突然发现威廉身上那件囚服的号码，竟然和玛丽安娜给自己穿的囚衣号码一样，纳西姆本能地一愣。

就在这时，威廉突然转身冲他一笑，纳西姆顿时瞪口呆，因为这威廉竟然和自己长得一模一样! 他这才意识到，什么帮会二号头目威廉，什么比尔斯死了，根本就是一个大骗局，统统都是骗人的鬼话，他们劫狱救出去的其实就是比尔斯，自己真的是做了他的替身啊!

但此刻待纳西姆明白过来已经来不及了，直升机上的玛丽安娜手里的枪朝他一晃，顿时就从枪口喷出一条火舌，纳西姆只觉得胸口被猛击了一下，仰天倒了下去……

第二天，当地各大报纸头版头条新闻报道：昨天，黑帮分子利用直升机进行了一次劫狱行动，他们计划周密，计算准确，但作为此次劫狱目标的黑帮头子比尔斯，竟然在最后关头的枪战中，被同伙误击身亡……

（题图、插图：佐　夫）

这个故事发生在海外，却在中国大陆广为流传，据说故事的主人公是一个事业有成的中国人，在突发事件来临的时候，他用自己的行动奏响了一曲生命的赞歌……

生命的
交锋

□ 华登喜

有个持枪歹徒，在洗劫金铺后，被警察穷追不舍。眼看就要被追上了，这时候正好附近一个小学放学，歹徒冲进孩子群中，一手抱一个就窜进了学校的一个教室。警察们傻眼了，眼睁睁地看着歹徒把孩子劫持进教室，不敢开枪。

歹徒对警方提出三个要求：一是提供五百万美金，二是提供一辆汽车，三是把他安全送出国境。

这时候，警察局局长赶到了，他知道解救人质是第一原则，所以赶紧拿起喇叭向歹徒喊话："我是这个州的警察局局长，你的要求可以考虑，我马上请示上级批准。但目前你必须绝对保证这两个孩子的安全。"

歹徒在里面冷笑："你别给我耍花招，你不给我肯定答复，我就让这两个小家伙去见上帝！"

局长见歹徒杀气腾腾的样子，就稳住他说："你给我一个小时时间，我保证给你一个满意的答复，只要人质安全，什么都可以商量。"

教室里沉默了片刻，一定是歹徒在打什么应对的主意。不一会儿，只听歹徒朝局长喊道："我现在放一个孩子出去，叫他给我拿点水来，如果他半个小时之内不回来，里面这个就死定了。至于哪一个出来，你们自己看。"

局长一听，立即点头："好，我和这两个孩子的家长商量一下，马上给你答复！"

这时候，校方已经把两个孩子的家长接到了学校。这两个孩子，一个是男孩，一个是女孩。男孩的父亲是当地一家金融公司的董事长，家里非常富裕，他们家的人是开了好几辆轿车来的，除了孩子的父母，爷爷奶奶外公外婆，全都来了，而且还带来了他们的私人医生。而女孩的父母只是在贫民窟里卖快餐的，得到消息后连干活的衣服也没换，就跌跌冲冲奔到学校，见了这阵势，夫妻俩只会一把鼻涕一把眼泪地哭。

局长让其他人都退下，只留下两个孩子的父母，然后就和他们商量说："你们别急，办法总会有的。我在想，等会儿孩子出来拿水的时候，是不是先把五百万美金给这小子送进去，至少表面上麻痹他一下，可以为进一步制服他赢得尽可能多的时间……"

局长话还没说完，男孩母亲就抢着说："好好好，局长，这五百万我们出，你让我们家儿子先出来。"她一边说，一边不放心地把私人医生叫到身边，叮嘱了几句。女孩的母亲涨红了脸，想说什么，张了张口，又把话咽进了肚里。局长看了她们一眼，沉思着说："也好，先让小男孩出来吧，到时候要把钱送进去，男孩子力气总要大一些。"男孩的父亲似乎有些不忍，他看了看女孩父母，但事已至此，也

只有这么办了。他拿出手机，通知他的秘书马上把钱送过来。

五分钟后，男孩家的钱送到了，局长于是对歹徒喊话："我们已经准备好了，送水的同时，五百万美金也给你，希望你能够遵守诺言，绝对保证孩子的安全。现在，你可以让男孩出来给你拿东西了。"

这时候，现场空气骤然紧张起来，大家屏息静气，连针掉在地上都听得见。

只见教室门缓缓开了一条缝，小男孩被歹徒从门缝里推了出来，可他的一只手还紧紧牵着另一只小手，当然就是小女孩的手了。歹徒一声断喝："还不快去？"小男孩犹豫了一下，手慢慢松开了，对小女孩说："别怕，我马上就回来陪你！"这声音听起来非常稚嫩，甚至还有些因紧张而颤抖，但此时此刻，却镇住了所有在场的人，尤其是男孩的父亲，脸上的神情显得非常激动。

那小男孩飞快地朝警察这边跑过来，毕竟是小孩子，他在剧烈的惊恐下腿都软了，一扑到警察怀里就"哇哇"大哭起来。男孩的爷爷奶奶外公外婆立刻围了上去，男孩的母亲一把抱起小男孩，"心肝宝贝"地拼命叫着。而此时，女孩的母亲早已经哭成了泪人。

局长拉过男孩的父亲，抓紧时间和他商量下一步怎么行动。这时，就

见男孩母亲朝私人医生手一伸，私人医生立即递给她一瓶已经准备好了的水，男孩母亲搂着男孩说："宝贝，快，先把水喝了，压压惊！"谁知男孩才喝了几口，头就慢慢垂下去了。警察在旁边看到，一步冲过来，但已经迟了，男孩已经在药液作用下昏睡过去。

局长和男孩父亲闻声奔过来，局长朝男孩母亲厉声喝道："你这是干什么？"男孩母亲说："你没有权力要求我儿子去送死！我给我儿子喝的是强力催眠水，二十四小时内他不会醒过来。"女孩母亲一听，疯了似的扑上来："那我的孩子呢？我的孩子怎么办啊？"局长也愣住了：出现这个情况，他没有想到。

男孩的母亲和爷爷奶奶、外公外婆，这时就准备把男孩接回家去了，可是没想到一只大手按住了他们。这个按住他们的人就是男孩的父亲！男孩的父亲神色严峻，坚决地说："咱们不能让孩子扔下他的同学！就像在战场上，谁也不能临阵脱逃一样。我以前在部队当过兵，在边境上打过仗，我绝不能让我的儿子做这样丢人的事情，我们一定要想办法让孩子醒过来！"

男孩的母亲怔住了，男孩的奶奶气得浑身发颤："你……你想让你儿子去送死？"

男孩父亲的两只眼睛里溢满了泪水，他一字一顿地说："我怎么不爱我的儿子？可如果他醒来知道你们所做的一切，他将来会觉得比死还难受。"他坚决地嘱咐开车来的司机："你把他们都送回去，这里有我。"说完，他抱起儿子走到了局长面前……

可遗憾的是，局长请警医用尽各种办法，花了十多分钟也没有能让孩子醒过来，警医对局长说："他们刚才给孩子注射的是高级催眠药，至少三个小时之后才能解除药力。"男孩母亲冷笑道："现在我总可以带我儿子走了吧？剩下的事情你们找我家律师，要赔多少钱都行。"

只听见"啪"的一个巴掌声，男孩母亲的脸上留下了五个通红的手指印！男孩父亲冷冷道："你有没有想过，你这样做会害死两个孩子？里面的孩子会因此而死，而我们的孩子从此将会一辈子抬不起头来，这和死去有什么两样？"

这时，歹徒已经等得不耐烦了，朝外面大叫大嚷道："你们在玩什么花招？再不把孩子送回来，就别怪我不客气！"

局长只能拖延时间，对歹徒说："现在出了点意外情况，小男孩由于刚才惊吓过度已经昏过去了，现在一时不能过去，请稍微延缓一点时间，我们正在对他采取急救措施。"

歹徒不相信。歹徒一把揪起小女孩，把她拖到窗口，用匕首抵着她的脸，恶狠狠地说："你们听着，我再等你们一分钟，见不到人我就先叫她脸上开花！"他边说边举着匕首在女孩眼前乱舞。女孩的母亲吓得失声尖叫起来，那个小女孩吓得"哇哇"大哭，原本相对稳定的局势顿时急转直下。局长皱起了眉头，他立即打开紧急对讲机，请求上级指示。

这时，小男孩的父亲突然做出了一个令全场所有人目瞪口呆的行动：他一手抱起自己的儿子，一手拎起装水和巨款的大袋子，就朝歹徒强占的教室走去。他边走边大声地对歹徒说："我儿子确实是昏过去了，为了表

示我们的诚意，我把他送到你这里，你总可以放心了吧？"

歹徒显然也被男孩父亲的这个举动镇住了，呆愣在那里，待男孩父亲走到教室门口的时候，他木然地把门打开，丝毫没有想到要防备什么。

这以后，教室里发生了什么情况，所有的人都无法看清，是电视台记者架在对面树丛间的一架摄像机，拍下了这以后的一切：男孩的父亲走进教室，趁歹徒还在呆愣的时候，赶紧把儿子朝角落里一丢，一拳把歹徒手里的枪打掉，把他手里的女孩夺了过来；歹徒直到这时才回过神来，赶紧从腰里又拔出一把火药枪回击，"砰"的一声，教室内顿时弥漫起阵阵硝烟……

紧接着，教室门就打开了，小女孩哭着奔出来，女孩父母欣喜若狂地迎上去抱住她，几乎是与此同时，警察们以迅雷不及掩耳之势冲进教室，在歹徒正准备开第二枪的时候把他击毙了。这个时候，他们却发现，男孩的父亲已经倒在了歹徒的枪口下，而他挡住歹徒子弹的方向，正对着小女孩奔出教室的门口！

男孩的父亲就是这样离开了这个世界，他的遗体被抬出教室的时候，全场一片肃穆，局长率领全体警察向他默哀致敬，好久好久没有把手放下……

（题图、插图：谢 颖）

心胸狭窄的人，常常用愤怒和仇恨来填补理智的空白。借刀复仇的结果，只能使人心爆炸，烦恼永远与他为伍！

借刀杀人

□ 清 明

1. 一山三虎

当年，燕山以南，黄河以北，江湖上有三大门派：一是大名府万胜镖局的霍家，大当家霍敬水；二是永年城凌云飞袖门派的司马家，掌门人司马轻烟；三是邯郸城的落花刀派，当家人骆常空。

这三人中，若论武功，霍敬水最高；若论智谋，司马轻烟最强；骆常空武功、计谋虽略逊于他们两个，但为人豪爽，所以身边有一批肝胆相照的兄弟，其势最盛。

常言道：一山不容二虎。更何况是三强鼎立！于是这三家门派之间明争暗斗不断，只是谁也无法置对方于死地。

落花刀派的骆常空是个年少气盛之人，他不到二十岁便将本派的落花刀法练到了第七重。师父生前告诉过他，如能练到被人称为"天纵奇才"的师祖那样第九重时，他便可无敌于天下，到那时，无论是万胜镖局的霍家还是凌云飞袖门派的司马家，就都不在他的话下了。只是事与愿违，这几年来，无论骆常空再下多大的苦功，刀法却始终再无进展，一想起这个，骆常空就不免郁郁寡欢，由此落下了心病。

这天傍晚，骆常空的几位兄弟从太行山上猎来一只野猪，他们在后院燃起炭火，支起炉架，硬拖了骆常空一起喝酒猜拳行令，吃烤肉品野味。

突然，门派中一个小弟子王六神色慌张地跑进来，喘着粗气向骆常空报告说："外面来了位客，说是要见掌门人。"

骆常空将手里的酒碗朝地上一放，问："来的是何人？"

王六回答说："是……是凌云飞袖门派的司马轻烟。"

"他来干什么？"骆常空拧紧了

眉头，"这小子满肚子鬼心眼儿，他上门来，肯定是黄鼠狼给鸡拜年，没安什么好心。走，兄弟们，随我去会会他！"

在落花刀派的接客大厅里，坐着一位干干瘦瘦的中年人，头戴瓜皮小帽，嘴唇上留着两撇枯黄的胡须，看上去似乎毫不起眼，可他就是江湖上大名鼎鼎的司马轻烟，有人称他"鬼见愁"。

骆常空干笑着，抱拳迎了上去："这是哪阵香风把司马兄的大驾给吹来了？"

司马轻烟忙从椅子上站起来，回礼说："好久不见，骆贤弟真是越发精神了！愚兄冒昧登门打扰，还望贤弟莫要见怪。"

骆常空一听这话，顿时脸露戒备之色：无事献殷勤，非奸即盗，人都说司马轻烟这个家伙是个有名的笑里藏刀的主儿，此刻他一见面就说起了好听的奉承话，不知肚子里打的是什么鬼主意。一想到这些，骆常空本能地有些紧张，便问道："不知司马兄连夜登门，有何指教？"

"无事不登三宝殿，愚兄我有一件大事，想跟骆贤弟密谈。"司马轻烟说着，眼光落在了骆常空身后的那帮随从们身上。

要论武功，司马轻烟略比骆常空低一筹，只是他轻功极好，且诡计多端，骆常空想要打败他也非易事。骆常空认定司马轻烟来找自己必定不怀好意，但是在自己的地头上，谅他也玩不出什么鬼花样，所以稍作沉吟后，便挥手让兄弟们退下。

2. 化敌为友

大厅里，只剩下了司马轻烟和骆常空两个人。

司马轻烟开口道："骆贤弟，我知道你对我心怀芥蒂，这也难怪，你我两派争斗了多年，有积怨也在所难免。"说到这里，他语气一转，"不过，现在的形势想必骆贤弟也清楚，你我两人全都不是霍家霍敬水的对手，现在他们万胜镖局耀武扬威，声势壮大，任其发展下去，恐怕你我都要倒大霉。"

其实司马轻烟说这番话时，骆常空心里特别不是滋味：师父本来对自己寄予厚望，一心指望自己能青出于蓝胜于蓝，将落花刀法发扬光大，可惜自己虽然已经尽了全力，却不但仍无法超越前人，反倒还输给了万胜镖局一筹。

不过，骆常空不是个肯轻易服输的人，他反问司马轻烟道："那又能怎么样？若论武功，他霍敬水确实比我略高那么一点点，可我骆某人兄弟众多，他又怎能奈何我？"

"话可不能这么说，"司马轻烟黑多白少的眼珠打了个转，说，"你有再多的兄弟，总不能一直带在身边，万

一哪天兄弟们离你而去，恐怕到那时，你们落花刀派就要……"司马轻烟说到这里，故意打住了。

"你什么意思？"骆常空一脸怒色。

"骆贤弟别不高兴，愚兄的话虽然不中听，但说的却是实情。"司马轻烟奸笑着，"他霍敬水的威名现在虽然如日中天，但是愚兄我倒有一条除奸的妙计，只要你我兄弟联手，必能置他于死地。就是……就是不知骆贤弟有没有这份胆量？"

"哦？"骆常空怀着戒心说，"你不妨说来听听。"

司马轻烟压低了声音说："我刚刚听说，明日午时，霍敬水要保大名府衙一万两黄金的税俸进京，如果我们联手，半道把这批税俸劫下来，你想想，朝廷能轻饶他霍敬水？到那时……"司马轻烟说到这里，瞥了一眼骆常空，"嘿嘿"奸笑了两声。

骆常空没料到他会说出这样的话来，一拍桌子说："这种馊主意亏你想得出来，眼下朝廷正是要用银子的时候，我们岂能做这种不忠不义的叛逆之事？"

司马轻烟晃着脑袋说："量小非君子，无毒不丈夫。骆贤弟啊，朝廷不会就缺这一万两黄金，可咱们要把它劫成了，便能借刀杀人，拔掉霍敬水这颗眼中钉！再说了，你身边这些

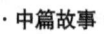

兄弟们追随你多年，你就忍心让他们老跟着你过苦日子？"

司马轻烟这番话出口，骆常空犹豫不决了："让我……想想。"

"事不宜迟，明天霍敬水就要上路了，如果骆贤弟拿定了主意，明天早上记得来找我。"司马轻烟说罢，告辞而去。

司马轻烟走后，骆常空立刻叫来自己那帮兄弟，将司马轻烟说的话转述了一遍。大家一听有黄金可分，并且还能借刀杀人，替骆常空除掉一个大仇家，当下群情激奋，个个摩拳擦掌，劝说骆常空与司马轻烟联手。

江湖人办事就是爽快，虽然干的是抢劫朝廷税俸、弄不好就要脑袋搬家的事情，但是只要决定干了，就丝毫没有犹豫。第二天天还没亮，骆常

空便与兄弟们带齐了行走江湖用的家什儿，出发了。

3. 连环毒计

此时，司马轻烟早摸清了霍敬水的行进路线，待骆常空带着兄弟们一到，双方人马一会合，便直奔老君山断头谷而去。

断头谷位于老君山最西端，这里是从大名府进京的必经之路。司马轻烟将准备好了的蒙面黑巾分发给众人，让大家埋伏在断头谷两侧。

此时正是初春时节，山谷之中，野草吐绿，灌木抽芽，鸟鸣啾啾，景色宜人，约莫过了一顿饭工夫，骆常空隐约看到，自远处有一队人马，扛着万胜镖局的大旗，护着镖车缓缓而来。

霍敬水带着人马过来了！

近两年来，霍敬水的万胜镖局在江湖上的名声如日中天，黑白两道还从来没人敢打过万胜镖局的主意。但是，正所谓"安逸必生骄奢之气"，万胜镖局仗着总镖头霍敬水武功高，威名大，无人敢惹，所以便放松了警惕，当他们护着镖车从断头谷这样的凶险地带经过时，竟然也不投石问路，而是冒冒然就直接闯了进来。

车队一走进断头谷，突然从峡谷两边冲出一群蒙面客来，万胜镖局的人自然被杀了个措手不及，他们还没来得及拔出刀枪，便被蒙面客砍了个人头落地。这些蒙面客就是骆常空和司马轻烟的手下兄弟们！骆常空见众兄弟将对方杀了个片甲不留之后，便马上配合司马轻烟去摆平霍敬水。

霍敬水使的是一杆家传的银枪，骆常空手下的三个兄弟与司马轻烟手下的四位弟子，本来正按预先的计划死地围着霍敬水，配合司马轻烟与他周旋，不让他过来救镖车，可霍敬水眼见此景不禁心急火燎，胸中怒火燃起，他将手中银枪一舞，那银枪的枪头即刻闪出朵朵"枪花"，犹如长蛇吐舌，围着他的那些个兄弟一个接一个倒地，不一会就只剩下司马轻烟仗着绝妙的轻功，一个人苦苦地支撑着了。

就在这个时候，骆常空及时赶到了。骆常空的落花刀法虽未练到第九重，但是与霍敬水相比，仅是略输一筹而已，加上此刻因为还有个司马轻烟，所以原本对局的形势立刻起了变化，霍敬水便不是他们两个联合起来的对手了。

骆常空刀光霍霍，裹着"嘶嘶"风声，刀刀不离霍敬水要害。霍敬水的枪法虽然精绝，无奈这支银枪枪身过长，不利于贴身近战。

此刻，司马轻烟挥动凌云飞袖，从外围缠住了霍敬水的长枪，骆常空趁机贴近霍敬水的身边，淋漓尽致地发挥出了他自己兵器上的优势，逼得霍敬水手忙脚乱。

霍敬水自知今日必定是凶多吉少，眼看败局已是无法挽回，他决定不再作困兽之斗，瞅了个空子，身子一个倒纵，欲夺路而逃。

骆常空哪里肯容他离去，举起落花刀扑上去，使了个"落花有情"的招式，兜头朝霍敬水劈去。

霍敬水听到脑后传来利刃破空之声，来不及躲闪，反手挥枪，也使了个招式，叫"回头捞月"，仗着枪比刀长的优势，后发先至，枪尖直刺骆常空的胸膛。

骆常空自然不会与霍敬水拼命，他身子一沉，弯腰避过了霍敬水这一枪。霍敬水见自己枪法落了空，，不敢停留，赶紧落荒而逃。骆常空拔脚就要追上去，可是一回头，却发现司马轻烟并没有跟上来。他想：自己孤身犯险，即便追上霍敬水，恐怕也不能得手。于是，只好悻悻然折了回来。

骆常空一肚子不高兴，质问司马轻烟："你为什么不跟我一起去追霍敬水？"

司马轻烟笑了，说："骆贤弟，你别生气，谅他也逃不到哪里去，丢了朝廷的税俸，朝廷岂能放过他？俗话说得好：穷寇莫要追。咱们要是把他追急了，说不定他就会拼死一搏。这家伙枪法实在不容小觑，他真的拼起命来，我俩即使最后杀了他，恐怕也要吃上大亏，还不如索性放他走，留着让朝廷来收拾他。"

"可是……"骆常空犹豫着说，"可是咱们跟他争斗了这么多年，他一定早就熟悉了咱们的招数，今天放他走，岂不是等于放虎归山？日后他要是找咱们算账，怎么办？"

司马轻烟一听，禁不住哈哈大笑起来："骆贤弟真是死心眼，难道咱们还要坐在家里等他找上门来不成？你也不想想，有了这一万两黄金，足够

咱们过上一辈子逍遥自在的日子了！从今天起，咱们隐姓埋名周游四海去，哼，怕是咱手中黄金还没花完，他霍敬水就被朝廷给处置了，到那时，咱们再重归故里也不迟啊！"

司马轻烟左一句"贤弟"，右一句"贤弟"，叫得骆常空心里热乎乎的。骆常空想想司马轻烟说得颇有道理，当下便带着兄弟们推起镖车，与凌云飞袖门派司马轻烟的弟子们一路说说笑笑，直奔深山而去。按照司马轻烟的安排，大家先去那山里避上几日风头，然后便把黄金分了，从此各自周游四方。

进得深山，已是夜色降临，白日里一番恶战，大伙儿也累了，草草吃了些随身带的干粮，便找了个避风的山洞睡下。歇息的时候，司马轻烟特意把骆常空和他的兄弟们安排在山洞里面，他对骆常空说："骆贤弟，山里露水重，还是让愚兄与门下弟子睡在洞口吧！"

骆常空听了很是感动，心想：虽说凌云飞袖门派与自己的落花刀派争斗多年，仇怨颇深，但是现在看来，这个司马轻烟倒是很够朋友义气。他当下便说："司马兄莫要客气，兄弟我年纪轻，身子骨好，洞口处原该我来睡，怎么能让兄长你睡这里呢？"

"哎，骆贤弟，你这话说得可就见外了，愚兄痴长几岁，原该多照顾贤弟你一些的！"

骆常空推辞不过，只能悉听尊便。

一夜无话，但是，第二天早上一觉醒来，骆常空睁开眼睛便发现，睡在洞口的司马轻烟和他的弟子们都已不见了踪影。骆常空心里"咯噔"一震，急忙翻身跃起，匆匆跑到洞外，一看，停放在洞外的镖车，此时已空空荡荡，昨日劫得的一万两黄金，已经被司马轻烟和他的弟子们席卷一空。

骆常空恨得咬牙切齿，捶胸顿足地骂道："司马轻烟，你这个天杀贼，你骗了老子哇！"他立刻把众兄弟一个个叫醒过来。

大家一见这种情形，都气得恨不得把司马轻烟这个老贼抓来抽筋剥皮，点人灯熬肥油。他们对天发誓，哪怕走遍天涯海角，也要把他给找出来。

就这样，骆常空和他的兄弟们开始浪迹江湖，踏上了寻找司马轻烟的旅程。

与此同时，霍敬水也没有闲着，他从断头谷脱身逃走之后，自知丢失税俸，朝廷不会轻饶自己，便不敢再回万胜镖局。在与那些蒙面劫匪交手的时候，霍敬水通过对方所使的招数已经断定，这两个武功高强的劫匪头子，正是自己的老仇家骆常空与司马轻烟。

冤有头，债有主，既然知道了陷害自己的人是谁，霍敬水当然不肯放过他们。当天夜里，他便悄悄潜入落花刀派与凌云飞袖门派的住地，欲报劫镖之仇，但是这两个门派早已经人去屋空，霍敬水在附近潜藏多日，也未见他们回来，便知他们是故意藏了起来。

于是，霍敬水也开始浪迹江湖，踏上了寻找仇敌之路。

4．又是一计

少年子弟江湖老，转眼之间，三十年过去了。

这三十年来，骆常空一直过着胆战心惊的生活，一方面他要寻找司马轻烟，另一方面他还担心霍敬水或者是朝廷的捕快追捕到自己。三十年的流浪岁月里，骆常空和他的兄弟们隐姓埋名，从来不敢在一个地方停留太久。他们当过护院、跑过码头、做过苦力，甚至还沦落当过乞丐，可谓是尝尽了人世间的冷暖辛酸。有些兄弟已经老死、病死在异省他乡，不过剩下的兄弟们却仍是痴心不改，坚持跟着骆常空，到处打听司马轻烟的下落。

工夫不负有心人，这一年腊八，骆常空的一个兄弟终于从一位江湖客嘴里打听到一个令人振奋的好消息，潜藏了三十年的司马轻烟终于要露出他的狐狸尾巴了！据那位江湖客说，司马轻烟要在正月十五那天，带着他的夫人与家眷回乡祭祖。

刚听到这个消息时，骆常空激动得老泪纵横，一时间百感交集，万般滋味涌上心头。骆常空恨恨地想：这三十年来，自己和兄弟们风餐露宿，落魄江湖，过着猪狗一般的日子，而司马轻烟却腰缠那劫镖所得的万两黄金，娇妻美女相伴，享尽人间之福。虽然同样隐姓埋名，却真可谓天壤之别啊！

骆常空的一个兄弟咬牙切齿地说："抓到这个畜生，非得抽他的筋剥他的皮不可！"

"就是啊，"另一个兄弟接口道，"抓到这个畜生，咱们非得把他私吞去的那一万两黄金拿回来不可！受了这么多年苦，咱们也该过几天舒心日子了。"

事不宜迟，当下，骆常空便带着他的兄弟们迫不及待地往永年城赶。

果然，正月十五这天，永年城北司马家祖坟前，一群身穿孝服的人簇拥着一顶四人抬的绿呢软轿，缓缓向这里走来。

看到这顶轿子时，埋伏在乱坟堆里的骆常空不禁心跳加快起来，他下意识地握紧了腰间的刀柄。这三十年来，对司马轻烟的仇恨就像一只猛兽，每天都在噬咬着他的心，不亲手杀死这个老贼，他死不瞑目。可是当机会真的来临时，骆常空心里却突然又紧张起来，漂泊了半辈子，虽然平时自己也一直没有放弃练刀，但对刀法的研究已经几近荒废，今天，还能制服对手吗？

绿呢软轿缓缓走近，终于在祖坟前停了下来，轿帘掀起，骆常空眼前出现了一个身穿金边苏绣裘毛大袄的老头。尽管几十年没见，骆常空还是一眼便认出他就是司马轻烟无疑，只是几十年不见，这个凌云飞袖门派的当家人，要比当年胖了许多。

骆常空看自己已经沦落得人不像人、鬼不像鬼的样子，头发如同一堆荒草，脸上生满冻疮，可是这个该死的司马轻烟，却是满脸的富贵之色，穿着打扮雍容华贵，身边仆人成群。两者一比较，骆常空便生出一股子强烈的忌妒感和自卑感。

俗话说：仇人相见，分外眼红。这一刻，三十年来憋在骆常空心头的怒火像火山一样爆发了出来，他大吼一声便冲了上去，不管自己还是不是司马轻烟的对手，无论如何也要拼一拼！

骆常空猛扑到软轿跟前，与此同时，他的兄弟们也怒吼着纷纷从埋伏地冲出来，把绿呢软轿团团包围起来，防止司马轻烟逃走。

可是此刻，软轿里的司马轻烟却神色镇定如常，像是看到了一位多年不见的老朋友一样，笑眯眯地望着骆常空。

骆常空被司马轻烟的表情给搞糊涂了：莫非三十年不见，他已经练成了绝世武功？莫非他对打败自己早已成竹在胸？

骆常空眼一瞪，咬牙切齿地对司马轻烟道："你这个老狐狸，这三十年的旧账，咱们也该算一算了吧？"

司马轻烟不紧不慢地说："我本来就是找你算账来的，要不然，我藏着不露面，就凭你这个样子，恐怕再找上三十年也找不到我。"

骆常空一愣："你废话少说！那一万两黄金藏到什么地方去了？快给我交出来，否则我让你脑袋搬家。"骆常空边说边晃了晃手中的落花刀。

司马轻烟鼻子里"哼"了一声，说："黄金，你是永远也见不到了。"

"为什么？"骆常空心里一凉。

"不瞒你说，那一万两黄金已经被我用得差不多了，最后剩下的那点，也被我今天用来雇这顶轿子和这些仆人了。"司马轻烟边说边"嘿嘿"笑着，那笑容既狡猾又狰狞。

"你……"骆常空的心如坠冰窟，从司马轻烟的眼神里，他确信他说的是实话，所以结巴了半天，憋出一句："没有黄金，今天爷爷我就要

了你的命！"他"忽"一刀就向司马轻烟的前胸劈去。

其实骆常空这一刀只是虚招，目的是逼司马轻烟用凌云飞袖招架，只要一招架，接下来骆常空便会有连环三刀直攻对方。可是，骆常空准备好的招数却没有派上用场，因为他的这一虚招过后，司马轻烟的胸膛上立刻裂开一道长长的口子，顿时血光四溅。

"好……好快的刀，莫非……莫非你已经将落花刀练到了第……第九重？"司马轻烟因为痛苦，一张老脸已经扭曲变形。

骆常空愣住了，他也不明白自己今天的刀法为何突然威力骤增。定下心来一想，难道世上最精妙的刀法，是在放下刀之后才可以练成？这是深

奥的刀术刀理，还是对练刀者绝妙的讽刺？骆常空心头有些茫然。

"谢谢你。"就在骆常空茫然之际，司马轻烟却向他喃喃道。

天哪！我砍了他一刀，他却要谢谢我，这是什么道理？骆常空更加茫然了。

司马轻烟看着他，向他招招手。骆常空附身过去，只听司马轻烟给他解释说"我患了重病，郎中说我的肺叶已经快要烂掉了，我每天都在咳血，生不如死，可是偏偏又没有勇气自杀，想来想去，我就想到了你，所以我才会在江湖上放出风声，将你引到这里。如果我所料不错的话，霍敬水也快要来了吧……"

"你……你好狠毒！"看着眼前司马轻烟那张因痛苦而扭曲的老脸，居然因得意而闪出一丝残忍的笑容，骆常空立刻从茫然的情绪中拔了出来，开始觉得浑身发冷。他两眼瞪着司马轻烟："你害得我们流落江湖三十年还不够，为什么连死都不肯放过我们？"

"我当然不能放过你们。"司马轻烟的眼睛里掠过一抹痛苦之色，咬牙说道，"因为我心里有恨！五十五年前，我刚刚才八岁，那时候的我是多么单纯和善良，甚至在走路的时候连只蚂蚁都不舍得踩死。可是你的师父却毁了我一生，那晚，当我父亲冰凉

的尸体被师叔们抬回家时，就注定了我这一生只能在仇恨中度过。"

"你错了！"骆常空辩解说，"听我师父说，你父亲不是死在他的刀下，而是死于霍敬水父亲致命的一枪。"

"你师父这是在骗你！当年，我父亲的凌云飞袖已经练到了前无古人的境界，你师父和霍敬水的父亲担心我们凌云飞袖门派从此天下无敌，所以就使出诡计约我父亲喝酒，说是各门派之间要化干戈为玉帛，从此不再争斗，我父亲轻信了你师父的鬼话，才……"司马轻烟说到这里时，情绪一激动，血又从伤口处直朝外涌。

一股深邃的无奈瞬间笼罩着骆常空的全身，这一刻，笼罩在他心头三十年的仇恨，化成了一片茫然。

"这是一盘棋，一盘死棋，你和我，还有霍敬水，生来就是一枚棋子。"这是司马轻烟对骆常空说的最后一句话，话毕，他的身子便从软轿上摔落下来。

5. 枪断刀绝

永年城的这个冬天，似乎要比往年更加寒冷，骆常空情不自禁地打了个寒颤。司马轻烟的那些仆人看到了，还以为骆常空要收拾他们，立刻惊叫着四散逃开。

一个站得较远的兄弟没有听到骆常空与司马轻烟的对话，急切地一头

冲过来问："黄金呢？这家伙私吞的黄金呢？"

骆常空喃喃地回答他："黄金？这里没有黄金，只有仇恨！"

这时候，一个兄弟手指着北方，拉着骆常空说："大哥，快看，那是谁？"

顺着那个兄弟手指的方向，骆常空看到一个衣衫褴褛的身影，穿过乱坟岗，向这里飞掠而来，看不清来者的面容，但骆常空已经注意到了那人手里拖着的银枪。

这不就是霍敬水吗？骆常空嘴角浮出一抹无奈的苦笑。

三十年未见，当年人称"一枪震河西"的霍敬水，如今已经变成了一个满面风尘之色的白发老翁，看模样，这些年他也没有少受苦。

"苍天有眼，我终于等到了这一天！"霍敬水握枪的手，由于激动，而有些轻轻的颤抖。

霍敬水说这话时，骆常空的思绪却早已经跑到了很远的地方。人这是怎么了？什么都可以放下，唯有仇恨可以在心中埋藏十年、二十年、三十年，甚至是一辈子，都不会忘记？为什么仇恨会毁掉这么多人的生活？为什么我们都不肯放下心中的仇恨？

这时候，霍敬水已经走近了，一看到骆常空，就怒吼着："快把黄金还给我！"

此刻，骆常空已经完全冷静下来，心有所思地对他说："其实，黄金只不过是黄金而已，恐怕我们心里真正忘不掉的，是仇恨！否则，这么多年来，如果我们忘掉仇恨，好好生活，凭我们的能力，早就赚到了比一万两更多的黄金。"

"我不懂你在说什么，我只知道是你们两个把我害成了这样。我年少得名，锦衣努马，本来我的一生应该非常精彩，可是所有这一切全被你们毁了。这笔账，我怎么能不找你们算？"霍敬水说着，举起手里的银枪用力一抖，枪尖立刻幻化成数朵枪花，直向骆常空刺来。

对霍敬水来说，这三十年他无时无刻不在想着报仇，能不能夺回黄金已经不重要了，他只想亲手宰了当年劫镖的骆常空和司马轻烟这两个人。为此，他一直在银枪上下功夫，枪法已远远胜过当年，所以他有足够的信心，一枪便要夺走骆常空的命。

可是，霍敬水错了。只见骆常空本能地挥刀，一道惊艳的弧光从霍敬水眼前划过，落花刀在削断霍敬水手里银枪的同时，也从他胸膛上划过，霍敬水实在不敢相信，骆常空的刀法居然会达到这么神奇的境界。

不过与此同时，霍敬水的银枪也突然发生了奇妙的变化，枪身被落花刀削断之后，霍敬水手里只留下不足三尺长的一段枪杆，可是在这个枪杆断裂处，却突然诡异地冒出一个寒光闪闪如毒蛇吐信般的枪头，霍敬水手腕一翻，那吐出的枪头不偏不倚地刺入了骆常空的胸膛。

两个人几乎同时倒在了地上。

"好快的刀，你的……你的落花刀已经练到了第九……第九……"霍敬水的呼吸越来越困难，终于没能把话说完。

骆常空吃力地摇头，答非所问地说："对不……起，我本来不想还手，可是……可是我还是没有做到，希望……希望你别恨我。"说完这句话，骆常空长吁了口气，一道红得有些发乌的血丝从他嘴角溢出。

骆常空吃力地抬起头，看了一眼天空，天很高，很远，也很蓝，朵朵白云飘浮在上面……

永年城的这个冬天，真的要比以往更加寒冷！

（题图、插图：杨宏富）

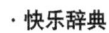

· 快乐辞典 ·

关于孙悟空下岗的通知

由于经费原因，西天取经委员会决定精简取经团成员。为了加强精简工作的透明度，现将取经团各成员基本情况公布如下：

（一）体貌特征：

唐僧：眉清目秀，唇红齿白，温文儒雅。

八戒：鼻直口阔，方面大耳，相貌和善。

沙僧：浓眉大眼，卷发虬髯，虎背熊腰。

悟空：尖嘴猴腮，驼背，故意把头发染成黄色。

（二）性格特征：

唐僧：性格温和，通情达理。

八戒：老实憨厚，不喜欢惹是生非，尊重领导。

沙僧：勤劳朴实，性格内向，尊重领导。

悟空：蛮横霸道，经常欺负弱小，喜欢恐吓别人，连师父都不尊重。

（三）工作态度：

唐僧：负责思想工作，一路对徒弟尽心教导。

八戒：负责喂马，从没让白龙马饿着。

沙僧：负责行李，能做到行李不离肩，未曾遗失任何重要物品及文件。

悟空：没有固定工作，经常擅离职守，一路惹是生非，扰乱不少神仙菩萨的正常工作。

（四）学历：

唐僧：大唐佛学院毕业，在校期间成绩优异，被皇帝亲派出国。

八戒：天庭军事学院毕业，工作数年后曾任天蓬元帅。

沙僧：天庭军事学院毕业，工作数年后任卷帘大将。

悟空：跟一民间艺人学艺，没有统一承认的学历证书。

（五）社会关系：

唐僧：乃大唐皇帝御弟；指导老师乃观世音菩萨，并被其推荐出国深造。

八戒：任元帅时曾结下不少权贵，并同玉帝红人嫦娥有关系。

沙僧：曾任卷帘大将，为玉帝服务深得赏识。

悟空：殴打过阎王，欺负过龙王，得罪过玉帝，同混混牛魔王结拜，与黑社会关系微妙。

以上取经团各成员情况一目了然，评比结果显而易见。本着公平、公正、公开的原则，西天取经委员会经过慎重研究，现在正式决定：取消孙悟空西天取经资格，即日起下岗。

西天取经委员会

（作者：张万里；推荐者：二虎子）

梦幻之约

□ 杨玉胜

生命中，只有一样真魔术能够使你梦想成真，真得可以感觉，可以看到，还可以享受，这魔术就叫做：相信你自己！用自身的刻苦和努力，去获取真正的成功。

——和16岁的你共勉

著名小提琴演奏家黄岩教授，要在江城几所艺术院校中选拔学员，组建一个"梦幻之约"少女偶像队，参加国际艺术节的交流活动，这个少女偶像队据说还有可能被作为友好使者而留在国外乐队做长期访问演出。消息一经传出，报名者数以千计，但最后面试时只剩下了八个女孩。

李茜就是这八个女孩中的一个，她今年刚考进江城艺术学院，母亲是江城颇有名气的小提琴演奏家，她师

承母亲，自幼练琴，所以这一次多么希望能被黄教授选中，去海外见见世面啊！可是李茜现在在八名入选者中排名末位，若要淘汰，第一个出局的可能就是她，所以她很想让母亲出面去和黄教授通融一下。可母亲一口回绝，说与黄教授不熟，这种事怎么好意思开口，李茜觉得很失望。

来招生的黄教授就住在艺术学院的招待所里，一连几个晚上，李茜望着黄教授客房窗口的灯光出神：有什么办法能使自己如愿以偿呢？

这天晚上，李茜在招待所楼下徘徊时，从隔壁礼堂传来一阵熟悉的音乐声，那是李茜已经看了很多遍的一

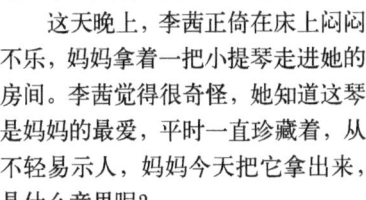

部电影的旋律，她心里猛地一亮：不是听说过有不少女演员为抢演某个角色而对导演以身相许吗？也许这是一个办法啊！想到再过一天就要面试定最后的名单了，为了这次难得的机会，李茜决定豁出去了。

她回到家里，换上漂亮的衣服，又仔细地把自己打扮了一番。这时已是晚上九点多了，她喝了一杯可乐，又朝妈妈的房间看了一眼，发现妈妈没有注意到自己，就轻轻地走出了家门。

李茜的家在28楼，等电梯的时候，她的心紧张得"怦怦怦"像要跳出来似的，等跨进电梯的一刹那，她留恋地回头看了一眼自己的家，心里说："妈妈，原谅我，就当我是去为事业献身了吧！"

电梯很快就降到了底楼，但奇怪的是，李茜并没有从电梯里走出来，就在几秒钟之前，她突然觉得浑身无力，两眼一发黑，就软倒在地上，什么都不知道了……

醒来时，李茜发现自己躺在医院的病床上，妈妈正一脸焦灼地守在她旁边。妈妈告诉她，她得了一场急病，现在已经脱离危险了。

李茜庆幸自己大病无恙，但面试的机会是彻底失去了，她心里充满了无限的惆怅。

这以后，报纸上不断有关于"梦幻之约"少女偶像队成功组建以及在国外演出的报道，每次看到这样的消息，李茜就伤心欲绝，学习成绩也因此而一落千丈。

这天晚上，李茜正倚在床上闷闷不乐，妈妈拿着一把小提琴走进她的房间。李茜觉得很奇怪，她知道这琴是妈妈的最爱，平时一直珍藏着，从不轻易示人，妈妈今天把它拿出来，是什么意思呢？

妈妈在李茜的床边坐定，望着李茜说："孩子，我想，是到了应该告诉你关于这把提琴来历的时候了！"

"来历？"李茜惊异万分，她从小只知道妈妈是小提琴家，爱琴那是自然的，从来没有想过这把琴里还会有秘密。

妈妈说："二十多年前，有一个中国姑娘在美国留学，她课余特别喜欢拉小提琴，决心将来成为演奏家。恰好当时一个著名的小提琴演奏大师在招收学生，但条件很苛刻，必须先缴5万美金，姑娘一心想成为大师的学生，可又交不出这么多钱，她想来想去，这天晚上鼓足勇气去找大师，说只要肯收她，大师提什么样的条件她都答应。一开始，大师被这个姑娘弄糊涂了，许久才明白她说的'什么样的条件都答应'是什么意思。大师感慨地对姑娘说：'姑娘，我佩服你为艺术献身的勇气，可是我不赞成你这么做。假如你爱我，我可以娶你做我的妻子，假如你不爱我，你这样做是不

值得的。'大师问她'漂亮的姑娘，你愿意做我的妻子吗？'那姑娘立刻摇头：'不，我有自己的恋人！'大师笑了，赞许地点着头说：'姑娘，通往成功的路有很多条，只有自身的刻苦和努力，才是获取成功的最有效的途径！'大师说完，取出一把小提琴，递给姑娘，说：'带走吧，姑娘，它会助你成功的。'那天晚上，那姑娘是流着感激的泪水离开大师的，从此她一直牢牢记着大师的话，后来终于成了一名出色的小提琴演奏家。"

李茜的心被震撼了，她吃惊地喊

起来："妈妈，一定就是这把琴了，这就是大师给你的琴吧？你就是那个姑娘？"

妈妈点点头："是的，孩子，大师是个好人，这是妈妈的幸运，直到现在，妈妈还忘不了大师那双善良而诚恳的眼睛。可妈妈担心的是，黄教授……黄教授是不是也有像大师那样一颗爱心呢？"

李茜的脸一下子红了："妈妈，你……你都知道了？"

妈妈拉起李茜的手说："孩子，你在黄教授住的招待所楼下徘徊时，妈妈就在你身后不远的地方看着你，揣摩你的心思。那天你回家换衣服，妈妈就猜出你想做什么了。妈妈当时真想阻拦你，可不想说透你的心思，情急之下，趁你上卫生间的时候，妈妈在可乐里放了一点催眠剂——妈妈知道你每次出去前有喝饮料的习惯。其实，妈妈当时只是想让你马上睡一觉，第二天再找时间好好和你谈，可由于太紧张，手一抖，剂量放多了，后来……"

"妈妈，你别说了！"李茜一头扑进妈妈怀里，泪水长流。

妈妈慈爱地抚着李茜的头，说："孩子，重新开始吧！记住大师的话，只有自身的刻苦和努力，才是获取成功最有效的途径啊！这把小提琴，妈妈今天就送给你了！"

（题图、插图：安玉民）

提前下手

□ 申之珉

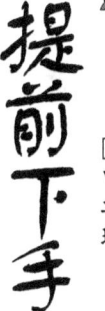

刘师傅的家不在重点学区，为了让儿子进个好学校，他决定提前下手，想办法转户口。

这天，刘师傅在街上突然内急，见路边有座新建成的楼房，楼门口写着"收费厕所对外开放"字样，就跑了进去。看厕所的是位大妈，她接过钱后顺手递给刘师傅一张卡片，笑呵呵地说："大兄弟，您可要投俺一票呀！"刘师傅一瞅，这是一张评比模范公厕的选票。他觉得很好笑："什么玩意儿！"正要把选票扔了，一瞥眼，发现上面印着一行小字，是这个厕所的地址：和平路333号。哈，这个地块是全市最著名的重点学区呀！

刘师傅激动得连厕所也顾不上去了，当着大妈的面，讨好地在选票"优秀"栏里大大地打了个勾。看大妈乐坏了的样子，他便对大妈大叹儿子读不上好学校的苦经。大妈是个爽快人，拍着胸脯说："我懂你意思，还不是想把户口迁进来！行，你去帮我拉50张选票，我就带你去找公司老板说。你没看到这厕所门上有编号？101室！这儿反正是宿舍楼，集体户口，你多少交点钱，让101室也进个人，外面谁搞得清？反正你不在这里住，厕所你也搬不走，老板不会不答应。"

拉选票还不是小菜一碟的事？于是，刘师傅和这位管厕所的大妈就开始了你帮我、我帮你的合作，刘师傅后来的户口迁移办得十分顺利，儿子重点初中的入学通知很快就来了，当然，给公司的入户费是免不了的。

新生报到这天，刘师傅拿着户口本兴冲冲地领儿子去报到，可不到半个小时就回来了。妻子问："办妥了？"刘师傅直摇头："我没敢报名。"妻子愣了："为什么？"刘师傅叹口气说："唉，你不知道，队伍里前前后后起码有5个人的户口本上都是和平路333号101室……"

开眼界

□ 晓 征

阿义有个毛病，看到别人派头比自家大，就会闹红眼。但他的红眼病又很特别，一会儿红，一会儿又不红。比如他上街，皮夹里装着一沓钱，如果看到别人皮夹比他的厚，他就红眼，但如果再看到一只皮夹更厚的，他立刻就对前一个没了兴趣。就连媳妇也是，隔壁春花又年轻又漂亮，阿义老看老红眼，总觉得把自己媳妇比下去了，但有次进城看到一个大明星，再回来看春花时，眼睛就不红了。

西医说阿义这病没见过，中医说阿义这病没药治，这可急坏了阿义的媳妇，于是就有人给介绍了个心理医生。心理医生听阿义媳妇把阿义的情况一摆，给她出主意说："索性让你家阿义到城里去开开眼界，说不定这病能治好。"阿义媳妇一听有道理，要去索性就去北京，彻底把眼界开大。

果然，阿义从北京回来，

从此就再没红过眼。

可是，阿义媳妇放心的日子过了没多久，这天突然又慌慌张张找心理医生求救来了！阿义媳妇说："医生啊，俺家阿义又犯病啦，两只眼睛又红又肿，快跟烂桃差不多啦！"

心理医生大吃一惊，说"不可能吧，北京都去过了，还要怎么开眼界哪？"

阿义媳妇说："是啊，我也这么说他呢，大世面都见过了，还有什么能让你眼红的！可他说……"

"他说什么了？"

"他说……他说这回才真长见识了。"

"怎么回事？"

"县里有领导下来视察，开了几十辆车，前面还有警车开道，吓得狗都不会叫了。村里不少人都去看热闹，俺家阿义也去了，回来说，那派头，北京也没见过！"

请你来埋单

□ 谭金金

小区里最近发生一次火情，幸好报警后消防队员迅速赶到，才没有酿成更大的灾害。事后小区居民纷纷夸消防队员救火及时，可一个姓李的退休老教师听了，却连连摇头，说"火扑灭了固然是好事，可'救火'这个词用得不合适，你们想想，火是害人的东西，还要救它干吗？这不是把意思说反了吗？"

平时说惯了的话，被李老师这么一分析，大家觉得似乎是有点不合适了。可不这么说，又该怎么说呢？每天和李老师一起早锻炼的老钟伯伯摇头道："我说啊，你这个当老师的就爱咬文嚼字，这种话大家懂意思就行了嘛，何必钻牛角尖呢？"没想到李老师却认真起来："你这就不对了，说话就应该讲规范，怎么能光懂意思就行了呢？"老钟伯伯被李老师说了个面红耳赤。

过了两天，小区旁边新开出一家"香喷喷烤鸭店"，老钟伯伯和李老师都去买烤鸭，在那里碰上了。老钟伯伯很热情地拉李老师吃饭，非让他点几个特色菜，还要了一瓶酒，两个人边吃边聊。

聊着聊着，李老师又谈起他的语言规范问题来，老钟伯伯忍不住笑了。等饭吃完，老钟伯伯埋单，李老师摸着吃得滚圆的肚子说："不好意思，今天让你破费啦！"

老钟伯伯笑了："区区两碗米饭，破什么费？"他从口袋里掏出五元钱，往桌上一放，朝李老师眨眨眼，"按你的语言规范论，我今儿是说请你吃饭，可没说请你吃菜喝酒呀，所以这余下的酒菜钱，得你来埋单啦！"

冷汗出来了

□ 崔 陟

老知青牛超到当年插队的黄土台去看乡亲们,住在一个叫茅六的单身汉家里,听说茅六第二天一大早要去播谷,他就非要一起去不可。

第二天鸡一叫,牛超就兴奋地爬起来,招呼茅六下地。茅六揉着惺忪的睡眼,嘟咕说:"你怎么比娶媳妇还急啊?天都还没亮呢!"他一边说一边也只好爬了起来,扛起播谷用的耧,对牛超说:"兄弟,咱哥俩还像当年那样,我扶耧你拉套?""行!"牛超答应一声,"谷种呢?"茅六朝灶台一努嘴:"那不是!"牛超走过去,干脆利落拎起就走。

两个人一路上说说笑笑,不一会儿就到了地头,拉开架势干了起来。牛超如今发福,腰围快三尺了,弯着腰干一会儿就呼哧上了,茅六说:"要不要歇歇?"牛超挺能逞强:"没什么,老不干了,一会儿就好。"

要说牛超也真不含糊,硬是咬着牙把半口袋谷播完了,才一头躺倒在地上。缓了半天,出气匀乎了,这时候,天才刚刚亮,茅六招呼牛超说:"兄弟,该回家吃饭了。"

茅六没媳妇,到家后他让牛超歇着,自己灶上灶下地忙着烧火熬粥。火点着了,要下米到锅里的时候,他突然发现放米的袋子不见了,一看,怎么挪到灶台边了?打开,更傻眼了:小米怎么变成了谷子?他问牛超:"兄弟,怎么谷子在这儿?米呢?"

牛超感到几分不妙:"米?灶台上那袋是米?"

茅六瞪眼瞅着他:"是啊!"

牛超冷汗出来了:"坏了,刚才都播、播……到地里去啦!"

冬日里仍有不结冰的泉
夏日里仍有啼不休的鸟……

原来如此

□郑学伟

胖子星期天去菜场买菜，遇见同事小王和他的爱人，正起劲地和一小贩讨价还价。胖子热情地向他们打招呼，小王回头和他寒暄了几句，可小王爱人却把脸扭到一边，不理睬他。胖子尴尬万分：小王爱人又不是不认识自己，办公室也来过好几回了，为什么今天这么不给自己面子？可他又不好意思当面问，只好快怏地走开了。

胖子平时人缘挺不错，所以回到家里特别郁闷，想来想去不知道毛病出在哪里。于是第二天上班，他一见到小王就问："兄弟，我没做过什么对不起你的事吧？"小王点点头："是呀，咱哥俩关系不是一直挺好吗？"胖子说："可昨天在菜场，你爱人为什么这种态度对我？"小王眨眨眼："她怎么啦？"小王当时只顾着和小贩还价，还什么都不知道哩！

胖子气呼呼地说："你还'怎么啦'呢，你爱人明明看到我了，却故意把头扭一边去！"他边说边学着小王爱人当时的样子，做给小王看。小王"扑哧"笑出了声："你看你，犯得着为这个生气啊？你拿镜子照照自己的脸，就知道我那口子为什么不理睬你了！"胖子心里挺生气：我脸怎么啦？不就是五官挪了点位置嘛，何至于你们就这个态度对我？

小王一脸鬼笑地给胖子点上一支烟，在他耳边解释道："兄弟，说出来你可别生气！不瞒你说，我那口子最近怀上啦！她也不知从哪里听来的，说是女人肚子里有孩子的时候，要尽量多看美女帅哥。如果看多了丑八怪，那今后生出来的孩子可就要不像人样了。唉，为了你今后这个小侄子，你大哥就委屈一回吧，谁让你五官挪位了呢！"

意外奖品

□张达明

大民给张行长当秘书，这天下班时，行长给了他两张歌舞票，大民乐坏了，要知道，他老婆平时最爱看歌舞表演了

夫妻俩赶到剧场，演出正好开始。两口子还真没在剧场里坐过这么好的位置，看过这么精彩的演出，所以特别开心。

可是他们不知道，还有更出乎意料的事情在等着他们哩！

演出进行到一半，晚会举行特别抽奖活动，大民中了特等奖，奖品是一架价值8888元的数码相机。

主持人请大民到台上领奖。大民老婆激动得不得了，想不到来看回演出，还能拿到这么贵重的礼物！

大民从台上下来，两个人摸着这架相机看了又看，至于接下去台上在表演什么节目，他们都已经糊里糊涂了。

这时候，有个工作人员来请他们去一趟剧场贵宾室，夫妻俩的心顿时"怦怦怦"狂跳不止：难道还有名堂？

两个人兴冲冲跑去，刚踏进门，一个领导模样的人就迎了上来，拍着大民的肩膀，笑眯眯地说："同志啊，实在不好意思哪，你们今天是拿了张行长的票了吧？这特等奖我们原本是特地为张行长准备的，嘿嘿，是我们主持人搞误会了，误会了……所以，还得委屈你们把奖品交出来，我们改天给张行长送去。当然，今天也不会亏待你们的……"

领导说到这里，朝工作人员使了个眼色，那工作人员不等大民反应过来，就把他手里的数码相机拿走了，接着又塞给他一只纸盒子。

大民低头一看，这盒子方方正正，上面印着三个大大的中文字：电暖壶。

贾局长的饮水机

□赵守玉

贾局长在全局大会上作关于开展创建节约型机关活动的报告，并表示要从他本人做起。报告作了不到一个星期，正好他办公室的饮水机坏了，他坚持不让买新的，叫办公室杨主任找人把饮水机修一修。结果修了不到一个月，又坏了，他还是坚持不让买新的，杨主任于是就把上次来修的那个师傅叫了来，修一修再用。这事情在机关里一时传为美谈。

可是，贾局长办公室的这台饮水机实在是太旧了，后来索性隔三差五就出现故障，可贾局长坚持要勤俭节约，坚持不让换新的，于是，那个修饮水机的师傅便成了贾局长办公室的常客。

最后，杨主任可能是被贾局长身体力行的精神深深打动了，他把自己在市报当首席记者的同学请来，向他详细介绍贾局长的先进事迹，于是过了几天，长篇通讯报道《贾局长和他的饮水机》就上了市报头版，报社还专门配了评论。

有人私下里悄悄对杨主任说："你们局长精神是可嘉，但是细细想来，这样修一台饮水机，可能花的钱要比买一台新的多得多吧？"

杨主任眼一瞪："你怎么能光算经济账？虽说这点修理费十台新饮水机也买回来了，可这么做充分体现了局长崇高的思想境界，从而也进一步维护了局长的名声和威望，这点钱花得值！"

那人可不买账，不依不饶地追着说："可听说，修饮水机的那个家伙是你家的什么亲戚啊，你老实交代，这到底是怎么回事？他可是到处在吹，说是局长的这台饮水机把他家给养活了！"

杨主任一听，顿时愣住了："你怎么知道？"又在心里暗暗骂了一句："这小子，守不住的嘴！"

原来，贾局长办公室的饮水机根本就没坏，是杨主任故意过一阵就偷偷把开关给关上了。可贾局长哪懂这个呀，一看灯不亮了，就叫杨主任找人修，杨主任趁机把自己正下岗的侄子叫来充当师傅，顺便还替自己在贾局长面前邀了功。

（本栏题图、插图：顾子易、王　俭）

（本栏目欢迎来稿。来稿可从邮局寄发，也可从网上传递。如为电子邮件，请发以下信箱：gshxym@163.com）

福尔摩伍的问题

本期游戏难度指数：
★★★★☆

宾馆枪声

　　一家著名公司的总经理死在五星级宾馆的客房里。福尔摩伍被请去协助调查，他看到客房布置得非常豪华，地上铺着一层厚厚的羊毛地毯，四周的墙上挂着不少世界名画。从现场情况分析，总经理是在接电话时被人从背后开枪打死的。

　　报案人是总经理的女秘书丽娜小姐，她说："出事时我正在街上和总经理通电话，突然听见话筒里传来枪响，忙问他发生了什么事，但只听到总经理临死时的呻吟声和凶手逃走时慌乱的脚步声。我意识到不妙，就赶紧打电话报警。"

　　福尔摩伍听完她的述说，冷笑着说："秘书小姐，你的谎话编得可不太圆啊，还是老实交待你是怎么杀死总经理的吧！"

　　你知道福尔摩伍是从哪里看出破绽的吗？

世界500强面试题

巧 取 鸡 蛋

　　有一个又高又狭窄的玻璃筒，筒里放着一只鲜鸡蛋。如果不许把玻璃筒倾斜，也不许用任何工具把鲜鸡蛋夹起，那么，有什么办法可以把鲜鸡蛋从筒里取出来？

超级视觉

生机盎然的窗台

　　看，多么生机盎然的景象啊！可是请注意窗子的方向，看看这种情景可能出现吗？这是佛兰德斯艺术家琼斯·迪·梅的作品。

世界500强面试题

　　主要考查方法：1. 摇晃鸡蛋水化血内蛋白凝固，加蛋壳不能被震碎，也不能敲开；2. 把鸡蛋打碎，就能使它滑出来一个小洞，把蛋液和蛋壳一点点倒出来，然后……如果你还有更好的办法，请与我们联系。

答案

　　福尔摩伍的问题

　　因为房子是背阴的，所以太阳光不可能从西面窗户照进来的手脚即凶手露出的破绽。

388

2007
SEMIMONTHLY
上半月版

4月
STORIES

欢迎登录本刊主办的"故事中国网"(www.storychina.cn)

故事会
STORIES

2007 年 4 月
上半月·红版

主　编：何承伟
常务副主编：吴　伦
副主编：姚自豪（上半月·红版）
副主编：夏一鸣（下半月·绿版）
本期责任编辑：郑继文
电子邮箱：zjw002@vip.163.com
红版发稿编辑：
　姚自豪　吕　佳　周　吟
特约编辑：
　范大宇　崔新三　申之珉
美术编辑：李宝强
电脑制作：郭瑾玮
通　联：归依玲
本社办公室电话：021-64375030
上半月刊编辑部电话：021-64332325
下半月刊编辑部电话：021-64336469
（上海市绍兴路74号 邮编：200020）
主管、主办：上海文艺出版总社

制作、发行总监：张　凯
电话：021-64313938
广告业务：上海故事会文化传媒有限公司
广告总监：张　淮
广告业务：021-34010383
广告投诉：021-64333738
广告经营许可证
沪工商广字3100320050022 号
发行：中国图书进出口上海公司

特别提示： 凡本刊录用的作品，即视为本刊已获得该作品与《故事会》相关的网上传播、汇编出版、电子和录音录像制品等权利。本刊向作者支付的稿酬，已包含了上述各项权利的报酬，如有特殊要求，请提前说明。

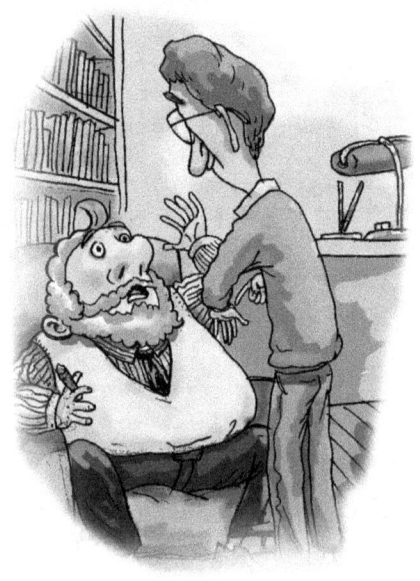

·笑话·

到底是谁的家

布莱克教授去拜望一位朋友，他和朋友谈得非常投机，不知不觉谈到很晚，后来两个人都累了，朋友不停地看表，提醒布莱克时间不早了，但布莱克一点也没有想离开的意思，反倒不时朝那位朋友看，显出不耐烦的神情。终于，朋友忍不住说话了："布莱克，我也不愿意赶你走，但明天一大早我还要上班，我必须休息了。"

布莱克听了朋友的话大吃一惊，说："老天爷，我还以为你在我家里呢！"

（田根仓）

（本栏插图：包丰一）

都是美梦

两个小伙子坐在一起吹牛，甲说："我每天晚上都梦见我一个月能拿到2万块工资，跟我父亲一样。"

乙说："你父亲一个月能挣2万块？真了不起！"

"的确了不起，他也是在梦里梦见的。"（郑　灵）

一脸富贵

这天，张大牛和妻子上街，遇上一位算命先生，算命先生瞅瞅张大牛的妻子，说："夫人，你真是一脸富贵啊！"

张大牛的妻子乐了，问："怎么见得？"

算命先生一见鱼儿要上钩了，马上慢条斯理地说："夫人，请把你的生辰八字报上来……"

张大牛说："生辰八字就不用报了。不过你算得真准，我老婆真是一脸富贵：隆鼻、做下巴、拉双眼皮，还有每月的养颜护肤，她一张脸上堆的全是钱，能不富贵吗？"

（吴海滨）

4

我就说一句

有人打我

有个孩子期末考了第一名，家长会上，老师要求这个孩子的父亲介绍经验。这位父亲站在讲台上，郑重其事地举起手，伸出一个手指头，说："我只说一句话。"

一句话就能把经验介绍完，这显然是个秘诀，家长们热烈地鼓起掌来。这位父亲使劲冲大家摇手，示意不要鼓掌。家长们见他这么谦虚，掌声更响了。好不容易等掌声停下来，这位父亲才结结巴巴地说："我……要说的是……孩子的学习都是他妈在管，我也不知道他的成绩为什么能这么好。"

（赵秀娟）

有个男孩正在网吧里玩《传奇》游戏，突然大叫起来"老爸，快！有人打我！"

网吧另一头马上传来一个男子的声音："儿子，在哪里？我过来了！"

数分钟后，男子又叫道："儿子，他们装备好，我们打不过，快跑吧！"

这时，一位女子进了网吧，一番张望，径直走向男孩，拎起男孩的耳朵就骂："你不是去老师家补课了吗？"男孩一边护着耳朵，一边大叫："老爸，有人打我！"

男子大怒："我来对付！"

不料，妻子拖着儿子出现在他面前，也拎起他的耳朵，骂道："你不是去加班了吗？"

（杨向东）

公牛母牛

有个人想打麻将，找了半天还缺一个人，就想到了同事老牛，于是拨通了老牛家电话，嚷道："老牛，快来……"

电话那头一个女孩回答说："我是小牛！"原来接电话的是老牛的女儿。

这个人迫不及待地问："那老牛在家吗？"

"你是找公牛还是母牛？"

"什么公牛母牛？"

"因为我妈也姓牛。"

（刘莎）

推 销

猫在半夜里被敲门声惊醒了，开门一看，是只老鼠，就愤怒地问："你找死啊?"

老鼠颤抖着说："大哥，买份保险吧，分给我的任务太重了，我实在是走投无路，才冒死来敲你的门！"

（徐 杨）

晚餐吃鸡

丈夫下班一回家，就看到了妻子留在桌上的纸条："亲爱的，我去朋友家了，但我已经为你计划好了，你晚餐吃鸡——鸡在外面院子里，气枪放在门后。"（兰慧明）

来和去

这天，吝啬鬼父亲对儿子说："家里来客人时，我叫你拿烟，拿与不拿，你要按我话里的提示去做。"

儿子说："我不懂你的意思。"

"以后来了客人，我说'拿烟来'，你就真的去拿；我说'拿烟去'，你就一去回来。"

（吴享玲）

优 点

两位绅士在一间酒吧喝酒，正喝到兴头上，突然有一位美女从他们身边走过，一个绅士说："这位女士有个优点，就是一见到她我就想犯罪！"

另一个跟着说："她还有一个优点，那就是在你犯罪后，思念她将是你大牢生活的精神支柱。"

（吴享玲）

沉 醉

两个朋友一起到西班牙旅游，玩得不亦乐乎。

这天，她们一起走进一家挂满漂亮衣服的服装店，一件接着一件地试穿起来，店主看着她们把衣服不停地换来换去，一脸茫然。

后来总算来了位会讲汉语的顾客，好心地提醒她们说："女士们，这是服装干洗店。"（胡慧玲）

6

感慨

结婚十周年纪念日这天，妻子深情地对丈夫说："亲爱的，谈谈你这十年的感受吧。"

丈夫长叹一声，说："结婚有风险，办证要谨慎！"（刘 云）

没说什么

甲："我犯了一个错误：忘记了妻子的生日。"

乙："她说什么了吗？"

甲："什么也没说。"

乙："那就没事了嘛。"

甲："我是说已经一个月了，她什么话也没对我说！"

（佚 名）

化妆

这天，老板来到公司质检部，沉着脸批评部长说："我已经不止一次听到反映，说你们部里有些人在上班时间化妆，你这个部长是怎么当的？"

老板走后，质检部的女士们正准备着听部长一顿痛骂，不料部长不仅没骂人，还说："别听他的，大家应该化妆！"顿时，女士们一片欢呼。

接着，部长又补充说："长得这么难看还不让人家化妆，哪有这个道理！"

（刘子睿）

用心服务

汤姆得了重感冒，爸爸带着他到医院打针。

他们来得早，汤姆排在最前面，但他爸爸一看到后面排得长长的队伍，就忧虑地说"这么多人在后面等着，护士能用心打针吗？"汤姆说："没事，她会用心为我服务的。"

不一会，打针间的门开了，汤姆一进去，便发出一声惨叫，护士刚把针管拿起来，汤姆跟着又是一声惨叫，护士不解地问："我还没打哩，你为啥要叫？"

汤姆笑着说"从现在开始，你可以全心全意为我服务了。不信你去看看，外边肯定没人了。"（徐 杨）

本栏欢迎来稿，读者、作者可将有新鲜感、有精彩细节的笑话佳作投寄给我们。来稿一经采用，最高稿费为一则100元。本期责任编辑电子信箱：zjw002@vip.163.com。

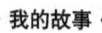

父爱如山

□ 马　强

"住回去吧"

我下岗回家后，跟已经下岗在家的妻子小雪大眼瞪小眼，瞪着瞪着，就瞪得不顺眼了，时不时就有些小摩擦。为了早点找到工作，我每天早上出去，傍晚回来，都一个月了还没找到，这怨气在心里窝着，越积越多，真不知哪天就会把自己爆了。

这天，小雪对我说："我找了个工作，工资不高，但维持咱俩的生活没问题……"

我连忙说："好呀。"

"不过——"

"不过什么？"

"单位在另一座城市，要周末才能回。"

我心里突然涌出股辛酸，狠狠心，果断地说："行，你去吧！"

小雪的眼睛一下湿了，说："你一个人在家，要照顾好自己。"

我手一挥，连忙转过头。

小雪上午一走，下午我父母亲就来了，母亲在屋里为我收拾，父亲和我在客厅抽着闷烟，抽了一阵子，父亲把烟一摁，说："打你弟弟参军走后，我和你妈两个人在家挺孤单的，不如你住回去，等周末小雪回时再住过来……"

母亲在里屋听到父亲的话，也连忙跑出来，紧张地盯着我，说："住回去吧，孩子……"

我说："爸、妈，我都快三十的人了，靠老婆养着，再回去吃父母的，我还是男人吗？不做出个样子来，我不会跟你们回去的！"

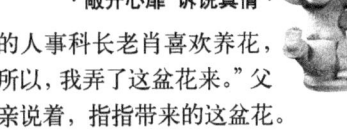

他们听我这样说，只好不吭声了。

我又没头苍蝇一样在外面找了好几天工作，依然没一点影子。这天晚上我在家胡乱翻着报纸，突然灵机一动，想，我以前大大小小发过不少文章，干脆，就在家写写稿子，用稿费养家。

说干就干。我把家里仅有的一点存款取出来配了台电脑，便开始没日没夜地写起来……

小雪走后，父亲三天两头爱往我这跑，这天一早他又跑来了，看到满屋子乱七八糟的东西，说："儿子，你这还是人住的地儿不？整个一狗窝！"

我睁开惺忪的睡眼朝父亲笑笑，朝电脑一指，说"爸，我找到事做了，你就放心吧，这可是动脑子的活儿，我能管好自己的，你别三天两头跑过来，会打断我思路的……"

"为你弟弟来"

我这一说，父亲有好几天真的没来。这天，我又写了一个通宵的稿子，躺在床上睡得正香，哪知父亲又来了，这回他端来一盆花，把花往桌上一放，说："我这回是为你弟弟来的。他再过两年要从部队复员，找工作的事得提前准备。我想将你弟弟弄到我以前的厂子去，民政局那头咱不怕，关键是厂子这头。听人说，厂里新来

的人事科长老肖喜欢养花，所以，我弄了这盆花来。"父亲说着，指指带来的这盆花。

我看看这盆花，长长的叶子绿油油的，虽还有点嫩，但已生机勃勃。

我问："爸，这花是'君子兰'吧？"

"对……对，是君子兰！"

"君子兰很贵呀，你从哪里弄来的？"

"昨天我到花市特意买的，卖花的说，这花很娇气，不好养。你也知道，家里老平房又阴又潮，整天价连个太阳都难晒着，我和你妈年纪又大，从没弄过这花花草草的精细活，想来想去，你这儿阳台宽敞豁亮，养花种草最好了！所以我和你妈就想把花放在你这儿，让你来养。这盆花关系到你弟弟的前程，你这当哥哥的，可得用点心思……"

我对养花一窍不通，莫说是娇贵的君子兰，即便是一盆普通花，我也未必能养好。可能因为我平时嘴皮子利索，啥都喜欢说出个子丑寅卯，父亲就以为我养花也是好手。而这花又关系到弟弟两年后的就业，我是无论如何也不能推脱的，只好点了点头。

父亲说："这花就留在你这里，你好好地养，等你弟弟退伍时，这花估计也就长成了，到时我亲自给老肖送去！"

父亲的话让我心里一颤：真是可怜天下父母心！当初我结婚时，父亲为了给我买一套新房，连最爱的酒都戒了，如今，他又早早地为弟弟操心劳神！父亲出门后，我轻轻关上门，通过猫眼看着他下楼时的背影，鼻子酸酸的……

我一定要养好这盆君子兰！

我马上在网上搜索有关君子兰的相关知识，方知这花的确不好养。别的不讲，单浇水就很复杂：给君子兰浇水要根据温度的变化，光照的强弱，环境的干湿程度，尽量做到定时、定量、定周期，不能想什么时候浇就

什么时候浇。而且，浇水的温度一定要和盆土的温度相近，否则，水与盆土的温差过大，会影响正常生长，时间一长，轻者根系干瘪，重者整株死亡。

我的天呀，居然这么多讲究！

从此，我时时惦记着这盆君子兰，有事没事总要到花盆前看上两眼，按照我刚学到的养花知识，精心地为它浇水、采光、松土。这样一来，本来一贯生活懒散的我，渐渐变得勤快细心起来。

这天下午，门卫室的党大爷来收水电费，他可是个养花好手，我便请他看看我养的这盆君子兰。

党大爷歪着脖子将花看了好几眼，肯定地说"不对，这不是君子兰，是'朱顶红'！"

党大爷说，朱顶红和君子兰在外形上十分相似，但朱顶红没君子兰那么娇气，价格要便宜很多。

党大爷的话让我一阵心痛：父亲买这盆假君子兰一定花去了很多钱，倘若他知道买来的是假君子兰，一向节俭的他肯定会很痛心，这事我不但不能说，还得把这盆朱顶红养得好好的，即使父亲将来知道了真相，也多少有些安慰……

周末一大早，小雪从外地回来，见家里井井有条，不禁大吃一惊"大懒猫，你什么时候变勤快了，竟然还养起了花……"

· 敞开心扉 诉说真情 ·

我跟妻子说了父亲托我养花的事，妻子说"爸要是知道买的是假君子兰，不定会多难受呢，要不，我们去买盆真的君子兰，放进这个花盆里养！"

我和妻子来到花市，但转了一大圈也没见卖君子兰的，一连问了几家，都说，咱们这是小县城，谁种那么名贵的花？要买君子兰，得上省城。

既然买不到君子兰，那就好好养这盆朱顶红吧。

"爸今儿高兴"

又过了一个多月，这天中午，我到外边办了点事，回家时，老远便见父亲站在家门外，我连忙开门把他让进屋。

父亲进来就四处瞅瞅，脸上笑嘻嘻的，我几次想张口跟他说花的事，但他只是瞄了一眼，似乎并不在意。

我见他心情挺好，便叫了几碟熟食，摆出一瓶白酒，一起喝了起来。

几杯下肚后，我问父亲："爸，你买那盆君子兰花了多少钱？"

父亲喝了个满面红光，他一边抹着头顶上的汗珠，一边说"我的傻小子，你真以为那是君子兰啊？我买的是朱顶红……"

这下轮到我疑惑了：把朱顶红送人，能办事吗？

"来，小子，喝酒，爸今儿高兴，咱爷俩好好喝几杯！"

父亲又是几杯下肚，舌头有些打卷了："小子，爸买这盆花，其实不是送人家老肖的，我是送给你的！你眼瞅着三十，也算个男子汉了，爸明白你的心思。你打小就性子强，现在吃老婆的工资，你觉着憋屈、窝囊……后来你买了电脑，开始写稿子挣钱，可你写稿子的那股拼命劲儿，都把自己弄成啥样子了？小雪平时又不在你身边，没人照顾你，你年轻，不把身体当回事儿，这怎么行！为这，你妈没少掉眼泪，总算你老爸我脑子好使，才想到弄盆花给你侍弄侍弄，兴许你的生活就能规律些。这不，买不到君子兰，就说成君子兰，让你觉着金贵，又扯出你弟弟的前途，这样你就不能不用心了。哈哈哈……小子，我知道你嫌我唠叨，我还是要说，挣钱要紧，身体也要紧！你平常要多活动，少抽烟，尽量不熬夜，写不出来的时候，别逼自己……"

"爸——您别说了……"我几乎是带着哭腔说，"来，咱喝酒！"

父亲终于躺在沙发上睡着了，他微微打着鼾，脸上是笑嘻嘻的表情，睡得很香！

我为父亲盖上毛巾被，悄悄走到阳台上，跑到花盆前，捧着朱顶红那绿绿的叶子，再也控制不住自己的眼泪……

（题图、插图：安玉民）

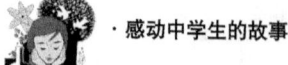

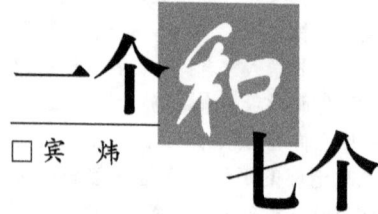

一个和七个

□ 宾 炜

这些年边境旅游很火，一些曾经硝烟弥漫的战场成了黄金景点。这不，又有一块边境地区开成了旅游点，游人们闻讯赶来，人数一天比一天多起来。

这个景点内有一棵十分特别的树。咋特别法？它的树身上镶满了弹片，乍一看像一个身披铠甲的战士。由于这棵树见证了过去的那段历史，后面不远处又有一块雷区，不少游客都在这棵树前留影。

村里的阿三脑子特别活，千方百计把这棵树承包了下来，在树前摆了台电脑和数码相机，专门给人拍照。如果哪位游客想在这棵树前留影，得先交钱，然后阿三就给他拍照，当场把照片打印出来。

这天，阿三的摊前来了位中年汉子，这汉子开着小车，穿着气派，一看就知道是位有钱人。阿三屁颠屁颠地迎上前，说："老板，拍张照吧？"

汉子打量一番这棵树，转身把手里的数码相机递给阿三，说："兄弟，麻烦你，给我拍一张！"

阿三不接他的数码相机，嘴角朝自己摊子一努，汉子转头一瞧，这才发现摊前有个告示——"此树已承包，拍照需交钱：单人留影，一张五元，合影每人每张三元。"

汉子呵呵一笑："收钱了呀！兄弟，合影要每人三元？这也太黑了吧？"

阿三做作地苦着脸，说："老板，我一个月要上交一千元承包费，没法子呀！你放心，我技术一流，绝对给你拍出最好的照片，保证让你满意！"

汉子爽快地收起自己的相机，说："好，那就麻烦你给我拍一张！"说完，他大步走到树前，歪着脑袋绕着树走了几个圈，然后喃喃自语："就是这里了。我站在这，对不对？"

阿三一看，这人站得好偏，离树都有八尺远了，他乐了，说："老板，你站近一点呀，离树近的位置才是最好的！"

汉子挥挥手，不容置疑地说："就这样拍！"

阿三心想，这可是你自己选的，懒得浪费时间，就把镜头对准了他，正要按快门，汉子喊道："记住，一定要把这棵树全部拍进去！"

阿三想，你站得这么偏，再把树全拍进去，人就在照片最边上了，左边一个人，右边一棵树，中间是一大片空白，这叫啥照片啊！就说："老板，这样拍不好看！"

"少啰唆，就这样拍！"

阿三把镜头一调，汉子又喊了起来："等等！"他把两条腿的位置调了下，像个十八九岁的小伙子，左脚站在地上，右脚交叉靠左脚立着，这才说："拍吧！"

阿三一瞧，呵，这造型倒也特别！管他呢，"咔嚓"一按了事，然后说："老板，站过来离树近一点，再拍一张吧！"

汉子摇摇头，走了过来。

不一会，阿三就把汉子的相片弄出来了，一看，这汉子站得太偏，造型又怪，显得古里古怪的。可汉子不仅没在意，看那样子似乎还十分满意，掏出钱包就数钱："合影每人三元，七个人，三七二十一，嗒，二十一元！"他拿出一张五十元钞票，对阿三说："兄弟，麻烦你再打印六张相片出来，我们每人一张！"

"什么？"阿三瞪了他一眼，"老板，你不是一个人吗？单人留影，五元就够了！"

汉子笑了，说："兄弟，我不想占你便宜，我们明明是七个人，你只收一个人的钱，这不亏大了吗？"

阿三一听这话，两眼不由自主地一扫四周，再落到相片上，瞧着汉子古里古怪的造型，心里不由得发了毛，说："老板，你可别吓我，明明只有你一个人……"

汉子不耐烦地催他快印相片，说："谁骗你呀，骗你，我们还要多给你钱呢！"

阿三只觉得头皮一阵发麻，连忙"噼里啪啦"打出六张相片，找出四十五元钱，一把塞到汉子手里，说："老板，我不管你一个人也好，七个人也好，我就收你五元，请你快走吧！"

阿三肯吃亏，汉子却不领他的情，把钱往阿三摊子上一放，说："不行！七个人的钱你一定得收足，你不收钱，就是不把我六位兄弟放在眼里！"

阿三心里说：我本来就没看见你那六位兄弟。他拿钱的手在哆嗦，心头"扑通扑通"直跳，他虽然贪财，却知道有两种钱贪不得，一是银行里的钱，二是死人的钱，谁贪上了谁准有麻烦！

想来想去阿三不知道该怎么办，只好问："老板，你要我收也行，可是、

可是你那六位兄弟……"

"你还不信吧？"汉子说，"那好，我让你看看他们！"

"别，别！"阿三吓得捂住了眼睛，"别叫他们现身，我信还不成吗？"

阿三过了一会睁开眼，却见汉子手里拿着张已经泛黄的黑白照片，照片是七个解放军战士的合影，最左边的一个亲热地靠着他们，左脚站在地上，右脚交叉靠左脚立着，跟刚才这位汉子的造型一模一样，照片的右边正是这棵大树……

阿三不禁叫了起来，指着照片上最左边的那个人，说："我明白了，这个人就是你！"

汉子点点头，说："对，就是我，二十年前我就是这么站着的！"

"那……这六位呢？"

汉子伤感地摇了摇头："他们都牺牲了……我们是一个县的，上战场前，特意来这里拍张合影，当时还互相约定，等打完仗，我们七个人再在这儿拍张合影。唉，一眨眼二十年过去了，今天我才来履行约定……"

阿三脸上一红，心里一热，猛地抓起摊上的钱，说："这钱我无论如何不能收！"

汉子却把他的手挡住，一字一顿地说："请记住，我们是七个人！"

说完，他转身大步走了。

（题图、插图：刘斌昆）

14

说大事、小事,普通人的身边事
讲闲话、实话,老百姓的心里话

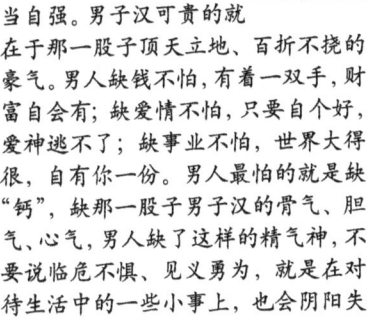
百姓话题

男人
别缺钙

有首歌唱得好: 男儿当自强。男子汉可贵的就在于那一股子顶天立地、百折不挠的豪气。男人缺钱不怕,有着一双手,财富自会有; 缺爱情不怕,只要自个好,爱神逃不了; 缺事业不怕,世界大得很, 自有你一份。男人最怕的就是缺"钙",缺那一股子男子汉的骨气、胆气、心气,男人缺了这样的精气神,不要说临危不惧、见义勇为,就是在对待生活中的一些小事上,也会阴阳失调, 乱了方寸。

今天, 我们就来聊聊这个话题。

·第一个故事·
今天是个好日子

国土资源局的龙局长掌握着土地使用的大权,是房地产开发商心目中的财神爷。这天,龙局长参加房地产商郑一彪举办的私人聚会,酒足饭饱之后,龙局长剔着牙,用漫不经心的口气说了老伴要为九岁的孙子做寿,当地的风俗叫"壮十岁"。郑一彪当然知道龙局长说这番话的真正用意,于是极力表示要大张旗鼓地搞。龙局长听了很高兴,郑一彪见风扯篷,当下就紧锣密鼓地安排起来,他联系了酒店,通知了龙局长心目中应该通知的人,一切安排妥当,只等好日子一到,给那个小寿星祝寿。

做寿的日子终于到了,这天晚上,郑一彪早早来到帝豪酒家,接客

迎宾，鞍前马后，样子就像是半个主人，当然，他还塞给小寿星一个厚厚的红包。宴会开始，客人们围着小寿星，众星捧月一般，尽说着吉祥的话，龙局长和家人在一旁看着，十分满意。

就在这时，郑一彪的手机响了，他接通手机，听了一会儿，皱起了眉头，嘀咕了几句，便挂了电话，这情形龙局长看在眼里，但他没做声。

菜过三巡，酒过五味，郑一彪建

议大家把气氛搞得热烈些，说着，他带头唱了曲《今天是个好日子》，直唱得声嘶力竭，大汗淋漓。

郑一彪唱完歌，气喘吁吁地回到龙局长身边，刚坐下，手机又响了，郑一彪皱起眉头，接通电话，听了一会儿，说："我现在有很重要的事情，真的走不开，你一个人处理吧！"说完，果断地挂断了电话。龙局长这回可看得一清二楚，他盯着郑一彪，说："一彪，家里是不是有什么重要的事？要是有事，你先回去嘛！"郑一彪拍着胸脯，一个劲地说没事。

两人又聊了一会儿，突然，郑一彪的手机又响了，他的脸上有了怒意，正要关机，龙局长说话了："一彪，你有事瞒着我，不要关机，当着我的面接！"郑一彪显得很无奈，磨蹭着接通手机，应付了几句，就要挂，龙局长抢过手机听了起来，只听见话筒里传来了郑一彪老婆的声音："一彪，儿子的情况很严重，医生说骨折了，肇事司机也逃跑了，儿子现在躺在医院里又哭又喊，你赶快回来吧，我一个人忙不过来！"

龙局长一愣，原来郑一彪家真的出事了，儿子被车撞骨折！龙局长又回想到电话已经来了三次，郑一彪知道儿子出了事，可他依然留在这里，还在唱《今天是个好日子》，人心都是肉长的，自己的孙子是心头肉，人家的孩子也是心肝宝贝啊！

想到这里，龙局长一把抓过郑一彪的手，让他赶紧去处理家里的事，郑一彪无奈地起身要走，龙局长又小声地说："一彪，你给我安心地照顾好孩子，那块地的事情，我心里有数，你搞个标书过来吧，形式还是要走的。"

郑一彪热泪盈眶，哽咽着说："龙局长，啥也不说了。"

郑一彪离开大厅，来到停车场，发动"宝马"飞驰而去，他心里那个乐啊，真想放开喉咙唱上一曲《今天是个好日子》。其实刚才那一来一去的几次电话，都是他和老婆谋划好的"双簧"，目的就是为了将那块地拿到手，嗨，龙局长果然中计了！

第二天是星期六，郑一彪一家三口九点钟才起床，吃完饭就快十点。就在这时，郑一彪的手机响了，是龙局长打来的，他说他和老伴已经上车了，正往郑家赶，两家人会合后，一起到医院去探望郑一彪的儿子……

郑一彪挂了电话，吓得差点尿了裤子，他万万没想到一向高高在上的局长居然要来看他的儿子，儿子好好地呆在家里，哪有住什么医院啊！姓龙的这一来，怎么收场？

妻子一听也急了，郑一彪脑子一转，有了主意，他有医院里的朋友，可以瞒天过海，但是，得赶紧把儿子送到医院去，不料儿子说啥也不愿去，儿子虽然只有11岁，但他不愿和父母合伙去骗人，郑一彪恼羞成怒，拉起

儿子就要走，儿子却死死地挣扎着，拉扯了一会儿，儿子还是没有挪开一步，郑一彪急了，"扑通"一声给儿子跪下，哀求道"小祖宗，你就听爸爸一回，过了这次，爸爸什么都依你！"

儿子的眼里满是泪花，他转过脸，一字一句地说："爸，你还是爸爸吗？你还是男人吗？"

是呀，郑一彪不像男人，他缺"钙"，他缺少挺着脊梁做人的那股骨气！也就在这时，门铃响了，想必是龙局长夫妇到了……

●第二个故事●

让总经理锻炼身体

这是一列从上海开往广州的火车，车上人很多，进入广东境内，又上来很多人，一会儿，过来一个老人，他一边吃力地往前挤，一边挨个询问那些还空着的座位，但别人都告诉他位子已经有人，老人没办法，只好在过道里站着。

有一个瘦男人，靠窗坐着，他的旁边正好有一个空位，这时，从车厢的一头来了一个女孩，走到这个空位旁，问："有人吗？"瘦男人抬头看了女孩一眼，说："没人，请坐！"

刚才那老头明明问过瘦男人，他说这位子有人，原来他是故意不让老头坐！

女孩确实很漂亮，白白的脸，大

百姓话题

大的眼，十分讨人喜欢。

她坐下后，瘦男人便开始和她说话，问她是哪里人，要去哪里，读书还是工作，之后，又夸她长得如何如何漂亮，眼睛像哪个演员，嘴巴像哪个歌星……

女孩说她叫阿燕，是从粤北乡下来广州打工的，她听瘦男人说他是广州人，便问道："听说在广州找工作很难，我能找到工作吗？"

瘦男人摆出一副大老板的派头来，说："说难也难，说不难也不难，像你长得这么漂亮，不用你去找工作，工作就会来找你。"说着，他从口袋里掏出一张名片，递给阿燕，"你要是有兴趣的话，欢迎加盟。"

阿燕接过名片一看，吓了一跳："哇，原来你是马总经理啊！"

他是总经理？周围的乘客糊涂了，因为这一路上有人问过瘦男人在哪里高就，瘦男人说在一家公司跑推销，怎么摇身一变成总经理了？总经理怎么会挤硬座车厢？阿燕来了劲头，她兴致勃勃地问道："马总，你打算让我干什么工作？"马总说，可以让阿燕当文员，月薪三千元，包吃包住，如果愿意，下了车就跟他走。

阿燕显然是乐坏了，她想了想，又说："我一下车就跟你走，不过，现在离下车还有四个钟头呢，我要你先做一件事，你愿意不愿意？"

马总说："你要我做什么？"

"你到那边车门口去站着，不要走，不要动，一直坚持到广州，行不行？"

要在这么拥挤的车厢里连续站上四个钟头，那是很受罪的，马总一开始不肯，他说不怕受罪，问题是做这件事情毫无意义。阿燕说："有意义，第一，你有点口臭，我闻着不舒服 第二，口臭说明你身体虚弱，需要锻炼，多站站有好处 第三，最重要的是，我要检验一下你说话到底算不算数，因为你刚才说了愿意的，怎么可以反悔？"

马总想了一下，只好很不情愿地

18

站起身来，向车门口走去，他一走，阿燕马上招呼旁边站着的老人："老爷爷，您来坐吧！"

老人坐下后，便和阿燕他们一起聊天，聊天时间过得快，不知不觉，火车进了广州，停在了花都站。这时，阿燕收拾好行李，准备下车了，旁边的乘客很奇怪，有人问她："你不是要跟马总去他公司的吗？怎么一个人走了？"

"他骗我呢，"阿燕"嘻嘻"地笑了，说，"马总缺钙，先让他在那边慢慢锻炼身体吧！"

·第三个故事·
搬运工的心理补偿

大刘是个搬运工，说起他的"洞房花烛"夜，那真是窝囊透顶了：有个叫阿五的街坊，这家伙平时就不正经，他竟混在人群中，乘乱把手伸到新娘子的衬衣里，在那里狠狠抓了"一爪子"！新娘子又羞又痛，闹洞房的人散去后她哭了一夜，害得大刘陪了一夜。

这一带闹洞房有个习俗：不论谁家结婚，亲戚街坊都要前往洞房闹腾闹腾，或是动口不动手，拿新郎新娘要笑逗乐，或是动口又动手，对新郎新娘推推搡搡、拉拉扯扯，当然这都是好意，图个热闹，而阿五的所作所为就完全出格了，是浑水摸鱼，是流氓行径！

大刘怒发冲冠：我和妻子谈朋友三年都没敢摸的地方，你阿五竟然抢先摸了，而且还是狠狠的"一爪子"，可恶！他当即要到派出所报案，可妻子又怕张扬出去丢人，两人琢磨了很久，最终有了一个主意：等阿五那小子结婚时，大刘也去趁乱抓他老婆"一爪子"，把妻子肉体和精神的损失"抓"回来!把自己的男子汉大丈夫的尊严"抓"回来！这样，小两口也就得到心理补偿了！大刘是搬运工，力气大着呢，这"一爪子"过去，够阿五那婆娘受的！

时间过得很快，三年后的夏天，大刘期待的日子终于到了——阿五那小子要结婚了！

结婚那天照例要闹洞房，大刘的妻子原本也要去，不巧刚出门便崴了脚，于是就让大刘一个人去。大刘喝了半斤酒，壮起男儿胆，雄赳赳，气昂昂，闯进了阿五的洞房。

这时候，阿五的洞房内热闹非凡，大刘夹杂在人群里，渐渐地靠近了新娘，新娘被人们推来搡去，场面相当混乱，大刘报仇雪恨的机会就在眼前！

就在大刘准备出手的时候，他听到身旁有人在低声交谈，他们是社区的工作人员，其中一个说："新娘子原本是个失足青年，阿五又吊儿郎当的，结了婚后，不知道两口子能否过上平平安安的日子？"

听了这话，大刘已经伸出去的手又鬼使神差地缩了回来，啊，他们夫妻原来是这么回事！自己这"一爪子"过去，会怎么样？雪上加霜？狂风暴雨？天塌地陷？大刘正在犹豫，阿五挤了过来，他今天是新郎，穿戴得人模狗样的。他悄悄把大刘拉到一边，带着愧疚的神态低声哀求说："大哥，你……你在

我身上抓一爪子吧？"

大刘没料到这家伙竟然知道了自己的来意，他愣住了：怎么办？难道就这样算了？难道妻子当年受的辱、蒙的羞就这样了结？想到这里，大刘欲罢不能，他用尽平生气力往阿五肚皮上狠狠抓去……

这时候，一个社区工作人员走了过来，问他们避开众人在干什么，阿五捂着肚皮，忍着剧痛，吞吞吐吐地说："大……大哥在教我如何做……做人。"

事后，大刘回到家，妻子问他："摸了吧？抓了吧？"

大刘摆出一副江湖好汉的架势，装腔作势地演示起来："我先是摸一把，然后又这么狠狠一抓……"

没想到妻子突然转过身，抹着脸上的泪水冷笑起来："你糊弄鬼去吧！"其实，刚才大刘离开家后妻子改变了主意，她要亲眼看看丈夫替自己出气的场面，于是就一瘸一拐来到洞房外，隔着窗子把一切都看了个明明白白……

大刘知道露了馅儿，忙缩头缩脑争辩道："你不是常告诫我，不能对'路边的野花'动手动脚嘛！"

妻子破涕为笑，揪住大刘的耳朵说道："你这个男人哪，缺钙！"

"今天是个好日子"作者：杨格；"让总经理锻炼身体"作者：廖钧；"搬运工的心理补偿"作者：尹全生。

（题图、插图：刘斌昆）

20

买灯泡的

上　大学时，我住在姨妈家，她家所在的小区有个日杂店，我偶尔会去买些日常用品。在那里，我遇到一个奇怪的人，他经常到日杂店来买电灯泡，一买就是好几只，但买的都是那种15瓦的白炽灯泡，现在谁家里还用这种廉价灯泡呀？他看上去不过三十来岁的年纪，也不怕用坏了眼睛？

后来我知道那人住在4栋3单元6楼，于是，我路过时会往他家望一眼，这一望，我发现他家的客厅常常暗暗的，与相邻房子发出的明亮光线形成鲜明对比。

这天晚上，我又习惯性地往那个人的家张望，忽然发现那户人家客厅

的灯一明一暗地闪烁，持续了好一会才停止。这个怪现象激发了我强烈的好奇心，我继续关注着那户人家，有事没事就朝那儿看看，这一看，我发现不只是晚上，就是在大白天，这户人家客厅的灯也经常一明一暗地闪烁。

有一次，我到日杂店买盐，又遇到那个人来了，他不说话，朝架子上的灯泡指了指，张开五个手指头，店主立即拿给他五只15瓦的白炽灯泡。我犹豫片刻，终于忍不住问他"你怎么经常买这么多灯泡啊？"那个人朝我看了看，拿好灯泡付了钱，转身就走了，我一下子窘得满脸通红，店主见了，笑着对我说："你不能这样跟他说话的，他听不见。"

我大吃一惊，忙说"原来他是残

疾人，真不好意思。"店主接着说"他以前跟我一个厂的，有次他操作机器时出了事故，发生了猛烈的爆炸，把他两只耳朵炸聋了，那时他才二十来岁，还没结婚呢。后来几经周折，他总算找了个同样耳聋的女人，一起过了这么些年……"

我又问："那他买那么多灯泡干什么？"

"你去他们家门口看看就明白了。他们把客厅灯泡的开关装在防盗门外面，一个人从外面回来，只要在门外开关几次客厅的灯，另一个人就会赶过来开门。因为经常这样开关，所以他们家的灯泡坏得很快。"

"他们不好自己带上家里的钥匙吗？"

店主笑了，说："因为他们都知道，一个人不在家的时候，另一个人一定会静静地等他回来。回来的人，是要用灯光告诉另一个人自己回来了。他们打开一次灯，就是打开一场欣喜啊。"

（作者：黄　云；推荐者：郑　灵）

（题图：安玉民）

（本栏目欢迎来稿。来稿可从邮局寄发，也可从网上传递。如为电子邮件，请发以下信箱：zjw002@vip.163.com。）

·中国新传说·

奇特的纵火案

□ 黄廷洪

无情大火

这天下午，坎子村村主任李幸福和妻子马翠花正在山上干活，突然看见村子里升起了一股浓烟。

"天哪！那是我们家！"

马翠花大喊一声，撒腿就往山下跑，李幸福腿快，几步就把老婆甩在身后，等他气喘吁吁跑回家时，自己家房子的明火已经被扑灭，现场一片狼藉：墙倒了，房顶塌了，椽子、桁条和几床湿淋淋的棉絮还在冒着烟。乡亲们从火中抢出来的老式木箱和几件破旧的家具堆放在门口，周围弥漫着一股浓烈的焦糊味。

大伙见了李幸福，默默为他让开

一条道。他走到废墟前，看着眼前的一切，腮帮子动了两下，痛苦得揪着头发，蹲下了身子。

看着这场景，大伙心里都不是滋味，八十多岁的五炳大爷拄着拐杖，颤巍巍地走到李幸福跟前，说："你要想开点，天灾人祸，谁也躲不过。这些年你带着大伙过上了好日子，就剩你自己还没脱贫，眼下你遭了灾，大伙也不会不管的，啊？"

大伙纷纷跟着劝慰李幸福。

运输户石锁这段时间刚建好房子，也来到现场，挤到跟前大大咧咧地对李幸福说："幸福叔，房子烧就烧了，旧的不去，新的不来。我新建的房子正好多出三间，还围着一个单独的院子，你和翠花婶就住进去吧！"

五炳大爷狠狠剜了石锁一眼，想：你小子这几年是发了，真是站着说话不腰疼，幸福这么硬气一条汉子，怎么会去住你的房子？可村里现

如今数李幸福家日子最难了，眼下翠花又生着重病，就算他李幸福这些年来扛起了坎子村的一片天，这天上砸下来的大石头他能怎么扛？

就在这时，一辆警车"呜呜"叫着开过来停下，乡派出所所长老王带着一位民警从车上跳下来，径直走到石锁面前，板着脸说："石锁，有人电话举报是你故意放的火！请跟我们走一趟。"

石锁看看两个警察，丝毫没有争辩的意思，那神态分明是认了。在场

的人都大吃一惊，站在他身旁的两位小伙子一个甩手给了他一巴掌，一个抬腿就给了他一脚，石锁的奶奶这时正拄着拐杖站在旁边，一听说孙子竟做了如此大逆不道的事，抢起拐杖便向石锁的头上敲去，边打边骂："打死你这个畜生！"

石锁捂着头，痛苦地叫道："奶奶，别打了！"

周围的群众根本不理会他的喊叫，一拥而上，拳脚交加，雨点般砸向石锁。两个警察连忙一人抓住石锁一只胳膊，将大喊大叫的石锁拖上警车，发动车子，又"呜呜"叫着开走了。众人又跟着警车跑了一气，又是跺脚又是吐唾沫，老半天都不解气。

拷问良心

这时不知谁突然发出一声惊叫："翠花婶！"原来谁也没注意，马翠花不知什么时候回来了，更不知什么时候晕倒在自家房屋的废墟旁。大伙急忙七手八脚将马翠花抬到村里的卫生所，医生给她又是打针又是吊盐水，忙碌了好一阵子，马翠花才渐渐醒来。李幸福赶紧将一条热毛巾敷在马翠花的额头上，却被她一把扯下来，狠狠扔在地上。

李幸福流着泪，说："我知道你心里不好受……"

他的话还没说完，马翠花"哇"地一声就哭了起来："李幸福啊李幸福，

你为大伙劳神受累这么多年，吃了多少苦！如今大家日子好了，你落得了什么？到如今连遮风挡雨的几间破屋都没了。那猪狗不如的石锁，当年你帮他还少吗？老天爷啊，你说说人的良心都到哪儿去了？"

旁边的人有的听得落了泪，有的跺着脚骂石锁忘恩负义，真不是东西。

要说李幸福帮扶石锁，那事儿真能编成一出戏。这石锁打小父母双亡，和奶奶一起生活，染上了偷鸡摸狗的坏毛病，长大后不务正业，经常扰得四邻不安，村里人把他当成一个祸害，提起他没有不摇头的。李幸福当上村主任后，像爹一样整天跟着他，形影不离，硬是不让他有干坏事的机会，跟一帮子混混断了来往，然后又自己拿钱把他送到县城学开车，等石锁学好后又出面到乡信用社给他担保贷了款，让他买了一辆农用车跑运输。几年工夫，石锁的农用车就换成了两辆大卡车，成了坎子村的富裕户，盖上了新房，娶了漂亮媳妇。村里几个像他一样不务正业的小混混，在他的示范下也都走上了正道。

大伙怎么也想不明白，这石锁怎么就下得了手，放火烧李幸福的房子……

无言结局

再说在派出所里，所长老王怎么也不相信火是石锁放的，他又查了查电话上的来电显示，发现举报者用的是手机，便到外间屋子拨了那部手机，想跟举报者再核实一些具体细节。

电话很快通了，但没人接，一听，刚才办传讯手续时让石锁交出的手机，正在桌子上"呜呜"地响，拿过来一看，上面显示的正是派出所的电话号码。显然，举报者是用石锁的手机打的电话。老王很奇怪，便进去问石锁刚才把电话借给谁用了，石锁咧嘴一笑，说："你是想知道举报电话是谁打的吧？告诉你吧，就是我打的！"

老王简直懵了，这石锁放火烧别人的房子，然后再打电话举报自己，他脑子里哪根筋出了毛病？想到这，老王指着石锁的鼻子骂道："你小子良心是不是给狗吃了？李幸福对你那么好，你竟干出这种伤天害理的事情来。你还算是人吗？"

石锁沉默不语。

老王吼道："你说话呀！"

石锁还是一声不吭。

这时，传达室门卫送来一封信，信封上写的是"王所长收"，下方的落款竟然是"石锁寄"。老王看了眼石锁，将信拆开，信上这样写着——

王所长：

我实在看不过去了！我决定做一件犯法的事：烧掉村主任李幸福的房子！当你收到这封信时，我肯定已经

把这事干了！

这些年来，李主任拼死拼活带领乡亲们脱贫致富，如今大家全都奔上了小康，只有他还住在几十年前的旧房子里，我拿脚踢了好几回，那房子扭扭歪歪的却偏偏踢不倒。这次我专门为他们盖了三间新瓦房，几次劝他们去住，但他和翠花婶却说什么也不肯。所以，我决定烧了他们的房子，然后用我的三间新瓦房赔给他……

老王看了这信，简直哭笑不得。他点上一根烟，一口接一口抽着，直到一根烟抽完，才说："石锁啊，你可

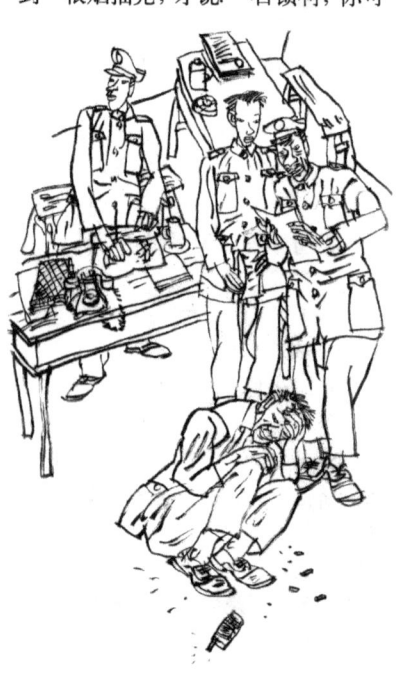

真糊涂。你这是犯的纵火罪，要被判刑坐牢的，你知道吗？"

这时，一直不说话的石锁流泪了："我当然知道后果。可老王你知道不？翠花婶她得了重病，已经快不行了。"

老王一惊，问："翠花怎么了？"

石锁蹲在地上抱着脑袋哭了起来，边哭边说："翠花婶她得的是癌症，肝癌！现如今只瞒着翠花婶一个，大伙全都知道了。"

石锁接着说："老王你想想幸福叔现在多难受呀！翠花婶如果就这样走了，不仅是剜了幸福叔的心，还会为翠花婶内疚一辈子。要是能让翠花婶最后住上敞亮的新房子，幸福叔心里多少也会好过些。所以我想把新建的三间新房送给他，但他们死活不要。所以，我实在是没法子，只好烧了他们家的房子，再让法院把那三间新瓦房赔给他们家。只要他们能住上新房子，再大的罪我也愿意受！你赶紧把案子送法院吧，赶紧让法院把我家新建的那套房子判给幸福叔……"

老王又点上一根烟，啥话也说不出了。

当天傍晚，村主任李幸福来到派出所，他带来一份"保释申请书"，要求保释石锁，申请书上面按着全体村民的手印，密密麻麻的，鲜红一片……

（题图、插图：魏忠善）

砍价高手

□ 路 华

小杨是位喜欢购物的时尚女性，两天前，同事小韦在一家服装店花520元买了件非常漂亮的皮大衣，小杨穿着试了试，像是专门为自己做的，马上决定也买一件，没想到，她使出浑身解数，老板把价钱让到630元就再也不肯松口，小杨漂亮的脸蛋气成了猪肝色，大步走出这家服装店。

哪知小杨刚出门，就听到有个人朝她喊"小姐！"小杨回头一看，咦，这不是那个民工吗？原来，大约半个月前，有几个民工来公司要工钱，是小杨出面接待的，那几个民工都抢着说话，提要求，只有眼前这个民工一声不吭，所以小杨对他印象挺深。

小杨眉一扬，问："找我干吗？"

这民工憨憨地一笑，说"你别担心，我不找你麻烦，还能帮你砍价！"说着，掏出一张名片递过来，"我叫伍十八，上面有我的手机号码，以后你和你的亲戚朋友买东西时要是砍不下价钱，都可以来找我！"

找这个不会说话的人帮着砍价？小杨差点没笑出来，连忙说："对不起，我没空跟你开玩笑！"

伍十八赶紧说："我不是开玩笑，刚才我听得一清二楚！你不是想买一件皮大衣吗？那件皮大衣你同事只花了520元，可老板要你630元，是不是？我这就进去帮你把大衣买出来，你付我520元就行了。但我进去砍价

时，你不能跟进去。除了这，我还有点担心……"

"担心什么？担心价钱砍不下来？"小杨笑着说，"要是那样，你就别砍了。"

"不，我担心的是我把大衣买出来，你人却跑了，怎么办？"

小杨觉得这个民工挺好玩，想，反正这个店没有后门，看看他能玩出什么名堂！于是，她掏出一张钞票递给伍十八，说："你要是不放心，我押50元钱在你手上。"

于是，伍十八拿着小杨的50元钱进了店，小杨躲在门外边，竖着耳朵注意里面的动静，但她只听到老板的声音，伍十八说的话一句也没听到，这到底是咋回事呢？小杨正要进去看

看，伍十八已经笑容满面地出来，把发票和装着皮大衣的盒子朝她手里一塞，说："你打开看看，这是不是你想买的皮大衣？"

小杨打开盒子看了看，千真万确，就是自己要的那一款！她爽快地把钱给了伍十八，一边走一边想，怎么也想不通一个民工竟然比自己还能砍价，决定再找伍十八试一次。

她想到家里最近要买只电冰箱，就到家电市场看了看，选中了一款，问出了老板的最低价，转身就拨伍十八的手机，没想到伍十八听了就说："这价我砍不下来！"

小杨问怎么砍不下来，伍十八说："我只能砍那些价格浮动大的商品，像电冰箱、彩电这样的商品价格人人都知道，没法子砍价！"

小杨一听，这人讲得还挺专业，就又去一家化妆品商店问了一套精品护肤套装的价格，老板说最低1200元，少了绝对不卖，小杨就找伍十八，伍十八马上跑了来，说声没问题，进去后半个钟头不到，拿着那套化妆品出来了，说："老板出的最低价1200元，我用800元买下，砍下400元，按规矩五五分成，请付我200元！"

看来这伍十八真有一招！从此，小杨不但自己买东西时找伍十八砍价，还向亲戚朋友介绍伍十八，把伍十八的手机打得整天响个不停。

没想到过了没多久，伍十八就给

小杨打了个电话，很生气地说："你今后别给我介绍客人了，我千叮咛万嘱咐地要求他们在我砍价时避开点，可就是有人偷偷跟踪我，打探我的砍价秘诀，这不是砸我的饭碗吗？"伍十八说到这里叹了一口气，又说，"你今后别打我手机了，我马上就换卡！"说完就把电话挂了，小杨再拨过去时，果然提示说对方已关机。

失去了与伍十八的联系，小杨好几天心里都空落落的。这天中午刚下班，她在单位门口被晚报一位记者拦住了，这记者姓李，听说小杨认识一个砍价高手，就想请小杨帮忙采访他。小杨是个热心人，这几天也想找到伍十八，就应承下来，她带着李记者到城里的商场超市乱转，嘿，竟然真的在一家商场找到了伍十八。

伍十八正在商场里看东西，小杨带着记者走到伍十八跟前，一迭声地说："对不起，他们不遵守游戏规则，让你受累了。我向你道歉！"

伍十八抬头看了看小杨，张了张嘴，没说话。

李记者也笑着对伍十八说："我是晚报的记者，今天特意来采访你，请谈谈你的砍价经，好吗？"

伍十八又看了看李记者，张了张嘴，还是没说出话来。

李记者赶紧掏出录音机，把话筒伸到伍十八嘴边，一板一眼地说："伍先生，您好，您怎么会想到把砍价当成职业？"伍十八张着嘴巴"啊啊"地叫着，脸憋得通红，还是老半天没说出话来。

小杨和李记者正一头雾水，伍十八忽然一边一个，把她和李记者拉出商场，一到外面，伍十八就深深吸了一口气，又仰头看了看天，开口问："你们找我什么事？"李记者很耐心地把刚才的话复述了一遍。

伍十八听了，转头对小杨说："我知道你们很想知道我的砍价秘诀，本来我不想说，可现在不说也没啥用了，因为你介绍的那几个人已经知道了，这招让人一知道就不灵了。其实我的方法很简单，就是装聋作哑！"

小杨大吃一惊："装聋作哑？装聋作哑还能砍价？"

伍十八点上一支烟，说："假如一个哑巴跟你买东西，你开出一个很低的价格，比如1500元，这哑巴啥都不说，指手划脚还到1000元，你开高了他不买，你不卖他又不走，跟你死磨硬缠，而卖1000元你其实也有赚头，你会不会卖给他？"

是啊，老板肯定会想，反正他是个哑巴，我这样的价格卖了他也不会告诉别人。这样一来，多半会以"哑巴"出的价格成交！

小杨忍不住笑了，说："没想到像你这嘴巴比门板还重的人，不爱说话的缺点反倒成了优点！"

（题图：插图：谢　颖）

不看
也知道

□ 严国仁

于龙、王双和陈平是财经学院的同学，在同一家公司市场部工作。这几天，公司里传出风声，说市场部要裁员，弄得公司里人心惶惶，但于龙他们三个人却坐得稳如泰山，为啥？因为他们的业绩年年排在前三位，无论如何也裁不到他们头上。

哪知这天刚上班，老总秘书就来到办公室，把一个红信封放在王双跟前，然后一声不响地离开了。王双打开一看，脸色"刷"地一下变白了：这是一封辞退信！

于龙和陈平上前一看，不由得都变了脸色。看着王双沉着脸收拾东西，两位老同学心里很不是滋味。

就在这时，秘书又来了，还是拿着个红信封，这回他走到市场部邝经理跟前，把红信封放在邝经理跟前，

又一声不响地出去了。邝经理战战兢兢打开信封，顿时脸色惨白，勉强扶住桌子才没倒下。

到了下午，陈平也收到了这样的红信封。

谁也想不到首先裁的是经理和两个业绩最好的骨干，这样一来，业务部的精英只剩下于龙一个人了，他忐忑不安地回了家，怎么也想不通公司高层为什么要这样做，几次拿起电话想打给黄总经理，又犹豫不决地放下了，一夜没睡好。

真是越怕有事越来事。第二天刚上班，老总秘书又拿着红信封进来

了，他径直走到于龙位子前，将红信封郑重地放在于龙手上，还朝于龙笑了笑，转身走了出去。

于龙给气坏了，这个黄总经理真是老糊涂了，自己这些年为公司尽心尽力，开拓了好几个重要地区的市场，业绩和才能在公司有口皆碑，他凭什么一个红信封就把我赶走？再说，他这一折腾市场部精英尽失，没有了市场部，这公司还能运转吗？

于龙气冲冲来到黄总经理办公室，三两下就把红信封扯了个粉碎，一把扔到黄总经理的办公桌上，说："有你这样翻脸不认人的吗？你们容不得我，我还不稀罕呢！"黄总经理看看眼前的红纸片，问于龙："你就这样一把撕了？"于龙懒得理他，回办公室收拾好东西，头也不回地走了。

没想到，第二天王双竟然又被黄总经理请了回去，并被任命为市场部经理，紧接着，陈平和邝经理也回了市场部，虽说邝经理现在只是市场部一名普通的业务员，但他丢掉的饭碗又捡回来，不仅没情绪，反而十分庆幸，做得很卖力。

于龙开始在外面找工作，但忙碌了好几天，竟然一点头绪也没有，听说王双又回了公司，他就给老同学打了电话，王双说："我也没想到事情会是这样。黄总这回在市场部动的是大手术，不仅是换人，还引入了新的机制，由经理对市场部全面负责，陈平

和邝经理就是我重新聘回来的。"于龙说："好呀，你小子高升了，也不想想老同学，我的能力你又不是不知道。"王双叹了口气，说："不是我不聘你，黄总说，你要是打电话来，请让你去见见他。"

于龙满是疑虑地给黄总打了电话，黄总马上放下手中的事见了他，两人一坐下，黄总就说："我给你的那个红信封，你为什么不打开看看？""不就是辞退信吗？不看也知道。""那并不是辞退信，而是市场部经理的委任书，想不到你一把就扯了。"

于龙惊讶得差点跳起来，说："委任书？你怎么事先一点也不打招呼？这也太草率了吧？"黄总经理苦苦一笑，说："草率？我一直在考察你，从辞退王双到给你发红信封，每个环节都是在对你考察，你太让我失望了！"

于龙又一次呆住了，说："我还是没搞懂……"

黄总说："如何任命你为市场部经理，我是很费了一番心思的。邝经理是你的上司，为了便于你开展工作，就把他辞退了。你和王双、陈平是同学，平时好得能穿一条裤子，在能力上又不相上下，你当了经理，他们突然成了你的部下，不仅心理上适应不了，在工作配合上只怕心里也会疙里疙瘩，所以我把他们也辞了，然后再由你这个经理把他们聘回来，那就完全不一样了，他们只会死心塌地

为你卖命！他们走了，你还留着，你就一点也想不到管理层对你的期待和一番苦心？作为一名需要开疆拓土的市场部经理，你这点分析判断能力都没有，你说你合格吗？"

于龙这才明白是怎么回事，又急又愧，满脸通红。

黄总接着说："人难免有一时想得不周到的时候，所以我还是想再给你一个机会，就把委任书装进红信封交给你，你只要打开红信封，市场部经理还是你的，想不到，你连这点细心和耐心都没有……"

于龙站起来，朝黄总经理深深地鞠了一躬，说："谢谢您，让我明白自己的确不合格……"

黄总朝于龙伸出手，说："能明白自己不合格，以后就一定能做得合格！欢迎你回来……"

（题图、插图：谭海彦）

最后的
愿望

□ 张运国

李老太患了绝症，病情发展得很快，没多长时间就吃不下饭了。大儿子李林整天守在她床边，时不时就问："妈，你想吃什么，只管说，我给你弄。"

问的次数多了，李老太总算露出一丝笑，慢慢地说："既然这样，那就给我弄碗'地脚钻'吧。"

李林一听就愣了，"地脚钻"是一种菌类，只有在春季遇到连续阴雨天时，才会在山坡地缝里钻出来，平时根本见不到它的踪迹。现在是冬季，长久没下雨，就算下了雨，这大冷天的"地脚钻"也长不出来呀！再说，"地脚钻"虽然味道不错，但长得细小，捡拾时又沾着泥土草屑很不好清

洗干净，在过去那吃不饱饭的辰光人们才当宝贝捡回家吃，现在已经没人有耐心弄来吃了。李林挤出一丝笑，说："妈，'地脚钻'也不是什么金贵东西，你看是不是吃点别的？要不，我再买两只甲鱼给你炖着吃？"

李老太把头别到一边，半晌才说："别啰唆，快去弄了来，为我，也为你爸……"

李林连忙说："好，好，我这就给你找'地脚钻'去。"

李林马上找来两个弟弟和弟媳妇，说了妈要吃"地脚钻"的事，李林二弟说："妈妈怎么突然想吃这个啊？这大冷天的，哪里能长出'地脚钻'？"李林说："妈在世上还能有几天？现在不管她想吃啥，都得给她老人家弄到！再说，妈还提到了爸，他老人家可是没过上一天好日子……"

就这样，李林明知道找不到"地

脚钻"，自己还是在山坡上到处找，找了整整一天，前山后山跑了十几个来回，没有找到一片"地脚钻"，他拖着疲惫的身子下了山，经过村里建的蔬菜大棚时，突然眼睛一亮，说："有了！妈能吃到'地脚钻'了！"

他连忙回家叫上两个弟弟，拿着水桶，找了块能长"地脚钻"的背阴山坡地，从山脚挑了几担水洒在这块坡地上，再盖上塑料膜，又把家里的棉被统统拿了出来，盖在塑料膜上，这样焐了两天，这块坡地竟然真的长出了"地脚钻"，李林和弟弟赶紧弄了满满一碗，连忙端回家里。

李林一回家，媳妇就跟他说："妈已经在弥留状态，眼看着不行了，这'地脚钻'只怕老人家吃不上了。"李林说："不管她能不能吃上，你赶紧给我炒了来。"不一会，李林媳妇就炒好了"地脚钻"，李林把满满一碗"地脚钻"端到李老太床前，流着泪喊了声

"妈"，李老太突然一下醒过来，看到眼前的"地脚钻"，竟然笑了出来。她哆嗦着伸出手，从李林手里接过那碗"地脚钻"，开心地说："我就要去见你们爹了，他这些日子每天都在梦里叫我，催着要我快去。可是，这么多年没见到他，我想给他带点礼物。带啥呢？我想起那年春上，家里断了粮，你爹饿着肚子在山上捡了一天的'地脚钻'，给你们每人炒上了一碗，而他只能在一旁吃着糠饼，他也是人啊，那一个来月他每天吃糠饼吃得大便都拉不出来。他看着你们狼吞虎咽吃'地脚钻'的样子，只好暗自咽着口水。这些日子我一闭眼就看到他咽口水想吃'地脚钻'的神情，我这就把'地脚钻'给他带过去，告诉他，这是孩子们在大冷天为他弄到的，让他开开心心一口气吃个精光……"

李老太一口气说完这么多话，心满意足地闭上了眼睛……

（题图：安玉民）

等候乞丐朋友

□ 陶柏军

八年前，陈德家巷子口一间废弃的房子住进一个乞丐，陈德看这个乞丐挺面善，就和他聊了家常，原来这乞丐姓王，六十多岁，来自陈德的老家河南。因为有了老乡这层关系，陈德隔三差五会弄些吃的用的给老王，一来二去的，竟和老王成了朋友，每到逢年过节，陈德就会把老王接到自己家里。

这样过了三年，有一天，老王找到陈德，着急地说："在老家我有个妹子，昨天我打电话到她家，我妹夫说我妹子病得快不行了，她是我唯一在世的亲人，所以我一定要回去看她一眼。"说完，他从怀里拿出个手绢包，说："回家的钱我都备好了，这里还有500块钱，路上不安全，我想把钱放在你这里保管一下，等回来你再还给我。"陈德接过钱，说："好，我一定替你保管好。"

没想到老王这一走，从此杳无音信。

这两年城市建设发展快，陈德家这一带也要拆迁了，陈德听到消息一下就慌了：我这一搬走，老王要是哪天回来了，他上哪里找我啊？所以他就一直拖着不肯搬。邻居劝他："老陈啊，你和他的事我们都知道，你肯定不会私吞一个乞丐的几百块钱。这是政府让搬迁，又不是你要搬走，你不该有什么顾虑。再说了，他人都走了五年，没准不在了。"每到这时，陈德

总是说："我也这么想，可要是搬走了，我良心上还是不安！"

就这样，邻居一家家搬走了，一向老实巴交的陈德成了唯一的"钉子户"。拆迁办的人不停地上门做他的工作，好话说了一大箩筐，都没用。最后拆迁办主任、副主任、科员全体出动，走马灯似的轮番做他的工作，本来就心肠软的陈德终于扛不住，答应7天内找到房子搬出去。

陈德心事重重回到家，把情况跟老伴和儿子陈刚说了，老伴说："小刚他舅家的邻居正要出租房子，我看还

不错，要不明天去看看？"陈德说："别等明天了，一会儿你就去，让孩子他舅帮着砍砍价，要是行，这两天就定下来。另外，这么大一片范围只有我们一户人家，看着心里都不踏实，我看你在孩子他舅家多住两天，以免有啥事吓着你。"

老伴问："那老王的事怎么办？你不是老担心搬走后他回来找不到你吗？"

陈德叹了一口气，说"这段时间我就为这事闹心，不知这几天能不能找出个好法子来。"

吃完饭，老伴去了她弟弟家，陈刚也回了自己房间，他小心翼翼地从皮箱里拿出个手绢包，打开手绢，里面有一沓面值5元、10元的钞票，总共是500元，陈德呆呆地看着这沓钞票，嘴里喃喃自语："老王啊，你要是能在这七天内回来就好了。"

夜深了，陈德还在面对这一沓钞票发呆，不知不觉间，他竟迷迷糊糊睡过去。就在这时，他忽然听到有人在"梆、梆、梆"地敲窗子，抬头一看，一下子愣住了：窗外竟然是拄着拐杖的老王！陈德顾不上穿鞋，连忙三步并作两步跑过去开了房门，可是，院子里除了满地月光，哪有什么人影？

陈德回到屋里，叹道："真的老了，竟然出现了幻觉。"可他刚刚在床上躺下，窗外又"梆、梆、梆、梆、梆、

梆"地响了，陈德抬头一看，竟然又是老王！他连忙又跑去打开房门，但门一开还是没有人，只有满地月光！

"梆、梆、梆、梆"，陈德刚回到屋里，老王又在敲窗了……

第二天一早，几乎一夜没睡的陈德问儿子："昨晚我开了好几次房门，有没有打扰你睡觉？"陈刚困惑地说："你什么时候开门了？我看了半夜足球，你在屋里早就睡了，呼噜打得跟拖拉机似的。"

陈德一脸惊诧，难道自己是做了一个梦？可梦里的情形到现在还清晰可见，让他无论如何也不相信那是个梦。

儿子去上班了，陈德打电话给厂里请了假。

他琢磨了一整天，老王昨晚总共敲了七次窗户，那时断时续、有长有短的敲击声究竟是什么意思呢？最后，他把老王昨夜在梦里6次敲窗子的响声次数3、6、4、5、2、5用粉笔写在墙上，紧盯着琢磨。

看来看去，陈德觉得这数字最像一个电话号码，于是，他把河南省的电话区号全找了来，一个地方一个地方地打过去，可不是空号，就是对方根本不知道有老王这个人。除了电话号码，这组数字还能是什么呢？陈德实在想不明白。

三天后，陈德正在收拾搬家的东西，儿子陈刚急惊风似的奔回来，一把抓住陈德的手，说："爸，爸，你，你，中奖了！"

陈德看看儿子，说："急个啥？匀匀气，慢点说！"

原来，陈德和陈刚都有买彩票的习惯，由于家里不宽裕，一次只买一个号。那天中午，陈刚回家看到父亲在墙上写了一串号码，就顺手记了下来，下午上班的路上，在一家投注站买了这个号码。想不到恰恰就是这张彩票，中了这座城市开彩以来唯一的特等奖：500万！

听儿子讲完事情的经过，陈德忽然号啕大哭："老王大哥啊，你啥时回来呀！"

一年后，陈德在老房子那块地建成的小区里买了套最靠近大门口的房子，他在新家阳台外挂了块非常醒目的牌子，上面用红笔写了三个字：陈德家。

（题图、插图：魏忠善）

您手中有没有得意之作？本刊辟有二十多个原创性栏目，如中国新传说、我的故事、情感故事、东方夜谈、幽默世界、16岁故事、海外故事和中篇故事等；您读到或听到什么有趣事可以和大家一起分享吗？3分钟典藏故事、第一推荐、外国文学故事鉴赏和快乐辞典等都是本刊推荐性栏目。热忱欢迎来稿，可以邮局寄发，也可从网上传递。邮寄地址：上海绍兴路74号《故事会》杂志社，邮编：200020；如为电子邮件，请按本期责任编辑信箱：zjw002@vip.163.com。

谁

□ 方赛群

是叛徒

生死相托

别看尖山村胡水根大伯无儿无女，一辈子连件像样的衣服也没穿过，可他曾经有一个引以为豪的朋友，谁？水利局的张局长。

提起他和张局长的关系，这里头有一段感人的往事！

那是"文革"时期，当时张局长还是水利局的财会，参加工作组下基层到了尖山村，住在胡水根家里，一住半年多，小伙子人实在，做事认真，与胡水根结下了深厚的友谊。

工作组回城后，大约又过了九个来月，在一个大雨滂沱的夜晚，小张突然浑身是水、满身是伤地出现在胡水根面前，上气不接下气地说："老胡，我不能在县里呆了。"说完，他把一个捆得结结实实的袋子郑重地交到胡水根手里，说："你是我最信任的

人，我把这件东西托你保管，造反派正在追查它。这是公家的宝贝，关系重大，比你我的生命都重要！你能保管好吗？"

胡水根接过袋子，说："小张，我明白了！你放心好了，只要我活着，就不会丢了袋子。就算我死了，它也一定还在！"

可袋子藏在哪儿好呢？两人一时想不出办法。忽然，胡水根一拍脑袋，说："看我，把这么个'保险箱'给忘了！"他把小张拉到窗前，朝外一指，说："你看门口那棵大樟树，老鸦窝下面有个树洞——"还没听完，小张就连声说好。

胡水根先用塑料布把袋子一层层捆实扎紧，又找出块包袱布把袋子包

好，背在身上，接着又用黄泥和石子拌好一堆泥，说："东西放进去后，得把树洞封上。"然后，两人悄然来到大樟树下，胡水根"嗖嗖"几下就蹿得看不见了，还未等小张回过神来，他又"嚓"地一声回到了地上。两人回到屋里，胡水根得意地对小张说："有了这个'保险箱'，你该放心了吧？"小张一把抓住胡水根的手，说："不！真正的保险箱是你！"胡水根握着小张的手一用劲，说："你放心吧，我绝不当叛徒！"

信义如山

小张连夜走了，一走就再也没有音信，外面却风传小张是个大盗窃犯，正负罪潜逃，还有人说他坐牢了，或者说他被枪毙了，听到这些传言，胡水根的心就揪紧了。

这天中午，胡水根正在借酒浇愁，突然来了一伙凶神恶煞似的人，为首的对胡水根说："我们是县里的造反派，有人将一件重要东西放在你这里，他已经交代了，你要认清形势，把东西交出来！"

胡水根不觉暗暗吃了一惊："难道小张他……"但转念一想，不可能，小张绝不会"叛变"！想到这，他来了个仰天大笑："哈哈哈……你们真会开玩笑，我胡水根一个农民，谁会把重要的东西交给我？你们太抬举我啦！"那头儿一拍桌子，吼道："你不

要装疯卖傻，姓张的都交代了，你还不交代，想坐牢？"胡水根笑得更响了："那……那好！有什么好……好东西落在我这儿，叫他自己来……来拿！"

那头儿气得干瞪眼，把手一挥："来！给我搜！"随着这声令下，这伙人一拥而上，在胡水根家里翻箱倒柜搜了个遍，却一无所获，他们一气之下，冲向胡水根，拳打脚踢，把胡水根一条腿也给打断了，但胡水根仍然一字不露，直到村里人赶来，这伙人才骂骂咧咧地走了……

一晃几年过去，"文革"结束，小张结束逃亡生涯回来，他领着县里的领导来到胡水根家，见到拖着一条残腿的胡水根时，小张激动得泣不成声："让你受累了！"

胡水根憨憨地一笑，说："答应你的事，我说到一定做到。不论他们多么凶，我也不会当叛徒。"说完，他朝大樟树看了一眼，手脚并用朝上面爬去，虽说残了一条腿，动作仍很敏捷。不一会，他就敲开封泥，从树洞里取出袋子，小张把袋子捧进屋，割断绳子，一层层打开塑料布，里面的东西完好如初：一笔30万元的巨款！县领导激动地说："小张，你保住了修建'靠山水库'的专款，为山区人民立了大功！"

小张笑着说："没有水根大伯舍命保护，这笔款子难说了，他才是真

正的英雄！"领导点头称是，胡水根听说自己保住了建造"靠山水库"的专款，更开心了，说："不要说只伤了一条腿，就是付出一条命，也是值得的！"

不久，小张当上了县水利局副局长，他不忘旧交，逢年过节经常派人来，有时候还亲自来看胡水根。再后来，小张变成了老张，张副局长成了张局长，后来也许是工作太忙，他和胡水根的联络才渐渐少下去，胡水根几次上县城看他，都没碰上。

一晃多年，胡水根由一个壮年汉子变成年近七旬的老人。

一个风雨交加之夜，胡水根从窝瓜村走亲戚刚回来，心里头非常郁闷，打开柜子取出一瓶张局长10年前送给他的"五粮液"，打开酒瓶倒了满满一杯，一仰头就喝尽了。

胡水根喝着张局长送的酒，又想起在窝瓜村听到的话，那些话真比打他的耳光还让他难过。唉，真是人心难料哇！他一边喝，一边想，越喝心情越糟，恨不得大哭一场！

正在这时，有人敲响了他家的门，他开门一看，吃了一惊，站在风雨中的不是别人，正是久已失去联系的张局长！

张局长跟着胡水根进了屋，说："老胡，我当了这么个芝麻绿豆官，忙得焦头烂额，没时间来看你，真对不起。"胡水根说："好，你等着，我炒两个菜，咱俩好好喝上一杯。我心里正憋得难受，想和你聊聊！"

张局长连忙拦住他，说："老胡啊，你坐下。酒，我以后陪你喝；话，咱们找机会慢慢聊。今天，我又有要紧事托付你！"他先侧耳听了听窗外的动静，又关紧门窗，这才把手上那包用绳子扎得严严实实的东西递给胡水根，说："又得麻烦你了，请你代为保管一阵子！"胡水根接过东西掂了掂，问："这是什么东西？"张局长压低声音说："我想为山区人民多做点事，得罪了人，有人想往死里整我。"

"怎么，城里又要搞'文化大革命'？""不，这事说起来长了，以后慢慢跟你说吧。这些东西关系到我的身家性命，交到你手上，我就不怕了。"

说完，张局长又拍了拍胡水根的肩膀："老胡啊，今天我和你说句掏心窝子的话：只要你为我保管好这件东西，咱们有福同享，你的养老问题我全包了！"胡水根说："张局长，咱们是什么关系？你就放心吧！"

接着，两人又把这包东西一层层包上塑料布，捆扎好，来到大樟树下，胡水根又背着那包东西上了树……这些做好后，张局长紧紧地握了握胡水根的手，消失在风雨中……

义无反顾

放心而去的张局长做梦也没想到，他走后不一会，胡水根就拄着拐杖上了路，冒着风雨走了半夜，天蒙蒙亮时走到山下的镇上，搭第一辆班车到了县上。下午，他又坐着县纪检委的车子回来，到大樟树上取下那包东西，当场交给纪检委工作人员。

那包东西被当众打开，原来是一沓沓百元大钞，十多个存折及一些耀眼的珠宝首饰……

又过了些日子，胡水根拎了一瓶酒，包了点儿花生米，炒了两个鸡蛋，来到县城，纪检委特地安排人带着他来到一家宾馆，见到了正在接受审查的张局长。张局长见到胡水根大吃一

惊："你？你怎么来了？"胡水根一声不响地倒上酒，摆上菜，闷声闷气地说："我来看你，来，喝！"说完，自己先一口干了。

张局长满腹狐疑地打量着胡水根，说："你肯定听说了，是有人想扳倒我，但我不怕，有你把门……"

胡水根头一抬，说："我把那包东西交出去了！""什么，交……交给谁了？""纪检委！"

一听这话，张局长只觉头"嗡"地一下，差点晕倒，他眼睛血红地望着胡水根，说："你还是我认识的那个生死之交吗？当年你打死都不松口，可如今，你、你这是为什么？"

没想到胡水根的喉咙比张局长还响："你还好意思问我？我倒要问你：你到过窝瓜村吗？你知道你那豆腐渣防洪堤害死多少人？大堤决口，村里一下淹死了十多口！你还千方百计隐瞒事实真相！可你做的那些丑事、坏事，哪件逃得了群众的眼睛！我如果再帮你，老天也不容我！"

张局长头昏痛欲裂，抱着头呻吟道："墙倒众人推！连你胡水根也在关键时刻背叛我！"说完他就哭了，哭得像个娘们似的。

张局长这一说，胡水根喉咙更大了："老张，话可要说明白！你不仁，我才不义！要说背叛，是你先背叛了我们老百姓！你这个叛徒！"

（题图、插图：魏忠善）

拯救

□ 黄宁东

小狗王子

这个周末,网迷王朋一打开电脑,就登录到本地聊天室,准备跟"窈窕淑女"好好聊个通宵。

虽然几个平时相熟的聊友都在,但王朋却心不在焉,焦急地等着"窈窕淑女"的出现。虽然自己只是"窈窕淑女"众多追求者中的一个,但王朋总觉得她对自己更好一点。

一直等到九点,"窈窕淑女"才在网上露了面。王朋跟着一帮子网友挤上去跟她打招呼,但"窈窕淑女"却顾不得理会大家的问候,只是焦急地向网友们求援,说她的宠物小狗"王子"丢了,找了一个晚上也没找着,现在她已经哭肿了眼睛,请求大家赶紧帮忙找到她的"王子",否则"王子"一定会被冻死,而她也会伤心至死。

"窈窕淑女"这一说,整个聊天室的男士全都成为见义勇为的英雄,他们问清"窈窕淑女"家的方位后,抛开电脑争先恐后冲上了大街。

王朋坚信自己是第一个赶到的,因为他早就知道"窈窕淑女"居住的小区。只要找到那只小狗,他王朋不但可以赢取"窈窕淑女"的欢心,还能一睹"窈窕淑女"的风采,说不定还能进一步发展关系……

他决定先从外围找起。

这时已是深夜,北风怪叫着像刀子一下下往骨头里扎,街上没有行人,偶尔才有辆车子逃跑似的"呼"一下驶过。王朋忍受着寒冷,很亲切很温柔地呼唤:"王子、王子,快出来,我来接你回家!"

转眼过了快一个小时，王朋把犄角旮旯、花坛草地都找遍了，还是没有那条宠物狗的影子。他想，"王子"可能正藏在什么地方发抖，或者已经冻得叫不出声，"窈窕淑女"一定又着急又伤心。这样一想，他哆嗦着身子又找了起来……

也不知过了多久，王朋忽然听到不远处有一阵呻吟声传来，急忙顺着声音赶过去，只见一座大楼拐角的地方，一个老年女乞丐正缩在那里不停地发抖，王朋转身要走，忍不住又比划着问了问："你有没有看见一条小狗，白色的，有这么大……"

老年女乞丐已经冻得说不出话来，只是不停地指着自己的胸口，王朋没想到她这时候会向自己乞讨，不忍心看她可怜的样子，赶紧掏出一枚硬币扔过去，转身就走。

他听到女乞丐仿佛在后面喊他，但他怕女乞丐给自己带来麻烦，赶紧加快了脚步，越走越快，很快就听不见那让人难受的叫声了。

又过了老半天，王朋终于在一个角落找到一只很小的贵妇犬，这只贵妇犬虽然身上很脏，但看得出它是白色的，一定是"王子"！王朋马上兴奋地把这只小狗带回家，打开电脑，上网给"窈窕淑女"报喜。

"窈窕淑女"正等在网上，而且已经有人向她报告找到了"王子"，但"窈窕淑女"一听王朋的叙述，就认定王朋找到的才是她的"王子"，她要王朋好好照顾"王子"，她一定好好感谢。

这天晚上，本来讨厌狗的王朋对这只贵妇犬极尽温存，喂它吃，搂着它睡……

天终于亮了，王朋不顾晚上挨冻引起的高烧，连早饭也没顾上吃，把自己打扮得酷酷的，又把"王子"喂得饱饱的，像抱着宝贝一样抱着"王子"，早早来到那个令他心驰神往的小区。

让王朋没想到的是，等在那里的

成语趣释

◆ **夫唱妇随**：老公进歌厅，老婆不放心
◆ **插翅难飞**：熟了的鸭子
◆ **釜底游鱼**：玩错了地方
◆ **体贴入微**：好膏药
◆ **轻描淡写**：给他点颜色瞧瞧
◆ **转弯抹角**：老房子装修最费劲
◆ **浓妆淡抹**：节约化妆用品，降低美容成本
◆ **不劳而获**：遗产继承
◆ **异口同声**：大合唱的最终目的
◆ **铁棒磨成针**：培养了意志，浪费了钢材

（推荐者：钟雪琴）

怎么说

◆ 着急的事，慢慢地说；
◆ 大事要事，想清楚说；
◆ 小事琐事，幽默地说；
◆ 做不到的事，不随便说；
◆ 别人的事，谨慎地说；
◆ 自己的事，坦诚地说；
◆ 该做的事，做好再说；
◆ 将来的事，到时再说；
◆ 开心的事，看场合说；
◆ 伤心的事，不要见人就说；
◆ 讨厌的事，对事不对人地说；
◆ 没有的事，不要胡说；
◆ 伤人的事，坚决不说。

（推荐者：张静贤）

男士竟然有好几个，每个人怀里都抱着跟"王子"长得差不多的宠物狗。不用说这些人都是网友，几个人心照不宣地打过招呼，然后一齐等着"窈窕淑女"到来。

没过多久，爱狗心切的"窈窕淑女"就款款而来，她比人们想象的还要漂亮，她充满感激地对这群抱狗赶来的网友道谢之后，就迫切地一个个辨认起来。网友的注意力都集中在"窈窕淑女"脸上，而"窈窕淑女"的注意力却全在那些狗脸上。

但辨认结果让在场的所有人都失望了，"窈窕淑女"悲伤地摇摇头，说这些狗里面没有她的"王子"，接着她便转身走了，把这些网友全都抛在身后，而这些网友比她还要失望，他们不等她走远，便毫不留情地丢弃了刚才还无比呵护的狗。

第二天，王朋从聊天室得到消息，就在他们连夜为"窈窕淑女"找狗时，一个老年女乞丐在那个小区被冻死了，但她却救活了一只宠物狗，因为那只小狗一直被她揣在怀里，这只宠物狗就是"窈窕淑女"的"王子"。王朋立即想到了自己那晚碰到的那个老年女乞丐，终于明白她指着胸口的动作，并不是说冷或乞讨，而是要告诉王朋，狗就在她的怀抱里……

（题图、插图：谭海彦）

死去活来

□ 云小靴

在新奥尔良有一个家庭，丈夫是公司职员，妻子是名医生。这天一大早，妻子露丝突然在卫生间里大声叫起来："我的天啊！"

丈夫福克曼闻声奔进卫生间，看到露丝的嘴唇和牙刷上全是带着血的泡沫！

露丝惊慌地说："我……我好像牙龈出血，可是，怎么会有这么多血呢？"

福克曼说："露丝，你快去找牙科医生看看，可不能掉以轻心！"露丝惊慌地点着头，答应了。

但接下来几天里，露丝每天早晨刷牙时总是刷出很多血来，她更加惊慌了，对福克曼说："医生说我的牙齿很健康，牙龈也正常，为什么会有这么多血啊……"

福克曼异常关切地提醒她说：

"露丝，再换家医院看看。"

露丝眼睛湿湿地看着福克曼，说："好的，亲爱的，为了你，我也得健康。"

这情况一直持续了好几天，又有了新情况。这天黄昏，福克曼亲昵地带着一个名叫克斯汀的姑娘在海滩边散步，惬意地享受着夕阳余晖。他一想到此刻家里的情形，就忍不住偷偷地笑了。

原来今天一大早，福克曼给露丝留了张纸条："亲爱的，我今天加班，不回来吃晚饭了。"纸条下面是他特意留下的一张报纸。他想，露丝看到纸条后，一定会顺着看纸条下边的报纸。那张报纸上有这样一个新闻：一位患有梦游症的女医生每天晚上会梦游到医院的太平间吃尸体，等到第二天早上刷牙就发现嘴里有很多血沫。

后来她终于知道了真相，心理受不了这种打击，就跳楼自杀了。而福克曼的妻子露丝正好是一位医生，有强烈的洁癖和极强的自尊心，正好也患有梦游症……

福克曼直到第二天上午才回家，这时露丝自杀的消息已经在周围传开了。有人说，那天露丝神情恍惚地从家里走出来，走到住宅区不远的河边，突然就跳了下去；还有人说，那天上午好像听到福克曼家传出惊恐的叫喊声，很像是露丝的声音……事发后，有人跳下河去救她，但显然太迟了，连她的影子也没见着。警察一

直忙到现在，也没把露丝的尸体打捞出来……

福克曼听着警察说妻子的事，捂着脸慢慢地低下头，泪水从手缝间流了出来……

过了没多久，福克曼就喜气洋洋地把小情人克斯汀接到了家里，公开住在一起，他们已经商量好了，年底就举行婚礼。

没过多久的一天晚上，已经深更半夜了，克斯汀把福克曼推醒，紧张地说："福克曼，有个女人在叫你！"福克曼从睡梦中突然惊醒，一听果真如此，露丝"福克曼！福克曼"的叫声不知从家里哪个角落传出来，声音充满了惊恐，又非常清晰，就像露丝正躺在他旁边。

第二天一早，福克曼挖地三尺般检查了家里的每个角落，却没有发现任何问题，而每天半夜时分，露丝呼喊自己的声音都会如期响起。

这天半夜，福克曼又听到露丝喊自己，他实在受不了，突然发疯似的捶打着身旁的克斯汀，边打边叫道："你不是死了吗？你怎么又活过来了？"

克斯汀哭叫着回打福克曼，福克曼这才清醒过来，眼前的女人是他心爱的克斯汀，而不是那个冷酷的露丝，他抱着头呜呜地哭了……

从此，福克曼开始喜怒无常，经常像个疯子般折磨克斯汀，清醒后又

懊悔不已，克斯汀再也忍受不了这样的日子，一声不吭悄悄地跑了。福克曼满世界找她，却再也找不到。

没有了克斯汀，福克曼倍感孤独，特别是夜深人静听到露丝惊恐地喊他时，他又感到非常恐惧，良心和神经都经受着折磨，这样的日子他看不到尽头……

没过多久，福克曼就被人送进了精神病院，他每天不停地痴笑，惊叫："你不是死了吗？你怎么又活过来了？"

与此同时，离精神病院不远的一幢海边别墅里，一男一女正亲密地相偎在一起，女的有些伤感地说："我一直爱着他，如果不是他对我下毒手，我宁愿和他把日子过下去。"

"那我呢？我爱你这么多年，你从来不给我机会，是福克曼亲自送给我这个机会的。露丝，忘了福克曼吧，让我来爱你，爱到地老天荒……"

露丝流着泪，深情地叫道："乔治……"

"对了，亲爱的，我想知道福克曼每天晚上把什么放到你嘴里？他用什么来冒充血液？"

"他用的是自己的血，他割破自己的手，把血滴到我嘴里，他以为我睡得很死，其实我至今都能感觉到他血的热度……如果不是这个破绽，他的计划也许就得逞了……"

露丝说到这里，还是忍不住感伤

起来，虽然她恨福克曼，却不想伤他太深，是乔治告诉她，如果福克曼缓过劲来，一定能想明白这一切，如果这样他们就不会有太平日子。于是，乔治每天晚上都带着露丝悄悄回家，用惊恐的喊声恐吓福克曼，直至福克曼的精神彻底崩溃……

露丝叹了一口气，说："坏人得到了报应，我们可以平静地生活了。"

但露丝没有看到，她旁边的乔治正在偷偷地发笑。乔治很早就打探到露丝并不是孤儿，而是一个亿万富豪的私生女，过不了几年就要继承巨额遗产，他利用自己和福克曼是好朋友的机会，在福克曼和露丝结婚时就对福克曼说："如果你的老婆是个医生，你千万不要得罪她，因为她要谋杀你是很容易的。"后来，露丝孤僻的性格、过分的洁癖和严重的梦游症让福克曼受不了，不止一次向乔治诉苦，这时乔治便趁机鼓励福克曼找机会"放松"自己，福克曼果然找到了阳光般灿烂的克斯汀，乔治又不失时机地提醒福克曼，要是露丝知道他有情人，说不定哪天会在他杯子里悄悄放点东西……福克曼被吓得患上了厌食症，不敢在家吃饭，甚至不敢用家里的杯子喝水，最后，福克曼一咬牙，决定铤而走险，终于走进了乔治设定的圈套中……

（题图、插图：佐　夫）

混入社交圈的杀手

□原著：西德尼·谢尔顿〔美〕

改编：华登喜

奇特的遗产

考古学家马修收到一封奇怪的信，发件人是他去世的朋友马诺伯爵，伯爵要求他履行自己的承诺。马修拿着信来到白马旅馆，等着他的是一位美貌少女，少女扬扬手中的纸片，说："我叫伊春，是马诺伯爵的外甥女，也是他唯一的继承人。舅舅说，你的承诺是他最大的财富……"马修接过那张纸，上面果然盖着伯爵的印章，写着将所有遗产留给伊春。

马修笑了笑，说："我对伯爵的承诺是，无论他在伦敦有什么需要帮助，我都在所不辞！请问你在伦敦需要我帮忙吗？"伊春扬了扬眉，道："我要你帮助我进入伦敦上流社交圈！"接着，伊春告诉马修，她妹妹来伦敦不久，就嫁给一个叫范奈克的美国人，但结婚才一个月就莫名其妙地死了，她这次来伦敦，是为了寻找妹妹死亡的秘密……

半年前，一位犹太富翁被一对双胞胎姐妹谋杀，所有财产都被那对双胞胎卷走，所以现在伦敦的上流社交圈不敢接纳陌生美女。但马修在伦敦社交圈素有声望，他带着伊春出入酒宴舞会，如鱼得水，没多久，伦敦城里的纨绔子弟都围着伊春转了，其中，最起劲的就是那个范奈克。

不久，一位探险家从南美运回一批玛雅文物，引发了伦敦上流社会的观摩热潮。这天，范奈克邀请伊春到

48

大英博物馆去欣赏，展会上最引人注目的是一顶皇冠上的一颗巨大宝石，伊春一边观看，一边漫不经心地说："我舅舅留给我的遗产里也有几颗这样的宝石……"

观摩完毕，范奈克带着伊春来到休息室，见一大群人围在一个叫莲娜的贵妇人身边，听她讲神秘的玛雅咒语，于是范奈克与伊春也凑了上去，只见莲娜摇着扇子，低声道："这批玛雅文物运到英国，触犯了玛雅神灵，触碰玛雅文物的人都将遭遇厄运！"说到这里，莲娜突然指着伊春，喊道："你怎么靠在玛雅石柱上？"

伊春吓了一跳，原来她正和范奈克靠在一根玛雅石柱上，莲娜夫人摇摇头，说："这根石柱上刻的咒语是：凡靠上者皆有厄运！"范奈克火了，朝莲娜吼道："你这个疯子，居然诅咒我们！"莲娜也不甘示弱，跟范奈克大吵起来，范奈克气鼓鼓地与伊春坐上马车回家。

没想到马车刚行驶到街上，拉车的马突然倒在地上死了，博物馆的游客都围了过来，对着马匹纷纷议论。这时，马修坐着马车正好路过博物馆，见到这个情况，连忙把自己的马车让给伊春，又安排人把死去的马匹拖走……

神秘的咒语

很快，范奈克追求伊春的攻势越来越猛，经常邀请伊春到他家参加派对。伊春发现，范奈克可以让客人到他家每一个房间参观，但地下室除外，连管家也拿不到地下室的钥匙。范奈克说，地下室的钥匙只有他未来的妻子才能保管。

伊春又找到马修，把这情况告诉了他，并说，她打算吸引范奈克向她求婚，然后在婚礼上取得地下室的钥匙，马修要趁婚礼时范奈克不在家的机会，拿着钥匙潜入范奈克家，打开地下室，找到里面的秘密，再马上回到婚礼现场告诉伊春，然后由伊春揭露范奈克的真实面目，当场宣布取消婚礼。

按照计划，伊春在伦敦大道买下房子，购置了很多嫁妆，范奈克果然向伊春提出求婚，说只要伊春与自己结婚，自己的房产和财富都交给她打理，伊春顺势答应了他的求婚。

而这时伦敦开始流传一个谣言，说如果范奈克和伊春结婚，就会触犯玛雅咒语，横遭不测。

婚礼这天，范奈克请来很多朋友，大家喝得酩酊大醉，伊春乘机把地下室钥匙从范奈克的贴身口袋拿出来，交给马修，马修骑着快马赶到范奈克庄园地下室，打开地下室一看，地下室挂满了女人衣服，就像交际花的大衣柜，但除此以外没有任何发现……马修急忙骑马赶回婚礼现场，把看到的情况悄悄告诉了伊春，伊春

顿感失去头绪，只好决定先宣布取消婚约再说。可是，当伊春走上舞台正要宣布解除婚约时，喝醉了酒的范奈克却爬到了舞台的护栏上，站在上面手舞足蹈，突然失去重心，摔到舞台下的泰晤士河中。莲娜第一个冲到栏杆前，对着下面喊道："天哪，玛雅咒语显灵了！"只见河水中一个黑点挣扎几下，慢慢沉入了水中，马修马上组织人下水打捞范奈克。

伊春把马修拉到一边，问："你为什么要组织人去打捞他？他害死我妹妹，死有余辜……"马修说"我救他，也是救你。如果他的尸体被河水冲走，就无法确定他的死亡，你的婚姻就只能等到五年后才能解除！"

马修安排的人打捞了一整天，也没有找到范奈克的尸体。从此，伦敦

城的派对不再邀请伊春参加，因为大家说她和范奈克触犯了玛雅咒语。除了马修，再也没有人来看望伊春。

又过了三个月，这天夜里，伊春正在家里收拾东西，突然看到窗外出现一个人影，她赶到窗户边，突然被一只冰冷的手掐住了脖子，接着窗外又跳进一个戴着玛雅面具的白衣人，用绳子套住了伊春的脖子，就在这时，只听"砰"的一声，白衣人身边的壁画被击得粉碎，马修的声音同时在房间响起："马上放手，不然我就开第二枪！"两个白衣人双双跳出了窗户。

马修拿着枪跑过来扶住伊春，问："你没受伤吧？今天是玛雅鬼节，我来看看是不是真的有咒语发生在你身上，没想到碰到这种事情……"伊春惊魂未定，但坚定地说："我不相信咒语，这是有人要谋杀我！"马修打电话报了警，但赶来的警察没找到任何线索。

是谁要杀害伊春呢？马修眉头紧锁，说："难道是那两个人吗？不可能啊……"伊春问那两个人是什么人，马修却不肯说，只是让伊春去拜访社交圈里的贵妇们，告诉她们自己将去国外旅行五年，这期间不会回到伦敦。

这段时间马修的行迹也很古怪，他还从范奈克的地

下室拿走几件女人的衣服。伊春出国前一周，马修跑来告诉伊春，最近又来了一批玛雅文物，据说这些文物可以解开玛雅咒语，他请伊春和他一起去看这些文物。

危险的白衣人

展览规模盛大，博物馆摆满了玛雅文物，但马修却带着伊春走到博物馆的最里面，这里的文物很粗糙，没有其他的游客。马修与伊春边走边看，走到两具石棺前，突然，石棺后闪出两个戴着玛雅面具的白衣人，将乌黑的枪口对着马修和伊春。伊春吓得脸色煞白，马修却冷静地说："伊春刚立了遗嘱，如果你们开枪，就永远不会知道遗嘱的内容。"

果然，高个白衣人犹豫了一下，尖着嗓子问："遗嘱里写的是什么？"马修打量着白衣人，手在石棺上摸索着，突然，马修一把撕开外套，露出里面的粉红色女人内衣，哈哈笑道："我这衣服你们是不是很熟悉？哈哈，伊春遗嘱上的财产继承人是——"两个白衣人呆住了，高个子恶狠狠地说："快说，不然我就开枪！"

就在这时，马修的手停在一个石盘上，说："伊春的继承人是她的丈夫范奈克。"两个白衣人对望一眼，同时扣动了扳机，子弹打中了马修的胸脯，马修在倒下的同时拨动了石盘，只听一声巨响，两具石棺突然同时倒

下，正好把两个白衣人罩在里面。

伊春扑到马修身上哭起来，没想到马修却推开伊春缓缓站起来，他一把撕开身上的粉红内衣，露出里面的防弹衣。马修踢了踢石棺，让伊春叫来了博物馆警卫。

等警卫把石棺竖起来时，两个白衣人已经因缺氧昏了过去，马修一把揭开他们的面具，居然是范奈克和莲娜！马修告诉伊春："他们是双胞胎兄妹，范奈克一直心理变态，酷爱扮演女性，合伙扮演双胞胎姐妹谋杀犹太富翁的就是他们，后来他们各自混入伦敦上流社交圈，范奈克又利用婚姻来娶富家女子，然后谋杀她以获得遗产，你的妹妹就是第一个受害者。范奈克追求你时，就让莲娜散布玛雅咒语的谣言，然后让范奈克在婚礼时失踪，再借咒语之名杀死你。"

伊春越听越震惊，又问："你是怎么知道这一切的？"马修得意地说："我一直在研究玛雅文化，你们在博物馆靠的那根柱子上的文字不过是一条平常的谚语，可莲娜却装神弄鬼；那匹马在博物馆内突然死亡，也是因为被人喂了很多烈性雪茄叶子导致的；我让你声言要出国，是为了逼范奈克现身……说起来挺危险的，石棺上的机关，我也是刚看到石棺上的文字才发现的……"

（题图、插图：佐　夫）

家是什么？家是你魂牵
梦绕、不管走了多远都会回
来的地方……

回家

□ 张晓天

民国三十六年，昌平城有个替人接生的王婆婆，她的儿子阿炳半年前被抓了壮丁，拉到挺远的地方打仗去了，她孤身一人住在城外一间破房子里。这天半夜，她被一阵急促的敲门声惊醒了，只听一个人紧张地说，他们邻居在生孩子，是难产，请王婆婆赶紧去接生。

王婆婆二话没说，带上工具就出了门，走了好一阵子，来到城西一个偏僻的地方，这里种满了槐树，离村子还有段路，只有孤零零一户人家。王婆婆进去一看，这位产妇胎位不正，已经挣扎快一天了，她家里没人陪护，是一位路过的村民听到了她的呻吟，这才帮她喊来了王婆婆。这时，产妇已经没多少力气了，王婆婆使出了所有法子，结果还是婴儿的脚先出来，身体的其他部分却卡在里面，最后，母子俩一齐活活憋死了。看到这个结果，为产妇喊来王婆婆的这位村民叹息一声，说："真是位可怜的女人，她男人半年前被抓了壮丁，到战场打仗去了，剩下她一个人在家，没人照顾，还要牵挂丈夫的安危，一来二去的，就早产了，哪想到竟然还是难产，连命也丢了。"王婆婆一听，也非常可怜这位产妇，而且产妇的丈夫跟阿炳是同时被抓的壮丁，在同一个地方打仗，想想自己这些日子思念阿炳的苦，泪水就止不住地下来了。她和这位村民一起把产妇埋了，这才心情沉重地回了家。

过了没几天，又是在一个半夜时分，王婆婆又被一阵急促的敲门声惊醒了，一位男子在门外大声说，他妻子要生孩子了，请王婆婆赶紧去接生。

王婆婆急忙忙带上工具跟这位男子上了路。看得出这男子很着急，在前面走得飞快，身子飘飘的像是没落在地上，王婆婆气喘吁吁地跟在他后面，紧赶慢赶才没落后。等到了男子家，王婆婆大吃一惊：周围满是槐树，孤零零一户人家，这不就是前几天那位难产死去的产妇的家吗？她心里"咯噔"一下，但还是沉住气跟那男子进了屋，只见男子的妻子躺在床上，正是前几天死去的那位产妇。王婆婆没有声张，上前没怎么忙乎，便为那女人接下了一个儿子，王婆婆剪断脐带，在婴儿背上拍了一下，婴儿就"哇哇"地哭了起来，男子连忙跑过来，欢天喜地地接过孩子。王婆婆又让男子在灶下烧了锅热水，为孩子和妇女洗了，接过男子递过来的一块银圆，只道了声谢，就急急忙忙地走出了这家的门。

王婆婆出来不久天就亮了，她深一脚浅一脚不停地往家里赶，一步也不敢停，身上的衣衫全给冷汗湿透了。那位产妇明明死了，没想到过了没几天又来为她接了一回生，这不是撞见了鬼吗？

王婆婆吓得回家躺了好几天才缓

过劲来，刚能坐起来，她又不自在了，为啥？因为她想起了那位产妇和她的丈夫，她丈夫肯定是从战场上回来的，他是跟阿炳一起被抓的壮丁，又在一个战场上打仗，没准他认识儿子，就算不认识，至少他能说说战场上的情况呀！这么一想，王婆婆再也顾不得害怕，又来到城西那户人家。

那男子不在家，女人抱着孩子开了门，王婆婆看了眼女人怀里的孩子，这孩子满脸紫胀，一看就是因为难产窒息而死的。女人一见到王婆婆，就满怀感激地对王婆婆说："婆

婆，谢谢你为我保守了秘密，我也是没法子，我丈夫前几天才从战场回来，他要是知道我们母子死了，肯定受不了这个打击。我不能看着他刚逃出鬼门关，又承受家破人亡的痛苦。所以，我装着要分娩的样子，又让他去请你来为我接了一回生。求求你，继续帮我保守这个秘密，好吗？"王婆婆说："你瞒得了一时，瞒不了一世。他迟早会知道的呀！"女人说："反正现在不能让他知道，以后的事，到时候再说吧。请你相信我，他是我丈夫，我不会害他的。"王婆婆点点头，答应了这个可怜女人的请求。

王婆婆从女人家出来，走到半路上，忽然听到有人在后面喊她，转过身一看，那女人的丈夫脚不沾地地赶来了，王婆婆心里又是一阵酸楚，想，这男子真可怜，好不容易从战场活着回来，一直牵挂的妻子和孩子却都变成了鬼。

没想到，那男子见了王婆婆就幽幽地说："婆婆，我知道你还会来找我的，求你先不要告诉我妻子真相，她还不知道，我半个月前就在战场上被炸死了。"王婆婆听了大吃一惊，说："天哪，想不到你也……那你还回来干什么？"男子说："我放心不下她和她肚子里的孩子！我要回家看到她们母子平安了，我做鬼才能做得心安。"王婆婆又问："我是来向你打听

战场上的事的，听你这一说，我又想知道你是怎么知道我、知道我家地址的？"男子说："这都是阿炳告诉我的，我和他是战友，好得像兄弟一样。"王婆婆急忙问："阿炳他还好吗？都大半年了他也不给我一个信儿，我都要急死了。"男子脸上苦苦地一笑，说："你就放心吧，我那兄弟，他……他还活着……"

王婆婆听说阿炳还活着，心里头高兴坏了，连忙告别那男子就往家里赶，还没到家，她就看见一个高大的身影站在家门口，朝她高声喊："妈妈！"

是阿炳，阿炳回来了！王婆婆喜出望外，高兴地扑上前，抱住阿炳"呜呜"地哭了起来。阿炳抚着王婆婆的背，轻轻地说："妈妈，我回来了，我再也不走了，以后就在家陪着你……"王婆婆高兴地点着头，靠在阿炳宽厚的胸膛上，任眼泪不住地往下淌。忽然，王婆婆觉得阿炳的身子很轻很轻，再看看阿炳的脚，也像刚才那男子一样轻飘飘的，没沾着地。她忽地明白过来，一阵巨大的悲伤从心里涌出来，让她泪如泉涌，号啕大哭，这样难过了好一阵子，她忽然想到不能让阿炳晓得妈妈啥都明白，于是，她擦干脸上的泪，仰起头，满是高兴地对阿炳说："儿子，回来就好，回家比什么都好！"

（题图、插图：魏忠善）

54

左邻右舍

□ 侯传金

的苦。她成天把这句话挂在嘴上，说得岳老汉耳朵都起了老茧。

这年中秋节，岳老汉在外干了一天的活回家，董氏又对他唠叨开了，说家里缺油少盐的，这节还怎么过？老汉忙了一天已经够累的，一回来又听老伴的埋怨，不想跟她在言语上纠缠，二话没讲，扛起一把镢头就出了门。

没想到，过了不长辰光岳老汉又回来了，还没进门就大喊大叫："老婆子，快来！"董氏在房里装着没听见，不睬他，岳老汉也不气恼，进屋后继续笑着说："快看，我拿着啥宝贝？"董氏这才跑出屋来，惊喜地问："啥玩意？我瞅瞅。"老汉高声说："嘿！我在地里刨到了一块金砖！"说着，从怀里掏出个方方正正的东西来，放在老伴手上。董氏哆嗦着双手接过来，左看右看，叹道："乖乖！这就是金

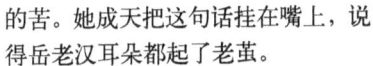

金砖出世

清朝乾隆年间，山东沂州岳家庄有位岳老汉，膝下无儿无女，只和老伴董氏一起过日子。老汉整日辛苦劳作，却常常吃了上顿愁下顿，董氏过够了这种苦日子，便经常说老汉没本事，害得自己跟着他吃了几十年

砖？"

董氏赶紧拍拍岳老汉身上的土，问金砖是哪来的，岳老汉说，刚才他到田里刨地，没刨几下，"当"的一声，刨着个东西，他捡起来一看，惊讶得张大了嘴巴：这东西他在财主家见过——金砖！

当天晚上，老两口怎么也睡不着，躺在床上热火朝天地拉呱开了。岳老汉说："我细想了一下，这金砖咱不能马上就花。你想啊，这十里八庄的谁不知咱家穷得叮当响？若一下显摆开，人家问你金子哪来的？这一说出来，要是金砖让人认了去，咋办？"董氏觉得老汉说得有道理，就说："谁说不是。你昨天进门时大吼大叫的，万一让西侧二狗听到怎么办？"岳老汉拍一下头，说："对呀，这个二狗平日里偷鸡摸狗不干正事，住得又近，可不能让他知道了！"董氏愣愣地看着老汉问："你说咋办？"岳老汉说："依我看不如先把金砖埋起来，过个一年半载再挖出来，细细地花……"董氏听得连连点头。

老两口连忙起床，听听四周没动静，就由董氏望风，岳老汉轻手轻脚在院子里挖了个不大不小的坑，把金砖埋了进去。

灾祸上门

从此，董氏不再挂在嘴边说岳老汉没本事了，家里过了好几天安生日

子。哪知这天下半夜，岳老汉忽然听到屋里有响声，他用脚踹了下老伴，起身打着火镰，点上油灯一照，不禁倒吸一口凉气——一个头戴面罩的大汉手持砍刀站在床前！岳老汉战战兢兢地问："你……是谁？要……干什么？"

蒙面大汉一把将老汉从床上扯起来，拿砍刀对着岳老汉，捏着嗓子狠狠地说："快把金砖交出来，你若敢说半个不字，砍死你们。"岳老汉长吸一口气，心下镇静了些，说："好汉……不要这样吓唬我，我穷人家，又这么一大把年纪，哪来的金砖给你？"

"还狡辩？我亲耳听到你俩的话。"岳老汉心里一"咯噔"，干脆装聋作哑，蒙面汉见他不做声，照着床头就是一刀，凶狠地说："再不交出金砖，我把你们砍成肉酱。"岳老汉说："你干吗这样凶？我一大把年纪，给你一吓，忘了……"

蒙面汉这才收起刀，口气随着软了些，说："怕啥？我只要金砖，不想要你们的命，你们再好好想想。"岳老汉煞有介事地抱着脑袋，心里却想，我如果把金砖交出来，你小子就要灭口了，我们还能活吗？要是能拖到天明，或者弄出点响声来，让东侧的邻居大牛听到就好了。大牛这孩子心地好，他若知道这里有事，准会过来相助。

岳老汉正在想着，蒙面汉突然重

重给了他一脚，喝道："你是想拖时间吧？我现在开始数数，若是数到"三"你还不拿出金砖，我就砍死你们这两个老家伙。"蒙面汉说完就数起来，才数到"二"，一直在簌簌发抖的董氏就爬起来，说："好汉，别……别砍，我说，我说。"岳老汉冲老伴吼道："不能说！"蒙面汉大怒，将刀高高举起，就要朝岳老汉砍去。就在这千钧一发之际，堂屋大门突然"吭"地被人狠狠踢了一脚，紧接着几根棍棒敲得大门"咚咚"直响，蒙面汉被这突如其来的变故吓懵了，压低嗓门对岳老汉吼道："你们谁也不许动，不要讲话，不准开门。"

这时外面的人开始喊话了："屋里还能喘气的听着，我们是牛头山上的好汉，听说岳老头手里有块金砖，今天特来取走，如有怠慢，杀你个鸡犬不留！"

牛头山上的土匪个个无恶不作，都是杀人不眨眼的魔王，这一带的老百姓没有不怕的！

岳老汉心里阵阵发怵，眼前这个蒙面贼还没应付走，又来了一帮强盗，这该如何是好！

外面的土匪显然是等得不耐烦了，把门敲得越来越响。蒙面汉再也沉不住气，走到门前，一边拉开门闩，一边说："我是自家人……"哪知他话未说完，头上就重重挨了一下，眨眼工夫就被人搭肩拢背用绳子绑了个结结实实。岳老汉睁大眼睛一看，哪里有什么牛头山的土匪？进来的只有一个人，再一看来人的面目，岳老汉吓得后退了一大步："啊！怎么是你？"

绑住蒙面汉的正是西侧邻居二狗。老汉惊奇地问："你……如何知道我家有难？"二狗说："我今天回来得很晚，刚要脱衣睡觉，突然听到你家里有异常动静，把耳朵靠在墙上一听，这才明白你家里进了贼，眼看事

态危急，容不得多思量，我便找来绳子和几根棍棒，爬过院墙，假装是牛头山上的强盗，一手拿两三根棍棒一起敲你家的门，装作人多势众，这才诳得这贼子开了门……"

岳老汉又疑惑地问："你一眨眼工夫就将这贼人来了个五花大绑，这可不是谁都会的，你啥时学了这一手功夫？"

二狗脸一红，说："这些年我没干正经营生，乡亲们见了我都避之不及，做人很没滋味。前不久我姑父调到县衙任书办，他劝我走正道，帮我在县衙谋个捕快的差事，因还未就任，我就没对外张扬，只是每天到捕房苦练功夫，很晚才回家，没想到今天还真派上了用场。"

岳老汉苦苦一笑，说："真是浪子回头金不换！刚才我还以为蒙面贼是你呢！"

二狗当即扯下蒙面贼的面罩，岳老汉一瞧，顿时火冒三丈，眼珠子差点没惊吓掉下来，说："怎么会是你？你可太能装了！"

人心难测

这蒙面贼不是别人，竟然是岳老汉东侧邻居大牛。原来，那天岳老汉对老伴说捡到金砖的话，被大牛在隔壁听了个一清二楚，别看平时大牛装着一副老实憨厚的样子，见了岳老

汉嘴巴甜甜的，乖顺得不得了，可一听到岳老汉平白无故得了块金块，立时就生了贼心……

二狗好奇地问："大叔，我和你做邻居这些年，怎么从来就不知道你家有金砖？"岳老汉拿起镢头走到院子里，刨挖一阵，把金砖交到二狗手中，二狗在油灯下又瞅了一眼，便说："这哪是什么金砖，不过是块普通的砖头打磨小了而已！"岳老汉尴尬地说："没错，这的确是块普通砖头。只因家里实在太穷，老婆子天天怨我无能，我才想出这个点子哄瞒她，免得她成天尽唠叨，没想到差点赔上了一条老命！"

二狗更加不懂了："你弄块假金砖又当不得真，迟早得露馅，又能瞒多久？"

岳老汉紧握住二狗的手，满脸羞愧地说："大侄子，我对不住你！我把假金砖弄回家后，故意高声大嗓嚷嚷着，除了演戏给老伴看，还留着个埋伏。我是想把'金砖'埋它个一年半载，再偷偷取出扔了，到时老伴要是问起金砖的下落，我就推说准是你偷听到'金砖'的事，不声不响地偷去，把屎盆子悄悄扣到你头上，让你连申辩的机会都没有。唉！真是人心难测，我眼里的好人，差点害了我 我认准的坏人，却在危难中救了我。我真是眼拙哪！"

(题图、插图：黄全昌)

夺命
连环骨

□
吴桑梓
赵和松

栖身茶叶岭

菱江镇有座茶叶岭，岭上有座茶叶亭，是采茶人歇脚的地方。民国初年，这里来了对母子，借茶叶亭一角安了身。他们天天捡来柴草为采茶人烧水热冷饭，还自采草药为大家看病，很得当地茶农好感。没几年工夫，儿子小松就从儿童长成少年。

这年夏天的一个傍晚，小松母子正在纳凉，一个中年和尚跌跌撞撞爬上岭，还没到亭子门口，就喘着粗气跌倒了，娘俩连忙把和尚抬进亭子，将解暑驱痧的草药灌进他嘴里，不一会，和尚慢慢喘过气来，小松娘又让他喝了一碗米粥。和尚定定地看了母子俩好一会，说是要去东岳庙。

东岳庙在茶叶岭东面，庙旁有五间抛尸房，镇上人也叫那里为五间头，是菱江镇商会所建。因为菱江镇是个热闹的商埠，往来客商极多，那年月出门在外丧命异乡是常有的事，凡是死在镇上无人收尸的外乡人，商会就施舍一具薄板棺材，放进抛尸房。东岳庙原先比较热闹，现在兵荒马乱的，庙内总是冷冷清清，阴气沉沉。

第二天一大早，小松娘正在烧茶，小松就到东岳庙去看那个和尚了，但不一会他就上气不接下气跑回来，说："那个和尚在五间头翻死尸！"

五间头的死尸年年有放进去，却从不见有抬出来，反正是烂了的棺材上再放棺材，没人知道里面有多少死尸。小松娘急急地跟着儿子去了那里，果然听见五间头里传出木鱼声和诵经声。小松娘好生奇怪，五间头里堆满腐尸，臭气熏天，在那里念经，不熏

死也会熏出病来的。这样想着，她忍不住叫了起来："师傅！不能在里面念经啊！"

过了好一会儿，那和尚才从里面走出来，鼻孔里插着两根长长的草，见了小松母子，他双手合十行了个礼"感谢施主提醒，小僧自有解法。"说完晃了晃鼻孔里的草，又进了五间头。不一会，木鱼声和诵经声又传了出来。小松娘的心动了几动，让小松留在那里，看着和尚的行踪。

五间头怪事

几天后的一个傍晚，小松急匆匆跑回来，对母亲说："不……不好了，那个和尚不好了！"小松娘连忙跟着小松来到庙里，只见和尚脸色发紫躺在地上，边上炭炉上搁着的锅内滚动着黑色汁液，散发一股浓浓的药味。小松说："他让我把他吊到炉子上头去，要脚朝上头朝下，我吊不动才叫你来帮忙的。"于是，母子俩把和尚吊了起来。刚一吊好，和尚就贪婪地吸着炉子上冒出来的药气，一会儿，和尚"哇"地吐出一大口淤血，发紫的脸色渐渐变红。这时，他才有气无力地说"放，放我下来！"下来后又说"把药倒出来，让我喝下去。"母子俩又一阵手忙脚乱，让和尚喝下了药。药一下肚，和尚就睡了过去。

忙过之后，小松娘才问小松是怎么回事。小松说："我对他鼻子里插的草感兴趣，就与他套近乎，帮他烧火做饭，后来他告诉我鼻子里插的是防秽草，他让我也插上防秽草进了五间头。今天早上，他又一个人进了五间头，刚才我去找他，他从五间头跌跌撞撞跑出来，鼻子上没了防秽草。他一出来就忙着弄药，找出绳子要我把他吊起来……"小松娘这才明白，和尚是在五间头里失落了防秽草才中的尸毒，要不是他有药，吐出那口恶血，那是必死无疑的。

和尚又过了阵才醒来，吐出一口长气，说："多谢你们救了我，无以为报，我想把一身医术传给小松。让小松每天来跟我学医吧。"小松娘喜出望外，连忙替小松谢了和尚。

第二天，小松娘悄悄来到东岳庙，远远地看到和尚在五间头门口摆开尸骨架，看得认真、仔细。小松娘大吃一惊，一下子明白了和尚的意图。

小松娘出身骨科世家，从小耳濡目染，略懂医道，她之所以沦落于此，一是由于家庭突遭变故，二是心里还有个天大的秘密。她知道凡是骨科医家都在寻找灵药，而最好的骨科灵药是两种人骨，一叫朱砂骨，一叫连环骨。长有这两种骨的人世上极少，但长着这两种骨相的人一辈子不会骨折，就算摔断了也能不治自愈。而这两种骨相中，朱砂骨的人又好找些，因为长朱砂骨的人身体特重，活着就可以看出。难找的是连环骨，一直要到死尸腐烂后，拎起他的尸骨看是不是连成一串才知道。而连环骨的药效比朱砂骨更好，据说只要有了连环骨，连头断了都能接上。看来，这个和尚超度亡灵是假，来五间头找连环骨是真。

当天晚上，小松娘就对小松说："从今往后，你要多长个心眼，注意这和尚的一举一动。"

小松问为什么，小松娘说："现在你不用问，以后会知道的。"

这以后，小松发现了一个秘密：他娘竟开始偷偷练武，有时在天亮之前，有时在月升之后，一会儿拳打脚踢，一会儿攀岩过涧……

一决生死

转眼到了秋天。这天一早，和尚突然来到茶叶亭，要小松同他一起外出采药。小松娘哪里放心，就说小松年纪还小，要去就让她也一起去，和尚当即说好。三个人准备好干粮，一起上了路。

会稽山脉绵延数百里，素有百药山之称。三个人一路采到一个叫龙角山的地方，和尚眼睛一亮，指着山岩间一株开着紫花的藤说："你们看到了吗？那叫断血藤，任何内出血，外出血，见它就止，是株百年难遇的好药啊，可惜岩崖太高，难采。"小松年轻气盛，当即说："我什么样的岩崖没

上过？这就去把这断血藤采来！"小松娘一把拉住小松，说："你不能上，还是我上吧，断血藤要顺藤连根采来才有效，我知道怎么采。"说着她肩背药篓，如一只灵活的猴子"嗖嗖嗖"几下就爬上了山崖。小松正呆着，一旁的和尚说一声

"小松,你守在下面。"也一跃而起攀上了山崖。顷刻间,和尚和小松娘都站在断血藤边的一块石头上。

让小松感到奇怪的是,两个人都没有去采断血藤,而是久久对峙着。

其实,这时发生在小松头顶的,是一场孕育已久的生死对决——

和尚定定地看着小松娘,眼睛里露出一股凶光。

小松娘问:"你想干什么?"

和尚阴森森地说:"我已传了你儿子一身本领,你可以放心地走了。"

小松娘身子一晃,问:"你又是我师伯派来的杀手?"

小松娘怎么也不会忘记,自己小时候特别爱玩,有一次她爬到一棵树上掏鸟巢,一不小心摔了下来,没想到竟然皮毛无损,行医的父亲见了,高兴地说她长的是连环骨,有一次喝多了酒,还把这事告诉他师兄。父亲去世后,师伯就派出杀手,要夺了她谋取连环骨,她虽侥幸逃脱,丈夫却遭了毒手。从此,她带着儿子远离故土,逃到茶叶岭安身……

和尚说:"不,我是你师伯的徒弟,也是杀手。那次是我故意让你逃跑的,因为我不想师父得到你。现在他死了,该是我取你尸骨的时候了。你别恨我,我还是有慈悲心的,见你们孤儿寡母很可怜,就决定先去五间头,要是在那里找到连环骨就放了

你,可我冒着生命危险也没有找到连环骨,只好对你下手了。我已经为小松留好后路,要不了几年,他定是位骨科名家。现在,你可以心无牵挂地去了……"

小松娘心里升起一股寒气,自从逃脱师伯的追杀后,她就只想到一个无人知晓的地方把小松抚养成人,最后把自己的尸骨作为良药留给儿子!现在和尚要夺的,不只是她的一条命,也是儿子的无价之宝啊!

但这时已不容她多想,和尚已像只老鹰扑过来,说时迟那时快,只见小松娘瞅准和尚一个破绽,飞起一脚,把和尚踢下了山崖。

山崖下的小松根本不知道上面发生的事,就看见和尚掉下来,说声不好,一跃而起想托住和尚,小松娘大叫一声:"别——"谁知话没说完,脚下一滑,也跌了下来。

想不到那和尚被半山腰的一棵树挂住了,而小松娘却直直摔了下去,就在快落地时,一块石头从上而下,击中了她的头颅。小松一把抱住娘,娘已经成了个血人。小松悲痛欲绝,喊道:"娘!娘!"小松娘无奈地看了小松一眼,说了句"骨头……我的骨头",永远闭上了眼睛。

在劫难逃

挂在树上的和尚把下面的情形看在眼里,心里一阵狂喜,刚才那块石

头正是他扔的。他正在想法子从树上下来，不想这时树杈突然断裂，他也重重地摔了下来！

这时奇迹发生了，和尚的身子在地上弹了几弹，竟然毫毛无损！和尚伸伸胳膊蹬蹬腿，非常奇怪，嘴里直念叨："难道我……我也是……"

小松问和尚，他们在崖上发生了什么，和尚说，他们正要挖断血藤，旁边突然窜出一条蛇，他与小松娘同时打那条蛇，不小心相撞了……小松信以为真，同和尚一起把娘抬回了东岳庙。和尚说，他要为小松娘念七七四十九天经，送她上天堂。菱江镇商会闻讯，送来一口棺木盛殓了小松娘。

到了第四十九天晚上，小松想娘就要入土了，想再看一眼娘，他到东岳庙掀开棺材盖，一下子呆了：棺材里竟然没有娘的尸体！小松急忙去找

和尚，可和尚也没了踪影。他急了，在岭上到处找，突然，他听到前面小竹林里传来阴森恐怖的笑声，循声望去，只见暗淡的月光下跪着一个人，朝着天双手乱抓，此人不是别人，正是那个和尚！他语无伦次地朝天大喊："糊涂的师叔啊，她不过年纪小小从树上摔下来没伤着身子，你就说她长的是连环骨，害得她家破人亡，害得我花了几十年心血，丧尽天良，坏事做尽，得到的却不是连环骨。报应呀报应！"此时小松才看清，和尚的脚下散落着一堆尸骨，小松一下子明白了，叫了一声"娘"，就扑了过去。和尚拉住小松，说："孩子，把你娘的尸骨安葬了吧。你娘不是连环骨，我才是！我死后，你把我的尸体放进五间头焙上七七四十九天，再取我的全副尸骨作骨科良药！"说完，一头朝旁边的大石头撞去……

又过了好几年，茶叶岭出了位远近闻名的骨科名医，关于他的传说有很多，甚至有人说他受过神仙指点。但说得最多的，是他出身骨科世家，他娘就是一位骨科名医……

（题图、插图：黄全昌）

40年的悲欢离合，凝聚着超越生死的血脉浓情。无论多少坎坷、多少苦难，都改不了他做人的根本，因为，苍天有眼……

牛市真多事

□ 湛鹤霞

1."世上还是好人多"

有对江西夫妻的儿子被人拐走了，他们心急火燎离开家寻儿子，因为没有钱，就一路乞讨着，一直寻到湖南，连病带累再也走不动了，就在一个叫土家坳的地方住了下来，这一住就是40年，村里人喊他们石公公、石婆婆。

这天快到晌午时，石婆婆去喂猪，没走几步，突然脑壳一晕，两眼发黑，"扑通"一声倒在地上，头碰在食槽角上，鲜血"汩汩"地流出来。石公公在地里左等右等不见石婆婆来送饭，只好卸了犁，牵着牛回家，发现了躺在地上的石婆婆，赶紧背起往村

医韩树林家里赶，韩树林急忙救治，石婆婆这才醒过来。韩树林对石公公说："幸亏您回得早，再迟回一会儿，石婆婆就没命了。"这句话把石公公吓得半死，到了晚上，石公公狠狠吸了几口烟，对石婆婆说："我想把'水牯子'卖了！"'水牯子'是石公公养的水牛，全靠它犁田。石婆婆瞪着眼睛问："卖掉'水牯子'，怎么犁田啊？"石公公说："不犁了！我犁了四十几年的田，烦了！以后我专心在家种芋头，这房前屋后的地随我种。"石婆婆知道老伴是担心自己再次发病时旁边没人，她想了一阵子，说："你硬是要卖，我们家'水牯子'最少得卖

1000块。"石公公说："那当然，1000块少一分也不卖。卖了牛，我要带你到县里的大医院去看病，你脑壳一晕就倒地，不是好要的。"

第二天大清早，石公公牵着牛到了山上，让"水牯子"吃了最肥最嫩的草。放完牛回来，石婆婆已做好了饭，备好了干粮和水。

吃好早饭，石婆婆把钱罐里的钱全部倒出来，放在石公公的包袱里，嘱咐说："老头子，你要是饿了，记得拿钱买包子吃啊。"石公公点点头，背上包袱，轻轻摸着"水牯子"的背，说："'水牯子'啊，你要争点气，卖个好价钱，好给婆婆治病，啊？"说完，牵着"水牯子"上了路。

土家坳没通汽车，要走二十里山路才能到柏油马路上搭进城的车，"水牯子"也许是知道了主人要卖掉它，心里不舒服，走得特别慢，石公公舍不得打它，只好随"水牯子"慢腾腾地走，一直走到近晌午，才走到柏油路上。

踏上柏油路，石公公把"水牯子"牵到水沟边，对"水牯子"说："去喝饱水吧，多吃点草，等会我们搭车到县里去，在车上就没有水喝了。""水牯子"好像听懂了主人的话，慢慢把身子探下去，先打个滚把全身浸湿透了，然后"咕噜咕噜"喝起水来，喝完就使劲吃着草。石公公看着"水牯子"吃草，他也感觉饿了，解开包袱，拿出一个烧饼吃起来。

人和牛的肚子都饱了，石公公就牵着"水牯子"到路上去拦车，但来的几趟都是客车，"水牯子"不能进，又过了好久，总算来了一辆农用车，石公公马上站到路中央挥手拦车，司机从驾驶室探出头来，石公公着急地问："师傅，搭个车好吗？"

"您到哪里去啊？"

"我到县里去。"

司机为难地说："我这车只到前面三叉湾就不走了。您老一大把年纪牵着牛到县里干什么啊？"

"我要去县里卖牛，我从土家坳过来，你看牛都快晒晕了，这可如何是好呢？"石公公急得直摸他的脑袋。

司机抬头看了看水牯子，也替石公公为难起来："天这么热，搭个便车不容易啊。"突然，他又想起了什么，对石公公说："您老看这样行不？等我在三叉湾把货卸了，我送您到县里，如果我能从县里带回货，这趟您就白坐，如果带不到货空车回，您就给10块油钱，可以不？"

石公公马上答应下来。

农用车开到县耕牛交易市场时已是下午两点多了，石公公把"水牯子"牵下车，便从包袱里掏钱给司机，司机朝前看了看，说："您老等一等。"这时走过来一对青年男女，问司机："我们有夹板要拖到三叉湾，去不

去？"

司机连忙说："去，去！"又转身对石公公说："您老卖牛去吧，我来生意了，不收您老的钱。"

石公公惊喜得张大了嘴巴，对"水牯子"说："世上还是好人多啊！""水牯子"也跟着"哞哞"叫了两声。

2. "你这话我爱听"

膘肥体壮的"水牯子"是耕牛交易市场最抢眼的牛。石公公刚把牛牵进交易市场门口，就过来一位胖胖的农民，这个人围着"水牯子"转了几个圈，问："老人家，这牛卖什么价钱啊？"石公公先伸出一个指头，再伸出三个指头，胖子把头摇得像个拨浪

鼓："1300？贵了，贵了，这个数卖不卖？"他把大拇指和食指同时伸出来，石公公也摇着头，说："不卖！我这'水牯子'你看看，这皮毛多光顺，筋骨多强！它跟着我犁了四五年田，从来没趴下过。"

"牛是头好牛，但我只能出这个价了，也是图个吉利，你发我也发。"农民又伸出大拇指和食指在石公公面前扬了扬，见石公公不松口，他想走又舍不得。

这时，旁边一个拿扁担的也凑过来："老人家，这么好的牛怎么舍得卖啊？"

石公公叹了口气说："唉——是舍不得啊，可我要钱给我老婆子到县里看病，她总是脑壳发晕，一晕就倒地，再不看不行了啊！"

拿扁担的问："你崽女呢？"

石公公摸了摸"水牯子"的头，说："这就是我的崽，要是有崽女，我还卖什么牛啊？七十多的人了。"

拿扁担的感慨说："啊？您老七十多了还劳作？"先前那胖子见拿扁担的和石公公越谈越投机，生怕他抢先买走了牛，连忙在石公公跟前伸出一个指头，说："老人家，1000块行不？您总得让我还个价不是？"

石公公看了看胖子，想了想说："行！那就1000块，整数！"胖子高兴地从口袋里掏钱，"哗啦啦"数了10张大钞给石公公。石公公接过钱，一

张张照过水印验了真伪，把牛缰绳交给了胖子。胖子牵着牛正准备离开时，石公公却突然想起了什么，连忙拦住，问道："这位兄弟，我还想问问你，你买这牛干什么用啊？"

胖子一听，马上开心得哈哈大笑起来："我大儿媳妇刚给我添了个宝贝孙子，小儿子又考上了大学，北京大学啊！我们村自古以来只出了他这一个考上北京大学的。大喜啊！您老人家说说，这么大的双喜临门，不杀条牛怎么行？"

石公公一听，脸上立即露出难看的神色，他双手握着胖子牵绳的手，用乞求的声音说："这位兄弟，你还是把牛退给我吧。你家双喜临门，按理说是应该把牛卖给你，可……可这'水牯子'它是我的崽啊，你要杀它，就是杀我的崽啊！"

胖子愣了半天才醒悟过来，咧嘴一笑："哟呵呵，你这老人家对一条牛这么有感情，你这样一说，我怎么下得了手杀它哩，我想买也不能要了。"说完，就把缰绳交给了石公公。

石公公连忙把钱还给了胖子，胖子接过钱验过后就离开了。临走时，他朝石公公呵呵一笑，石公公也不好意思地朝他笑了笑。

石公公这才看到旁边还一直站着个牵孩子的矮个子，这矮个子见胖子走了，就走过来对石公公说："老人家，您这牛是头好牛啊！"石公公看

了看矮个子，说："是啊，力气大着呢，跟了我四五年，犁了数不清的田，从来没趴下。"

"可惜我今天带少了钱，不然我就买下它，种田人得有头好牛啊。"矮个子围着"水牯子"转了两圈，摸着它，恋恋不舍。

"这位兄弟是个真正作田的！"石公公说，"这大热天带着娃子出来干什么？莫晒坏了娃子啊。"虽然矮个子不是买牛的，可他这几句话说得好，石公公就与矮个子拉起了家常。

"带娃子到县里来看病啊，哪晓得这县里的大医院动不动就是要验血、照片子什么的，我只带了200块钱出来，光检查就花100，医生说要住院，要我明天再带钱来。"

"是啊，大医院看病太贵了。你娃子长得像条泥鳅，黑黑壮壮的，得了什么病啊？"

"唉——我这娃子苦啊，小时候打错了针成了聋哑，这回又在胳肢窝里长了个大疱疖，刚开始我没当回事，后来这娃儿每天都疼得难受，这才带他来看，医生说是淋巴啊肿瘤什么的，吓死人了。"矮个子叹着气，抬起孩子的右边胳膊给石公公看。石公公一看，这孩子腋窝里果真长了个鸡蛋大的疱疖，把他看得心里发疼，着急地问矮个子："这如何是好呢？"

矮个子说"今天是看不成了，只能先回去，明天带钱来住院。这不，我

趁着车还没来，就顺便来这买个犁头回去。犁头不好使，牛要受累哩。"

"你这话我爱听！作田的人要懂得爱牛。"石公公又觉着和矮个子亲近了许多，他摸了摸矮个子的儿子，说"你这娃子是白天晒多了太阳，你要让他晚上多出来，多吸收点地气。他这个疱疖，我看不是什么大病，只是火毒太重，积到一起就长成疱疖。你家有麻石没？"

矮个子憨憨地说："麻石？我们那里是湖区，只有卵石。"

"要有麻石就好了，弄块上年头的麻石，让娃子清早起来坐在上面，麻石吸了一夜露水，凉凉的，吸火毒顶好了。我整天在太阳下犁田，也是火毒重，每天早上都会在家里的麻石上坐坐，比喝凉茶还见效。"

"真的啊？那我回去就找麻石。老人家就是懂得多，家有一老是个宝，要是我爹娘还在，这娃子就不会长这个疱疖了。"

"呵呵呵……"石公公被矮个子夸得不好意思起来，一股慈爱涌上心头，他又摸了摸孩子的头，突然想起来，就说："对了，你没听说玉石桥的吴楚雷吗？他治疱疖那可是个能人，治好的疱疖只怕他自己也数不清。"

"吴楚雷？我也听过他的名字，只晓得他是个治疱疖的能人，就是不晓得他住哪里，您老知道不？"

"他住在玉石桥，在玉石桥卫生院上班，从三叉湾下车往右走，10里路就到了。你到三叉湾一问就晓得的，前两年我还找他治过疱疖哩。"

"那太好了，明天一大早我就搭车去。"矮个子很高兴，心疼地摸了摸孩子的脸，谢过石公公。突然，他又想起了什么，对石公公说："老人家，您这牛太招人喜欢了，能不能给我留着？明天我一准带钱来买。"

"这——"石公公抬头看看天色，日头已有些偏西了，他有些为难，又不知怎么开口。

矮个子见石公公为难，又想了一会，对石公公说："老人家，我今天只带了200块钱出来，给娃子看病、买犁头花得只剩下90块了，您看这样行不？我把这90块钱押在您这，您老把牛给我留着，我明天一早还要带娃子到玉石桥去，我给娃看完病就带钱到您家去牵牛。我真的太喜欢这条牛了，有了您这条牛，我还能再多种几亩地。"说完，他从口袋里掏出一叠零钱，要交给石公公。

石公公还在犹豫，矮个子另一只手又忍不住去摸"水牯子"，眼巴巴地望着石公公，石公公没有做声，只是眯着眼吸着烟，矮个子有些急了，他又取下背着的犁头，对石公公说："要不，犁头也押在您这里？"

石公公没有接矮个子的钱，他又抬起孩子的胳膊看了一阵，说："这位兄弟，你今天回去得赶快扯点水灯芯和车前草煎给娃子吃，这么大的疱疮，长在这个地方是耽误不得的。你家住得远不？贵姓？"

"我是南湖洲的，叫焦健康，回家要过两条河，要不是路太远，我这就想回家拿钱来买您老的牛。老人家，您放心，明天我大清早就出来，到县里再换车，估计午饭时可以到三叉湾，要不我先下车直接到您家，买了牛您再带我到玉石桥给娃子看病？我是真喜欢这条牛，作田的人遇条好牛不易呀！"

他们正说着话，矮个子身边的孩子却左手抱住右臂，突然蹲下身子，脸上现出很痛苦的样子，过了好一阵才恢复过来，待孩子站起身子，石公公说："这娃子发起痛来这么难受，可不能再拖了。"他想了想，又说"这样吧，我家离三叉湾不远，你干脆今晚带着娃子住到我家去，明天一早就去找吴楚雷老中医，不用来来去去浪费车钱，还能让娃子少受苦。"

正在这时，一辆到三叉湾的客车正从交易市场门口经过，一个人从窗户里探出头来，朝石公公喊道："石公公回去不？您老莫要误了车子！"石公公抬头一看，朝他挥挥手："我这还有事，你先走吧。"回头又对矮个子说，"这就是到三叉湾的车，刚才喊我的是我们土家坳的村主任。"

"到您家去好是好，可这牛——"

石公公这才又想起牛，是啊，今晚矮个子要是住到土家坳，牛钱就拿不到了，他不由得喃喃自语："这如何是好？这如何是好呢？"想了想，石公公又说，"健康，你们今天还是住我家去，你们先行一步，我牵着牛挡台农用车就跟过来，我家在土家坳第四个坳子，一问石公公大家都认识的。牛我一准给你留着……"

焦健康心里又是一阵温暖，望着

眼前这位公公，眼泪都要掉下来了。他又看看手表，对石公公说："娃子病成这样，还跟着我挤汽车，太吃苦了。要不这样，您老先把娃子带到您家，我这就赶回家拿钱，明天给娃看病也要钱。"

石公公见焦健康信任地把娃子交给他，心里也是暖暖的，一点头便答应了，说："这样也好，干脆明天一早我带娃先到玉石桥找吴楚雷，你明天直接到玉石桥卫生院和我们会齐，再一起到我家去牵牛。娃儿早看早好早利索。"

焦健康高兴地点点头，说："公公，那就这样说好了。我是搭村里大牛的农用车来的，跟他约好了四点在北门口会齐，眼看时间就到了，我这就到北门口会大牛去。"他又对儿子比比划划说了一会，意思是让他跟石公公走，明天他会来接的。

石公公听焦健康说他要搭便车回去，又关切地问："你搭的是什么车？"

焦健康以为石公公年纪大了没听清，就说："我搭的是村里大牛的农用车，他的车刚好来县里送货。"

石公公终于听明白了，猛地把牛缰绳塞到焦健康手里，说："健康你怎么不早说呀，牵着牛坐不得客车，碰上个农用车好难的。你今天能搭上农用车，就把牛牵回去吧，'水牯子'也少受罪。你明儿带钱来就是。"

焦健康呆住了，拿着缰绳呆着没有动，石公公催他："快去快去，莫让人家等久了，明天你要是来迟了，在玉石桥会不齐我们，记得到我家来把娃儿接回去。记住，我家在土家坳第四个坳，一问石公公别人都晓得的。"

焦健康把90块钱塞到石公公手里，说："我手里只剩这些了，您老明天带娃看病时先用上，明天我带钱赶早来……"

3."那人是个作田人……"

石公公牵着小孩下了汽车，接着又赶山路，这时太阳已经落了山，石公公摸了摸孩子的头，从包袱里拿出一个烧饼，说："娃，吃点东西有力气，我们要在天黑前赶回家。"说着，自己也拿了一个吃起来。

走了不到两里地，孩子突然一屁股坐在地上擦起了眼泪，石公公吓着了，忙俯下身子问："娃，你这是怎么了？"孩子不说话，只用手指着脚板。鞋子进沙子了？石公公正要帮他脱下鞋子，孩子把脚一缩，双手抱着腿坐在地上不起来。

"哦，你是走不动了吧？"石公公连忙蹲下身，孩子便双手搭在石公公的肩上，石公公反手托住孩子的屁股，把他背了起来，石公公一边走一边埋怨自己："我真是老糊涂了，让几岁的娃子跟着大人赶山路。"

小孩伏在石公公背上，边吃烧饼

边咂着嘴巴。石公公背着孩子回到家时，月亮都升到天上了，石婆婆正要关门睡觉，见老伴回来了，连忙从石公公背上把孩子接下来，不停地问："牛卖掉了？怎么还带个细娃子回来了？这是谁家的娃子？"

"先别问，待我洗了脸再跟你说。"石公公进厨房舀了一盆水端出来，先给小孩洗了把脸，就着那盆水自己也洗了一把，边洗边把白天的事一五一十告诉了石婆婆。

石婆婆听得张大了嘴巴，听完后马上起身去厨房，说："我快快地做饭，可别饿着娃子了，吃完饭你们早点休息，明天一早还要去玉石桥哩。"

"我不饿，先洗个澡，你给娃子也洗个澡，把他那身衣服换下来洗洗。"

石婆婆连忙去打水，孩子顺从地让石婆婆脱光了衣服，站在石头台阶上让石婆婆给他洗澡。突然，石婆婆一拍巴掌，说："我家没细娃子衣服，拿什么给他换洗啊？"

石公公从柜子里找出一件大褂，说："就一个晚上，凑合着穿我的吧。"石婆婆说："晚上凉着哩，孩子不穿裤子会凉了肚子的。"她匆匆给孩子穿上大褂，对石公公说："你们先吃饭，我去树林家借条山娃的裤子过来。"山娃是村医韩树林的儿子，住在前山坳里，石公公就吩咐老伴说："你顺便把树林请来看看，这孩子腋下长了个疱疖，只怕他今晚上要发痛哩。"

石婆婆走进韩树林家，把来意给山娃娘一说，山娃娘立即进屋拿了一套山娃的衣裤给石婆婆，石婆婆正欲转身，山娃娘却叫住了她"石婆婆哟，这事有些靠不住啊，我听说有些丧良心的爹娘，会把得病的孩子丢给别个的。石公公他该不会是受了骗吧？"

一句话把石婆婆提醒了，她带韩树林一起回家后，就把山娃娘的话跟石公公说了一遍，石公公一听就挥手打断了她的话，说："莫瞎讲，那人一看就是个好人，是个作田的人。"

韩树林抬起小孩的胳膊一看，摇着头说"这种疱疖不好治，弄不好要死人的，到这样子已经拖不得了，得赶紧找玉石桥的吴楚雷治。"

石公公说："我明天一早就带这娃去玉石桥，我是怕他今晚发痛，你看看有好法子没？"

韩树林给了石公公两粒止痛药，说："今晚上这孩子要是痛得厉害，就给他吃。"

第二天天刚麻麻亮，石公公就背着小孩上了路，上午八点多，他们到了玉石桥卫生院，一问，吴楚雷死了快半年了，卫生院的人说："疱疖生在这个地方，少见。你到县里去找吴楚雷的女儿吧，吴楚雷把他治疱疖的秘方和绝招都传他女儿了，他女儿现在和丈夫在县里开诊所。"

"这如何是好？"石公公急得团

团转。这时，那娃子又用左手护着右臂，痛得蹲在地上，看到娃子这个样子，石公公就对娃儿说："我们不等你爸了，先去县里找到吴楚雷女儿，替你治好疱疖再说。"

他们赶到县里已是下午两点，石公公给每人买了个包子吃了，就沿着街道一个诊所一个诊所地找吴楚雷的女儿，可问了一家又一家，全都不是，眼看天都快黑下来了，石公公看见县中医院旁边有个"辉强诊所"，就对娃子说："我们就到这个诊所看吧。"

诊室里坐诊的是一位三十来岁的女医生，她检查一番，让小孩坐到椅

子上，让石公公帮着抬起小孩的胳膊，她边摸小孩的疱疖，边问："小朋友，你叫什么名字？"小孩只是瞪着眼睛望着女医生，一句话也不说，女医生又问了一句，小孩还是不说话。

石公公说："医生你别问了，这娃子是个哑巴，他爸爸把他托给我，我带他来找吴楚雷的女儿，找了大半天也找不到，只好到你这里。"正说着，石公公突然意识到这样说不妥，连忙补充说，"我并不是说你的医术不好，只是吴楚雷的医术太高了，他那手，没有不能治的疱疖……"

石公公还在喋喋不休地说着，女医生左手抓住小孩的肩膀，右手突然一使劲，手里藏着的手术刀一下就把小孩的疱疖割开了，只见一股带血的脓液迸溅出来，女医生又一使劲，将小孩疱疖里的脓全部挤干净，把一块黑糊糊的膏药"啪"地贴在伤口处，又缠上几圈纱布。

一番处理后，娃子不那么痛了，他用手背擦干泪水，石公公慌忙把他抱到怀里坐着。女医生对石公公说："他刚开了刀，还得打针消炎。"

"好，好……"石公公边用袖子给娃子抹着脸，边让女医生给孩子上了吊针。他又接着问女医生："医生，要多少钱啊？"

女医生笑了笑，将三服中药和一叠膏药用塑料袋装好，交给石公公，说："您老记得每天给娃子换一张膏

药，别进水，贴完这7张膏药就会好的，3服中药回去就煎给娃吃，一天一服，每服煎两回。"

石公公接过药袋子，小心地问："要多少钱啊？"

女医生又笑了笑，说"不要钱！老人家。"

"那怎么行，那怎么行？"石公公简直不敢相信自己的耳朵。

女医生开心地笑着说："老人家，您这么看得起我爸爸，我感谢您还来不及呢，不收您老的钱！"

石公公听不懂了："你爸爸？"

"我爸爸就是吴楚雷啊！"

"啊哈哈……"这回石公公真是开心了，他抬起头看着"辉强诊所"里的一切，嘴里不停地说："好哇……好哇……你爸爸是个能人啊，你爸爸有了你，真好哇……好娃子……"

治了孩子的病，石公公又开始惦记焦健康了，他不停地对孩子说："你爹只怕在我家等急了呢。"带着娃子急急地往家赶，等他赶回家时，已经晚上九点多钟，还没进门，石公公就喊开了："健康，健康——"

屋里没有人回答，只有石婆婆出来，从石公公背上接下孩子，说："怎么才回来啊？你把我家地址讲清楚没有？娃他爹只怕是找错了地方。"

这时，韩树林正好来石公公家说事，听说焦健康没来，不敢告诉石公公多半是受了骗，只是问："那人说了他住哪里没？孩子病也治好了，要不，我们将孩子给他送回去？"

石公公一摸脑袋，说："他只说了是南湖洲的，好像还说要过河，他叫焦健康，这名字倒是好记。"

韩树林也摸了摸脑袋，说："那个地方我晓得的，我有个表姐在洼河镇那边，我听她说起过，的确要过河渡水的。这样吧，我明天就到我表姐家去，到那里去找找那个人。天气热，娃子刚开了刀要休养，还是找到了再带娃子去。"

第二天一早，韩树林就匆匆赶往洼河镇去了。

晚上七点多，韩树林回来了，对石公公说："石公公，您老的910块钱是要不到了，那人根本就是骗您的，那里根本就没有叫焦健康的人。这小孩是个聋哑残疾，那人把包袱甩给您，还骗了您一条牛。"

石公公摇摇头，说："不可能！那人一看就是个好人，是个作田的人，他不是那种人！"

韩树林叹了一口气，说："这牛市，真多事！"

4. "我娃子得上学……"

没有钱给石婆婆看病，可石婆婆的脑袋这几天不仅不发晕，还成天乐呵呵地笑。别人问她："石婆婆，您捡了金元宝吗？这么高兴的。"石婆婆

连连点着头，说："比金元宝还金贵呢，我现在有孙子了。"原来，石婆婆对石公公被骗之事不但不痛心，反而认为那是菩萨看在她40年前失去了儿子的分上，赐给她一个孙子。因为他是石公公用910块钱换来的，石婆婆就给孙子取了个名字，叫"石久一"。

石久一刚开始觉得挺新鲜的，石公公又替他治好了疱疖，那两天他总是乐呵呵的，但后来一直没见爹来接他，就整天愁眉苦脸地往坳口张望，好几个晚上不吃饭，直抹眼泪。石婆婆呵护心肝尖一样地陪着他，宠他，石公公带着他坳前坳后满山走。虽然想到爹这么久还不来接，很让他伤心，但他慢慢开始喜欢土家坳，喜欢石公公和石婆婆。

土家坳的人见石婆婆高兴，也都替她高兴，老两口找了一辈子的儿子，总算有了个孙子，也是大好事。于是，韩树林牵头，全坳子的人家每家兑了份子钱，为石公公、石婆婆贺喜。也是巧，韩树林把兑来的钱一清点，不多不少正好910块。

有了这些钱，石公公就想带石婆婆到县里去看病，但石婆婆说："不行，不行，这钱只能花在久娃子身上，我脑壳发晕都几十年了，老毛病治不好的。你还是用这笔钱去请个师傅，让久娃子学门手艺吧，将来我们死了，他有门手艺就有口饭吃。"石公公

沉默了一会，说："那就等把地里的芋头卖了，再到县里给你看病。我想请谭木匠收久娃子做徒弟，学艺学得早，将来能成个大师傅。"

中秋节到了，石公公从小卖铺里买了一盒月饼，提上两瓶二锅头，带着石久一到了谭木匠家里，谭木匠一见石久一，就乐呵呵地给了他一个月饼，当石公公把拜师的事提出来后，谭木匠哈哈一笑，说："要得，要得，石公公呀，哑巴做木匠是最合适的，因为木匠干活不说话，东家不嫌弃，您老找我这个师傅真是找对了。"听谭木匠这么一说，石公公乐了，赶紧示意石久一给谭木匠下跪。

谭木匠从里屋搬来一把太师椅，端端正正摆在堂屋中央，挺直身子坐了，石公公等久娃子跪下后，弯着腰从后面将石久一双手抱拳，举过头顶，认认真真给谭木匠磕了三个头。

磕完头，谭木匠拧开二锅头，往两个杯子各倒了一点儿酒，石公公双手端起一个杯子，举过头顶，低着头，说："娃子不能说话，我来替他说，师傅在上，石久一喝了这杯酒，就是您的徒弟，日后好好跟着师傅学艺，学成之后，永远不忘师傅恩情。一日为师，终身为父！"说完就把杯子端到石久一嘴边，石久一一仰头就把那口酒喝下去，喝完后马上伸出舌头做出难喝的样子，把谭木匠和石公公都逗笑了。

因为年纪小，石久一只能先学点打墨线、使刨子的小活，其他的时候就站在师傅旁边看。

时间一晃就过去了一年。这天，谭木匠的岳父去世，他要去奔丧，给石久一放了几天假，石久一又回了土家坳，山娃见了，就到石公公家找石久一玩，手里拿着一本连环画。石久一看到连环画，就给山娃做手势，石公公见山娃看不懂，说："久娃子想看你那本画画书。"山娃听了，一把将书藏在身后，说："这是我找同学借的书，他又不认得字，怎么看？"石公公说："他虽然不认得字，可他能看那些画儿啊。"

"画儿？"山娃子"扑哧"一笑，把那本书递到石公公面前，说，"石公公，这是孙悟空打妖怪的书，不是画儿呢，只有读了书的人才看得懂的！"一句话把石公公说得心酸，他蹲下身子求着山娃说："山娃子，把你的孙悟空打妖怪的书借给久娃子看一夜，就看一夜，行不？明天公公给你做一个蝈蝈笼子。"山娃这才把书递给石久一，石久一接过书，像饥饿中的人见到了包子，忘记了玩耍，一直捧着那本书，一页一页地翻着看。石公公看着娃子这个样子，马上做出了一个决定：送他上学读书！

这天，石公公提上家里的黑母鸡，翻过两个山坳，来到土家坳唯一的"土家小学"，找到何校长，石公公把石久一的情况跟校长一说，校长为难了："石公公啊，他要是只是不能讲话还好办，他耳朵也听不见，怎么听课啊？"石公公把老母鸡往校长房里一放，说："我就是冲我娃儿听不见才来找你的，要是个正常人，我提个母鸡来干什么？这母鸡一天一个蛋，准着呢！"

校长呵呵笑着，说："瞧您老说的，黑母鸡您提回去，这孩子我是真的没法教。"石公公一听，呆呆地望了校长足足一分钟，突然"扑通"一声跪在校长面前，说："校长求求你，我

娃子可怜，他得上学啊！"这下慌得校长连忙将石公公扶起，边扶边说："您老莫折我的寿，您老莫折我的寿。娃儿的事，我来想办法。"

当天下午，石公公把石久一送到了学校，校长摸了摸石久一的头，正要说话，突然，不远处传来一阵恐惧的尖叫，原来，学校的教室年久失修，最西边的那堵墙裂开一个口子，正在"哗啦哗啦"往下落砖块，幸好是下课时间，同学们都在教室外面，看到这情景都发出刺耳的尖叫。校长到外面看了情况，布置一番回来，高兴地对石公公说："太好了，刚才外面尖叫时，这娃就朝尖叫处张望，说明他还有一点点听力。"石公公却摇着头，说："老师又不能像刚才那样尖叫着上课，这点听力有什么用啊。"校长说："不，石公公，我有办法的。"

两天后，何校长来到石公公家，大声说："石公公，久娃子呢？"石公公忙把石久一带到校长面前，何校长从衣兜里掏出一个助听器，往久娃子耳朵里一塞，稍稍提高点声音，喊："石久一同学——"石久一马上抬起头，望着校长，咧着嘴笑。

5."好人有好报……"

石久一终于可以坐在教室里听课了，教他的是位年轻的女老师，叫刘艳，刚从师范学校毕业，她很喜欢这里的孩子们，还给石久一开小灶，教他学着看口型、结合发音来学习，石久一很快学会了看书写字，成绩也慢慢跟了上来。

这天，有个客人来看刘艳老师，这客人叫焦朝阳，是刘艳老师读师范的同学，也是她的男朋友，很会唱歌。刘艳把焦朝阳带到班上，让焦朝阳教孩子们唱歌。

焦朝阳教孩子们唱了"只要人人都献出一点爱，世界就变成美好的人间"，他边唱边看着讲台下一张张孩子的笑脸，突然，他看到石久一，眼睛盯在石久一的脸上不动了，石久一也死死盯着焦朝阳，要不是刘老师还站在讲台边，看他那样子一定早跑到讲台前去了。一下课，焦朝阳就奔下讲台，一把抱住石久一，"呜呜呜"地哭了起来。

刘艳被眼前这一幕惊呆了，过了许久，焦朝阳才抬起满是泪水的脸，哭着说："这是我弟弟。"

刘艳大吃一惊："你弟弟——"

焦朝阳接着说："我弟弟两岁时发了场高烧，被医生打错针变成了聋哑人。去年夏天，弟弟腋窝里长了个疱疖，我爸爸带着他到县里看医生，回来时搭的是人家拖货的农用车，因为回得太晚，农用车没赶上汽车渡船，就搭了一条私人的划子，划子到了河中央，一个大浪把划子打翻了，车子沉到了水里，我爸爸不会游泳，和司机一起被淹死了。当时车上还拴着一条牛，是那条牛拖着车子游到岸边，车里只有我爸爸和司机，但没有我弟弟，我们都以为弟弟被水冲跑了，想不到他被人救上来带到了这里。"焦朝阳一会儿高兴一会儿伤心，又哭又笑。

焦朝阳和刘艳一起随石久一来到石公公家，石公公、石婆婆明白了事情的来龙去脉后，低着头擦了好久的眼泪。石公公叹了一口气，说："我就说嘛，健康一看就是个作田人，是个好人！"过了一会儿，石公公又说："韩树林去找过你们啊，怎么没找到呢？"焦朝阳惊奇地说："您老还去找了我们啊？我家住在与益阳搭界的南湖洲，听说洼河镇那边有个地方叫蓝湖冲，是不是弄错了？"

石公公这才明白当初韩树林把"南湖洲"与"蓝湖冲"弄错了，也正因为这个差错，久娃子才能在自己身边呆一年多时间，把他养得比亲孙子还亲。想到久娃子就要跟哥哥回去了，石婆婆一直低着头不做声，一边伤心地流着泪，一边杀了家里的那只黑母鸡，到灶屋给客人做饭。

晚饭很快就做好了，石公公一个劲往焦朝阳和刘艳的碗里夹菜，不停地

劝他们多吃点。细心的刘艳看见石公公的眼睛湿湿的，石婆婆也坐在灶屋抹眼泪，就悄悄把焦朝阳拉出来，说："你瞧见两个老人的样子没？为了久娃子能上学，石公公都给校长下了跪，他们多疼你弟弟啊！两个老人身边又没得个后人，要不就把你弟弟留下来吧。再说我在这里，对他也能有个照应。"焦朝阳点点头，说："我这就回家跟我妈说去，我妈要是知道我弟弟还活着，高兴都来不及，要是再知道公公婆婆这么舍不得，她一定会同意的。"

刘艳连忙走进屋，把焦朝阳的话对石公公说了。石公公简直不敢相信自己的耳朵，吃惊地看着刘艳，刘艳就把焦朝阳的话又说了一遍，石公公连忙站起来，朝着灶屋大声喊道："老婆子，快出来！他们说不带走久娃子

了，他们说要让久娃子留下来了！"石婆婆听见，连忙磕磕绊绊从厨房跑出来，说："久娃子不走了啊？久娃子真的不走了啊？"

几个人又在桌子前坐下，焦朝阳担心两个老人太激动，便转了个话题，问石公公："您老的话怎么有江西口音啊？"

石公公好奇地问："你怎么连我的江西口音都听得出来？"

焦朝阳说："按理说我也算个江西人，我父亲小时候被人从江西拐卖到湖南，他长大后回江西找过好几回，前几年还带着我一起去江西找过，就是找不到。唉——"

石公公忙问："你知道你父亲是江西哪个地方的人吗？他今年多大年纪了？"

"我父亲被拐时年纪小，只记得好像是湖口的，您老不是见过我父亲吗？他今年46了，这么多年的苦日子都熬过去了，可……"焦朝阳又要落泪了。

石公公一听焦朝阳说他父亲是湖口的，今年46岁，激动得猛一下从椅子上站起来，声音打着颤，问："你父亲左脚的脚板心是不是有块铜钱大的胎记？"

"是啊，我父亲脚板心有块胎记，您老怎么知道？"

石婆婆听到这里，手中的饭碗

"啪"地一下掉在地上摔了个粉碎，她一手抱住石久一，一手抱住焦朝阳，哭道："我的孙子啊——我嫡嫡亲的好孙子啊——"然后又磕磕绊绊地跑到屋外的台阶上，坐在地上，对着天上哭着喊："我的崽啊——我可怜的崽啊——"

石公公也哭着喊"崽啊，爹娘找了你40年，你咋就只让爹见一面，就匆匆忙忙地走了呀！"

焦朝阳突然明白过来，他跪在石公公、石婆婆跟前，抱着公公、婆婆的双腿，喊着"爷爷、奶奶"，号啕大哭。

几天后，焦朝阳带着妈妈来到土家坳，失散了40年的一家人又团聚了。焦朝阳想把爷爷、奶奶接到南湖洲去住，可石公公、石婆婆舍不得住了40年的土家坳，更不想刚熟悉了环境的久娃子再换个陌生的学校。还是刘艳有办法，她红着脸对焦朝阳说："你要是真想和我结婚，就调到土家坳小学来，我们跟爷爷、奶奶和弟弟住在一起。"焦朝阳的妈妈听了，也对石公公和石婆婆说："爸、妈，健康他走了，我一个人也很孤单，我这就回去把那边的房子和田地处理了，也搬到土家坳来，跟你们住在一起，好不好？"石公公、石婆婆看着自己家的三代人，什么话也不说，只是一个劲地点着头，使劲地擦眼泪……

（题图、插图：杨宏富）

高腔

她是一个地方剧团的花旦演员，30年前，她随团到一个山区演出，出演《昭君出塞》中的昭君。演出中，她在一句高腔上升不上去，只好用技巧掩饰过去，好在观众没什么反应，但她为这个失误伤心不已。

剧团返城后就赶上"文革"，陷入瘫痪，整整十年她没有弥补的机会，但她一直坚持偷偷练功。后来剧团复兴，再次到那个山区演出，她重演《昭君出塞》，演得神采飞扬，特别是当年那个上不去的高腔让她唱得行云流水，赢来阵阵喝彩。

演出结束后，一个老农民特地到后台找到她，说："十年前，你有一个高腔没上去，我好为你可惜！但这次我一连看了三场，你每次都唱得满弓满调！你对得起你的行当，你是一个好演员！"老农民的话让她流泪了，她不是名角，从没红过，但她的努力却得到一位农民的认识和赞美。

（推荐者：潇　风）

负　担

传说在很久以前，一位神仙有很多东西要搬到另一个地方，于是他向动物们发出了请求，但几乎所有的动物都以各种借口拒绝，只有小鸟跑过来对神仙说："我们虽然渺小，但我们乐意承担，只要您将这些东西扎成一小捆一小捆的，我们肯定能行。"

神仙将这些小捆的东西固定在每一只鸟儿的背上，鸟儿们背着沉重的负担，穿过无边的草原向着目的地进发，它们边走边唱，似乎忘记了肩负的重量。每过一天，它们身上的负担似乎都轻了一些。

当它们到达目的地、试图卸下背上的负担时，才发现这负担已经变成了美丽的翅膀。

从此，小鸟们都会飞了。

（推荐者：朱和树）

辞 职

他大学毕业后被招聘到一家大型家电公司做销售工作。刚踏上社会，他有一股拼劲，而且对销售工作很感兴趣，所以用足了心思，业绩一直不错。美中不足的是，他和主管的关系总是难以协调，终于有一天，因为一件无足轻重的小事，他和主管吵了起来，一怒之下，他向老总递交了辞呈。

老总对他的印象一直不错，就说："我同意你辞职，请你把手里的业务清理一下交给我。"

不一会，他交给老总四份文件。第一份是他本月内需要结算的经济往来的清单；第二份是他已经建立良好合作关系的单位名录，上面有每位老板的家庭地址和电话，甚至包括每位老板的个人喜好；第三份是他正在争取的客户名单，上面列举了这些单位相关人员的籍贯和简历，如谁当过兵，谁下过乡，谁离过婚等；第四份是正要拓展地区的详细计划，包括非常细致的公关步骤。

面对他的"临行交待"，老总作出了批复：他留下，并升任主管，那位主管则被降职，并调离这个部门。

当那位主管向老总讨说法时，老总说："你和他这样的人才处不好关系，本身就是失职。"

（推荐者：卜黎飞）

安心的蚂蚁

一天清晨，国王独自一人在动物园中散步，突然发现所有的动物都无精打采，有气无力。

国王诧异地问一头大象，它们究竟遇到了什么麻烦？原来，大象认为自己生来就是一副笨拙老实相，不能像狮子一样威风凛凛，所以消极厌世，觉得活着没什么滋味；狮子则憎恶自己不能像孔雀那般美丽迷人，人见人爱；而孔雀一心想离开人间，因为它想像老鹰一样翱翔蓝天……

但一只蚂蚁却乐此不疲地寻觅着食物，国王高兴地问它"当别的动物都已对自己气馁时，只有你还勇敢地活着，你为什么能够一如既往、这样安心呢？"

蚂蚁说："是啊，我的确很快乐。虽然我生来就非常渺小，没有什么值得骄傲的地方，但我知道，我是一只蚂蚁，我可以不被人注意，但我必须做到让自己快乐。"

（推荐者：潇 风）

（本栏插图：安玉民）

学写作文，可以从读故事开始

·情感故事·

狗屎运

□ 鲍宜龙

　　大清早，王强就被住对门的老李"咚咚咚"地敲醒了，开门一看，老李一脸的不高兴，说："你们家的小狗到我家门前拉屎了。"

　　王强疑惑地说："不会吧？我们家的小狗昨晚拴在家里，怎么能到你家门前拉屎？"

　　"那你看看这是什么？"老李指指自家门口。

　　王强一看，老李家门口果真有几粒狗屎。王强知道老李非常讲卫生，这单元又只有自己家养着狗，就连忙给老李赔着不是，赶紧从家里拿来扫帚把老李家门口扫了个干净。弄好后，王强心里还是纳闷，便向媳妇说了这事儿，他媳妇也好生奇怪："我们家小狗昨晚没出去呀！"

　　王强越想心里越不是滋味，谁这

么无聊寻开心？只怕做了这次，还会有下次。他一边想着，一边打开了家里的电脑，一眼就瞅见电脑上用来视频聊天的摄像头，一拍脑袋，说："有了，我们家的摄像头可是有夜光摄像功能的，这下我不怕你了！"他连忙卸下摄像头，放在猫眼后面，一番调试，哈，门外的情况看了个一清二楚。

　　没过两天，老李又一大早来"咚咚咚"地敲门了，王强这回胸有成竹地打开门，一见老李就满面笑容，抢先说："又有狗屎在你们家门口是不是？口说无凭，咱这回可是摄了像的，你跟我一起打开电脑看看是怎么一回事吧！"说着，王强就把老李让进家，带老李来到电脑旁，点了一通鼠标，昨晚门口楼道里发生的事便一清二楚地展现出来，只见画面放到凌晨光景，有位老太太拎了一只塑料袋，悄悄走上楼，小心翼翼地把袋里的东西倒在老李家门口，然后小心翼翼走下楼。老李这才明白狗屎不是王强他们家小狗拉的，自己错怪了王

强，非常难为情，说："这老太太是谁呀？为什么要把狗屎倒在我家门口？"

老李想不到的是，一旁的王强这时早已满脸通红，浑身不自在，他对老李说："对不起，真的给你添麻烦了，这老太太是我妈！"老李大吃一惊："你妈不是在乡下吗？她为什么大老远的拎几粒狗屎来倒在我家门口，又偷偷地走掉？"

王强一个劲地向老李赔着不是，忙着把老李家门前的狗屎打扫干净。一弄完，他便开着车往老家赶去。他老家离城不过十几里地，不一会就到了。王强他妈一抬头见王强回了家，喜出望外，问："小狗子，你怎么来家了？"王强说："妈呀，你不在家好好歇着，把几粒狗屎弄到我们家对门干什么呀？"王强妈妈大吃一惊，问："什么？狗屎摆在你们对门家，不是

在你们家门口？唉，那得赶紧跟人家赔不是了。只怪我去得太少，把你们家的位置记错了！"

接着，王强妈妈对王强说："前几天是你36岁的生日，本命年！我给你找了算命先生，他说你要是能在无意间踩到几次狗屎，就不仅能逢凶化吉，还能在今年遇上狗屎运，大吉大利。所以，我就没跟你打招呼，悄悄把几粒狗屎放在你家门前，让你一出门就能踩到。哪知道，妈放错了地方。"

王强这才想起老家有在本命年踩到狗屎走狗屎运的说法，可妈妈还是在他刚搬家时去过一回他家，忘记了他家位置，这才把对门老李家当成了他家。这样一想，王强的眼泪差一点出来，连忙说："妈，你没错，是我错了。我这就把你接过去，有你陪着，我一准能走狗屎运……"

（题图：安玉民）

听乡长的
没错

□王喜成

大庄村地处大山深处,消息闭塞,但牛乡长每隔一段时间总要来村里看看,带来山外面的新精神。

这天,牛乡长又来了,在村里一直转到天黑,回不去,就到村主任周通家吃晚饭。周通拿出家酿烧酒,两个人喝着喝着都喝高了,牛乡长看看周通的老婆,拍着周通的肩膀,说"你小子行啊,什么时候娶了俩老婆?"

周通一听就乐了,乡长喝多了,把一个人看成了双影,就笑着说:"我哪敢娶两个老婆呀,法律不让的。"

牛乡长白了周通一眼,大着舌头说:"新《婚姻法》颁布了你知道不?一个男人现在可以娶两个老婆了!"

周通高兴得跳了起来:"真的?"

"我是乡长,我能骗你吗?"

周通把牛乡长安顿好,立马就去了杨春慧家。杨春慧是个寡妇,才三十出头,长得很漂亮,周通早就垂涎三尺。杨春慧见周通来了,连忙一闪身跑到屋外,说:"有事请在外边说。"

周通嘴里喷着酒气,说:"春慧,我想跟你结婚。"

杨春慧说:"主任你喝多了吧?你又不是没老婆。"

周通就把牛乡长的话跟杨春慧说了,杨春慧不信,周通说:"牛乡长的话你还不信吗?"

杨春慧说:"信了我也不能嫁给你。"

"为什么呀?"

"我刚死了丈夫,为给他治病拖了一屁股债,婆婆身体又不好,我能拍拍屁股就嫁人吗?"

周通一听就乐了:"这叫啥问题,你等着,我这就回去取5000块钱来,把你那仨瓜俩枣的债全抹平了。"

周通说完就回家取钱,他老婆一看急了,跟他大吵大闹。周通平日里有三分怵她,但现在有牛乡长那句话撑腰,一耳光就把老婆扇了个趔趄,边打边骂:"你他妈是聋子?牛乡长的话没听见?新《婚姻法》颁布了知

真假都不行（文：王艳刚；图：包丰一）

1. 两个好久不见的朋友相遇在客车上，聊起了天。

2. 甲：听说你两个儿子都在所里，是工商所还是税务所？
乙：拘留所。

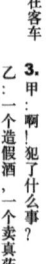

3. 甲：啊！犯了什么事？
乙：一个造假酒，一个卖真药。

4. 甲：卖真药也犯法？是啥药？
乙：炸药

道不？一个男人可以娶两个老婆知道不？再闹老子休了你！"他老婆还真给他镇住了，又不敢叫醒牛乡长问个清楚，只好作罢。

周通拿着钱来到杨春慧家，杨春慧说啥也不要，周通把钱往她怀里一塞，说："村主任给你钱你可以不要吗？快拿着，扯来扯去影响不好！"

杨春慧拿了钱，顺手就把家里的门关了，周通在外拍着门，大声说："明天我们去乡里，把证扯了……"

这烧酒后劲真不小，到了第二天早上，周通又兴冲冲来找杨春慧，要拉杨春慧去领结婚证。杨春慧自然不会跟他去，正在拉拉扯扯，牛乡长来了，问："周通，你在干什么？"

周通见乡长像是见到了救星，忙说："乡长，你快告诉她，现在男人能娶俩老婆了！"

牛乡长牛眼一瞪，大喝一声"胡闹！谁告诉你男人能娶俩老婆的？"

周通一下子傻掉了，结结巴巴地说："你昨晚不是说，新《婚姻法》出来了，男人可以娶俩老婆？"

牛乡长哭笑不得，说"我喝醉酒说的话，你也当真？"

周通哭丧个脸，哑口无言。

牛乡长却转过身子，忍不住咧开嘴乐了：他刚才听了周通老婆的哭诉，想不到昨天自己喝醉了说的一句大话，竟然让周通把从村里揩的油吐出来，让贫困户杨春慧渡过了难关……

老师的神通

□ 蒋金陵

高一(3)班的自习课上老是有人睡懒觉，学校就让黄老师来当班主任。黄老师上任第一天就在班上说，谁在偷懒我一清二楚，抓住了决不轻饶。

这天又到了自习课，黄老师一直没露面，几个爱睡懒觉的趁机睡了个天昏地暗。自习课快结束时，有人看到黄老师从办公室走过来，连忙叫醒睡觉的同学。哪知黄老师在教室走了一圈，就将刚才睡觉的王飞、李露、张强点了出来，把他们"请"到办公室。

三个人心想，黄老师准是蒙的……

王飞说"我没睡懒觉，我在做数学题。"

黄老师瞅瞅他，冷冷地说："做数学题？你是趴在英语作业本上睡着的。"

王飞一听，大气也不敢出，刚才自己的确是趴在英语作业本上睡着的。

李露说"老师，我一直在做物理题。"

黄老师扯起李露的衣服袖子瞅了一眼，冷笑道："你枕着袖子睡，连书都没翻开。"

接着，黄老师一个手势制止了正要狡辩的张强，说："你就更不要说了，你睡着觉都在想玩游戏机。"

没想到黄老师说得不差分毫。三个人口服心服，佩服得五体投地，老老实实承认了错误，做了检讨。

三个人垂头丧气回到教室，同学们见了他们都一个劲地笑，王飞眼一瞪，嚷道："笑什么笑？没见过呀？"

一位女生拿出面镜子递过来，说："你看看吧，我们真的没见过。"

王飞一看，脸"刷"地一下红了，只见自己左边脸上印着一行行反着的英语字母，原来他的英语作业本上墨迹未干透，全印在自己脸上。他再看看李露和张强，自己也忍不住乐了：一个的脸上印着衣服扣子的花纹，一个的脸上是游戏机键盘的痕迹……

·幽默世界·

留给他自己说

□ 刘本夫

李老汉是社区的特困户，为了照顾他，开发商特许他到拆迁工地砸些废钢筋，卖点钱补贴生活。李老汉费了九牛二虎之力，总算在这天下午从废弃的建筑构件里砸出一板车废钢筋，拉起朝废品收购站走去。他因为担心收购站快下班了，所以走得很快，但车上的钢筋长长短短弯弯曲曲的，对着路边的行人张牙舞爪，李老汉只好边走边大声吆喝："请让一下，当心钢筋挂破了衣裳！"

路上的行人听了李老汉的吆喝，都让开道让老汉过去，但有几个街头小混混根本不理睬，依旧摇头晃脑地横在路上。这下好了，只听"哧啦"一声，一个小混混的衣服被钢筋挂出个口子。这下小混混不干了，他声称自己这件衣服是八百多块钱买的，要李老汉赔。李老汉不赔，小混混便将李老汉连同他的车子一起"押"进附近的派出所。

这天正好是派出所周所长值班，听了小混混的申诉，他问李老汉："他的衣服是不是你挂破的？"

李老汉看了眼周所长，不做声。

"你怎么挂破他衣服的？说话呀！"

李老汉还是不回答。

周所长见状，问小混混："这人是个哑巴吧？怎么一直不说话？"

小混混忙说"他不是哑巴，刚才他还一路吆喝着，声音大得很！"

"他是怎么吆喝的？"

小混混说："他是这么吆喝的：请让一下，请让一下，当心钢筋挂破了衣裳！"

周所长听了大为气愤，斥责小混混"他一路大声吆喝过来，你怎么也不让一让？"

小混混见讨不了便宜，只好灰溜溜地走了。周所长又问李老汉："您刚才怎么不说话呀？"

李老汉说："我留给他自己说。"

网络时代的乞丐

□ 鄢 锅

王二玩游戏过了头，这不，离发工资还有十来天，身上却只剩10块钱。他急得在街上走来走去，不想走着走着，竟又走到一家网吧门前。

他看到网吧门口跪着个乞丐，这乞丐二十来岁，西装革履的，却在身前摆了只空碗，旁边还摆了一张"乞讨书"，上面写着——

我在"恐怖袭击"游戏里摸爬滚打三年多，研究出一套绝妙的反恐方案。只要采用我的方案，恐怖组织马上就能扫荡一空。可今天我的钱包被人偷了，无法上网，各位走过路过的好心人，为了世界的和平安宁，请给我两块钱吧，让我早日重返"恐怖袭击"游戏，扫除"恐怖袭击"！

王二一看这告示就笑了，对乞丐说："鬼才信你这个把戏，你是玩游戏上瘾了吧？这游戏真的这么好玩吗？"乞丐笑着说："好不好玩，你试试就知道。"王二不以为然地一甩头，还想说句挖苦的话，不想脚已进了网吧，只好找个位子坐下来，打开电脑，果然看到了"恐怖袭击"游戏的图标，他马上兴冲冲地上去玩了起来。

王二一直玩到肚子咕咕叫，才发现天已大黑，一结账，乖乖，10块钱！

他身上只有10块钱，如果给了老板，那今天的晚饭没得吃了。王二硬着头皮朝老板堆上一脸笑，说："我把身份证押给你，借我几块钱吃饭，行不？"看来老板是这种事见得多了，看也不看他，就把身份证给王二推回来，朝门口的乞丐一指，说："我不借钱，你如果缺钱吃饭，可以像他一样坐在网吧门口给我们当乞丐，一天30元……"

谁是老公的情人

□ 严 那

马丽最近心情很不爽，因为她听说老公找了情人。事情说得有鼻子有眼，但那女的究竟是谁，谁也没说清。马丽就把传闻中的三个女人请到家里搓麻将。

这天晚上，三个女人如约到了马丽家。马丽热情地摆好麻将，命令老公乖乖地站在旁边端茶上水果。

打了没两圈，马丽的老公到外面用手机接了几个电话，继续站在马丽身后看麻将，对那三个女人正眼也不瞧。马丽对老公说："我去上厕所，老刘，你来替我搓一把！"

哪知老刘刚码好麻将，房间的灯突然全灭了，漆黑一团，几个女人都叫了起来，老刘安慰道："没关系，临时停电，一会就来！"哪知过了好一阵子，电还没来，只听马丽在外面给供电局打电话，又过了一阵子，灯才亮起来。马丽从外面进来，打了个哈欠，说："真扫兴，今天就到这里吧。"三个女人只好站起身告辞，不想一出

门，楼道又是黑黑的，马丽拿着手电把她们一直送到楼下。

马丽回到家，朝老刘大吼一声："说！她们到底谁是你的情人？"老刘一脸无辜，说："老婆，没有的事，你别瞎猜！"马丽冷笑一声："你把灯关上，自己看看！"

老刘想，老婆一定是在诈自己，就嬉皮笑脸地说："关就关！"说着，他把客厅的灯全关了，突然，老刘看到自己两只手发着蓝幽幽的光。

马丽冷笑一声，说："我今天下午在你的手机上喷了荧光剂，你一接电话，荧光剂就到你爪子上，你爪子落在哪里，哪里就会留下荧光……"

老刘呆住了，结结巴巴地问："那你看到了什么？"

马丽大哭："你这个色鬼，挨着你的两个女人脸上都闪闪发光……"

约会的后果

□ 刘彦波

张帆上网入了魔,成天想入非非,一门心思想与女网友约会。只要在网上遇到同城女网友,他没说两句就会提出与对方约会……可好多天过去了,他总是剃头挑子一头热,根本没人搭理他。

这天,经过好长一阵子软磨硬泡,死缠烂打,终于有个姓秦名艾娣的女网友答应与他约会。张帆心里这个乐呀,他们当即约定,星期天上午九点在百货大楼西门前见面,到时张帆手拿报纸,对方则拿一摞狐油化妆品广告传单。

到了星期天,张帆把自己装点得油光水亮,提前半小时来到百货大楼西门口,瞪大双眼扫视周围,生怕漏掉目标。

一直到了九点半,张帆才看到有位漂亮姑娘走过来,手里果然托着一摞狐油化妆品广告传单。张帆那个高兴啊,他抑制着内心的激动,举着手里的报纸三步并作两步迎上去,大声喊道:"秦艾娣,秦艾娣!"那姑娘瞟了张帆一眼,没吱声,继续往前走。张帆急了,连忙跑到跟前一把拉住她,喊道:"秦艾娣,别走啊,我是张帆!"

姑娘站住身子,两眼喷火般盯着张帆,问:"你叫我什么?"张帆说:"叫你秦艾娣呀!"哪知道姑娘顿时柳眉倒竖,扬起手"啪"地就给了他一记耳光,骂道:"打你这流氓!"周围人一看,连忙围上来问是怎么回事,姑娘气冲冲指着张帆说:"我是来这里发广告传单的,根本不认识他,可这家伙不停地叫我'亲爱的',真下流!"

张帆这才明白过来:自己被那个女网友耍了!

(**本栏题图**、插图:顾子易 王 俭)

编读聊天室：众手浇开故事花

读者谢大龙：我是我们班最幽默的人，眼看快毕业了，我得为将来做点准备，如果能当个笑星啥的，我会挺乐意。所以，我精心挑选两则笑话投给你们，投石问路。你们一定要给我发表出来哦！

编辑部：看得出你是挺能幽默的人，要是哪天在舞台上见到你把大家逗得哈哈大笑，那就太好了。不过，你这次选的两则笑话已经流传了很长时间，估计见到它们的读者也很多，就不用了。

我们非常欢迎广大读者把自己看到的新笑话推荐给我们。

读者李友斌：我是一名故事迷，特别爱看《故事会》，经常被其中的故事感动得一塌糊涂，所以我每期必买，每期必看，有时候没买到，就把旧的翻出来再看看。我尤其喜欢《3分钟典藏故事》栏目，但有时会看到上面某篇文章很眼熟，这是为什么？

编辑部：感谢你对《故事会》的厚爱，大家的支持是我们工作的动力。《3分钟典藏故事》是我们精心打造的栏目，这个栏目的稿件都是读者推荐的，虽然这些文章大多发在一些印数不大的报刊和书籍中，但肯定会有部分读者看见过，同时可以肯定的是，《故事会》的大多数读者还没看到这些好文章。

读者陈炳元：我的外孙小小年纪就迷上了故事，天天缠着我给他讲故事。我这个故事篓子的存货就这样一点点被他掏出来了。这天，他又缠上我了，我灵机一动，忽然想起刚看过的《故事会》上的《菜刀传奇》，连忙讲给他听，这小子听得津津有味、如醉如痴，完了还不忘摸摸我的大脑袋，说："外公，你好有学问哦！"

编辑部：《菜刀传奇》是《故事会》今年2（上）的一篇作品，的确是篇情节曲折、跌宕起伏的好故事，已有不少读者来电来信对这篇故事给予较高评价，很高兴它能为你赢得小外孙的赞叹。

·本刊信息传真·

2007年《中国最有影响力的故事》征文启事

四大奖励措施　稿酬外追加千字1000元奖金

为鼓励多出优秀作品，《故事会》杂志社决定继续举办2007年"最有影响力的故事"征文大赛，并对优秀作品实行四大奖励措施：

1. 入选作品除在杂志上发表外，还将收入《〈故事会〉2007年最有影响力的故事》一书。2. 入选作品可得两笔稿酬：在《故事会》杂志发表的作品，首发稿酬每千字400元；获《故事会》最有影响力的故事"优秀作品奖，再追加每千字1000元。3. 入选作品均颁发奖励证书。4. 本刊将邀请有关作者参加第十二届"故事创作研讨班"、优秀作品改稿会以及年底的颁奖大会，所有费用均由编辑部承担。

征稿范围：1、具有现实感、新鲜感且可读性强的中短篇（包括超短篇）原创作品；2、故事性强、有口传性、能引起读者兴趣的推荐作品。

超短篇（如幽默故事）的字数一般在1500字以内，短篇（如中国新传说）的字数一般在5000字以内，中篇故事的字数一般在15000字以内。

来稿方法：1. 从邮局寄发，请在信封上注明"征文大赛"字样，本刊地址：上海市绍兴路74号《故事会》杂志社，邮编：200020。2. 从网上传递，可寄以下信箱：wulun@vip.sohu.net，请在主题上注明"征文大赛"字样。也可直接与有关责任编辑联系，本期责任编辑的信箱是：zjw002@vip.163.com。

389 2007 SEMIMONTHLY 下半月版 4月 STORIES

欢迎登录本刊主办的"故事中国网"（www.storychina.cn）

STORIES

2007年4月
下半月刊·绿版

主 编：何承伟

常务副主编：吴 伦

副主编：姚自豪（上半月·红版）

副主编：夏一鸣（下半月·绿版）

本期责任编辑：朱 虹

电子邮箱：zhong98305@sina.com

绿版发稿编辑：

夏一鸣 鲍 放 邢 悦 王雅静

特约编辑：

范大宇 崔新三 申之珉

美术编辑：李宝强

电脑制作：郭瑾玮

通 联：归依玲

本社办公室电话：021-64375030

上半月刊编辑部电话：021-64332325

下半月刊编辑部电话：021-64336469

（上海市绍兴路74号 邮编：200020）

主管、主办：上海文艺出版总社

制作、发行总监：张 凯

电话：021-64313938

广告业务：上海故事会文化传媒有限公司

广告总监：张 淮

广告业务：021-34010383

广告投诉：021-64333738

广告经营许可证

沪工商广字3100320050022号

发行：中国图书进出口上海公司

特别提示： 凡本刊录用的作品，即视为本刊已获得该作品与《故事会》相关的网上传播、汇编出版、电子和录音录像制品等权利。本刊向作者支付的稿酬，已包含了上述各项权利的报酬，如有特殊要求，请提前说明。

事出有因

两个重伤病人在病房里聊天。

一个人说:"我倒霉死了,昨天开着刚买的新车出去兜风,正得意着呢,忽然看到马路前面有一块牌子,上面写什么东西,太远了没看清楚。我就赶紧开过去,一看,只见牌子上写着:前面有沟,请绕行。可刚看完,我还没反应过来,就连人带车掉下去了。"

说到这,他停了停,问:"老兄,你怎么也伤得这么重啊?你的伤是怎么回事?"

那人突然狠狠地瞪了他一眼,说:"怎么回事?老子当时正在挖沟!"

(李明巍)

(本栏插图:包丰一)

影响睡眠

某教授人很和善,也很幽默。他发现,他所教的班级中有个叫杰克的学生,每当他开始讲课时就开始睡觉,下课铃响时刚好醒来。

有一天,杰克迟到了,教授亲切地对他说:"杰克,以后请不要再迟到,这会影响你正常睡眠的。"(姜 彬)

都会好起来

妻子刚读完一本讲述男人和女人的书,便对丈夫有感而发:"其实女人并非想让男人为她解决所有的问题。有时候,只要男人把她紧紧搂在怀里,告诉她一切都会好起来的,这样就行了。"

第二天,妻子汽车的轮胎瘪了。丈夫扫了一眼,然后把妻子紧紧搂在怀里说:"别担心,亲爱的,上班之前,一切都会好起来的。"

(张晔子)

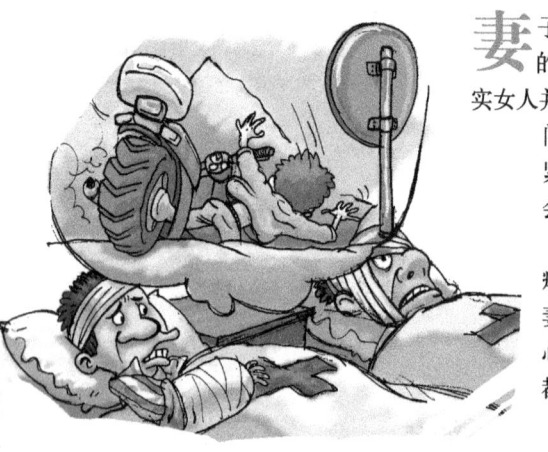

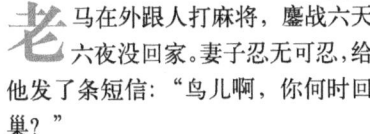

受伤的球

一个女孩从小父母双亡，由几家亲戚轮流抚养。18岁那年，亲戚们就急着为她找对象，想早点把她嫁出去。

亲戚们一致看中了一位足球运动员，要女孩前去相亲，可女孩一百个不愿意，亲戚们劝道："这个运动员有很多钱啊，你真傻！"

不料女孩哭着说："我是一只长期被你们踢来踢去的球，我不想今后再遇着一个专门踢球的丈夫！"

（陆章健）

初次见面

木村是个盲人，他一直很想亲眼看看妻子。后来，愿望终于实现了，他的眼睛修复手术很成功。

可回家的路上，麻烦出现了，木村觉得一切都很生疏，反倒找不到家了。他只好闭上眼睛，才跟往日一样准确无误地回到了家。

走到门口，睁眼一看，有个美丽的女人微笑着迎接他。木村很疑惑："请问，你知道我妻子上哪儿去了吗？"

女人说："我就是你妻子啊！"

木村一听，怪不好意思地说："咱俩还是初次见面，请多关照啦！"

（言宁义）

此巢已卖

老马在外跟人打麻将，鏖战六天六夜没回家。妻子忍无可忍，给他发了条短信："鸟儿啊，你何时回巢？"

老马看后，不为所动，又玩了三昼夜后，才昏昏沉沉地回了家，却怎么也开不了门。他灵机一动，到附近小卖部要了纸、笔和胶水，写道："鸟儿已回过巢。"然后把字条贴在家门醒目处就走了。

又过了两天，老马估计妻子的气消了，便再次回到家门前。抬头一看，他贴的字条还在，只是在后面添了四个字"此巢已卖"。 （杨 勇）

用自己的话

有个老头，退休后常陪着老伴到小树林散步。

树林里唱歌吟诗干啥的都有，老伴很羡慕，就埋怨老头没有情调，这天强烈要求老头也给她念首诗。

老头没读过几年书，退休前只在一家饮食店做早点，他记忆里有句诗叫"在地愿为连理枝"，可怎么想也想不起来。

他只好摇头晃脑地念道："你坟头上一棵树代表着你，我坟头上一棵树代表着我，但愿我们来生相互缠绕，长成一根巨大的油条！"

（胡西东）

抢频道

小兰最大的爱好是看电视剧，而老公小张是个铁杆球迷，晚上看电视的时候，小两口经常为了抢频道而闹矛盾。

这天，小兰上班后非常委屈地向办公室的李大姐诉苦，说老公昨晚跟自己抢频道，结果在体育频道和电视剧频道之间颠来倒去折腾了十多分钟。

李大姐问："那么最后谁赢了？"

"老王。"

"老王是谁啊？"李大姐迷惑地问。

小兰狠狠地说："一个修电视机的。"

（木　子）

见不得光

有个领导模样的中年人，来到一家小卖部，掏出一张一百元的钞票，说要买一包香烟。

卖香烟的老大娘接过钱后，对着灯光照了起来。

中年人拍着啤酒肚很自信地说："你百分之百的放心，我的钱绝不会是假钞。"

"谁说你的钱是假钞？"老大娘白了一眼中年人，"我是看你的钱见不见得光。"

（綦　荣）

失败的治疗

一天，理德在街上碰见了汉克夫妇，理德问："汉克，上个月你去治疗健忘症的那家诊所怎么样？"

"棒极了，"汉克回答说，"那里的医生教给我一套最先进的记忆法，我现在和以前大不相同了！"

"太好了！"理德兴奋地说，"那家诊所叫什么名字？"

"叫……"汉克左思右想，怎么也想不起来，突然他一拍脑门，问理德，"那种有很多刺的花叫什么？"

"你是说玫瑰？"

"对，就是玫瑰！"

说完，汉克转身问夫人："玫瑰，你告诉我，我上个月去的那家诊所叫什么名字？"

（东　辉）

比武招亲

小镇中心摆了个擂台，有个叫刘老头的张罗着给他闺女比武招亲。

旁边一个摆地摊的老头凑过来，拉着刘老头问："老哥，这都啥年代了，你还搞这玩意儿？"

刘老头叹了口气，说："唉！我闺女力气特别大，性子又烈，你说我能不找个抗打的女婿吗？"

（周坤龙）

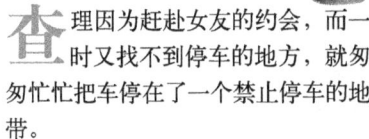

原　谅

查理因为赶赴女友的约会，而一时又找不到停车的地方，就匆匆忙忙把车停在了一个禁止停车的地带。

然后，查理将一张字条贴在挡风玻璃上面，字条上写着："我已经在这个区转了 10 圈。如果我不在这儿停车，我就会失去爱情。请原谅我的过失。"

当查理两小时后返回时，发现在他的字条旁边有一张警官留下的字条，字条上写着："我已经在这个区转了 10 年。如果我不给你开罚单，我就会失去工作。请原谅我的尽职。"

（言守义）

（本栏目欢迎来稿。来稿可从邮局寄发，也可从网上传递。如为电子邮件，请发以下信箱：zhong98305@sina.com）

打狗也得看主人

□ 赵展召

我住在小区里一个单元的三楼。今年年初，我家对门新搬来一户人家，男主人叫周健，是个直性子，豪爽且不拘小节。我常常帮他修电脑，他就叫他老婆弄两个小菜，我们一边喝酒，一边天南海北地瞎侃。渐渐的，我们成了好朋友。

有一天晚上，我带小狗宝贝出去散步，刚一出门，就被周健拉到他家，原来电脑又出了毛病。我让宝贝自己去玩，我就开始帮他弄电脑。正忙着，只听到宝贝一声凄厉的惨叫，我的心一哆嗦，回头一看，周健正气哼哼地收回他的脚，宝贝翻倒在地，不住地呜咽。

我的火气一下子涌上来，冲他喊道："你干吗？宝贝招你惹你了？"

周健大大咧咧地说："还宝贝呢，一点都没教养，我这是新铺的地板

啊，它一泡尿全浇上面了。"

我气得直哆嗦，宝贝是我跟老婆的心头肉，哪能让人如此欺负？我腾地站起来，瞪着周健说："就算它把尿拉在屋子里，你也不该踢它啊。打狗看主人，你干脆踢我得了。"

周健愣了，估计他没想到我的反应会这样激烈，他眨巴眨巴眼睛，尴尬地说："咋了？我踢它你心疼了？一个畜生，你至于吗？"

看到他这个样子，我知道他后悔了，于是决定算了。可就在这时，周健居然又伸出脚，踢了宝贝一下，嘴上还说着"对不起，宝贝，你看……"

周健可能是想缓和气氛，但在我听来，他的语气过于轻佻，虽然那一

脚并没有用力，可一下子彻底激怒了我，我猛地一把推开他，抱起宝贝，转身就走。就在我跨出房门的时候，周健突然一声大喝："站住。"

我转过身来冷冷地看着他。周健喘着粗气说："咱哥俩处这么长时间容易吗？因为我踢了狗一脚，你就生这么大气？你是不是太小心眼了？"

我气坏了，还没有人说我小心眼呢。我轻蔑地说："连条狗你都打，你还算是个男人吗？"

周健的脸色变得很难看："我不是个男人？好好好，从今以后，咱们不再是朋友，你走你的阳关道……"

不等他说完，我已经出了屋子，狠狠地关上门，将他的声音隔断。从那之后，我们见了面，彼此表情木然，就跟从来没认识过一样。过了没多久，老婆出差了，家里只剩下我一个人，特别无聊。我就想，要是没跟周健吵架该有多好，把他叫过来，两人喝酒聊天，会是多么惬意的一件事！

那天下午，我回家刚跨上楼梯，一个男人迎面走下来，他眼神闪烁，提着一个大皮包，里面鼓鼓的。我也没多想，急忙闪过一旁，给他让路，然后才上到三楼。突然，我愣住了，我家的屋门虚掩着，可我明明记得，离开家的时候我锁好了门。老婆要过两天才会回来，这门咋会无缘无故开了呢？

我一下子想起刚才那个男人慌张的样子，妈的，他是小偷，刚偷了我

家的东西。想到这里，我一转身冲下楼去，眼见那小偷已经快走出小区了，我一声不响地冲上去。那小偷也不回头，突然撒腿就跑，但他手里的大拎包使得他跑不快，我大喝一声，将他扑倒在地。

小偷一个翻滚挣脱我，狠狠一拳打在我的眼睛上。一时间，我只觉得眼前金星乱闪，天旋地转，心想，等我缓过劲来，小偷肯定早跑没影了。正暗暗叫苦时，我却听到小偷的惨叫声，我勉强睁开眼睛一看，不禁大喜，宝贝正扑在小偷身上，死死地咬住小偷的手不放呢。

真是我的好宝贝，一定是它听到我的脚步声跟了出来，来帮我拖住小偷。我精神一振，爬起身来正待冲上去，却见小偷用另一只手掏出一把匕首，狠狠刺向宝贝。就在我惊骇不已的时候，突然一只大手伸了过来，准确地抓住了小偷的手臂。

来人正是周健，他刚好从小区外面回来。周健一边用力扭住小偷的胳膊，一边大喊："哥们儿，快上。"我赶紧上前，跟周健合力将小偷按倒在地。

正在这时，地上的大拎包拉链突然裂开了，里面露出一件咖啡色的皮夹克，周健拎起来一看，叫道："这不是我的皮夹克吗？"他赶紧去翻大拎包，里面又露出一台熟悉的手提电脑。"天哪，这不是你的宝贝电脑吗？"我禁不住大呼。

 ·我的故事·

周健气喘吁吁地对我说："哥们儿，真是谢谢你了！真没想到你能帮忙！"

我愣了，小偷明明偷的是我家的东西啊，怎么变成周健家的了？那我家打开的门是咋回事啊？

正在这时，一个人扑进我的怀里，狠狠地亲了我一口："老公，你真勇敢，我在阳台上都看到了，你的眼睛没事吧？"

我又吃了一惊，这人居然是我老婆，她啥时候回来的？一时间我脑筋转不过来，便含混地对周健说，先把小偷送到派出所。

回到家，我才知道是怎么回事。老婆出差提前回来了，但她想给我一个惊喜，所以没通知我。她在阳台上

见我回来，就帮我把门打开了，结果我误以为是小偷光顾了我家，没想到歪打正着，反倒帮了周健的大忙。

周健回来后，二话不说拉着我们夫妻俩去他家吃饭，还亲热地抱了我的宝贝，专门给宝贝安排了个座位。他的热情让我感觉到，我们的友谊又回来了。但我不能将错就错让人家感谢我，于是我把事情经过说了一遍，告诉他不用感谢我，其实这只是一个阴差阳错的误会。

周健听得张大了嘴，好半天，他才说："哥们儿，我只问你，如果你知道他偷的不是你家的东西，而是我家的，你会不会冒着被小偷打得鼻青脸肿、甚至挨上几刀的危险去抓他？"

这个问题有点难，我情不自禁地摸了摸还有些疼痛的眼睛，想了想，然后认真地对他说："我会，即使你不是我的朋友，我也会，见了小偷不抓，那还叫男人吗？"

"那就不是误会！"周健斩钉截铁地说，"好哥们儿，啥也不用说了，有你这样的朋友，是我的骄傲。我现在郑重跟你道歉，下次你的狗再尿到我家，我也不踢它了，就当给你面子好了。对了，今天我特地让老婆给宝贝烧了个红烧排骨，专门奖励它的。"

宝贝好像听懂了周健的话，"汪汪"叫了两声，然后伸出舌头舔了舔嘴巴……

（题图、插图：安玉民）

10

生命
□苏景义

结算单

焕兰自小与妈妈相依为命。焕兰19岁那年，妈妈得了一种叫"诺尔斯"的世上很罕见的病。医生说，这种病很顽固，得长期服用一种叫"克诺通"的昂贵进口药。焕兰为妈妈买过，一瓶1300元，吃一个月。

焕兰感到欣慰的是，还好家里有8万元的积蓄，那是妈妈一生的血汗钱。可妈妈不想动这8万元，她说那是为她结婚准备的。焕兰坚决不干，哭闹着要妈妈买药吃。最后妈妈叹了口气，总算同意了。医生说，有好药维持着，她妈妈还能活五六年，否则，一两年就不行了。

焕兰想，用8万元换妈妈五年的生命，也值了。

一天，妈妈对焕兰说："兰兰，妈妈和你商量个事。妈妈想把这8万元全部预存到药店里，那样，每瓶药能便宜200块呢。"这是焕兰求之不得的。她最怕妈妈哪天心疼钱不服药了。

就这样，妈妈把8万元一次性预交到了全市最大的药店——贤圣大药房，然后每月亲自从那里取药，她说她需要活动，等她走不动的时候，就只好由兰兰去取药了。但妈妈一直到生命的尽头，也没让焕兰去取过药。在妈妈离去前的三个月，她一下子取来了四瓶药，药只吃完三瓶半，她就离开了人间。焕兰算了算，这正是妈妈得病的第五年。

妈妈临咽气前，紧紧握着焕兰的手，说："兰兰，妈要走了。妈最遗憾的是，没能等到你结婚生子。以后生活的路，就靠你一个人走了。"

焕兰泣不成声"妈妈，我不要你

走。"妈妈说"傻孩子，坚强些。"

然后，她把一张在贤圣大药房的预交药款单交给焕兰，说："我死后，你一定别忘了去结账，把用剩下的钱领回来。"

办完妈妈的后事，焕兰大病一场，直到两个月后才去贤圣大药房。去之前她估计了一下，取了五年的药，钱应该用得差不多了。但8万元换得妈妈五年的生命，她一点都不后悔。与其说她去药房是为了结账，倒不如说她是为了要那张结算单，她要留作纪念，那是妈妈的生命结算单呀。

在药房处，她将预存药费单递给里面的一位老先生。很快，老先生递出另一张单子，说："姑娘，这是结算单，请拿此单到财务处领走余下的76500元。"

"什么？"焕兰简直不敢相信自己的耳朵，"五年才用了3500元，你们让我妈妈吃的什么药？"

老先生说："一般的止疼药呀，自始至终，你妈妈从没变过，一月一瓶。"

焕兰顾不上领钱，她把结算单往兜里一揣，就飞跑回家。进了家门就翻看那一堆妈妈吃完药的空瓶子。只见个个瓶子上都贴着"克诺通"标签，和她几年前为妈妈买过的一模一样。这是怎么回事呢？她开始翻妈妈的箱柜、抽屉，希望能找到妈妈留下的只言片语，但没有。可当她无意中翻开

妈妈的褥子的时候，一厚叠"克诺通"的标签飞落地下。

她一下明白了，妈妈是在每次取药回来后，偷偷撕去原来的标签，贴上预先印好的"克诺通"标签呀。

焕兰哭倒在妈妈的遗像前，说："妈妈，你不该欺骗女儿！妈妈，来世我还要当你的女儿！妈妈，请你原谅女儿的粗心。女儿的粗心，让你忍受了多大的痛苦呀！"

几天后，焕兰带着妈妈吃剩下的半瓶药，来到当初为妈妈诊病的医生那里。医生吃惊地说："你是说你妈妈靠着这种药，支撑了五年？这从医学的角度来讲，是根本不可能的。但妈妈太爱你了，大爱无限，大爱无量，是你妈妈的爱心迸发出无限的能量，才创造出医学上不可能出现的奇迹！"

（题图：安玉民）

您手中有没有得意之作？本刊辟有20多个原创性栏目，如中国新传说、悬念故事、我的故事、情感故事、幽默世界、16岁故事、海外故事和中篇故事等，总有一款适合您；读到或听到什么有趣事可以和大家一起分享吗？3分钟典藏故事、第一推荐、外国文学故事鉴赏和快乐辞典等都是本刊推荐性栏目，欢迎您拿出不平凡的真知灼见来。来稿可以由局寄发，也可从网上传递。邮寄地址：上海绍兴路74号《故事会》杂志社，邮编：200020；如为电子邮件，请发以下信箱：zhong98305@sina.com。

上错车

□王泊村

阿P最近买了车，没想到过上了
"车夫"的日子。这天，老婆小
兰要去商场购物，阿P自然一路护送。
到了那里，阿P把车停在商场门外，让
小兰一个人进去买东西，自己就闭目
养神坐在车里等她。

等了一个多小时，不见小兰出
来，阿P昏昏欲睡。这时有人敲车门，
阿P蒙眬之间睁开眼，抬头一看，噢，
小兰不但大包小包满载而归，看样子
还顺便去了美容院，连头发都做过
了。阿P打开车门，就听她埋怨道"我
敲了这么大半天，怎么才开门？"

阿P觉得声音不对，再一看，哪
是小兰啊，忙说："你、你干什么？"
那女人显然是个冒失鬼，到这时才发
现上错车了，她一边拿着大包小包从

车里退出来，一边说："对不起，我家
的车和您的车颜色一样，看走眼了。"

阿P觉得这女人真是有点滑稽，
不由得看着那女人的背影向不远处的
另一辆车走去。

也巧了，正好小兰回来，见到这
一幕，不由得冲车上的阿P怒目而视
"那女人是谁，你们在车里干什么？"

阿P忙解释："人家上错了车，你
可别瞎想。"小兰哪肯相信："你骗
谁？一个不三不四的女人钻进车里想
干什么？"

不好了！阿P晓得小兰不是省油
的灯，吓得赶紧去捂小兰的嘴"姑奶
奶，你轻点，当心人家听见。"这下小
兰更认定阿P和那女人认识了，任凭
阿P怎样解释她也不相信。无奈阿P
只好下了车，领小兰去见刚才错上他
车的女人，让她自己跟小兰解释。

来到那女人的车前，阿P敲了敲
车窗，那女人刚探出头，阿P就迫不
及待地问："你自己说是不是弄错了，
才上了我的车？"不想那女人眼睛瞪

得老大，好半天没明白过来："没有呀，我一直在车上坐着没下去过，怎么会上了你的车？"

阿P急了，才这么一会儿她就不承认了，这不是要我好看吗？见小兰瞪圆双眼，知道这事必须讲清楚，便一下拉开了车门。

这时，从车门另一面走下一个人高马大的男人，过来也不多啰唆，当胸一把揪住阿P："你想干什么？"此刻，阿P被揪得双脚都差点离地，慌忙解释说："我、我想让她证明一下。"高个男人凶巴巴地说："我们刚停下还不到一分钟，她还没来得及下车，怎么会上错你的车？"

"什么？"阿P闻言大惊，再仔细看了看车上的女人，差点晕倒。那女人尽管发型差不多，但确实和刚才上错他车的不是同一个人。估计是自己和小兰争论时，那女人的车开走了，这里马上又停了另外一辆。想到此，阿P连声道歉："对不起，对不起！都怪我眼神不好认错人了！"

这里正闹得不可开交，那边有人一溜小跑过来。阿P这下看清楚了，正是刚才上错车的那个女人，心里一轻松，正要开口，小兰倒先热情地打起招呼，然后两人亲亲热热地聊了起来。阿P一问才知，原来这个女人是小兰单位老板的老婆，她说刚才错上了阿P的车，下车匆忙好像少拿了一个袋子。小兰赶紧过去拉开自己的车

门，很快从后座位上拿出一个服装袋。"哎哟，好漂亮的衣服啊。"轿车里的那个女人也出来了，女人们在一起交流开了"购物经验"。只听小兰说："这套衣服我早就想买了，就怕穿出来别人说太露，既然您都敢穿，我还怕什么，不就一千多块吗，我马上去买！"

此刻，阿P发觉那高个子还揪着自己的衣服，他不由恼怒地说："兄弟，还没完吗，这一闹我又被老婆花去一千多。你再揪住不放，我也让你老婆去买那套衣服！"听阿P这么一说，高个子马上松了手。

几个女人又去商场购物，阿P回到自己车上又等了很长时间。突然又有人敲车门，这次他不敢大意，仔细看清了再开。一看，刚才和自己纠缠的那个高个子站在车外，阿P怕有不测，摇下一点车窗，警觉地问他要干什么？只见那个高个子像吃了苦瓜，愁容满面地说："哥们，被你说中了，你看！"阿P顺着高个子手指的方向一看：经理的老婆走在前面，小兰和高个子的老婆各提了一个同样的服装袋跟在后面，她们有说有笑，聊得热火朝天。"我老婆真的也买了那套衣服！那可是一千多块呀！"

阿P虽然"破费"了一千多，但拉上个"垫背"的，使高个子也"破费"了，这下他觉得心里痛快多了。

（题图：顾子易）

践踏生命的人，终究逃脱不了法律的严惩，更逃脱不了良心的谴责……

第三个
答案

□ 宾 炜

黑牛的三舅在驾校当教练，黑牛打算学开车当司机，自然就找到了三舅。学习结束，黑牛很顺利地通过了考试，拿到了驾照，并且通过三舅的老关系，在一家运输公司找到了工作。上班前一天，黑牛左手提酒，右手拿烟，特意到三舅家拜访。一来嘛，自然是谢师；这二来，黑牛也想向三舅讨教几招。谁都知道，开车是个危险活，一出事儿可就完了，三舅这几十年车开下来，一直顺风顺水，肯定有啥绝招。

三舅见外甥兼学生登门，十分高兴，几杯酒下肚，满脸红光，已有了五分醉意，忽然拍拍黑牛的肩膀说："黑牛呀，三舅想最后考你一次，看看你能不能出师，这道题在学校里是没有的，不是自己人不能考！"

黑牛一听，三舅大概要教自己绝招了，正求之不得呢，赶紧给三舅添上酒，聚精会神盯着三舅的嘴巴。

三舅却又一抹嘴，客气起来："今天是个吉利的日子，有些话本来不该今天说的，可话又说回来，未进山先寻出路，未学打人先学挨打，三舅想来想去，这句话还得跟你说！"

黑牛一个劲地点头："三舅您说，我听着哩！"

三舅把嘴巴凑了过去，神秘兮兮地问道："黑牛，我问你，万一你哪天撞了人，而又没人看见，你咋办？"

黑牛一愣：三舅咋考起这个来

了？他不假思索地回答："三舅，我马上停车救人！"

三舅呵呵一笑，对他摇摇头："出去这样说是对的，可在咱们自己人面前，这可就错了。你把他送去医院，你就得负责治好他，倘若撞个残废，这辈子你就得背着这个包袱，这车你就算白开了，挣再多的钱也不够填这无底洞的呀！"

黑牛脸一红：谁都知道，撞了人要救人，可答案不会这么简单，三舅考这个肯定有他的深意！他认真想了一会儿，犹豫着说："三舅，那我就当不知道，连车也不停？"

"错！"三舅含笑连连摇头，"你跑得了一时，跑得了一世吗？我有个朋友，就是撞了人逃跑，过了七年被受害者家属抓住的，结果还是得坐牢。再说了，你这一跑，就是个逃犯，你还能好好地开车吗？不出三天，你还得再出事儿！"

"这……"黑牛一时糊涂了，救人也不对，逃跑也不对，难道还有第三种选择吗？一看，三舅别有深意地盯着他，似乎在等着他的下一个答案。这么说，还真的有第三种选择呢！

黑牛挠挠脑袋，实在想不出啥来了："三舅，我想不出来了，只好请您老人家指点。"

三舅点了点头："托祖宗保佑，我开了一辈子车，这样的事倒没遇上过。但我知道，一旦遇上了，就得这么办！黑牛呀，三舅希望你也一辈子遇不上这种事，所以正确答案是啥，今天我就不跟你说了，万一哪天真遇上了，记住，一定给三舅打电话！"

黑牛满腹疑惑，但一听三舅这么说，也只好点点头。告别三舅，黑牛回家给祖宗烧了几叠纸，祈求祖宗保佑自己，开车顺顺利利，千万别遇上三舅出的那道题。

一晃过去了几个月，黑牛的车开得还算稳当。这天他送完货掉头往回跑，公路上静悄悄的，只有他一辆车在跑。眼看天就要亮了，黑牛忍不住打了个呵欠，精神有些放松下来。就在他打第二个呵欠的工夫，前面突然出现了一个人影。黑牛大吃一惊，一个紧急刹车，可还是来不及了，车头重重地撞上了前面的人。

黑牛往前面一看，没人。再往后一看，也没人。可他刚刚看得清清楚楚，确实是个人，而且挑着个担子，可能是赶早进城卖菜的农民。黑牛只感到一股凉气从心往外透，脸刷地白了：那个人就在他的车底下呢！

刹那间，黑牛全身的血液像冻僵了一般，只有脑袋在轰轰作响：完了，完了，到底遇上了！

猛然间，他想起了三舅的话，赶忙拿出手机，全身哆嗦着，一连拨三次才把三舅的号码拨对。谢天谢地，电话响了两下三舅就接了。

"三、三舅，我遇上你出的题了……我撞人了……"黑牛语无伦次地说，"正确答案……是啥？"

三舅大吃一惊，第一句话就问他："有人看见吗？"

黑牛往前后左右一张望："没、没有！我、我该咋办？"

三舅在那头咬牙道："你把车往后倒一下！"

"什么？"黑牛打了个颤，"那个人就在我车底下……"

三舅镇定地说："黑牛，你听着，这就是正确答案！你懂不懂，你这样把他送去医院，麻烦就大了，没有十几万你别想干净，你倒一下车，最多就送他一副棺材，三万五千的，一次了断……"

黑牛一下懵了，万万没想到，三舅的正确答案竟是这个。三舅往下说的话，他一个字也听不到。只听到三舅大吼一声："黑牛，快，听我的，倒车！"

黑牛下意识地"哦"了一声，放下手机，去抓方向盘。可他两只手抖得厉害，脑子里一片空白，居然忘了怎么操作。怔了一下，他又拿起手机"三舅，不行，我忘了，我不会倒车了……"

三舅在那头急坏了，压低嗓门吼道："傻瓜，这个时候你一定要冷静，千万别慌，你倒了车，然后就打电话报警，千万别跑，等警察来处理，神不知鬼不觉！"

黑牛全身激烈地颤抖着，几乎要哭出来了："我不行，我不行，我……"

"那你就等着倾家荡产吧！"

"我……我……"黑牛深吸了口气，强迫自己稍稍镇定一些，闭上眼睛，脑子里飞快地搜索着，把倒车的程序默念了几遍。正当他想伸出手时，却发觉手脚都僵硬了，完全不听自己的使唤。

一时间，他方寸大乱。正在这时，

他听到车底下传来一声微弱的呼喊："救命……"

黑牛全身一震，一咬牙，打开车门跳了下去。往车底下一趴，只见底下躺着个老汉，正拼尽全力仰起头，伸出一只血淋淋的手在喊："救命……"

老汉全身血迹，恰好躺在前边的左轮后。黑牛一看之下，浑身冰凉冰凉的，刚才只要自己稍往后倒一下，这老汉肯定就成一张肉饼了。他也来不及考虑了，伸出手要把老汉拉出来。没想到，老汉的手忽然一翻，竟然死死地扯住了他的衣袖。老汉两眼怒瞪，眼神充满了怨恨，猛地喊了一句令人心惊胆战的话"你别跑，我做鬼也不放过你！"

这一喊，黑牛的心反倒定了下来，头脑也清醒了许多。他既不挣扎，也不喊，任那老汉抓着自己，平静地说："老叔，你放心，是我撞的你，我现在就救你！"

老汉死死地盯住他，渐渐的，眼神缓了下来，手也慢慢松开了。黑牛再也不敢耽搁，把老汉拖出车底，抱上了驾驶室，然后一踩油门，向着城里狂奔。

没到城里，忽然他的手机响了起来。黑牛一手抓方向盘，一手抄起手机，一听还是三舅："黑牛，咋样了？"

黑牛专注地看着前方，回答道："人伤得很重，我现在正把他送去抢救！"

三舅怔了一下，接着怒骂起来："你傻蛋！我叫你倒车，你咋不听？我告诉你，你这么做是错的，以后你就后悔莫及了！"

黑牛说："三舅，有人看见了呢！"

三舅又一怔："谁？刚才你不是说没人看见吗？"

黑牛看了一眼老汉，忽然间鼻子酸酸的直想哭："三舅，被我撞到的人啊，他和你一样年纪！"

电话那头一阵沉默，只听见三舅呼哧呼哧的喘气声，过了一会儿，三舅叹道："唉，我不管你了，选哪个答案，你自己决定吧！"接着，三舅挂了电话。

"三舅，我选的是正确答案！"黑牛大声说完最后一句，放下手机，脚下加大了油门。

忽然他感到腿上搭着一只手，低头一看，原来是老汉把手放到他腿上："谢谢你，你、你放心，我就是死、死了，也不会去……找你的……"

黑牛头上又冒出一层冷汗，想了想，顿时泪眼模糊："老叔，我不想给自己的良心背一辈子的债，我宁愿你背一辈子的债，我、我差点就选错了……我只知道，凭良心去选择，永远都不会错的！"

（题图、插图：魏忠善）

其实能够带给人类灾难的，不一定就是公雪狼，而是人内心的贪欲。

雪狼

□ 清 明

雪狼的第一次出现

这几年，攀登雪山成了一项很时尚的运动，很多人都想脚穿登山靴，亲自体验一把征服雪山的快感。仇大川和他的几位同事就是抱着这种想法，千里迢迢来到新疆，在当地聘请了三名登山教练，然后一起向一座海拔五千二百多米的雪山进发。

登山第一天，这支业余登山队从海拔三千多米的大本营出发，一路走走停停，艰难攀爬了九个多小时，这才到了设在四千四百米高度的宿营地。大家躺在帐篷里休息，一位姓马的教练给大家讲起了故事。

马教练说："咱们登的这座雪山叫雪狼峰，在当地老百姓心目中是一座神圣的山峰，传说这里生活着一公一母两只雪狼，公雪狼代表着灾难和死亡，母雪狼代表着幸运和财富。如果遇到了公雪狼，那就意味着要有灾祸发生了；如果遇到母雪狼，那便意味着要有财富临门了。"

仇大川好奇地问："那怎么才能分辨出雪狼的公和母呢？"

马教练笑着说："公雪狼尾巴长，拖在雪地上；母雪狼尾巴短，只垂到小腿上。"

介绍完雪狼，马教练又接着讲故事：许多年前，当地的一个居民在雪狼山上意外地遇到了公雪狼，他本以为要有灾祸临头，可是灾祸并未出

现，反而幸运降临。在雪狼出现的地方，他意外地发现了一颗钻石之王。那个居民乐坏了，兴高采烈地偷偷将钻石带回了家。可是，他刚一进家门，灾难便发生了。他所在的那个村落突然发生了强烈地震，他一家五口人全部被倒塌下来的房屋压死。奇怪的是，与他同村的其他居民家里，却连一个人都没有死。更加奇怪的是，地震过后，他带回家的那颗钻石之王也不翼而飞了。

马教练刚讲完故事，仇大川他们都笑了，纷纷说这个故事太神了，不可信。马教练也说这只是一个传说，大家当故事听听就可以了。

这时，仇大川的同事小姜觉得有点尿急，于是钻出帐篷去方便。可他的脑袋刚一伸出帐篷，便发出一声惊叫。

大家赶紧问小姜怎么了？

小姜半天才回过神来，脸色煞白地扭回头说："我刚才好像是……看到雪狼了。"

小姜一说这话，大家都笑了，说他这个玩笑开得一点都不好玩儿。

小姜却很认真地说："我真的没骗你们，我刚才一掀开帐篷，便看到一只像小牛那么大的狼站在门口，它全身上下长满了雪白的毛，几乎跟雪山一个颜色，只有它那双眼睛，红得像两颗钻石一样。"

众人笑着说小姜可能是刚听完故事，满脑子全是雪狼，于是看花了眼。可小姜死活也不敢钻出帐篷半步了。

雪狼的第二次出现

第二天一早，这支业余登山队开始踏上了最后冲顶的征途。

仇大川他们毕竟是第一次来高原登山，此时身体上已经出现了不同程度的高原反应，头疼、乏力、恶心等种种身体不适感开始折磨他们。眼看快到五千米的时候，他们再也没有力气前行了。

走在队伍最前面的马教练看出大家已经到了身体的极限，就停下脚步说："你们觉得怎么样？如果实在不行，咱们就往下撤。"

一听要往下撤，仇大川他们又觉得舍不得，毕竟他们现在距峰顶只有几百米的距离了。只需要再坚持几百米，他们就能品尝到冲顶成功的快乐了。现在撤下去，岂不是前功尽弃？

大家还在犹豫着，同行的另一位姓李的教练说："登雪山有一条圣戒，那就是：绝对不能透支体力。经常登山的人都知道，三分之一的体力用于登山，三分之一的体力用于下山，还要留下三分之一的体力用于应付意外事件。你们要是为了登顶，一次性把体力全部透支完的话，恐怕到时候困在山顶上就没有力气下来了。"

听教练这么一讲，大家权衡了一

下自己的体力情况，只好望顶兴叹，不太情愿地开始打道下山了。然而，正当大家往半山腰的营地下撤时，突然听到脑后传来一阵轰隆隆的响声。

一听到这个声音，马教练大呼一声："不好，有雪崩，大家快往山下滚。"

仇大川他们一听这话，全都吓坏了，当即也顾不上许多，急忙连滚带爬地往山下撤离。由于慌不择路，大家无一例外地全都跌入到山道旁边的一个峡谷中。幸好这个峡谷并不算太深，加上雪厚，大家这才没有摔出重伤来。

又过了一会儿，那轰隆隆的声音渐渐平息下来，马教练这才长吁一口气说："咱们总算躲过了这一劫。"

雪崩停止后，大家开始寻找出谷的道路，不过刚走没几步，仇大川突然有了意外发现。

"你们快看这是什么？"仇大川指着脚下一件隆起的东西说。

大家循着声音凑过来一看，不由全都惊呆了。在仇大川脚下，竟然是一块通体透明、全无一丝杂色的极品金刚石，里面蕴含的钻石重量少说也有一两千克拉。

"天哪，我们要发大财了，把这么大一块钻石弄下山，我们能卖多少钱呀！"小姜啧啧惊叹着说。

大家看着这块晶莹剔透的宝石，心里全都乐开了花。仇大川他们一边

· 大千世界 众生百相 ·

兴奋地说着话，一边弯腰要将这块宝石抬起来。

这时，马教练突然出声喝止："都别动！"

"怎么了呀？"仇大川他们愣住了。

"你们忘了我昨天晚上讲的那个故事了吗？"马教练皱着眉头说，"这块宝石不能动，因为它上面有雪狼的诅咒。"

"别开玩笑了，教练，"仇大川不

以为然地说，"你昨天不是说了嘛，那只不过是个传说。"

"无风不起浪，"马教练很严肃地说，"雪山里有太多的神秘，我们宁可信其有，不可信其无，大家听我的，必须赶紧想办法离开这里。"

马教练虽然极力催促大家离开，但是谁也舍不得迈动脚步。三位教练对视了一眼，马教练又说道："你们没来过雪山，所以不知道，其实这座山上是极少发生雪崩的，可是昨天晚上小姜刚说过他看见了雪狼，今天我们就遇到了雪崩，难道你们就不觉得邪门吗？"

另一位姓孙的教练也跟着说："我们可不想惹祸上身，你们要是再执迷不悟，我们三个可就先走了，到时候你们要是找不到回营地的路，困在这座峡谷里，可别怨我们见死不救。"

在三位教练的极力制止下，仇大川他们只好极不情愿地跟在教练身后，寻找回营地的路。他们一直走到天色渐暗之时，才回到了营地。此时，大家早已筋疲力尽，再加上高原反应，所以一进帐篷便一头钻进睡袋，像死猪一样睡了过去。

仇大川他们刚一睡下，孙教练就笑了，小声说："真有你的，老马，用一句雪狼的诅咒，一下就挤掉了七个跟咱们分宝石的人。"

马教练也露出一丝奸笑，说："你也挺机灵，马上就顺着我的思路往下说，帮我把这七个傻瓜给骗回了营地。"

另一位李教练一招手，边往外走边说："别磨蹭了，赶快去把那块宝石搬下山卖了，下半辈子吃穿不愁了。"

于是，这三位教练便嘻嘻哈哈地直奔峡谷而去。

且说第二天早晨，仇大川他们醒来后发现，那三位教练竟全都不见了。他们在帐篷里一直等到中午，还不见教练回来。无奈之下，大家只好决定自己摸着路下山。

众人刚一走出帐篷，小姜突然发出一声惊叫："你们看，雪狼！我那天晚上看到的就是它。"

大家顺着小姜手指的方向，在不远的一处山坡上，果然看到了一匹如小牛般粗壮、如虎豹般威风凛凛、通体披着雪白皮毛的大狼。

众人惊呆了。仇大川在动物园里见过灰狼、黑狼、赤狼、红狼，但是通体雪白的大狼他还是头一回见到。只见那匹白狼仰天发出了一声令人毛骨悚然的嚎叫，就向雪山的深处跑去，一眨眼工夫便不见了踪影。

雪狼离开后很久，众人才回过神来。他们依稀想起，雪狼出现的方向，正是昨天他们遇困的那个峡谷的方向。在雪狼跑过的雪地上，众人还看到了一双红手套。那双手套是马教练的，大家心中升起一种不祥的预感。

雪狼的第三次出现

雪山真的太神秘了。受到雪狼惊吓的众人，在惊慌失措中，连帐篷都顾不得收，草草收拾起背包，沿着来时的路，匆忙下山。

上山不易，下山更难。下山时两腿发软，没有支撑点，步子迈得稍微大一点，就会摔倒。大家觉得，通往大本营的这一千多米路程似乎比天涯还要遥远。

夜幕降临时，他们总算依稀看到了终点。一百多米外的雪地上，亮着点点灯光，那里就是大本营了。

然而，就在此时，仇大川突然感到脚底被什么东西绊了一下，他一个站立不稳，重重摔倒在了雪地上。这一跤摔得着实不轻，仇大川的鼻子都被碰出了血。

仇大川咧着嘴，捂着鼻子从地上爬起来，低头朝脚下一看，不由吓出了一身冷汗。原来，绊倒他的居然是那块通体透明、全无一丝半点杂色的极品金刚石。

"太邪门了！"仇大川已经忘掉了鼻子上的疼痛，倒吸着凉气说。

大家听到声音，全都围了过来，都觉得这事太过邪门。峡谷中的那块宝石，怎么像长了翅膀一样飞到了山脚下呢？

"怎么办？"仇大川的同事小方

说，"反正已经到了山脚下，即便再发生雪崩也伤不着咱们了，不如……不如咱们把这块宝石搬回大本营吧？"

小方这句话，说出了在场大部分人的心声。"天下熙熙皆为利来，天下攘攘皆为利往"，在巨大的财富面前，又有几个人能不为之心动呢？大家眼神里透出一股既紧张又兴奋的光，死死盯着这块诱人的宝石，谁的视线都不舍得再离开。

就这样沉默了十多分钟，最后，

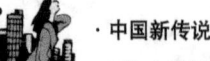

·中国新传说·

仇大川狠狠地咽了口唾沫，强自收敛心神，将头抬了起来。他用略带嘶哑的声音说："大家听我一句话，我不敢肯定这块宝石上到底有没有什么所谓的雪狼诅咒，如果没有，我们把宝石带下山，就可以成为大富豪；可是万一要有，我们就会给自己和家人带去巨大的灾难！是财富重要，还是我们的亲人重要？大家现在做个选择，觉得亲人重要的，现在请跟在我身后，我们一起下山；觉得财富重要的，你们可以留下，这块宝石便归你们所有了。"

说罢这话，仇大川转过身去，头也不回地迈着坚实的步子朝山下走去。

小姜犹豫了一下，也坚定地抬起头，紧跟着仇大川走下山去。另外几位同事看了一眼仇大川和小姜的背影，又看了一眼脚下的宝石，眼神里掠过一抹痛苦且茫然的神色，最终还是恋恋不舍地一步一回头，朝山下走去。

最后，只剩下小方一个人还站在宝石前，脸色通红，额头上一阵阵地往外冒汗。好几次，他蹲下身子，想要将脚下这块诱人的宝石搬起，可是每次蹲下，他脑海里便会浮现出妻子和孩子灿烂的笑容。经过一番痛苦的内心挣扎之后，最终小方一跺脚，发出一声长长的叹息，一脸痛苦地往山下走去。

就在小方刚刚转身离开宝石之际，众人猛然看到一条白影从雪山一侧冲出，像一团白雾似的朝雪山上疾若流星地奔去。又是雪狼！这是仇大川他们三天两夜内第三次遇到雪狼。

回到大本营之后，仇大川将三位教练失踪的消息告诉了搜救队。

第二天一早，搜救队上山，很快找到了那三位教练的遗体。他们竟然是掉进了离大本营只有几百米的冰窟窿里，被活活摔死了。

至于仇大川他们见到的那块金刚石，估计是那三位教练从山上带下来的，他们在跌入冰窟时宝石脱手，于是宝石便顺着山坡滑到了仇大川他们经过的那个地方。奇怪的是，等搜救队上山时，那块宝石却不见了踪影，搜救队的人寻遍了雪山，也没有找到丝毫踪迹。

从雪山归来，仇大川把在雪山的经历讲给妻子听。妻子信了，不过，她却提出一个让仇大川不好回答的问题："你们三次见到的雪狼是同一只雪狼吗？它是公的还是母的呀？"

仇大川愣了，雪狼出现时，他们太紧张，竟忘了去看雪狼的尾巴。不过，仇大川随后便意识到，他们最后遇到的那头雪狼，肯定是代表幸运和财富的母雪狼。因为那头雪狼已经给他们带来了一笔巨大的财富，这笔财富就是对亲人的爱与责任。其实能够带给人类灾难的，不一定就是公雪狼，而是人内心的贪欲。

（题图、插图：魏忠善）

24

·中国新传说·

□ 杨汉光

一滴血
2000元

刘东林一回到家，就听到爷爷在黑屋里一个劲地嚷要洗澡。老人已经102岁，在床上躺了大半年，身上臭烘烘的。刘东林捂着鼻子说："都一百多岁了，还洗什么澡？"

老人摸出20元钱说："帮我洗一次澡，我给你20元，行了吧？"刘东林吃惊地问："你连路都走不动了，哪来的钱？"老人得意地说："有人送钱来。"他撩起衣袖，伸出枯瘦的手臂，手臂上有个针眼。原来，今天村主任带一个省研究所的医生来到刘家，抽了老人的一滴血，给了2000元钱。

刘东林没想到爷爷的血这么值钱，他立刻帮爷爷洗澡。洗完澡，刘东林叫爷爷把2000元都给他，许诺以后天天帮爷爷洗澡。爷爷摇摇头说：

"还是洗一次给20元好。急什么？反正我的钱迟早是你的。"

刘东林可没耐心等，他当着爷爷的面，翻箱倒柜地找起钱来，找了整整一天，终于在一根中空的床柱里找到了一卷钱，刚好是1980元。他一边数钱一边说："爷爷，你的钱藏得可真稳啊！"看着贪婪的孙子，老人差点气死。

刘东林还不满足，想让爷爷再卖点血，就问那个医生是哪里的。老人气愤地说："我不知道，我知道也不告诉你。"

刘东林只好向村主任打听那个医生的地址，村主任给他一张名片。刘东林迫不及待地打电话给那位张医生，问他的研究所还要不要血，说爷爷还想卖一点。张医生说："你爷爷的血很有研究价值，我们非常需要。但你爷爷身体太虚弱，血的质量太差。我们原来抽的那滴血，就达不到要求。请你先好好照顾你爷爷，等他身体恢复健康后，我们再去抽血。"刘东

林关心的是钱，他赶紧问："血的质量提高后，价钱是不是也高一些？"张医生说："那当然。"

刘东林做梦都想发财，他放下电话，就按照张医生的吩咐忙开了。刘东林把爷爷换到宽敞明亮的房间居住，天天精心准备伙食，时不时买点益气养血的药给爷爷吃，一有空就坐下来跟爷爷谈心。渐渐的，老人恢复了健康。看见红光满面的老人，不明底细的村里人纷纷称赞刘东林孝顺。

刘东林可不稀罕别人的夸奖，他念念不忘的只有钱。他打电话给张医生，说爷爷已经恢复健康了，请他来抽血。张医生说，表面的健康不等于真的健康，他叫刘东林带爷爷去医院检查一次身体，再把体检单原件寄到研究所给他看。

刘东林带爷爷去医院检查后，医生说没什么大问题。刘东林当天就把体检单寄给了张医生，还在心中盘算着：凭老爷子现在的身体，抽一瓶血都没问题，按原来的价格，一滴血就能卖2000元，价格提高后，一瓶血最少能卖二十几万啊！赚了钱，首先要建一栋全村最漂亮的新楼。

可是，张医生看过老人的体检单后，却说还不合格，他们搞的研究要求是非常高的，哪怕是一点小毛病，也有可能影响整个课题，他叫刘东林千万不要泄气，继续照顾好爷爷。

刘东林当然不想前功尽弃，他对爷爷的照顾更加周到。老人见孙子这么好，就尽量多干点活，喂了鸡，又去摘南瓜花。谁知南瓜叶下藏着一条毒蛇，老人被毒蛇咬伤了脚趾。刘东林像看到新楼倒塌一样，心疼地说："哎呀，你这个老不懂事的，明明知道自己是全家的宝贝疙瘩，风吹还怕伤身，你摘什么南瓜花？"

刘东林马上叫车送爷爷去医院，一路上不停俯下身去，不怕脏臭，用嘴含住爷爷受伤的脚趾，拼命吸毒。

到了医院，医生让刘东林先交5000元钱，说老人年纪这么大了，交了钱还不一定能救活，只有五成把握。

万一交了5000元，又救不活爷爷，那岂不是鸡飞蛋打？刘东林犹豫了，老人也有气无力地说："我的命值不了5000元，咱回家吧。"

老人的话正合刘东林的心意，他当即假称去另一家医院，把爷爷拉回了家。一回到家，刘东林就给张医生打电话："张医生啊，请你快来抽我爷爷的血，他被毒蛇咬伤，已经没救了，你再不来，就抽不到他的血了。"张医生不肯来，叫刘东林快送老人去医院。刘东林改口说："要不我把爷爷的血抽出来，送到你的研究所。注射器我都准备好了，只是不知道怎样保存血浆，放在冰箱里行不行？"张医生只好答应说："好好好，我马上过去，你可千万不能乱来啊！"

张医生亲自开车，以最快的速度赶到刘东林家里。此时，老人已经昏迷了，张医生二话没说，把老人抱上车，直奔医院。可惜，还没到医院，老人就在路上去世了。张医生停下车，轻轻地抚摸着老人雪白的头发，自责地说："老人家，都怪我来迟了。"

刘东林懊丧极了，望着爷爷的尸体，脱口骂道："老东西，这几个月，我最少在你身上花了一千多元，你怎么说死就死，让我血本无归啊！"说着还不解气，在爷爷的脸上拍了一巴

掌，可他的手掌刚贴到老人的脸上，就惊喜地说："张医生，我爷爷还有点暖，估计还能抽出血来。"

刘东林居然掏出随身携带的注射器，递给张医生。张医生惊讶不已。刘东林又掏出一个小瓶子，得意地说："我做事向来都是想得很周到的，看，还有酒精棉呢。"

刘东林着急地说："张医生，你快抽呀！"张医生却摇头说不必了。刘东林急了，一把抓住张医生的手，按到爷爷的身上说："你摸摸，我爷爷的身子还暖暖的，肯定抽得出血。我知道死人的血不能跟活人的比，以前你抽一滴给2000元，现在按一滴500元算，行了吧？"

张医生说："真的用不着了。"刘东林以为张医生嫌贵，就咬咬牙说："这样吧，价格由你定，给多少钱我都没意见。快，再不抽就来不及了。"张医生一下把注射器扔到车窗外说："实话告诉你吧，其实我们研究所只要一滴血就足够了，即使你爷爷活着，也不再需要他的血。"

刘东林愣了好一会儿，恶狠狠地问："你为什么要骗我？"张医生气愤地说："你这个遭天谴的不肖子孙，居然让你爷爷过着猪狗都不如的生活！为了能让他过上几天好日子，我只能骗你！"

（题图、插图：刘斌昆）

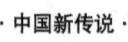

不能为我一个人

洗头 □ 应良帆

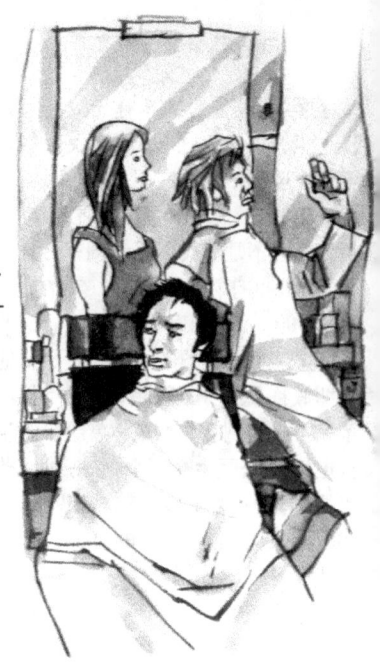

李根是家个体企业的厂长，小厂虽说只有三十来号人，却由于他的精明能干为人正派，倒也搞得红红火火。这个月，前来洽谈业务的客商络绎不绝，李根忙这忙那的，头发长了，也顾不上去理。厂里人开玩笑说厂长头上顶个鸟窝，这年头树少，说不定鸟会飞下来在头上下蛋呢。李根摸一摸脑袋，笑笑，觉得是该去理发了。

李根走进理发店，还没坐定，就听身边小青年"哎哟"一声叫起来。李根一扭头，看见小青年身后的洗头妹像触了电似的愣在那里，手里还捏着掏耳朵用的棉花棒。

那黄头发的小青年不依不饶地说："会不会掏耳朵，出手那么重！"老板叼支烟走过来，大声骂那个叫张秀秀的洗头妹，让她滚回楼上去，换一个下来。

李根听得直皱眉头，感觉老板的态度未免太凶，但转念一想，要是碰上这种毛手毛脚的家伙，弄得不好，一捅竟捅破鼓膜，那可不是闹着玩的！老板凶是凶了点，也是对顾客负责嘛。想到这里，李根坐下来要理发，却听见老板跟小黄毛聊天"嘿嘿，你这家伙，越来越狡猾了！这妹子还不够靓吗？说吧，嫌她什么？"

小黄毛嘀咕着："太拘束了，不够开放……"

这时，李根才恍然大悟，原来这个小青年玩的是色狼的鬼把戏，洗头妹弄痛他的耳朵是假，想换个"浪一点"的洗头妹是真。李根感觉胸中有一股气直往上冲：这不明摆着欺负人家洗头妹嘛!

李根改变主意,不理发了,就洗个头,他指指楼上,对老板说"洗头,就要刚才那位!"

这洗头妹手艺还真不赖,手法灵活,轻重适度,洗完头等于做了一遍头部按摩,李根顿觉神清气爽!她掏耳朵的功夫更绝,那根小棉棒在她手里仿佛有了触觉,或者就是她手指的一部分,总能恰到好处地在李根耳朵中游走,动作轻柔灵活,痒酥酥的,令人陶醉!李根不禁赞叹道:"好手艺,下次洗头发,还找你!"

出来的时候,张秀秀噙着泪花望了他一眼,但李根没有注意,他只注意到小黄毛充满敌意的目光,他隐约感觉到,他跟小黄毛之间还会有一番较量的。

李根猜得没错,小黄毛是个无赖,报复心特强,小时候就因为有一颗花生糖被老鼠偷吃,一般人都算了,可他非要把老鼠逮住,浇上汽油活活烧死不可。就在李根走出理发店后,小黄毛就围着秀秀拉拉扯扯,但秀秀找个借口躲开了,老板也来拉住小黄毛:"这天底下姑娘多的是,你算了吧,给我点面子。"

黄毛调戏秀秀不成,心里恨死李根了:要不是李根在背后撑腰,谅这洗头妹也不敢不答应……

回到厂里,李根拿起一根棉棒,在耳朵里转了几下,却没了刚才那种

爽劲。李根从来没有碰见过掏耳朵这么舒服的洗头妹,他想起理发店老板有辞掉她的意思,就想帮她。但怎么帮呢?给她钱,那太突然了,人家还不一定要。

"有了!"李根突然一拍大腿,当即向厂子里的工人宣布,"以后兄弟们找张秀秀洗头发,只要记个账就成,连理发钱都算我的。"

一个月下来,厂里三十号人全部找张秀秀洗了一次头。李根让出纳去理发店付了300元钱。李根自己去洗头发时,老板总是很热情地打招呼,还特意叫张秀秀下来。李根对她的手艺总是赞了又赞,然后付了双倍的钱。

李根算了算,自己厂里的工人去理发,秀秀也可以增加点收入,更主要的是老板再也不会把成了"摇钱树"的秀秀赶走了。

李根正得意着呢,外头传来吵闹声,跑出去一看,原来是小黄毛!这家伙手里捏了根铁棍,站在门前破口大骂,说李根去勾引他的女朋友,要找李根算账。这不是明摆着故意找茬吗?李根气得七窍生烟,蹿出去一把抓住小黄毛的衣领,把他推倒在地。小黄毛占不到便宜,叫骂着走了。

可是这事情闹开了,一时还收不了场。大伙儿暗地里议论,都觉得李根和秀秀关系不寻常,根据是,如果没有"那种关系",谁还会那样帮她呢?

两天后,收发室的老头神秘兮兮

地送来一封信，那信封上的字特清秀，还能闻到一股清幽的香水味！李根长这么大，还是头一回收到这样的信，窘得脸上发烫。他抬起头来，发现收发室的老头笑眯眯地瞅着自己，赶忙说："去去去，看什么看！"

原来是秀秀写信感谢自己，但不知咋的，李根的心却平静不下来了……

过了几天，秀秀打电话过来了，说有要事要找他。他们在厂子东面的小吃店见了面，秀秀告诉李根，小黄毛三天两头到理发店里胡搅蛮缠，她决定回家乡去了。李根一想，自己好心

帮人，不料帮成这样，就说："如果你在理发店里过不下去了，不嫌我厂子小，就到我厂里来。"

正说着呢，李根突然听见身后一声怒吼，转身一看，只见一个老汉双手叉腰，正对着自己吹胡子瞪眼睛呢！

秀秀突然迎了上去，说："爸，您怎么来了？"原来，张老汉在家怪想女儿的，不嫌路远，趁农闲奔秀秀这儿来了。没想到，秀秀不在理发店，却碰到小黄毛这家伙。小黄毛心想，报仇雪恨的机会来了！他拉着张老汉去了酒馆，边喝边说秀秀正在傍大款呢！张老汉一听，就火冒三丈赶来了，还挥着手臂要找李根拼命。不管李根怎么解释，他都听不进去。

厂里的人听到外头有动静，都出来了，大伙儿把张老汉拉住，他还挣扎着说，如果再敢动他女儿一根毫毛，他就死在厂门口！

秀秀哭着说："爸，小黄毛的话您也信吗？您性子还是和以前一样，火烧火燎的！刚从家里来，也不先问我一声，李厂长是咱家的恩人呀！"

张老汉"啪"的一声抽了女儿一个嘴巴，吼道："不要脸的东西，你还想做人家小老婆吗？"

"别打了！"李根急了，拉住老汉，说，"老人家，我李根还没有结婚，我是个负责的人，我谈恋爱总可以吧，您女儿要是不嫌我长得丑，我娶！"

那边，秀秀的脸一下子通红了。

30

网络昵称

昵称是表示亲昵的称呼，如今网络上的昵称标新立异，花样繁多，请看:

◆ **篡改名言版:**

● 十年树木，百年树袋熊。

● 给我一个支点，我可以撬起地球仪。

● 内行看门道，外行看老道；内行看门道，外行看人行道。

● 要命没有，要钱有一条。

● 常在河边走，哪能不诗人?

● 人过留名，雁过留声机。

◆ **篡改标题版:**

● 考拉是条狗，卡拉是条ok。

● 拿什么拯救你，我的大兵瑞恩；我拿什么整死你，我的爱人。

● 何仙姑倒拔垂杨柳，鲁智深三打白骨精。

◆ **篡改歌词版:**

● 其实不想走，其实想坐车。

● 还记得年少时的猛犸。

● 春天花开会。

● 你应该在车底，我应该在车里，让我开车轧死你!

（推荐者: 木　木）

（本栏目欢迎来稿。来稿如为电子邮件，请发以下信箱: zhong98305@sina.com）

大伙儿一愣，忽然意识到了什么，马上热烈地鼓掌喝彩。这下子，老汉的酒也醒得差不多了，把李根上下打量了一遍，说:"我张老汉也是个爽快人，我只问你一句话，你真的没结婚?"

"没有!"

众人都说没有，厂长三十刚出头，但一直没有结婚。

老汉盯着李根看了足足一分钟，最后说:"我信你!"然后转过身去问秀秀。秀秀把头埋进胸膛里去了，半天才说:"我不知道。"

张老汉笑了，连脸上的皱纹都在笑。众人也大笑，不知道? 这不是同意了吗? 大家都把脸转向李根，李根正用充满爱意的目光看着秀秀呢。

半年后，新婚之夜，李根再一次问秀秀:"你不会是感激我才想嫁给我的吧?"

"我第一次为你洗头，心里就想，我要是能为你洗一辈子头那该多好啊!"秀秀把脸贴紧李根胸口，柔柔地说，"以后，我不去理发店了，我要为你一个人洗!"

李根笑着说"不行，你不能为我一个人洗……"

秀秀瞪大了眼睛，惊讶地问:"为什么?"

李根笑道:"还有孩子呢?"

秀秀害羞地笑道:"你真坏!"

（题图、插图: 谭海彦）

这是一个真实的故事，可我们不愿相信它是真实的。它的发生，值得我们每一个人尤其是新闻媒体的反思……

寻找父亲

□ 刘六良

出师未捷

许枫大学毕业后，来到一家电视台当实习记者。这天台里接到一个热线电话，说城边河里有两个小孩子落水，被一个外地人救了。领导让许枫立即去现场采访。

许枫来到现场，见救人者竟是个虎头虎脑的男孩，大约十四五岁。男孩叫郑小亮，来自偏远山区。问到他救人的事，小亮轻描淡写地说："我走到桥上，见两个小弟弟在水里扑腾，挺危险，就跳下去把他们抱上来了。"

他的话引起围观者一阵夸赞，许枫也赶紧表扬了几句，说："小亮，我是电视台的记者，我再问你一句：救人时想过要什么报酬吗？"小亮摇了摇头，可突然之间来了精神，他说，他来城里是找爸爸的。听人说爸爸在这

个城市打工，就自己来找了。可是跑遍了全城，也没见爸爸的影儿。他紧紧抓住许枫的双手，急切地说："叔，你能在电视上登个消息，帮我找到爸爸吗？我爸爸叫郑永亮！"

许枫心里说：我可没有权力把你的要求在电视上播出呀，可他不忍心回绝，只得点点头说一定尽力帮忙。

没想到，回到电视台向领导做了简要汇报后，领导却表示还有其他重要的新闻，这个采访不播了，替小亮播放寻人启事的事也暂不考虑。

许枫心情沉重地下了班。当他一出电视台的大门，有个人迎上来，他一看正是郑小亮。"叔，我找爸爸的事

电视上什么时候播？你说我爸爸能看到吗？"

望着小亮那期盼的目光和纯真的笑脸，许枫感到一阵心酸，他不忍心往满怀希望的孩子身上泼冷水，只好说台里正在讨论，争取给他播出来，让他爸爸看到。

小亮听了，对许枫是千恩万谢。而许枫则感到阵阵揪心的疼痛，他不死心，要孩子把住址留下来，一有消息就和他联系。

晚上，他心情烦闷地打开一本杂志，无意间看到有条消息说，欧洲有个叫"寻找你的亲人"的纪实节目，在观众中间特别受欢迎。许枫突发奇想：如果我们也照这样做一期"寻亲"节目，不仅帮了小亮的忙，而且又做了一档好节目，这不是一举两得吗？

许枫忍不住马上打电话给台里的专题节目负责人孟主任，把自己的这个设想告诉他，说这样的节目因为真实感人，观众感兴趣，反响肯定大。没想到两人一拍即合。

精心布局

这个选题很快就得到了批准。孟主任担任编导策划，许枫负责联系、采访。按照策划，一方面派人通过派出所寻找郑永亮，另一方面节目组去郑小亮家进行采访。郑小亮听说电视台为了帮他找到爸爸，要专门做电视片，兴奋得又蹦又跳，欢欢喜喜地带

了节目组来到了五百多里外他的家。

郑小亮的家，破旧不堪。他妈妈姚彩芹又黑又瘦，虽然还不到四十岁，看起来却像个老妈妈。她对许枫说，十六年前在父母包办下，她和郑永亮结了婚。可结婚后不到两个月，郑永亮就离家外出，说是去打工，结果一走就没有回来。丈夫走后大半年，姚彩芹生下了儿子小亮。这时有人说郑永亮在外又找了个"小老婆"，不要家里的老婆孩子了。开始姚彩芹还不相信，日盼夜盼，盼着丈夫会突然回来，但十多年过去了，唯一关心自己的婆婆死了，儿子一天天长大了，丈夫依然音讯全无。

姚彩芹声泪俱下地说："孩子长这么大没见过爸爸的面，总念叨着要去找爸爸，他听人说爸爸在城里，就不顾我阻拦，偷偷跑去找爸爸了。"

许枫暗暗叹道：这真是个可怜的女人，丈夫一走十多年不回家，她一个人带着孩子一直等了十几年，也许她希望像"寒窑苦等十八年"的王宝钏那样，盼回一个"事业有成"的丈夫，但总觉得她那位丈夫不会是薛平贵，倒极有可能是陈世美！

按照策划，节目组把郑小亮母子带到城里。回到电视台，孟主任说经与派出所等部门联系查找，已经找到了小亮的父亲郑永亮。

许枫一听，激动地说："这太好

了，赶快安排他们相见吧！"

"不！"孟主任说道，"这个节目的高潮是他们见面的场面，一定要让他们都有置身梦中难以相信的感觉，只有这样才能出现感人的场景，感动观众。"孟主任特别嘱咐许枫等人，为了做个精彩的节目，一定要保密，"谁泄密影响了情绪，破坏了见面时的场面，就炒他鱿鱼！"

接下来许枫等人带着姚彩芹和郑小亮在派出所、居委会、民工聚集地打听和拍摄，让观众感觉电视台是多么尽心尽力在帮助他们。同时另一个采访组已经与郑永亮联系上，并对他

进行暗中采访。

郑永亮在一处居民区街上开了一间小吃店，记者扮成来这里吃饭的老乡和他闲聊。郑永亮说他十多年前来城里打工，结识了开小吃店的女老板，并结了婚，如今他们有个上小学的儿子叫郑晨晨，已经十岁了。记者问他老家还有什么人，是不是经常回去，郑永亮说十多年没回去了，家里父母死了，只有一个哥哥。但他只字未提家里的妻子姚彩芹和儿子小亮。

拍摄工作进行得很顺利。许枫见小亮满怀希望地被他们带着到处寻找，心里很不是滋味。他想：唉，可怜单纯的孩子一心想找到爸爸，可他哪里知道他要找的爸爸已经抛弃了他们母子，另外娶妻生子过上小日子了。

按照安排，孟主任精心设计了他们的相见场面，这一场面也将是这个节目的高潮。

相见时难

节目组在郑永亮的小吃店附近找了一处房间，让姚彩芹和小亮等在这里，这时才告诉母子俩，他们已经找到了郑永亮，今天安排他们在这里见面。小亮一听激动得两眼放光，非要出去迎接爸爸，但被许枫一把拦住了。许枫告诉他现在不能出场，因为郑永亮还不知道他们母子在这里。

接着，节目组工作人员去郑永亮的小吃店要了两份饭，让他送到那个

房间。同时许枫等人已经做好了拍摄准备。郑永亮端了饭菜走进门，一眼看到了坐在那里的姚彩芹和她身边的小亮，顿时吃惊地丢下饭菜，转身就跑。姚彩芹见状"哇"地哭出声来。

节目组工作人员拦住郑永亮，说出了自己的身份，指着姚彩芹和小亮问郑永亮："你认识他们吗？"

"不……不认识！"郑永亮连连摇头，矢口否认。

姚彩芹一听，哭得更加伤心，小亮哭着给妈妈抹眼泪。姚彩芹搂着儿子边哭边说："咱们走，回家，以后有人问你爸爸，你就说他死了！"

母子俩相倚着往外走，走过郑永亮身边时，郑永亮低着头，下意识地往后退了一步。

就在这时，小亮突然像只发了疯的小豹子冲上来，一头撞到郑永亮身上，挥起小拳头在他身上乱捶乱打起来，边打边骂："你是坏人！你不认妈妈，我打死你……"

许枫等人面对这突如其来的情况，都惊呆了，急忙上前拉开小亮。

姚彩芹伤心过度，人顿时摇晃起来。人们急忙把她扶到座位上。歇了好一会儿，她才平静下来，对郑永亮说："别怪孩子打你骂你，他到这世上十五年了还没见过爸爸的面！他只以为你在外面挣钱忙得没空回家。孩子常常拿着你的照片对我说：'妈妈你看我长得多像爸爸呀！'可你这个做

爸爸的对孩子尽到一点责任吗？结婚后不到两个月就走了，从此没了音信，十几年你知道我这日子是怎么过的吗？我伺候老的，抚养小的，孩子在外边受了欺负总哭着向我要爸爸。孩子见我忙里忙外干活辛苦，才九岁就不去上学，在家帮我干活。他听人说你在城里，就偷偷进城来找你，可你一见我们竟说不认识，你这样无情无义，对得起我们娘俩吗？对得起你自己的良心吗？"

郑永亮蹲在地上，双手抱着头，一言不发。

许枫把这些天来小亮一路寻父的艰辛告诉郑永亮，并谴责他不该丢妻弃子，更不该对这么小的孩子这样无情，说得郑永亮也掉了眼泪。终归是血浓于水，最后一家人抱在一起哭成一团。

接着，节目组又安排这一家三口在一起吃饭，一起上街，郑永亮给小亮买了衣服，小亮一直紧挨着爸爸，脸上一直是幸福满足的神情。

但是郑永亮毕竟还有一个家，有妻子和儿子，还有一爿经营不错的小吃店。他和姚彩芹没有领过结婚证，只在一起生活了不到两个月，又分开了这么多年，婚姻关系早已经是无名无实，只是在节目组的安排下，不得不做出这样一个温馨的场面来。他们在一起的时间只有半天，姚彩芹这个善良明理的农妇，早已料到郑永亮一

定不会丢下他现在的家，重新和自己一起生活。她决定带小亮回家。

至此，许枫他们筹备的整个节目的拍摄工作可以说圆满结束。

余波未息

几天后，这个专题节目制作完成，电视台领导审查后也很满意，准备安排在黄金时间播出。许枫为自己初出茅庐就小有成绩而沾沾自喜。

不料就在节目要播出的这天，台里突然通知撤下不能播出了。许枫很惊奇，但很快就知道了原因：市里发生了一起故意杀人案，凶手正是节目

中的郑小亮，而被杀的则是郑永亮和他第二个妻子生的儿子郑晨晨！

闻听这一消息，许枫惊得几乎昏倒，这是为什么？怎么会这样？郑小亮几天前不是还舍身相救两名落水儿童吗？才几天怎么又成了杀人犯？

制作好的专题片不能播了，台里决定就小亮杀人一案做一期节目在法制节目中播出，领导安排许枫去采访小亮，让他争取采访出独家内幕。

据初步了解，原来小亮和母亲回到家后，又悄悄回到城里，他找到郑晨晨的学校，偷偷观察晨晨放学后的行动。他发现晨晨每天放学回家，都要经过他上次救落水儿童的那条河，而且发现晨晨喜欢在河边看水景，玩一会儿水后才回家。这天，他乘晨晨嬉水时，冲上去把晨晨推入河水中……

这天许枫来到拘留所，小亮一见到他，顿时露出惊喜的目光"那野崽子没了，我爸爸就会回来和我跟妈妈在一起了吧！"

许枫的心一沉：孩子的想法真是太天真了。他问小亮为什么要这么残忍地对待一个才十岁的孩子，而这个孩子还是他的弟弟！

小亮的脸沉了下来，好半天才说："都是他抢走了我的爸爸。他有爸爸，凭什么我就这样可怜？凭什么，凭什么呀……"

（题图、插图：安玉民）

守望灯塔

□ 陈　默

这次招聘工作的官员，这几天他急火攻心，嘴角燎起了好几个泡。

我需要这份工作

这天上午汤姆正在愁眉不展地苦思对策，一位漂亮的妇女来到面前，自我介绍说，她叫德维佳，今年四十岁，想竞聘灯塔员的岗位。汤姆几乎不相信自己的耳朵，问道："你是说你想做灯塔员？"

德维佳郑重地点点头："是的，没错。"

汤姆苦笑一声："开玩笑吧？你以为是在厨房里烤奶酪？去我家吧，我妻子正好需要一个帮手。"

德维佳很固执："我需要这份工作。"

汤姆收起了微笑，朝她挥挥手："对不起，我没时间陪你聊天。"

德维佳转身走了，汤姆又陷入了焦虑之中：这灯塔员的生活也实在艰苦乏味！根据天气变化，白天要悬挂

奥尔索掉大海里了！消息传来，海事局上下一片震惊。奥尔索是某海湾孤岛上的灯塔员，看守灯塔已经超过十五年了。一天深夜，海湾狂风大作，暴雨肆虐，就在奥尔索推开灯塔大门，准备做例行检查的一刹那，一阵狂暴的海浪扑了过来，把他卷进了波涛汹涌的大海。

灯塔不可一日无人，怎么办？海事局紧急商议之后，决定马上招聘一个新的灯塔员，可半个多月过去了，却没有一个人前来报名。汤姆是负责

·海外故事·

各种颜色的旗帜报道天气情况；傍晚要点亮塔灯，为来往航船指明航向。不说干这个工作，一步不能离开孤岛，单讲从塔底到塔顶那四百多级又高又陡的环形阶梯，一天爬上爬下往返好几次，体力消耗也够人受的。海事局聊起灯塔员这份活儿，没有一个不摇头的，有人甚至说：即使做乞丐也不做灯塔员，可德维佳她图的是什么……

第二天清早，汤姆躺在床上还没起来，就接到一个电话，说德维佳没经同意，一个人擅自乘船去了灯塔！昨天晚上，她点亮塔灯，在灯塔那儿守了整整一夜。

汤姆惊得跳了起来，连忙要了一

条船，匆匆赶到了灯塔，看见德维佳正在做早饭，这时她也看见汤姆，笑了笑说："先生，昨晚大雾，我把灯点上了，过往的船只都向我鸣笛致谢呢……"

汤姆瞪她一眼，打断了她的话："胡扯！难道你真的不知道，做灯塔员有多危险？"德维佳掠掠还没梳理的金发："这我都知道，但我更知道你这儿需要人。"

听这话，汤姆心里着实有点儿感动，但他明白，这工作并不适合一个女人。汤姆依旧板着脸："你知道吗？灯塔员奥尔索就是给狂风暴雨卷进大海的……"

他用意非常明显，想吓唬吓唬德维佳，让她快点儿离开。可德维佳却非常镇定，说她迫切需要这份工作，即使危险也顾不上了。汤姆拗不过她，最后和她谈了一个条件：如果有男人愿意来做灯塔员，她必须马上离开！

德维佳接受了这个条件。

就这样，德维佳住进塔楼，开始了她的灯塔员生活。从此，汤姆多了一份挂念，时常给德维佳打个电话，或是趁给养船过去时，多给她带一些食物，尤其还没忘捎给她一些女人需要的香水或唇膏之类的玩意儿……

该走的应该是你

这天傍晚，德维佳点好灯正打算进塔底的住房，一个中年汉子走了进

38

来。他对德维佳说，他叫马尔斯，一次在海上游玩时，无意中看到了德维佳，竟"一见倾心"，愿意给两倍的报酬，聘请德维佳做他的私人秘书。说着话，马尔斯竟过来拉住了她的手，深情地吻了一下。

德维佳惊恐不安，连退了几步："你……你这是干什么？"

马尔斯说："我希望你能接受我的邀请。"

德维佳摇头拒绝"对不起，我已经做了灯塔员。"

"灯塔员？"马尔斯大笑起来，"难道你要在这个可怕的孤岛过一辈子？行，我把报酬再增加一倍，愿意的话，现在就跟我走！"

说着，他又开始动手动脚。德维佳终于发火了，她愤怒地跑到门边，一下子拉开了大门，指着黑沉沉的大海说："你再不走，我就把你推下去！"马尔斯终于害怕了，尴尬地走出了德维佳的房间。

第二天早晨，德维佳准备上塔顶悬挂天气旗帜，没想到马尔斯又来了，他把报酬又提高了一倍，可德维佳依旧没动心，弄得马尔斯灰头土脸的。

就在这时，汤姆不知从哪走出来，只见他拍着双手，笑容满面地走了进来："德维佳，你果然是好样的！"原来马尔斯就是汤姆最近刚招来的新灯塔员，为了考验一下德维佳抵抗诱惑的能力，汤姆故意让马尔斯

假扮一个富翁纠缠她……

没想到，汤姆说完这些，德维佳却依然不肯离开孤岛。

汤姆不高兴了："德维佳，你已经答应过我的条件，可不能反悔啊！"

德维佳笑着摇了摇头："那是过去。可现在我已经爱上了这儿，谁也别想把我从这儿弄走！"说完，德维佳撇下汤姆和马尔斯，提着旗帜登上了楼梯。等德维佳忙完后下楼，汤姆早走了，只留下了马尔斯一个人。马尔斯涎着脸央求德维佳"德维佳，我真的求你了，这工作对我也很重要！走吧，汤姆还在船上等你。"

德维佳微笑着说："我不会走的，该走的是你！"

马尔斯急起来了："可我已经和汤姆签了合同。"

德维佳开始打扫房间，头也不抬："我再说一遍，该走的是你！"

马尔斯跺了跺脚，横劲儿上来了："如果我不走呢？德维佳，这岛上就两个人，孤男寡女的，一个男人想干什么，我想你应该很清楚！"

德维佳没有说话，回过头看了看他。马尔斯以为她害怕了，嘿嘿一笑，朝她走近一步。突然，德维佳猛地站起来，从裤腰上摸出一把锋利的尖刀，丢向空中，只见尖刀在半空划了个雪亮的弧线，刀柄又稳稳落回德维佳掌心。她冷冷一笑"如果你一定要呆在这儿，我没有权力反对。但你一

定给我记住，千万别打什么坏主意，否则，我手上这家伙绝对不会跟你客气！"

马尔斯不禁打了个冷战，马上收住脚步，说："好，好，你别当真，我只不过跟你开了个玩笑。不过，我提醒你，你要是擅自留下来，汤姆不会给你任何报酬的。"

德维佳耸了耸肩："我爱上了孤岛，并不介意他的报酬。"

我是为爱而回来的

就这样，马尔斯也在孤岛上住了下来。德维佳仍旧和以前一样，挂旗、点灯，把日子打发得又忙碌又紧张。有空的时候，她就一个人走出房间，沿着塔底的石墙走过去，最后站在灯塔前的大礁石前，朝着神秘而又浩瀚的大海凝望一阵。

马尔斯很快发现了德维佳这个怪异的习惯，心里十分纳闷，决心看个究竟。一天，德维佳又站到了大礁石跟前，马尔斯悄悄跟了过去，竟然发现德维佳眼里泪光闪烁。

马尔斯嘲讽道："怎么样，害怕了吧？"德维佳回头一笑，说"没什么，海风吹的。"

马尔斯知道德维佳在说谎，吃晚饭时，马尔斯一直盯着德维佳的眼睛，想看透她心里的秘密。德维佳却显得十分平静，晚饭后收拾完刀叉，轻声哼起了一支古老的爱情歌谣，像

是在怀念一段美好的爱情。马尔斯觉得这个神秘而又固执的女人了无情趣，便早早缩进了睡袋……

当他一觉醒来，却听到海上起了大风，通往塔楼顶的门也打开了。马尔斯估计德维佳一定去了塔楼，他一边嘟嘟哝哝，一边费力地爬了上去。当他刚准备进入楼顶，大声喊了一声："德维佳，你在——"喊声未落，只听一声尖叫，正在塔杆上挂灯的德维佳被狂风吹了下来，坠进了大海。马尔斯吓得魂飞魄散，赶紧给汤姆挂了电话。

次日一早，汤姆就踏上了灯塔，身后还跟着一个陌生人。只见两个人脸色阴沉，看起来都很悲痛。汤姆告诉马尔斯，同他一起来的就是让海浪卷进了大海的奥尔索。那天坠海之后，奥尔索在大海中漂流了七天七夜，被一艘货船救起，经过抢救，奥尔索奇迹般生还。没想到，德维佳却……

在整理德维佳的遗物时，奥尔索看到了妻子写下的最后一页日记：奥尔索离开我了，为爱，也为了他的事业，我必须去灯塔做一个看守，这一辈子再也不离开！

奥尔索边看边流泪，向汤姆要求继续做一名灯塔员："我是为爱而回来的。德维佳在这儿走了，我要等德维佳，她会回来的，一定会……"

（题图、插图：佐　夫）

□ 阿辞

爱上橡皮人

自从科学家成功激活了人类的橡皮基因后，地球上除了原来的人之外，又多了一种橡皮人。

橡皮人的体内有一种橡皮激素，他们可以在任何时候让自己的身体变形，即使走在街上被汽车撞了，也不会被撞死，顶多是被撞变了形，过后又能恢复原样。

看到橡皮人的生命力这么强，原来的人纷纷到医院去，要求医生激活自己体内的橡皮基因，让自己也成为橡皮人。

短暂的婚姻

几千年以后，地球上的橡皮人越来越多，而原来的人越来越少。为了不让自己这一族灭绝，原来的人就自发地聚集在一起，建立了一个原人国。

原人国的总统非常爱自己的国家，他坚决地认为，只有原来的人才是地球上最高级的生命，但又非常羡慕橡皮人使用的先进技术。为了让原人国强大起来，他就派自己唯一的女儿爱妮去橡皮人那里留学。没想到爱妮留学一年回来后，不但学了一手好技术，还不顾原人国关于禁止原人和橡皮人恋爱结婚的规定，带回来一个橡皮小伙子，是个医生，名叫永恒。

爱妮希望当总统的父亲能够同意自己的婚事，并从此改变原人国的规定，可父亲暴跳如雷。总统的女儿要嫁给橡皮人的消息马上成了原人国的爆炸性新闻，父亲一怒之下，硬是把永恒逐出原人国，并且把爱妮关在家中，不让她出门。

爱妮很绝望，想到再也见不到永恒了，整天以泪洗面。有一天，她正伤心地哭泣着，突然有一只男人的手伸过来给她擦眼泪，她吓了一跳，回头一看，站在身后的竟是永恒。爱妮又惊又喜："你怎么进来的？"永恒笑着说："别忘了，我是橡皮人，我可以让身体变形，从门缝里挤进来啊！"说完，他抱起爱妮，从打开了的窗户往楼下跳，着地的时候，他的身子突然变得像海绵一样柔软，爱妮在他怀里，就像躺在草地上一样。

永恒带着爱妮逃出原人国，爱妮很快就成了永恒的妻子，两个人的婚姻是那么甜蜜，直到发生了一件意外，才引发了他们之间的矛盾。

那是一个夏天的晚上，永恒搂着爱妮在一条偏僻的小路上散步，突然跳出两个拿刀的歹徒，拦住了去路。其中一个把刀架在爱妮脖子上，说："快，把钱拿出来！"爱妮吃了一惊，但立刻就镇静下来，她心想：永恒的本事那么大，肯定能像英雄一样保护自己。可回头一看，永恒非但不是英雄，甚至连狗熊都不如，此刻他竟然像一团烂泥一样瘫软在了地上。爱妮气坏了，也不知哪儿来的胆子，飞起一脚就朝歹徒踢了过去，用手中的包拼命朝他们身上打。两个歹徒吓坏了，

他们大概从来没有碰到过像爱妮这样敢于还手的女人，立刻掉头就跑。

两个人当然没了继续散步的兴致。回到家后，爱妮还在生气，她虽然没有受伤，但永恒的表现太让她失望了。后来，类似的事情越来越多，一遇到危险，永恒就变形，就只知道保护自己，丝毫不顾爱妮的死活。爱妮觉得永恒太自私了，难怪父亲当时那么坚决地反对自己和永恒谈恋爱，父亲是对的，原人就应该和原人结婚，橡皮人根本就不懂什么是人间真爱，而且他们也根本没有做人的骨气。

爱妮和永恒的婚姻仅仅维持了一年，就结束了。

英雄的气概

爱妮回到原人国后，很多年轻人向她献殷勤，可爱妮一个都看不上，她心里很清楚，这些人其实都是看中她父亲的权势。爱妮暗下决心：一定要替自己找个真正的男子汉，否则宁愿一辈子独身。

这年秋天，爱妮跟着父亲一起到一个偏远的乡村小学视察，有一只成年独角兽不知从哪里跑出来，瞪着通红的眼睛，向一群学生直冲过去。眼看惨剧就要发生，这时，突然有一个长相古怪、身材高大的男人一下跳到独角兽面前，伸出两只手死命抓住独角兽的犄角，硬生生地把独角兽给截住了。

要知道，这种独角兽是远古动物犀牛的转基因后代，是原人国里最凶猛的野兽，在场所有的人都被这个男人的英雄行为惊得目瞪口呆，没想到原人国里会有这样不怕死的英雄！虽然这个男人长得不像永恒那么英俊，但他身上的这种英雄气概和独特魅力，把爱妮和她的总统父亲深深吸引住了，爱妮心目中的男子汉气质，就应该是这个样子啊！

这个不怕死的英雄名叫坎贝尔，不但英勇过人，而且爱妮和他接触后还发现，他是一个相当有文化有见地的男子汉，爱妮的父亲果断地提拔他当了原人国的陆军司令，爱妮也情不自禁地向他表达了爱慕之意。坎贝尔对美丽的爱妮也是一见钟情，不久他们就结了婚。

爱妮原以为嫁给了这样一个男人，家庭生活一定又幸福又美满，可谁知婚后不久，两个人就为了孩子问题吵开了嘴。

爱妮很想要一个孩子，可是坎贝尔却认为他们年纪还轻，现在应该以事业为重，孩子的事情以后慢慢再考虑。于是两年过去了，小两口一直没动静。有一次，爱妮身体不舒服，去医院检查，医生从她的血液里发现了避孕素。真奇怪，自己没吃避孕药啊？想到坎贝尔一直不想要孩子，爱妮有些怀疑是坎贝尔做了手脚，回来后就留了个心眼，果然发现坎贝尔偷偷往她每天喝的牛奶里放避孕药。

爱妮很生气："你……你这是什么意思？"坎贝尔解释说："我早说过了，我们还年轻，我不想这么早要孩子，我要先把事业干好了再说。"爱妮觉得他是在找借口："孩子对你有什么影响，又不用你生，又不用你带。"坎贝尔却坚持说："怎么没有影响呢？做了爸爸就要负责任，我不能什么都不管啊！"

两人各说各的理，越吵越凶。在原人国，因为人口少，所以把后代看得很重要，原人的观念是：如果爱一个人，就要和他生很多孩子。爱妮怀疑坎贝尔不是真的爱她，而是为了他

自己的前途才娶她的。她大叫道："坎贝尔，你今天非得给我说清楚，你到底是爱我，还是爱我父亲的总统职位？否则，你为什么不想要孩子呢？"坎贝尔气得跳起来，脸涨得通红："你……你这是对我的污蔑！"他一气之下冲出门去，开车走了，留下爱妮一个人呆呆地坐在屋里生闷气。

不一会儿，电话铃响了，是陆军司令部打来的，说坎贝尔出车祸了，现在正在医院里抢救，要爱妮马上过去。爱妮顿时愣住了，哪里还顾得上生什么气，立刻赶去医院。

医生正在全力抢救坎贝尔，爱妮问医生情况怎么样，医生看看爱妮，欲言又止。爱妮急得心都要跳出来

了："很糟吗？""不，"医生摇摇头，"他已经脱离危险了。只是……只是很奇怪，他的身体和我们不一样，既不是原人，也不是橡皮人，我们从来没见过这样一种人，他的骨骼像钢铁一样强硬，难怪他力气那么大，能拦得住飞奔的独角兽。我们认为，他可能是一个外星人。"

这时，爱妮的父亲和一些政府官员赶到了，当得知坎贝尔是外星人时，立刻感到了事情的严重性：怎么能让外星人来当我们原人国的陆军司令呢？大家认为必须马上弄清楚坎贝尔的真实身份，他到地球上来到底是干什么的。原人向太空探索了这么多年，还从来没有接触过一个真正的外星人，所以坎贝尔的到来，对今后原人向太空的探索很有研究价值，他们让爱妮去向坎贝尔作进一步的调查。

此刻，爱妮的心情很矛盾，她除了比其他人更想知道坎贝尔来地球的目的之外，还想得更远：事情调查清楚之后，坎贝尔还会永远留在地球上吗？如果留下来，她担心地球人会把他当实验品来研究；如果回自己的星球，则将意味着他们两个人之间的永别。说到底，她心底里深深爱着她的坎贝尔啊！

爱妮不知道自己该怎么办。

永恒的爱情

在父亲的催促下，爱妮走进坎贝

尔的病房，在他床边坐了下来。坎贝尔听到声响，睁开眼睛一看，是爱妮，连忙伸手拉住了她："亲爱的，我的身体泄密了，你肯定已经知道我……我不是原人了，你还爱我吗？"

爱妮没有正面回答坎贝尔的话，嘴里喃喃道："我们……我们还有将来吗？"

坎贝尔坚定地说："为什么没有？我们一定有将来！"

"可是……"爱妮迟疑着说，"你想想，就算我能说服父亲不把你当研究对象，但橡皮国能放过你吗？消息肯定也会传到他们那里去，他们太强大了，到时候，只怕没人能保护你。"

坎贝尔听爱妮这么说，觉得很奇怪："你凭什么说橡皮国一定会伤害我呢？"

"怎么不会？他们一直在搜集这方面的资料，现在真来了一个外星人，当然不会放过。"

"外星人！谁是外星人？"

"不就是你吗？"

"我？我是外星人？哈哈哈……"坎贝尔大笑起来。

爱妮不解地瞪着坎贝尔："你笑什么？难道你不是外星人？"

"当然不是，爱妮，我是橡皮人，我就是你的永恒！"

"永恒？你是永恒？我不信！"

"你不信？"坎贝尔于是说了很多关于他们两个人当初谈恋爱和结婚的事，爱妮不得不相信了：坎贝尔就是永恒。可是，当初的永恒为什么会变成现在的坎贝尔呢？

永恒说，当年爱妮认为他自私，这让他很委屈，他是那么喜欢爱妮，他多想能在危险的时候保护自己心爱的人啊，可橡皮人遇事就变形为泥，他无法改变自己的基因，橡皮人是没有办法变回原人的，所以和爱妮离婚后，他非常难过。为了让自己变成爱妮心中的男子汉，永恒研究出了一种能让自己骨骼钢化的药，这样，遇到危险时他再也不会变软了。可让他意外的是，那种药在钢化他骨骼的同时，还让他的力气也变大了，他吃不准服这种药还会有什么意外的副作用，所以就不敢让爱妮怀孕，害怕会生出一个畸形的孩子。

爱妮听了很感动，可还是有些将信将疑"如果你真是永恒的话，为什么你的容貌也变了？难道也是和这种药有关？"

永恒点点头"是啊，骨骼钢化的过程奇痛无比，我每天都要忍受着巨大的疼痛，时间长了，脸就忍得变了形……"

永恒话没说完，爱妮已经泪流满面，想着永恒为了自己忍受的莫大痛苦，她心里的感动实在无法用语言诉说，她轻轻俯下身去，把自己美丽的脸庞紧紧地贴在永恒的脸上……

（题图、插图：安玉民）

救命的图钉

一天，布鲁诺冒着雷雨去上班，途中意外地被雷电击中了！布鲁诺顿时失去知觉摔倒在地，随即被人送到医院。

可医生惊奇地发现布鲁诺只是暂时休克，身上只有一点擦伤，没有一点雷击的痕迹。这样的结果太不可思议了。

迷惑不解的医生再一次仔细检查了布鲁诺的全身，终于发现他的鞋底扎进了一枚图钉。

医生恍然大悟，解释道："就是这枚图钉救了布鲁诺的命。当他遇到雷击时，这枚图钉将他身上的电流导引出体外，所以他没有受到巨大的伤害。"

一枚小小的图钉也能救人于高压雷电之下，其实，人与人的相处不也如此？不要轻易去否定一个人的作用和价值，永远不要轻视身边的"小人物"！

（**推荐者**：白金香）

在一个村子附近的公路上，常有载满物资的货车经过。贫穷的村民打起了公路的主意。他们把公路刨得坑坑洼洼，过往货车必然减缓速度，他们便趁机哄抢车上的货物。

一天，有辆载满袋装淀粉的货车途经这条公路，村民们又一次将淀粉哄抢一空。

货车司机没有迅速报案，而是紧跟在抢他淀粉的村民后面进了村。

他请求村民们还他淀粉，村民们非但不还，还叫他快滚，否则就乱棍打死他。

司机说："你们不还我淀粉也行，但你们千万不能吃它。"村民们说，抢来的东西我们想吃就吃，想卖就卖，关你屁事。

有个村民甚至当着他的面，扯开

以善唤醒善

一袋淀粉的缝线，抓起一把淀粉就要往嘴里塞。司机吓坏了，大声制止："不能吃，这是工业用的淀粉，有剧毒！"那个村民愣住了，硬生生把手收回，他半信半疑地牵来一只狗。狗尝过淀粉后，立即倒地而死。

村民们都震惊了，他们震惊的不是狗的死亡，而是司机那颗善良的心。

村民们惭愧地把抢来的淀粉一袋不少地送回了司机的车上。

从此，再也没有一个村民当车匪路霸，这条公路又恢复了以往的安宁。

宽容为怀，慈悲为本，有时或许能唤醒犯罪分子心灵深处善良的本性。

（作者：宋艺涛）

只坐一个座位

一天，曾教授在英国乘坐地铁时发现，乘客很少，车厢里有不少空座位。但令人费解的是，一名英国母亲抱着一个四五岁的小男孩，合坐在一个座位上。

母亲对于身旁的空座位毫不理会，像是没看见一样。小男孩很胖，挤坐在母亲的腿上，母亲的脸上沁出了一层细细的汗珠。是孩子生病了？曾教授怎么看也不像，孩子红红的脸

蛋，很有精神。地铁停了一站又一站，旁边的座位始终空着，母亲心如磐石，一直抱着小男孩。

到达终点站后，曾教授好奇地问这位母亲："你旁边的座位始终空着，为什么一直把孩子抱在腿上，不让他坐到空座上去？"

英国母亲笑了笑说："我只买了一张车票，就只能坐一个座位，我不能教育孩子从小去侵占国家和公共的利益，那样做我会很羞愧的。"

为人之母实属不易，更难得的是做一个无私的母亲。

（作者：周亚平）

抓住"天赐"良机

杨先生在一家保健品公司担任推销员。一次,他乘飞机出差,不幸遇到了劫机。度过了惊心动魄的十小时之后,问题终于得到了解决。

就在要跨出机舱的一瞬间,杨先生突然想到为什么不利用这个机会,宣传自己公司的形象呢?

他立即从箱子里找出一张大纸,在上面写了一行大字:"我和某某公司的某某牌保健品安然无恙! 非常感谢营救我们的人!"他打着这样的牌子一出机舱,立即被电视台的镜头捕捉到了,成为这次劫机事件的明星!

待他回到公司时,董事长、总经理和所有员工,在公司门口夹道欢迎他。

原来,他在出机场时别出心裁的举动,使得公司和产品的名字在一瞬间家喻户晓。公司的电话都快被打爆了,客户的订单一个接一个。

董事长动情地说:"没想到,你在那样的情况下,首先想到的竟然是公司和产品。毫无疑问,你是最优秀的营销主管!"董事长当场任命他为营销主管。

一桩众人眼中倒霉至极的"事件",就这样巧妙地被杨先生改写成了"传奇"!

(作者:张丽钧;推荐者:高 超)

割断救命的绳子

有一位登山者一直想要登上世界某高峰。经过多年的准备后,他独自开始了攀登。夜幕降临,月亮和星星被云层遮住了,登山者什么都看不见。就在离山顶只剩几米的地方,他滑倒了,快速地往下坠。危急时刻,系在腰间的绳子拉住了他,他整个人被吊在半空中。

在这种上不着天,下不着地,求助无门的景况中,登山者一点儿办法也没有,只好大声呼叫:"上帝啊! 救救我!"

出人意料的,天上有个低沉的声音响起:"你要我做什么?"

"上帝,救救我!"

"你真的相信我可以救你吗?"

"我当然相信!"

"把系在腰间的绳子割断!"

在短暂的考虑之后,登山者决定继续全力抓住那根救命的绳子。

第二天,搜救队发现了一具冻僵的登山者遗体。他挂在一根绳子上,手紧紧地抓住那根绳子,而在他的下方,地面离他仅仅3米……

(推荐者:老 猫)

学写作文,可以从读故事开始

预约死亡

□陈玉龙

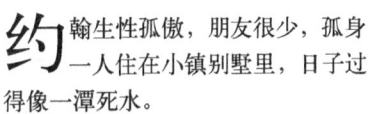

约翰生性孤傲，朋友很少，孤身一人住在小镇别墅里，日子过得像一潭死水。

这天，有个年轻人敲开他家的门，微笑着问他："打扰了，请问您就是约翰先生吧？"约翰挺奇怪："是的，您有什么事吗？"年轻人自我介绍说他叫彼得，说着从包里拿出一份材料，递给约翰。

约翰接过来一看，不由大吃一惊。这是一份"预约死亡"合同书，说的是在圣诞节，小镇将举办一次集体死亡活动，如果参加的话，无需付任何报名费，相反还可得到自己的骨灰被免费送上太空天堂的厚遇。

约翰年轻时是个喜欢冒险的人，常会做出一些让小镇人咋舌的举动，

所以他对这份合同的内容挺感兴趣。自从三年前老伴去世后，他早就觉得日子过得没意思了，如果自己死后骨灰真能被送上太空天堂，真是太美妙了，这样的机会怎么能白白错过呢？于是，他毫不犹豫地在合同书上签下了自己的名字。

彼得见约翰这么果断而迅速地做出了决定，于是郑重地拥抱了他一下，然后又提醒道："尊敬的约翰先生，现在离圣诞节还有一个星期，在生命最后的日子里，如果您还有什么未了的心愿，可以抓紧去做啊！"约翰听了，心里不由一动。

约翰的儿子媳妇都在城里工作，夫妻和睦，生活美满，没有什么事情需要让他牵挂。在生命最后的日子

里，约翰倒是觉得似乎应该要与一个人见上一面。这个人是谁呢？就是住在邻镇上一个名叫苔丝的女人。

约翰和苔丝年轻时有过一段感情纠葛。当初两个人彼此爱得很深，可苔丝的父亲坚决反对女儿这门婚事，认为约翰喜欢另类冒险，是个靠不住的男人。两个年轻人于是决定私奔，谁知到了约定动身的那一天，苔丝却失约了，约翰只好独自离开。后来，他流浪到这个小镇，立业成家，结婚生子，也就慢慢把苔丝淡忘了。现在自己的生命就要走到尽头，约翰很想与苔丝见上一面，并非重续旧情，只不过是想解开当初苔丝的失约之谜罢了。

约翰第二天一大早就起程了，乘车来到他离开了几十年的小镇，远远望去，苔丝家的那幢房子竟然还和以前一模一样，这令约翰很伤感。他缓缓走上前去，正要举手按铃，房门突然打开了，一位白发苍苍的老妇人站在他面前。

这个女人就是苔丝！苔丝现在的处境几乎与约翰一模一样，儿子媳妇也在城里工作，她也是孤身一人住在这幢房子里。苔丝长长地叹了口气，说："亲爱的约翰，我终于等到你来了！"约翰听不懂"你一直在等我？那……那年我等你可是等了又等，你……你为什么说好了来，结果又不

来？"苔丝的眼眶湿了，她痛苦地闭上眼睛，好一会儿才说："我那天是没去，可你……你事后为什么不回来看看我呢？"约翰吃惊地问："难道……难道那天发生了意外？"苔丝怨恨地点点头。

原来，那天苔丝在赴约途中意外遭遇车祸，受了重伤，在医院昏迷了三天三夜才醒过来。那些日子，她每天都翘首盼望约翰来，可每天都是失望，这一盼，就盼了整整三十年。听着苔丝的诉说，约翰真是后悔莫及，可时光不能倒流，他们回不到过去啊！

两人正在感慨时，有人敲门，竟然又是彼得来了。彼得把预约死亡合同书给苔丝看，苔丝先是摇头，后一看这上面有约翰的签名，于是也毫不犹豫也签下了自己的名字。约翰见苔丝对自己竟然还这么钟情，心里又感动又兴奋，能和苔丝一起共赴天堂，这是他根本没有想到过的！幸福的暖流顿时涌上了他的心头。

过了几天，儿子突然从城里回来看约翰，约翰便把圣诞节预约死亡的事告诉儿子。不料儿子一点不感到惊讶，他说："这没什么，我也签了一份。""什么？"约翰大怒道，"你为什么要签，难道你已经活够了？"儿子耸耸肩"是的，我已经活够了。再说，那条件太诱人了，这样的机会我怎么能错过？"约翰一听，气得说不出话

来：儿子还很年轻呀，有一位美丽的妻子，有一份满意的工作，这怎么叫活够了呢？约翰努力想说服儿子，但说了半天，儿子根本听不进去。

约翰苦恼极了，一连几天吃不下饭，睡不着觉。后来，他想明白了：何必自寻烦恼呢，自己都是要去天堂的人了，凡事还是顺其自然吧！

一个星期很快过去了，转眼圣诞节就到了。

按照合同书上的约定，约翰晚上准时来到教堂。此时，教堂里已经聚集了不少人，约翰看到苔丝来了，自己的儿子、儿媳果真也来了。当教堂的钟声敲过第八下的时候，彼得大声宣布，在仪式正式开始前，在场的各位可以自由选择一个同伴共赴天堂。立刻，约翰发现周围不少人都纷纷结伴拉起了手，他看到自己儿子和儿媳的手也拉在了一起，于是他毫不犹豫地紧紧拉住了苔丝的手。

彼得看大家都准备好了，就开始宣布名单，第一个喊到的就是约翰，约翰于是和苔丝手挽手走了上去。彼得看了他们俩一眼，说："根据规定，在进入太空天堂之前，两位必须先回答几个问题。请问，两位准备好了吗？"

约翰和苔丝互相看了一眼，

不约而同地朝彼得点点头。

彼得于是先问约翰："你对自己选择的同伴后悔吗？"

约翰大声回答："不后悔！"

"那么，你呢？"彼得转向苔丝。

苔丝同样大声回答："彼得先生，我不会后悔！"

彼得又问约翰："假如在天堂你们可以结为夫妻的话，你仍然愿意选择她吗？"

约翰和苔丝几乎是异口同声地回答："愿意！"

"好！"全场顿时爆发出一阵热

2007年《中国最有影响力的故事》征文启事

四大奖励措施　稿酬外追加千字1000元奖金

为鼓励多出优秀作品,《故事会》杂志社决定继续举办2007年"最有影响力的故事"征文大赛,并对优秀作品实行四大奖励措施:

1. 入选作品除在杂志上发表外,还将收入《〈故事会〉2007年最有影响力的故事》一书。2. 入选作品可得两笔稿酬: 在《故事会》杂志发表的作品,首发稿酬每千字400元; 获"《故事会》最有影响力的故事"优秀作品奖,再追加每千字1000元。3. 入选作品均颁发奖励证书。4. 本刊将邀请有关作者参加第十二届"故事创作研讨班"、优秀作品改稿会以及年底的颁奖大会,所有费用均由编辑部承担。

征稿范围: 1. 具有现实感、新鲜感且可读性强的中短篇(包括超短篇)原创作品; 2. 故事性强,有口传性,能引起读者兴趣的推荐作品。

超短篇(如幽默故事)的字数一般在1500字以内,短篇(如中国新传说)的字数一般在5000字以内,中篇故事的字数一般在15000字以内。

来稿方法: 1. 从邮局寄发,请在信封上注明"征文大赛"字样,本刊地址: 上海市绍兴路74号《故事会》杂志社,邮编: 200020。2. 从网上传递,可寄以下信箱: wulun@vip.sohu.net,请在主题上注明"征文大赛"字样。此外,重点作者的稿件可直接与有关责任编辑联系,本期责任编辑的信箱是: zhong98305@sina.com。

烈的掌声。

彼得笑了,说:"那么,在共赴天堂之前,请允许我们所有在场的人先为你们举行一个结婚仪式,我能够作为这个仪式的主持人,感到非常荣幸。"

彼得的话音刚落,教堂里就响起了热烈而欢快的结婚进行曲。乐曲声中,约翰的儿子走到约翰身边,郑重其事地向约翰递上一个翡翠戒指。苔丝的儿子也突然出现在苔丝身边,拿出一枚闪亮的戒指,对苔丝说:"妈妈,祝贺你!"

约翰和苔丝愣住了: 预约死亡怎么变成了结婚仪式?

约翰的儿子拥抱着约翰说:"对不起,爸爸,儿子过去一直对您关心不够,所以才特地让彼得帮忙一起设计了这个游戏,没有事先告诉您,是想给您一个惊喜。今天请来的都是朋友,他们都是来真心祝福你们的!"

约翰这才恍然大悟,他兴奋地捶了儿子一拳:"你不愧是我儿子,和我年轻时一个样!"又揽过身边的苔丝,"亲爱的,让我们重新开始吧!"

(题图、插图: 刘诚昆)

□ 曲凡杰

最厚道的 干亲

白庆升是唐州城里有名的铁公鸡，有了儿子以后想结一门干亲，却迟迟不能如愿。

其实，唐州城里结干亲的风气挺浓。本无血缘关系的人家，给孩子认个干爹干妈，两家就成了亲戚。结为干亲以后，就多了一个社会关系，遇到事情相互给个帮衬，人多自然力量大嘛。俗话说：干亲干亲，离了厚道不亲。而白庆升是个一毛不拔的铁公鸡，谁愿意和他结干亲？

然而也有例外，经过热心人的不懈努力，到底找到了愿意和白庆升结干亲的人家。那家人住在城外，主人叫郝实在，有几十亩良田，还开了一个小小的豆腐坊，是个殷实人家。白庆升大喜过望，当即就让热心人带路，自己抱了新生儿来到郝家。白家以新生儿的名义孝敬了郝实在一顶毡帽，郝实在则送了干儿子一把银质长命锁，待行过结亲之礼，两家就成了干亲。白庆升与郝实在序了年齿，郝实在年长一岁，做了大哥，白庆升这个城里人只好屈尊为小弟。中午郝家设宴款待白家，席间说起各自的兴趣爱好，两个人居然都喜欢下象棋，白庆升喜出望外，当即拱手说道："明天定来向大哥讨教！"

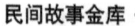

白庆升果不食言,第二天吃过早饭,就骑着驴子来到了郝家。郝实在迎了白庆升往客房走,一边吩咐伙计好生照料驴子。两个人摆开棋盘,就红先黑后地厮杀起来。

白庆升不爱行商劳心劳力,他把从祖上继承的钱财投在他人的店铺里,自己当股东坐吃红利。因此他平时是一个闲人,大把的时间都消磨在了几家棋馆里,或赤膊上阵,或旁观品评,棋艺早在中流以上。此刻与郝实在对阵,根本不把这乡野棋手放在眼里。果然,只走了十来步,就大体摸清了对方的水平:野路子,少章法,虚张声势,没多少实力。

然而,白庆升并不打算赢棋。如果你今天赢了棋,明天还怎么好再来"讨教"?既然这个乡下土鳖家道小康,不宰他一下实在说不过去。何况白庆升结干亲的目的,就是为了贪便宜沾光。因此,白庆升就揣着明白装糊涂,时不时地露出一些破绽,眼睁睁地把自己的"车"送到对方的"马"蹄下。当然也不能输得太惨,免得让对方把自己小瞧了。一个上午下了三盘棋,要了个二平一负的结果。白庆升拱拱手:"大哥果然厉害,明天再来讨教!"

郝实在人如其名,赢了棋喜形于色,连说承让承让。郝家中午执意留饭,白庆升假意推辞了一句也就留了下来。午饭不算丰盛,却也有一荤一素两个菜,外加一壶黄酒。吃过午饭,白庆升略有些醉意,打着饱嗝,骑着驴子,优哉游哉地回城休息。

从此以后,白庆升像上班一样,天天吃过早饭就骑着驴子来到郝家。郝实在也一如既往,吩咐伙计把驴子牵到后院好生照料,自己则把白庆升迎进客厅,泡上浓茶,摆开棋盘,你来我往地厮杀一个上午。中午郝实在照样留饭,雷打不动地两个菜一壶酒。夹菜的时候,白庆升总爱检讨一句:"不好意思,又打扰了。"郝实在翻来覆去也只有一句话:"不必见外,谁让咱们是亲戚!"

至于战绩,郝实在是越杀越勇,白庆升则是每况愈下,二平一负的局面渐渐就演变成了一平二负。当然了,有时候白庆升也会赢一局,但最终还是逃脱不了一胜二负的结局。白庆升既然"不敌"郝实在,那就更有必要天天来"讨教"了。郝实在赢了棋笑在脸上,白庆升输了棋却笑在心里:冲着你老哥家的好黄酒,我也得一输到底呀!

转眼半年过去了。这天上午,白庆升照例来到郝家下棋。不料,刚刚下完两盘棋,白家的伙计一路打听着寻到郝家,要白庆升速速回去。说是白庆升的姑姑去世了,要他这个娘家侄儿马上过去参与处理后事。这个丧讯报得可真不是时候,生生把一顿小酒给耽误了，可姑姑那边是骨肉至亲，白庆升只好忍痛割爱，回城奔丧。

白庆升心急火燎，出了村子就跨上驴背加鞭急行。谁知道只跑了几步，那驴子就满身冒汗，气喘吁吁地慢了下来，任他如何鞭打都无济于事。白庆升心生疑窦，直叫怪事，这匹驴身高腿长，膘满体大，脚力极好，来的时候还是一路小跑，虎虎生风，这会儿怎么成了老绵羊？

白庆升围着驴子左看右看，也没有探出个究竟。不料路边一个拾柴老汉停了手中的活儿，冲他"嘿嘿"直乐："是郝实在的干亲家吧？"

白庆升被笑得心里发毛，点点头，问："你认识我？"

老汉说"你天天来，我怎么会不认识？其实我们村的人都认识你。既然是郝家的干亲家，你就别打这哑巴牲口了，你不知道它刚刚出了大力吗？"

白庆升一怔："怎么回事儿？"

老汉微微一笑，说出了一个秘密。原来，郝家开着豆腐坊，原本一直让伙计推磨，一个上午只能磨完一斗黄豆。自从郝家结了城里的干亲，白庆升天天送驴上门，郝家就改用驴子拉磨，每天上午至少能磨二斗黄豆，豆腐坊的生意也就比过去翻了一番。以往白庆升都是吃过午饭才回家，这驴子歇了一顿饭的工夫，自然恢复了体力。可今天这驴子是刚卸了

套从磨房里牵出来的，连口气都没有来得及喘，它怎么有力气跑步？

白庆升又是一怔："这怎么可能？我们是亲戚呀！"

老汉嘲讽道："有你这样天天来白吃白喝的亲戚吗？村上的人都在背后笑你呢！"

白庆升的脸"腾"地一下红了起来，急忙牵着驴子走开。真是羞死先

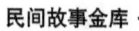
人了，想不到自己这个工于心计的城里人，竟然被一个乡下土鳖给耍了！如果把这么健壮的驴子租出去半天，得到的脚力钱何止买两个菜、一壶酒？何况这酒菜并不是自己一个人独享！这样算下来，并不是自己在白吃白喝，而是每天中午都在请郝实在吃饭喝酒！更让人窝火的是，自己天天在棋盘上装孙子，还要低三下四地向那土鳖"讨教"！

白庆升咽不下这口气，思来想去，终于有了主意：等把姑姑的丧事处理以后，对驴子拉磨的事情假装不知，照样去郝家下棋，那时使尽浑身解数，再不让一着一子，把那土鳖杀个片甲不留，出口恶气！然后断亲绝交，再不往来。

三天以后，白庆升从姑姑家归来。正要下乡挑衅郝家，却见十字街口贴了一张大红海报，近前细看，原来是刘家棋馆正在举行棋王争霸赛。

白庆升知道，每到年底，一些棋馆为了聚拢人气，都要悬赏举办一些赛事。看着看着，白庆升的眼睛瞪大了，擂主并不陌生，那是唐州棋坛第一高手；攻擂的他也熟悉，竟是乡下土鳖郝实在！白庆升简直不敢相信自己的眼睛，可那红纸黑字又不容置疑。白庆升也顾不得多想，转身就奔了刘家棋馆。

然而白庆升去晚了。比赛实行的是三局两胜制，郝实在连胜两局，打败擂主，提前结束了赛事。这会儿正披红戴花，被棋迷们簇拥着跨街游巷哩。白庆升彻底傻了眼，原来人家才是象棋高手，每次都不把你杀个落花流水，并不是给你面子，而是为了白使你的驴！

白庆升偷鸡不成反倒蚀了把米，得了个大教训，从此以后对人就厚道多了。

（题图、插图：黄全昌）

高矮胖瘦本是一种自然现象，无可厚非，但有的人不这样看，牛不喝水强按头，结果弄出一个啼笑皆非的故事……

矮个子的
高个梦

□ 嫩　寒

小镇奇遇

李云龙天资聪慧，在龙腾市场做生意很有一套，可就是个头奇矮，只有1.50米！就因为这，都三十好几了，还没找上对象，这可把他急坏了，整天跑药店买增高药，一门心思增高个头，可几年过去了，也没见有啥效果。

这回，李云龙因生意去了趟云南的一个偏远小镇。等事情办妥，李云龙突然发起了高烧，他拖着发抖的身子准备去诊所就诊，就在他跟跟跄跄走时，突然被一个青面老头拽住了。那老头嘴里叽里咕噜地说，他家里有祖传的增高药，稀世珍藏，增高多少

都没有问题，要他去看看……

狐疑间，青面老头身上像有股魔法，李云龙不由自主跟着他来到了一个破旧的家中。

青面老头冷笑着说："我答应给你增高，肯定能办到，但要收增高的费用，因为我要筹一大笔钱给闺女白梅治病。你想赖账的话，我有魔法让你娶我闺女为妻！"

李云龙心想：一定是个骗局！他想离开，可青面老头像施了法术一样，李云龙觉得自己浑身软绵绵的，很顺从地躺下了。青面老头很快将七彩的药丸倒进了他的口中……

等李云龙从睡梦中醒来，却不见了青面老头。他四下打量，昏暗的屋里竟然躺着一个干瘪奇丑老太婆，只见她身子奇长，手中拿着一张靓女的

照片，见李云龙醒来竟然一把拽住了他。她是谁？李云龙一惊，一下子清醒过来，忽然想起增高药的事，急忙摸了摸衣兜，钱包果然没了，他慌忙挣脱那奇怪老太婆的手，跳下床就往外跑。

就在此时，青面老头不知从哪儿跳了出来，一把抓住了李云龙，恶狠狠地说："想逃？没门！你的钱根本不够，赶快把身上藏的钱交出来！"

李云龙身子一蹲，想从青面老头的胯下逃跑，谁知老头运起了武功，一个迅猛的"霹雳"掌便将李云龙打晕了。

等李云龙再次醒来，已是深夜，他躺在床上正想着如何逃跑时，忽然感觉脸上有水珠滴落，定睛一看，原来是那个奇丑的老太婆盯着他掉眼泪。见李云龙醒来，老太婆从头发里摸出一把钥匙，蹒跚着打开屋门，示意李云龙赶紧逃。

李云龙连句感谢的话都没来得及说，就飞快地跑了。幸亏袜子里还藏着钱，天一亮，他就买火车票回家了。

个头疯长

回来后，李云龙整天忙摊上的生意，对小镇那件稀奇事也渐渐忘了。

这天，朋友邀李云龙吃饭，一见到他就瞪大了眼睛，嚷道："李云龙，你不是说不吃增高药了吗？怎么还在偷偷吃！你个头长了！不信你量

量！"李云龙以为朋友开涮，并不相信，朋友却拿来皮尺，一口气量了八遍，个头 1.60 米，足足长了 10 厘米!

李云龙这才依稀回忆起青面老头给他服药的事，还真神了！

更让李云龙惊喜的是，第二个月他又增高了 10 厘米，这下可好了，媒婆开始上门了。好事还在后头，第三个月李云龙又增高了 10 厘米，想与他谈情说爱的姑娘主动追上门了，这可把他高兴坏了。

李云龙觉得高个梦总算实现了，那就应该守信用，把少付的藏药钱给青面老头送去。老头虽然凶巴巴的，但毕竟圆了自己的梦，况且他说需要钱给闺女治病，总不能昧着良心不给。

李云龙再次来到云南小镇那间破旧的小屋，左等右等，就是不见青面老头。身子奇长的干瘪老太婆还躺着，一见到他，激动地使劲比划着手中的照片，她已衰老得不成样子。李云龙一惊，她的意思明明是说照片上的美女是她啊！

通过手势，李云龙这才知道她就是青面老头的闺女白梅。难怪老头要李云龙当女婿，原来白梅是个怪物啊！李云龙害怕得赶紧留下 1 万元溜之大吉。

可回家之后，李云龙怎么也没有想到，自己的个头仍以一个月 10 厘米的速度增长着，第四个月 1.90 米，第

五个月 2.00 米……长到了 2.30 米好像还没有停止的样子，他成了人见人怕的怪物。

李云龙害怕极了，因为长高的同时，身子也在迅速地衰老，头上白发越来越多，他隐约感觉到生命快到尽头了！

本色还原

李云龙又一次去云南找青面老头，到了小镇，那间小屋却不翼而飞！经多方打听，也没有人知道青面老头和那个奇丑的老太婆，更别提什么藏药了。

李云龙不死心，仍旧留在小镇打听。可有一天，他突然发不出声音，成了个哑巴，天突然下起了瓢泼大雨，李云龙发起了高烧，哆嗦着蜷缩在一个墙角。这时，一位童颜鹤发的老者走过来，询问李云龙："你怎么成了这个样子？"

满头白发的李云龙喘着粗气，比划着将增高的事告诉了老者。老者叹了口气，说："我是搞人体骨骼研究的，这么高大的巨人还是头回见！你是误吃了一种罕见的生长激素，生命危在旦夕，我需要全面研究你，看能不能将脑垂体分泌生长激素控制下来……"

原来老者是位科学家，他将李云龙带到了一座四面环湖的孤岛上。李云龙按照科学家的吩咐，三餐就吃一种特殊的黄色颗粒控制生长，并在"浓缩"床上压迫着身体，尽管体内如万蚁噬咬，他咬牙坚持着……这期间，李云龙明白了一个道理：人的高矮是自然现象，绝对不能强求。

一年后，李云龙重新以矮人的面貌回到了家，大家知道他只不过是花钱玩了场高级"魔术"。回来之后，他的性格完全变了，闭口不谈增高的事，一门心思做生意。后来生意越做越大，钱袋子越来越鼓，将龙腾市场都盘下来了，成了名副其实的大亨。

这天，李云龙新找来的保姆掏出一张照片给他看，李云龙一看，眼睛都直了，这不是云南那个丑老太婆手里拿的吗？眼前这个漂亮又勤快的保

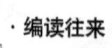

编读往来：你的问题我来答

读者齐如水： 2007 年 3 下有则故事《皮影绝唱》，我读后有一种"痛定思痛，痛何如哉"的感觉！我有个疑问，皮影戏能不能算是中国最早的电影？

绿版编辑部： 你说的有点道理，国外就有学者把皮影看成是电影发明的先导。关于皮影戏的起源，有一个流传甚广的民间故事：说汉武帝的宠妃李夫人能歌善舞，但红颜薄命，没多久，李夫人即撒手西去。汉武帝非常想念她。后来，有一位方士说他能为其招魂，于是在夜晚点上灯烛，挂上帷帐，让汉武帝隔帐一睹李夫人的影像。在我国，皮影戏比较发达，北宋时就基本形成北方、西部和中南部三大区域性流派。在《都城纪胜》等书中，不但记录了影戏说书讲史的相关内容，而且还记载了早期影人是用素纸雕镞而成，后来改用羊皮并加彩色装饰的发展史，以及南宋的影戏行业组织"绘革社"的情况。

读者理论： 请介绍一下什么叫"视角"？

绿版编辑部： 所谓视角，是指作者在构思作品过程中，确定由谁以及从何种位置或角度来叙述。视角通常有三种：1. 全知视角。作者像上帝一样，对事件的发生、发展以及结果都了如指掌，讲述时可以娓娓道来。这在故事作品中经常可以见到。2. 第三人称视角。作者选择一个人物，使整个故事限制在这个人物的视觉范围和理解水平内。3. 第一人称视角。故事由一个角色以第一人称叙述出来。有了恰当的视角，作品的形象才会趋于一致，读者才能获得完整的印象，作者也才能以一定的观察角度有个性地叙述故事。

福建读者周茜： 给《故事会》推荐一些在其他刊物上看到的精彩故事，请问需要注意些什么？

绿版编辑部： 我们《故事会》在热烈欢迎原创稿的同时，也非常欢迎笑话、3分钟典藏故事、第一推荐等推荐性栏目的稿子。除笑话外，其他推荐稿请尽可能注明原作者姓名、推荐者姓名和地址。请尽量挑选比较新颖独特有情趣性的作品，避免从故事类刊物或发行量很大的刊物上摘编下来。此外，由于来稿众多，对于推荐性作品，编辑难以一一回复，一般只在编辑送审通过并决定采用的情况下，才会告知推荐者，敬请谅解。

（本栏目欢迎读者提供新鲜活泼、有代表性的问题，一经采用，即致薄酬。）

姆是谁？

只见保姆眼里闪着晶莹的泪花，激动地说："龙哥，还记得云南小镇上那个丑老太婆吗？那就是我白梅呀！"原来，白梅意外发现家里祖传的藏药后，为了拥有魔鬼身材，当上世界名模，她瞒着父亲偷吃了药，没想到一吃下去就无法控制身高，家里根本没有解药，父亲为了给闺女筹钱看病，瞄上了做生意的李云龙……

李云龙听得呆了，白梅继续说道："想不到龙哥会到云南送钱，有了钱，我和父亲历尽千辛万苦才找到了科学家，很快恢复了正常，并且还原了年轻和美丽。可父亲在路途中病死了，临终前他说对不起你，要我嫁给你……"

（题图、插图：佐 夫）

外国文学故事鉴赏·

金蝉脱壳

□ 石 磊 改编

本文改自法国推理小说家莫里士·卢布郎所创作的《亚森·罗宾探案集》。其作品以丰满的人物性格，广阔的社会背景，曲折多变、富于悬念的故事情节，引起了广大读者的兴趣。

莫里士·卢布郎曾荣获法国政府小说写作勋章。

在法国，只要一提起罗宾，老百姓没有人不竖起大拇指的，为什么？因为罗宾是个侠盗啊，本领高强，警察局每次好不容易抓住他，他都有办法逃之夭夭。

然而，这次问题严重了，罗宾被大探长葛尼玛抓住了，关进了巴黎的珊铁监狱。这个珊铁监狱非同小可，有人形容它是里面的蚊子飞不出来，外面的苍蝇挤不进去！

葛尼玛因此出足了风头，报纸上把他吹得神乎其神的，大家不禁为罗宾捏了一把汗。

半信半疑

却说罗宾自从被关进珊铁监狱后，倒神态自若，吃喝拉撒、放风、提审……该干什么就干什么，就这样在监狱里呆了一周。

这天一大早，他把看守叫来，拿出一封信对他说："麻烦你把这信交给寇伦男爵！"

看守愣了一下，罗宾解释道"我现在只是个嫌犯啊，法律没有剥夺我

与人通信的权利。何况,我是给男爵写信哦!"说着,把信封往看守面前晃了晃,接着又顺手往看守口袋里塞进几张大钞。看守这才喜滋滋地走出去了。

没多久,寇伦男爵就收到了罗宾的信,打开来一看,不禁气得跳起来。原来那信上写道:限三天之内,按清单所列,把珍宝寄到某处!否则,三天之后,我罗宾将亲赴贵宅,卷走你所有的宝物,片甲不留!

男爵是什么人哪,有名的吝啬鬼,罗宾要让他把珠宝拱手交出,还不要他的命!可他也知道罗宾说到做到的脾气。他想了想,赶紧将这件事报告了警察局。没想到,局长听后不禁大笑起来,连说不可能,然后把他劝出了警察局。

男爵只好悻悻然回了家,关门闭户,把所有的警报器甚至捕鼠器都打开了。

三天很快就过去了。男爵坐卧不安,胆战心惊。第四天下午,他从报纸上看到一条小消息,说葛尼玛侦探正在某别墅度假,他坐不住了,连忙驱车前去求救。

一开始,葛尼玛还有些不乐意,但经不住男爵死缠硬磨,最后答应带着助手到男爵家护宝。他令助手守候在珍宝储藏室,然后和男爵一起到酒吧喝几杯。

一切都很平静,很正常。可是天亮后,当两人来到陈列室,却发现助手像被下了药似的正酣然大睡,再看陈列宝物的铁柜铁箱里,所有的东西都不翼而飞……

"肯定是罗宾偷去的!"男爵号啕大哭,哀求侦探去找罗宾,把自己的东西要回来。

葛尼玛不得已同意了,他沉吟片刻,如此这般叮嘱男爵一番,最后要求男爵无论在谁的面前,也不要提自己当天晚上就在他家。男爵答应了。

接着,男爵赶到警察局报了案,局长火速派葛尼玛去断案。不久,葛尼玛来了,他把现场检查了一番,确认是罗宾所为,然后来到珊铁监狱去找罗宾。

罗宾一见侦探来了,打趣道:"大探长,久违了!"

"这事真是你策划的?你不是一直被关在牢里吗?"

罗宾哈哈一笑,得意地告诉葛尼玛,自己被关起来以后,很快就和监狱外的部下取得了联系:先让他们在报纸上放出葛尼玛在某别墅度假的消息,诱男爵上钩,假扮侦探与他的助手到男爵家借机行事……

葛尼玛听后,仍然不明白男爵这么聪明狡猾,怎么会轻易上了这个假侦探的当。

罗宾附在葛尼玛的耳边说:"因为我的手下假冒的侦探不是别人,而是你呀!"

葛尼玛气得目瞪口呆。

这时候看守送饭来了，这饭竟然是罗宾从不远处的一家餐馆里叫来的。罗宾边吃边说："侦探先生，你也不用费心去逮捕葛尼玛了，男爵已经撤诉了。"他拿起刀子，敲开蛋壳，里面竟然是一封电报：收到十万，功德圆满。罗宾接着说："哈哈，这是我手下给我发来的，男爵已经付了十万法郎，宝贝也被完好无损地送回了男爵家。"

葛尼玛气愤地说："罗宾，你就等着接受审判吧！"

罗宾轻松地笑笑说："事情已经办完了，我已经不需要留在这里了。我跟你打赌，两个月公审后，我一定到你家去拜访！"

葛尼玛直接来到警察局，把事情经过大致讲了一遍，局长听了，也是大吃一惊。他连忙给珊铁监狱下命令，一定要对罗宾严加看守，决不能让他在审判前逃走！

监狱长不敢怠慢，把罗宾调到一个单人牢房，派了几个看守二十四小时不间断，把罗宾监控起来。

没想到换了牢房后，罗宾突然像变了一个人，整天没精打采地面壁而坐，连律师也不见了。

消息传开后，人们说什么的都有，甚至还有人怀疑罗宾是否还在监狱里。

半真半假

两个月后，公审的日子终于到了。这天早晨，天下着雨，光线很暗。罗宾站在审判席上，面色蜡黄，胡子乱蓬蓬的，两眼发直，衰弱得像个老人。

审判长问道："被告的姓名、年龄、职业？"罗宾没有回答。

审判长又问了一次，他才用迟钝、沙哑的声音答道："我叫吉利·亚瑟。"

旁听席上一阵骚动。审判长苦笑一声："不管你叫什么，法庭都以罗宾

的名义来审判你。"

审判长翻着文件，开始罗列他的罪行。他读完后问道："对于以上所说的，被告还有什么异议？"

法庭上所有的人都看着罗宾，但罗宾好像完全没有听见，弯着腰，全身打颤。

审判长又大声问了一遍，罗宾才低声嘟哝道："我根本不叫什么罗宾，我是吉利·亚瑟呀！"然后低下头，再也一言不发。审判长只好叫证人葛尼玛出庭。

葛尼玛一看被告，立刻脸色大变，瞪着罗宾说："审判长，他不是罗宾！这个人初看上去很像罗宾，但仔细看，他的眼睛、嘴、头发和皮肤的颜色都和罗宾有很大的不同！他绝对不是罗宾！"

法庭上顿时乱成一片，大家都惊奇地叫起来，这个罗宾竟然是个替身，真罗宾不知道什么时候不见了！

审判长慌忙把监狱长和几个看守找来，监狱长看了半天，最后也认为这不是罗宾，可几个看守却一口咬定，这个人就是他们看守的罗宾。审判长只好继续问那个"吉利·亚瑟"。

那人就东一句西一句地胡扯起来 原来这个自称吉利的人是个乞丐，两个月前在街上闲逛时被警察抓住，送进了单人牢房。他看到在里面有吃有喝，比在外面流浪好，就住下了。

旁听席上一片大笑。审判长连忙叫人调查，结果发现街上确实有个叫吉利的流浪汉在两个月前不见了，又检查了他的指纹，确定他真的不是罗宾。审判长只好把这个吉利放了。

吉利出了法庭，葛尼玛一直偷偷跟着他。吉利走了将近一个小时，才在路旁的一个椅子上坐下。

葛尼玛走过去，坐在吉利身边，吉利却突然发出了快乐而又爽朗的大笑声。

葛尼玛被吓了一跳，接着脸色大变，他跳起来，一把揪着对方，可吉利握住葛尼玛的手腕一扭，葛尼玛就疼得忍不住大叫起来。

吉利放了手，冷笑道："大探长，真是抱歉，没让你看出我的伪装。在过去的两个月里，我先用一种秘密药水改变肤色，又服用化学药品使自己长出胡须。我还面向墙壁，偷偷练习歪嘴、歪头和弯背。几年前，我专门研究过怎样改变人的外貌，我在杂技团的时候，知道怎么改变声音，所以这些对我来说，都不是问题。而且，要使眼神看起来痴呆，只要喝上几滴吗啡就可以办到。"

葛尼玛目瞪口呆，难以置信地问道："你化装了两个月，怎么没有引起看守的注意呢？"

罗宾得意地解释道："我面对着墙壁，而且是一点点改变的，看守怎么会怀疑呢？而且，吉利确实是存在的。去年我在街上发现了他，觉得他很像我，在我被捕以后，就叫警察局里的部下逮捕了他。不过，我还有更好的帮手呢！"

葛尼玛疑惑地问："你说的是警察局内部吗？"

"全巴黎的人也是。大家认为我一定会逃出去，整天看新闻，就是想看到我逃走的消息。连当局也这样认为，他们采取各种办法加强防卫。如果出庭的真是罗宾，他们反而会觉得失望。你又指认我不是罗宾，所以他们就很轻易地相信了。假如你当时仔细看我的话，我化装得再好，也瞒不

过你的眼睛。从一开始，你就有了罗宾要逃走的成见，所以才这么容易受骗。我正是利用了大家的这种心理。"

"我明白了！"葛尼玛终于心悦诚服。

"对不起，"罗宾停了一下，说，"我要走了，今天还有一点急事。"

"什么事？"

"到英国大使馆，大使邀请我共进晚餐，我得提前打扮一下。"

葛尼玛愣了，好半天都没有反应过来……

（题图、插图：佐　夫）

· 本刊信息传真 ·

老茶馆里品故事　优秀作品月月评

春暖花开，万象更新。请您来茶馆坐坐，评评这期《故事会》（本期期数：08）里的故事吧。

哪篇故事的情节最吸引您——最佳情节奖（奖项编号1）

哪篇故事让您觉得最有趣——最佳情趣奖（奖项编号2）

哪篇故事让您懒得看，还抽空倒了杯水——最佳广告时段奖（奖项编号3）

评选方式：**编辑短信306+奖项编号+期数+故事篇名所在的页数**，比如：你想选本期第35页起刊登的那篇故事为最佳情趣奖，只要发送30620835到3883752（移动用户）/9866752（联通用户）就可以了。每次评选只要1元钱，您就有机会拿走茶馆本期的特色奖品——最新大片DVD光碟共10张哦！本次活动另设一等奖1名，奖金800元；二等奖5名，奖金100元；参与奖200名，各获精美礼品一份。

评选结果和中奖读者名单可以上故事中国网（www.storychina.cn）查询，您还可以对本期作品发表意见哩！

客服电话：010-6786 8800（移动）、010-8298 8818（联通）。

阅读彩信版《故事会》，移动编辑短信81发送到80013981——用手机享用丰盛的故事大餐，获赠精选图铃，每月4期哦！信息费：5元／月。

每个人心头都有一把锁，如果你找对了钥匙就能打开它，然后就可以实现心与心的沟通……

□ 瞿丙军

失传的
绝技

1．顶包扛罪

杜秋山家祖祖辈辈都是开锁匠，他自己在这一行当里干了也有三十多年，不管是机械原理的大铁锁、链子锁，还是现代高科技的遥控式电子防盗锁、密码锁，只要是锁，他就能打开。所以人称"锁王"，可他唯一打不开的，就是儿子的心锁。

杜秋山的妻子体弱多病，直到杜秋山四十岁那年，妻子才给他生了个大胖小子，取名杜小胜。

中年得子，杜秋山高兴得常常在睡梦中笑醒，他视儿子为心肝宝贝，对儿子百依百顺、宠爱有加，也因此让儿子养成了游手好闲、花钱如流水的恶习。杜小胜连个中学都没混毕业，却抽烟喝酒，穿名牌，吃大餐，出入高消费场所，成了出了名的浪荡子。

最让杜秋山发愁的是，他原本希望儿子能继承自己的衣钵，把他杜家家传的开锁绝技传承下去，可儿子偏偏对此不屑一顾。

这时，亲戚朋友纷纷给杜秋山出主意：要想让杜小胜走回正道，只有用严厉的办法管教。杜秋山暗暗下了狠心，决定用皮带和棍棒，来好好教训教训这个不走正道的儿子。

可是，还没等杜秋山的"棍棒教育方案"出台，杜小胜就突然回心转意了。他居然主动向父亲承认错误，并且还答应好好跟着父亲学习开锁技术。杜秋山不禁大喜过望，从那天起，便高高兴兴地将自己的浑身本领一点一滴地传授给了儿子。

一个多月后，杜小胜的开锁技术已算得上初窥门径了，对付常见的大铁锁和防盗门、卷帘门之类的机械锁，已经绰绰有余了。

当杜秋山准备让儿子进一步深造时，杜小胜突然变得懒散起来，先是嫌苦嫌累，接着就甩手不干了。任凭杜秋山磨破嘴皮子，杜小胜就是充耳不闻，并且还说："爸，你别再劝了，开锁这活学起来太累，这种活就是累死累活干一辈子也挣不了大钱，你等着，儿子我不干开锁匠，早晚也能挣大钱。"

儿子的态度突变，让杜秋山又犯起了愁。没过几天的一个大清早，他突然接到市公安局刑警队小马打来的电话。

小马在电话里说："老杜，你家附近的'好邻居'超市发生了一起盗窃案，犯罪嫌疑人撬锁入室盗窃，你是大名鼎鼎的锁王，我们想请你过来帮我们勘查一下现场，看看犯罪分子有没有留下什么蛛丝马迹。"

杜秋山一口答应，当即推起自行车，直奔"好邻居"超市。

超市里一共被盗了十多条香烟和白酒，价值三千多元。在作案现场，杜秋山仔细勘查了作案人的撬锁手法。他觉得这个人虽然可能经过专业培训，但下手有点笨拙，而且在开锁时还有些"不会用劲儿"，硬是将一小截钢丝折在了锁眼里。由此可见，作案者是个掌握一定开锁技术的新手。于是，杜秋山把自己的勘查结果告诉了小马，并将那一小截断在锁眼里的钢

丝作为证据，一并交给了小马。

刑警小马凭着杜秋山提供的勘查报告，开始在全市所有经过专业培训的开锁匠中间，展开了拉网式排查。可查了半个多月，也没发现什么有价值的线索。

就在这时，有个开烟酒专卖店的个体户老板向公安机关举报说，前几天晚上，有个瘦高个青年曾抱着十多条香烟和白酒到他那儿销售。当时这个小老板怕对方拿的是假货，没敢收。后来听说"好邻居"超市被盗了，

超市里丢失的香烟与那天瘦高个青年抱来的是同一牌子。

小马赶紧将那位小老板请到公安局，让公安局的画像师给那个瘦高个青年画像。在小老板的指点下，画像师用了不到一刻钟的工夫，便将瘦高个青年的画像给拼了出来。小马一看，傻眼了。原来，这瘦高个小马认识，他正是锁王杜秋山的儿子杜小胜。

于是，杜小胜被传唤进了公安局。小马还在杜小胜的卧室里，搜出了几瓶没有卖出去的白酒，以及那根断了一截的开锁钢丝。这一下人赃俱获，尽管杜小胜狡辩抵赖，但在大量的证据面前，检察机关完全可以"零口供"起诉他。

眼看着儿子被公安机关抓走，杜秋山这才明白，儿子为什么突然要跟着他学习开锁技术了。杜秋山气得老泪纵横。

可气过之后，杜秋山不由又心疼起儿子来了：儿子毕竟还年轻，要是从此背上盗窃的恶名，这一辈子算是彻底毁了。可怜天下父母心呀！尽管儿子不争气，但杜秋山还是不忍心让儿子就此锒铛入狱。于是杜秋山便生出了替儿子顶包扛罪的念头。

第二天一大早，杜秋山便主动到公安机关投案自首，声明这一切全是他干的，还把作案的动机、时间、地点交代得详详细细，把作案过程说得

活灵活现，最终检察机关相信了。

就这样，杜小胜从看守所里释放回家，而杜秋山被关进了监狱。

2. 欺师骗艺

刑满释放后，杜秋山发誓：宁肯把这门手艺带进棺材里，也不教儿子学开锁了。

不过，就在杜秋山下定决心的同时，杜小胜痛心疾首地向父亲表示悔改，并且信誓旦旦地保证，从今以后，一定脚踏实地、好好做人。他摘下手上的金戒指，脱掉身上的名牌服装，换上了一身工作服，出门去找工作。几天后，他在一个家政公司里找到了一份水暖工的工作，每天早出晚归，不是一身水，就是一身泥，老实本分，辛苦干活。

可是这个水暖工没干多久，杜小胜便出事了。他在一座居民楼的三楼作业时，一不小心，从阳台上摔了下来，小命虽说保住了，但是两条腿摔断了。他架着木板，绑着厚厚的纱布，直挺挺地躺在医院的病床上。

杜秋山和老伴听说儿子出事，惊得腿肚抽筋，老两口心急火燎地赶到医院。走进病房，杜秋山老伴看到儿子这副惨状，一下子扑到儿子的床边哭了起来。杜秋山虽然忍着没有掉眼泪，但内心早已如同翻江倒海一般乱成了一团。他不知道儿子的伤势究竟有多重，双腿到底还能不能复原，若是儿子就此成了瘸子，这一辈子不就毁了？

"孩子，你怎么那么不小心呢？"杜秋山心疼地说，"你万一有个好歹，让我跟你妈这下半辈子可咋过呀？"

杜小胜躺在病床上，有气无力地说："爸，您别难过，什么都不怨，就怨儿子我以前不走正道，造下了孽，现在我这两条腿被摔断了，我想，这一定是老天对我的惩罚。"

"孩子，快别说这种傻话了，什么造孽不造孽？要说起来，以前发生的那些事，爸爸我也有责任，"杜秋山叹了口气说，"是我不会教育孩子，所以才让你走上了歧路，老天爷呀，你要是想惩罚，那就惩罚我吧，都是我的错呀！"

"爸，您千万别这么说，以前是我自己糊涂，不肯学好，跟您没关系，"杜小胜眼泪汪汪，一脸愧疚地说，"不过，现在儿子已经知错了，即便我这两条腿从此残废也没关系，我还有一双手，我可以每天呆在家里，侍候您二老，我可以做双手能做的活。"

听儿子这么说，杜秋山再也忍不住了，泪水顺着脸颊流了下来。于是，一家三口在病房里抱头痛哭。

他们的哭声惊动了一位医生，他皱着眉头走进来说："你们在这里又哭又叫的干什么？还让不让别的病人休息？"

一听医生这话，杜秋山火了，他

憋红了脸,没好气地说"你这医生还有没有点儿同情心? 我儿子都要变成残废了,我们这当父母的能不伤心吗?"

"谁告诉你他要成残废了?"医生一脸惊讶地说,"你儿子他只不过是轻微骨折,这种伤只要给他把骨折的地方接好,休息几天就没事了,哪有你说的那么严重?"

杜秋山一听,马上转忧为喜,当场就乐了。

经过这次骨折危机之后,杜秋山实在不想让儿子再干水暖工了。他觉

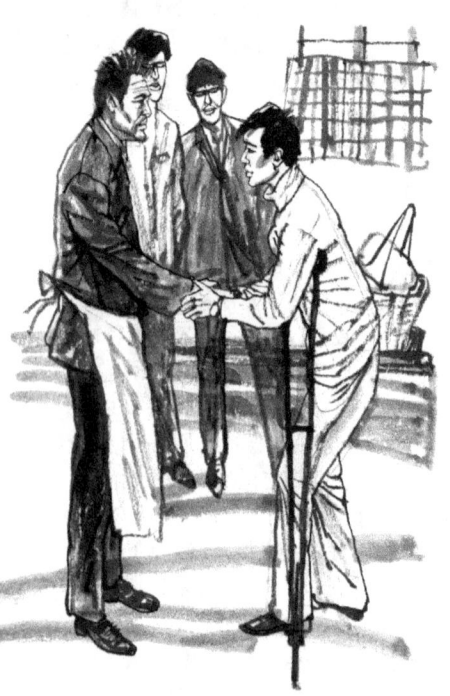

得这份工作太辛苦、太危险。可是杜小胜一没学历,二没手艺,除了干水暖工这样的活,还能干什么呢? 思前想后,杜秋山一狠心、一咬牙,决定自毁誓言,继续把开锁技艺传授给儿子,让儿子继承自己的开锁绝技。

半个多月后,杜小胜出院回家。杜秋山郑重宣布,让儿子辞掉水暖工的工作,从此在家安心跟着他学开锁。

听到父亲的这个决定,杜小胜脸上不动声色,心里乐开了花。当天晚上,他背着父亲,偷偷给一个叫马大板牙的人发了一条短信:"苦肉计成功,老头子已经上钩。"

说起这马大板牙,他是本市一家商业银行的保安,是杜小胜中学时的一个狐朋狗友,也是个不务正业的二流子。

杜小胜第一次行窃销赃出问题后,并不死心。这一回,他准备把父亲的开锁技术全学到手后,再干上几票大买卖。

就在此时,马大板牙来找他了。马大板牙神秘兮兮地对杜小胜说,他现在供职的这家银行管理混乱,保安人员也都特别散漫,平常只有他一个人负责银行的闭路监视系统。只要看准时机,趁银行员工忙着下班比较杂乱时,由他掐断闭路监视系统,就可以神不知、鬼不觉地接近银行的金库,只要杜小胜有本事打开金库上的

电子锁，里面的钞票堆成山，干完这笔买卖，想不成大富豪都难。

马大板牙一番话，把杜小胜说动了心。于是，他便上演了一出苦肉计，先是向父亲发誓悔改，接着便找了份水暖工的工作，然后故意摔断双腿，逼得父亲教自己学开锁。

要说开电子锁，杜秋山可以称得上是全国第一人。十多年前，在一次"锁王"大赛上，杜秋山仅用一根小钢丝，一个上午连开九把型号不同的电子遥控锁、键盘锁、感应锁，把在场来自全国各地的电子锁生产商看得目瞪口呆。这场比赛之后，杜秋山在业界名声大振，赢得了"锁王"的尊称。

在杜秋山眼里，电子锁和机械锁虽然在构造和原理上千差万别，但是万变不离其宗。只要是锁，便会有钥匙能打开它；只要掌握了其中的诀窍，就能施展出手上的功夫，轻而易举地将它们搞掂。

这一次重学开锁，杜小胜学得专心，杜秋山教得仔细。父子二人闭门谢客，一心扑在家里研习锁上的功夫。如此过了数月，杜小胜技艺大增，虽然仍不能望杜秋山的项背，但强将手下无弱兵。此时的杜小胜，在开锁这个行当里，比起那些普通开锁匠，不知要强上多少倍呢！

看到儿子进步神速，杜秋山喜上眉梢，于是张罗着让儿子赶快开一家

开锁店，挂牌营业。可是，杜小胜对开店毫无兴趣，他压根儿就没想过要靠开锁来混饭吃，他的打算就是跟马大板牙去干那种不用下本钱的大买卖。

3. 盗金灭口

俗话说：千防万防，家贼难防。银行里的保安设施虽然非常严密，但是一旦出了马大板牙这个监守自盗的家贼，再加上银行一贯管理混乱，出事自然难免。

这是一个周五的傍晚，临近下班，马路上车水马龙，比平时拥堵很多。负责到这家银行来取钱的运钞车司机，在开车行进到一个十字路口时，突然被后面的一辆小货车重重地撞了一下。

按照常规，银行里的钞票是不允许在银行的金库内过夜的，每天下班时，必须通过运钞车，把钞票运到指定的大型金库中去存放。现在这辆运钞车发生了追尾事故，司机只得马上打电话到银行，通知银行里的员工推迟下班时间，等运钞车处理完交通事故，才能到银行里来取钱。

这一下，银行里立刻像炸开了锅，有叫的，有骂的，员工们纷纷表示不满。

就在大家吵吵闹闹之时，马大板牙神秘兮兮地从银行后门出来，打通了杜小胜的电话，他压低声音告诉杜

小胜，时机已成熟，让他火速赶来。

杜小胜立即带齐了开锁工具，蹑手蹑脚地从家里出来，骑上自行车，直奔银行。当他匆匆赶到银行后门口，便一眼看到了早已等候在那儿的马大板牙。

马大板牙一脸紧张又兴奋地小声说："银行里边的人正乱哄哄地吵闹着，没有人会注意我们，金库外边的监控设备已经被我掐断了，接下来就看哥儿你的了。"

杜小胜神气活现地说："放心吧，我家老爷子的手艺绝对不含糊，这几个月下来，该学的我全都学到了手，不管什么类型的电子锁，哥儿我都敢打包票，绝对轻松拿下。"

杜小胜海口夸得很大，但是真到了金库门口，不由有些发愣了。原来，这家银行的金库采用的是一款最新型的超级防盗型金库门，融合了当今世界上最先进的多种前沿技术，在所有的电子锁里是最难对付的一种。

不过，杜小胜这几个月来的苦功也没有白费，这种锁虽然非常难开，但杜小胜也不是完全没有对付它的办法。只见他仔细观察一阵后，便不慌不忙地取出一个听诊器戴到耳朵上，然后又掏出一截钢丝和一把万能钥匙，小心翼翼地并排插进锁眼里。他用钢丝在锁眼里轻轻活动了两下，同时把听诊器也放到锁眼的上方，仔细听着锁眼里面的动静。

杜小胜这么做是有讲究的，因为这种电子锁有防盗密码，如果一不小心碰到了它的密码装置，就会发出警报声。所以，他才这么小心翼翼地用活动钢丝的方法，去试探电子锁的密码。

杜小胜就这么轻轻地活动着钢丝，弄了好一会儿，还不见有什么动静。直急得一旁的马大板牙满头大

汗，一个劲搓着手催促："怎么样？你到底能不能弄开这锁？"

就在马大板牙心慌着急时，杜小胜终于从听诊器里听到"咔"一下清脆的响声。

"好啦，对上密码了。"杜小胜长吁一口气，脸上露出得意的笑容。

防盗密码问题解决了，底下的事情便好办了。只见杜小胜轻轻拧动万能钥匙，三下五除二，只听"啪"的一声，金库门应声而开。

库门一开，里面的电灯自动就亮了起来。杜小胜身子一挤，便从门缝里钻了进去。

进入金库后，杜小胜不禁有些大失所望。他本来以为，金库里必然一捆捆、一摞摞，到处都堆放着诱人的钞票。可是，眼下金库里的钞票数目，比他想象中要少许多。只是在靠里端的架子上摆放着一小堆钞票，看样子，顶多不过三四百万。

"这么大一座金库，怎么才放这么点儿小钱儿？浪费，太他妈浪费资源了。"杜小胜气呼呼地骂了一句脏话。

站在门口的马大板牙却心急火燎地说："多少是个多呀？先把这钱弄出来再说，咋着也够咱哥俩儿潇洒一阵子了。"

杜小胜听了一笑，说："那倒是，虽然比我想象中少，但这已经是我这辈子见过的最大一笔钞票了。"杜小胜一边说着，一边抱起一堆钞票递给了站在门口的马大板牙。

马大板牙接过钱，急忙往随身带着的皮包里塞。

几个来回之后，金库里的钱只剩下最后大约十多万元了。杜小胜只需再把这点钱拿出来，便可以与马大板牙逃之夭夭，从此过上神仙般的有钱人生活了。

可是，就在杜小胜刚一转身，准备去拿那十多万元时，突然听到身后"吱呀"一声响动。他急忙回头，只见马大板牙露出大板牙，狞笑着伸手将金库的防盗门狠狠地关上了，并随手按开了对讲系统的按钮。

"我操你祖宗十八代，马大板牙，你他妈想黑我。"杜小胜惊叫一声，边骂边朝库门冲去。可是已经晚了，杜小胜还没冲到门口，金库里便成了黑暗世界。

此时，金库外面响起了马大板牙得意的奸笑声："哥们儿，这个盗窃银行钞票的黑锅你就替我背吧，哥哥我可要带着钱，到外面的花花世界享受去喽！"

杜小胜叫道："大板牙，你他妈还讲不讲江湖义气？"

马大板牙笑着说："别傻了，哥们儿，这年头江湖义气值多少钱一斤？"

杜小胜哀求道："求你了，哥们

儿，看在咱们多年交情的份儿上，快想想办法把我给弄出去，这么着，钱全归你，我出去后要是分你一毛钱，我是你儿子，这总行了吧？"

马大板牙摇着头说："得了吧，我可不信你那套鬼话。"

杜小胜威胁说："你可别忘了，老子要是被公安给逮住，你也没好下场，老子非把你给供出来不可。"

马大板牙冷笑着说："想供出我？做梦吧你，哥们儿我早就防着你这一手呢！你知道这个金库还有一个功能吗？那就是密封特别严实，并且里面还有一套专门的抽风除湿设备，我现在只要一按动电钮，十分钟之内，金库里的空气就会被全部抽光，哼，到时候里面便成了真空状态，我就不信，你在真空里还能生存，还能等到警察来了告我，你可真能开玩笑啊。"

杜小胜一听，又惊又怕又绝望，只好继续苦苦哀求着马大板牙。

但是，马大板牙铁了心要置杜小胜于死地。他冷冷地说："这事可怨不得哥们儿我心黑，你必须背这个黑锅。说实话，想让你背这个黑锅不是一天两天的事儿了，这是我早就预谋好了的，"马大板牙说到这里时，犹豫了一下，才接着说，"兄弟你要是到了阴间，别惦记着找哥哥我报仇，哥哥我也是迫不得已才这么做的，你死

了，可以救很多人的命。天一亮，公安就会来给你收尸，到时候哥哥我带着这四百万，早已亡命天涯去了。"

说到这里，马大板牙一狠心，抬手按下了抽风机的电钮，然后转身准备走人。

可是，马大板牙刚一转身，突然发现身后竟还站着一位老人。马大板牙大吃一惊，与此同时，那位老人举起手中的警棍，狠狠地朝马大板牙头上砸来。

马大板牙肩上背着一大包钞票，躲闪不及，"砰"的一声，他那大脑袋当场便被老人的警棍打开了花。

马大板牙只觉眼前一黑，脚下一软，晃了两晃，"扑通"一声摔倒在地，晕死了过去。

4．断手救子

打昏马大板牙的老人不是别人，正是杜小胜的父亲杜秋山。

自从儿子突然改变态度，重新跟着自己学习开锁技术以来，杜秋山嘴上没说过什么，可心里一直在犯嘀咕。一方面，他盼望着儿子真能痛改前非，从此走上正道；可另一方面，他又担心儿子故伎重演，再拿重新做人作幌子，骗了自己的开锁技术再去盗窃。所以，杜秋山在教儿子开锁技艺的同时，在暗中时时刻刻都留了个心眼，悄悄观察着儿子的一举一动。

就在杜小胜拿了工具，偷偷溜出

家门之时，杜秋山在自己房里早已听到了杜小胜开门的动静。他顿时起了疑心，悄悄尾随着杜小胜下楼，一路跟踪了下去。

在银行门口，杜秋山看到杜小胜与一个鬼鬼祟祟的家伙接头，便觉得事情有些不妙。接着见杜小胜与那人进了银行，久久不见儿子出来，他也悄悄捅开银行后面的卷帘门，进来一看究竟。

进了银行，杜秋山循声一路摸到金库附近，刚巧看到马大板牙关闭金库大门的一幕。

当杜秋山听到这个坏家伙要把儿子害死在金库里的时候，出于保护儿子的本能，杜秋山顺手操起墙上挂着的警棍，蹑手蹑脚走到马大板牙的背后，在马大板牙转身的一刹那，他用尽了全身的力气，结结实实的一警棍将马大板牙打晕在地。

在马大板牙倒地的同时，金库里响起了杜小胜惊恐而又痛苦的尖叫声。

抽风系统已经启动，这套系统是全自动的，一旦开启便停不下来，直到金库里的空气完全被抽空为止。即便拉断电闸，机器上的自动发电系统也会同时启动。现在要救杜小胜的唯一办法，就是得在十分钟之内打开金库大门。

此时，杜秋山身上一件专业的开锁工具都没有带，光凭一只手，要打开如此高精尖的电子防盗锁，简直比登天还难。杜秋山急出了满头大汗。

焦急之中，杜秋山脑海中突然想起了开锁行业中最冒险、最犯忌的那一招。可在这种危急的情况下，也容不得杜秋山再去多想，为了救儿子的命，再犯忌的招数他也要使出来搏一搏。

于是，杜秋山操起警棍快步走到金库门前，认准了电子锁键盘的位置，用足全身力气，狠狠地砸了过去。

只听"砰"的一声，电子键盘被砸了个粉碎，露出了后面一个黑乎乎的深洞，随之刺耳的警铃声响起来了。

杜秋山顾不得理会警铃，而是一抬手便伸进了黑洞里。

杜秋山知道，在电子键盘的后面，就是控制整套电子防盗锁系统的总阀所在地，只要能摸到那个总开关，轻轻一扳，金库门便会随即打开。但是这一招又是开锁之人从不肯轻易使用的，那是因为一旦那个总开关被扳开，里面几道控制锁点的杠杆便会立即缩回，杠杆往回一收缩，势必要将开锁人的手挤成肉酱。这种开锁法，简直就是在玩命，所以才会成为开锁行业中的大忌。

但是为了救儿子，杜秋山已经顾不上这么多了。他的手在黑洞中小心地摸索着，终于摸到了那道总开关，杜秋山一咬牙、一闭眼，使劲地扳了回来。只听"啪"的一声轻响，锁开了，可与此同时，他猛地感到手上传来一阵钻心的疼痛，十指连心，他痛得惨叫一声，便晕了过去。

金库里的杜小胜本以为自己死定了，周围的空气越来越稀薄，呼吸越来越困难。他开始绝望了，对于有的人而言，也许只有当他在将死之际，才会反思自己的一生，杜小胜便是如此。杜小胜觉得自己死得冤枉，竟然被朋友暗算；但又觉得死得不冤，因

为这一切全是自作自受。

这一刻，杜小胜还想到了一直疼他、爱他、关心他的父亲。杜小胜觉得，自己欠父亲的太多太多了。父亲老了，身边需要有儿女照顾，可是自己再也不能在父亲身边尽孝了。杜小胜越想越后悔，越想越绝望。可是，就在他最绝望的时刻，金库门突然打开了，灯亮了，一阵清新的空气涌了进来。

杜小胜本能地从地上爬起来，飞快地从门缝里钻了出来。可是，当他一钻出金库，看到晕死在地上的马大板牙与父亲时，杜小胜心中一颤，马上明白了刚刚发生了什么。

父亲的右手已经齐腕而断，鲜血仍在喷涌着。

"爸……"杜小胜发出了一声撕肝裂肺的哭喊。接着，他"扑通"一声跪倒在父亲的身前，急忙将父亲的右手臂举高。

此时，杜秋山渐渐地恢复了神志。他睁开眼睛的第一句话就是："快，小胜快跑，警察马上要到了，别让警察看到你。"

"我不走，"杜小胜被父亲那毫无保留的深爱感动了，他泪眼模糊地哭着说，"我要是走了，你怎么办？他们会把你当成窃贼抓起来的。"

"傻孩子，爸爸已经老了，无所谓了，只要你从今往后好好做人，爸爸就心满意足了。"

此时，杜小胜真正体会到了父爱的无私与伟大。在此之前，他一心追求财富，可是直到现在他才明白，只有爱，才是人生中最大的一笔财富。从他降生的那一天起，这笔财富便一直陪伴在他左右，只是一直被他忽视着，甚至是视而不见。这一刻，杜小胜热泪长流，痛不欲生。

5. 案中有案

这一次，杜小胜没有让父亲再替自己顶包扛罪，他拨了120急救电话后，便流着泪等待医生来抢救父亲。

与此同时，那刺耳的警铃声惊动了银行里的工作人员，他们从各自的工作场所奔了过来，迅速将杜小胜父子和马大板牙包围了起来。

又过了大约五六分钟，警车呼啸着赶来，带队的仍是刑警队的小马。

一辆警车将杜秋山和马大板牙送进了医院，另一辆警车把杜小胜送进了拘留所。

一进公安局，杜小胜便竹筒倒豆子，把一切全都交代了。接下来的几天，小马和他的同事们便开始了忙碌的调查侦破工作。

几天之后，调查结果出来了：这件案子并非盗窃那么简单，居然是案中有案。

原来，就在几个月前，这家银行的几个主管挪用公款去炒股，结果赔了三千多万。为了填补漏洞，他们买通了马大板牙，让马大板牙瞅准时机，自导自演一幕银行失窃案。一旦马大板牙得手，银行便会虚报被盗现金数量，从四百万增加到三千四百万。这样一来，他们挪用公款的亏空自然可以被填补上了。为了给马大板牙的盗窃计划制造下手的机会，银行的几个主管还煞费苦心地重金雇了一名小货车司机，让他开车尾随来银行取钱的运钞车，在车流最密集的十字路口猛撞运钞车，故意制造一起严重的追尾车祸。运钞车出了车祸之后，

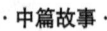

几个主管趁银行里一片混乱之际，悄悄支走金库外的保安员，并吩咐马大板牙赶紧动手。

为了让公安机关相信这里确实发生了盗窃案，这几个主管还指派马大板牙把杜小胜困死在金库里。这样一来，侦查人员在现场一旦发现了杜小胜的尸体，自然会联想到这是一起外部人员潜入金库的盗窃案，就不会有人往内部人员监守自盗的方向去猜想了。

这么说起来，杜小胜在这个案子中倒成了一个被害者、替罪羊。尽管如此，杜小胜的盗窃罪名仍然成立，因为他毕竟是主动参与了这起盗窃行动。

不过在协助公安机关侦破这起挪用公款案中，杜小胜的态度积极主动，有立功表现，所以最终法院在为他量刑时，对他来了个从轻判处。

杜小胜被判刑那天，杜秋山也已经伤愈出院了。

锁王赖以成名的右手断了，从此，他再也无法从事开锁这个行当了。但是，杜秋山依然觉得十分欣慰，那是因为儿子的心锁终于被打开了。这，已经足矣。

（题图、插图：杨宏富）

绿版编辑部各编辑邮箱：
夏一鸣：gshxym@163.com
邢　悦：simyyue@126.com
王雅静：wyjing833@sohu.com
朱　虹：zhong98305@sina.com

为广大故事作者提供免费进修机会

本刊第十二期故事创作研讨班招生

为培养故事创作的骨干力量，本刊将于2007年5月在上海举办"《故事会》第十二期故事创作研讨班"，将邀请有培养潜力的新作者来沪学习。会议期间，编辑部将组织各类富有针对性、实效性的学习活动，使参加学习的作者在故事创作方面取得新的成效，从而缩短作为一个故事作者的成熟周期。**凡录取者，差旅食宿等费用均由本刊承担**。

参加研讨班的条件：编辑部以培养故事创作人才为目的，所有报名者，不论资历，公平竞争，以作品和创作潜力为衡量标准。具体为：1.提供本人创作简历一份；2.提供数篇新创作的故事；3.需注明本人真实姓名及联系方式。报名时间至2007年4月15日结束。

来稿方法：1. 从邮局寄发，请在信封上注明"参加研讨班"字样，本刊地址：上海市绍兴路74号《故事会》杂志社，邮编：200020。2. 从网上传递，可发以下信箱：wulun@vip.sohu.net，也可发至各责任编辑信箱，请在主题上注明"参加研讨班"字样。本期责任编辑的信箱是：zhong98305@sina.com。

妇女之宝

□竹 韵

李局长最近迷上了书法，而且专练狂草。为啥呢？因为书法不像别的可以速成，颜体柳体的，没有三五年的功底拿不出手啊。只有狂草比较能蒙人，只要让别人认不出来就行。另外，还专写繁体，这显得更有学问啊。

这下子，李局过足了题字的瘾，没想到上行下效，全局上下开始跟风起来，局长给题大匾额，处长就给题条幅，小组长之类的实在没什么可题，就给卫生间写两个字：男、女。

一天，李局的老友来访，李局热情接待，安排在刚刚建成的龙腾宾馆。老友刚进宾馆大厅便爆出一阵大笑，李局给笑愣了，就问："笑什么？"老友指着宾馆正墙上的一幅题字，笑得连气都喘不匀了："快看，我到过那么多家宾馆，还没见过题这个字的！这到底是宾馆还是药店啊？怎么

写着'妇女之宝'？"

李局抬头望去，那笔迹他认得，出自自己之手，可自己明明题的是宾至如归啊！从右向左，繁体，狂草。天哪，老友这一说，倒真的像"妇女之宝"！李局尴尬得红了脸，服务员不认识李局，一脸不屑地说："不光你这么念，基本上来这儿的人都念成妇女之宝，还说我们老板太有幽默感了，别出心裁请个妇科医生来题字。"

老友止住笑，眯起眼睛看落款："让我看看，这到底是哪个妇科医生给题的？"李局吓了一跳，赶紧扯着他快走，老友却来了兴致，凑过去仔细看了半天，突然爆笑一声："你们看，难怪题的是妇女之宝，原来是木子美给题的！"

李局一听，差点儿昏过去，他的名字叫李善，狂草实在写得狂了点儿，李字写得太开，善字写得太草。不过，他转念一想：木子美就木子美吧，总比被老朋友当成妇科医生强！

李局死命拉住还想仔细看下去的老友进了包房。酒至半酣，李局忽然内急，起身去卫生间，可顺着走廊拐了好几个弯也没看见。李局一张脸急得通红，好不容易在一处包房前看见个服务员，赶紧问卫生间在哪里。

服务员优雅地做了个请进的手势："这就是，您里面请！"李局气坏了："怎么也不弄个标志？"服务员道歉："真对不住，刚开业，设施还不完备。"李局更气了："买一个标志牌挂上不就行了！"服务员赔笑道"这事可不简单，按次序，这卫生间三个字应该由张科长来题，可他出差了，我们得给他留着，等他回来再补上。"

李局顾不上理论，急忙进去，刚拉开门，就听一声尖叫，一个女士紧捂着裤子一脸惊恐。李局吓得一迭声地道歉，赶紧跑出来，服务员也正跟进来："您急什么呀，我还没说完呢，左边是男，右边是女，题男女的那位副科长也出差了，所以老板特意让我守在这儿给客人指路。"

李局的脸早已由红变紫，他咬牙切齿地瞪着服务员："是不是左边进去就可以方便了？不会再有谁出差忘了题字吧？"服务员一笑："放心吧，暂时没有了。不过没准儿哪天里面会再分得详细一些，比如写上蹲或者坐，好给小组长之类的预备着题字。"

太不像话了

□ 申之珉

小盛最近发现自己开始脱发，而且光秃后脑勺。这下可好，前面"郁郁葱葱"，后面是"不毛之地"。

幸好年轻人脑子活络，小盛灵机一动，便将发型由"偏分式"改成了"后背式"。还甭说，这一改反倒有了点乐队指挥的风采，再加上他在音乐上还真有点水平，大家都改口叫他"指挥家"了。

这天，工会主席把小盛叫到办公室，说："市总工会最近要搞一次合唱比赛，听说这次比赛专门设了指挥分，你这个'指挥家'可得积极点，咱厂能不能夺得好成绩，就全看你啦！"

小盛一听，拍着胸脯说"主席放心，保证完成任务！"

比赛的日子很快就到了，组委会专门请来几位老艺术家做评委，分别负责给各个单项打分，最后综合评出成绩。等到几个单位唱下来，小盛心里便有了底："哈，就凭咱这实力，准是冠军！"

轮到小盛单位演出了，大幕徐徐拉开，只见小盛身穿燕尾服，风度翩翩地走到了台中央。他先朝观众和评委深深鞠了一躬，然后回转身来，手中的指挥棒一抖，音乐响起，台下顿时报以一阵热烈的掌声。伴随着旋律，小盛长发飞扬，全身抖动，完全投入，直待大幕徐徐拉上，队员们纷纷涌来与他握手拥抱祝贺时，小盛才似乎从音乐中清醒过来。

打分时，只见给指挥打分的那个老评委气呼呼地从后排走回评委席，嘴里嘀咕着："太不像话了，太不像话了！"过了一会儿，主持人一报分数，小盛单位的指挥分竟然是零分。

主持人惊讶地问评委，为什么给了零分。老评委余怒未消地说："太不像话了！我刚才出去了一下，来不及回座位，就在后排看了他们的演出，发现这个指挥很不像话，头发长得遮住脸不说，演出的时候还面朝观众，极不规范……"

师傅还留一手

□ 谢元清

有个小伙子跟田师傅学石雕，进步很快。一天，小伙子支支吾吾地说："师傅，徒儿的手艺已学得差不多了……"

"想出师？"田师傅看了小伙子一眼，"好啊，才念三天经就想当和尚啦！既然你学会了，那就出师吧！"小伙子打点行装，与田师傅辞别了。

回家不久，小伙子就揽到了一笔雕108尊罗汉的活儿。小伙子的手艺果然精湛，一尊尊罗汉雕得无可挑剔，人见人夸。然而，当他做最后一道工序——打磨罗汉手指时，却傻了眼：无论他怎么小心，手指总是会折断，接连试了几次都磨不出一只完整的手指。这下小伙子的汗下来了：难道师傅还留一手？

第二天，小伙子忙提着礼品来到师傅家，诚惶诚恐地把这事说了一遍。田师傅没吭声，只是点了根烟，猛吸一口，拉长声音说："好烟啊——"

小伙子顿时开窍了：师傅不是喜欢抽烟吗？他赶紧到外面买上一包好烟，再次来到师傅家请教。哪知，田师傅接过香烟后，"扑哧"一笑，抽出一根，放在鼻子下闻了闻，赞许道："好烟——"

小伙子一惊：还要烟啊？他咬咬牙，又买了一条烟，毕恭毕敬地说："师傅，您有什么绝招，快说吧！徒儿那里工期紧，耽搁不起啊！"不料，田师傅收了香烟后，仍然不紧不慢地说："好烟——"

小伙子再也按捺不住了，涨红着脸说："师傅，你……你到底还要多少烟，你就明说吧……"

这时，一旁的师母过意不去了，给小伙子递了个眼神，说："咳，你怎么没跟你师傅一样学会抽烟呢……"

给自己
戴了一副铐子

□ 陈 伟

熊风光在城郊开了家废品收购站，一天从一个拾荒者手里收上来一副旧手铐。他觉得挺新奇的，就拿在手上比划着，心想：这玩意就是神啊，再蛮横的家伙，只要拿这往他手上一铐，最后没有不俯首称臣的！熊风光想着想着就不由自主地往手腕上一套，"咔"的一声，竟然真给锁上了。

熊风光愣神了半分钟，傻眼了：没有钥匙，这这怎么弄开啊？他赶紧找来钉子、起子、铁丝，铆足了劲，累了一头的汗，无奈那铐子像长了牙似的，紧紧咬住他的手腕不放。熊风光最后一恼一急，索性不管三七二十一用手乱拍乱扯起来，谁知那铐子非但没松一点，反而咬得更紧了，手腕都箍得发紫发麻了，再不想办法这手腕

就要被箍断了。熊风光这下才彻底慌了神，也顾不得那么多了，拿条毛巾搭手腕上一遮，一溜烟地往外跑。

熊风光大汗淋漓地跑到一个修锁摊上，修锁师傅正撅着屁股给一个中年妇女配钥匙。熊风光小心翼翼地弯下腰："师傅，你这儿是不是什么锁都

哪知，话说一半，田师傅干咳了几声，师母把话噎了下去。

小伙子觉得师母话里有话，难道雕罗汉真的跟抽烟有关系？于是，第二天，他在打磨手指时，活干到一半，停下来学抽烟，刚抽一口，就呛得他鼻涕眼泪一起流。小伙子忍着把一支烟抽完，接着再干，神了，一只完整的手指做成了！

小伙子找到了窍门，喜出望外，跑到师傅家报喜讯，并问这里面有没有什么道理。

师傅哈哈笑道："你怎么聪明一世，糊涂一时？石头连续打磨容易发

热，我中途停下抽烟，是让它自然冷却，这样就不会断了。"

小伙子惊讶不已："哦，原来如此！这么说，干我们这一行的非学会抽烟不可喽？我可不会抽烟呀！"

田师傅把脸一板，说："谁让你学抽烟了？抽烟既浪费钱，又危害健康，你可千万别学呀！"

小伙子不解了，问："师傅，既然您知道抽烟的危害，咋就抽啊？"

田师傅白了小伙子一眼，没好气地说："你以为我天生就爱抽烟啊？还不是学这道工序时，给我师傅弄上瘾的！"

·幽默世界·

能开啊？"师傅听了冲他眼一瞪说："你这叫什么话嘛！没有金刚钻能揽这瓷器活吗？你没看门口的广告牌上写什么了吗？包开各种锁，要不能号称'锁王刘'吗？"

熊风光一听，赶紧把搭手上的毛巾拿下了。修锁师傅一下子眼睛瞪比灯泡还大，颤抖着一连从牙缝里冒出三个"你、你、你"。一旁的中年妇女也"妈呀"一声吓得浑身发抖，双手捂住脸再也不敢吭声了。

熊风光给他俩解释了半天，愣是谁也死活不相信，最后修锁师傅战战兢兢地抖着声音说："我无能为力，你、你还是另请高明吧！"

熊风光无可奈何地跑到隔壁另一个修锁摊上，还没走近，年轻的修锁匠就惊恐万分地连连摆手说："你、你别过来，我也开不了！"

熊风光傻眼了，他正想往第三个修锁摊走时，就被两辆"呜呜"鸣叫的警车包围了："不许动，警察！前面的这位，双手抱头，蹲下！"

熊风光这下才知道坏了：一定是刚才的那位修锁师傅把他当成越狱的逃犯，还报警了！他想解释，可还没来得及张口，就被警察一把摁倒在地，押上了警车。

一进公安局，感觉比窦娥还冤的熊风光咧开大嘴，把事情的经过向审他的警察重述了一遍，最后，神情激昂地晃着手腕上的铐子叫嚷："你们这是干吗？诬陷好人，不分青红皂白就把我给抓到公安局来了？我、我要上告你们！"

警察确实没在他身上查出啥问题，但为了安全起见，还是没有立即放人，而是通知熊风光的家人来领人。

过了一刻钟，一个微胖的中年妇女风风火火地赶过来了，一看见熊风光手腕上明晃晃的铐子，愣了一下，随即"哇"的一声，就扑在他身上大哭起来了："孩他爸呀，我平时是跟你咋说的啊？杀人偿命，欠债还钱，这是早晚的事啊。让你把收破烂时捡到的一千块钱交公，你偏偏不听，咋样？这一下就不就完了吗？呜呜——"

这里没厕所

□扈国臣

汤姆爱好自助旅游，这次他来到非洲一个自然风景区，还雇了个当地人作挑夫，帮他挑行李。

走着走着，汤姆突然感到内急，就比划着问挑夫："这里哪儿有厕所啊？"挑夫笑了，指着不远处的一个半截墙头说："这里没有厕所，我们到了这里想方便时，都在那个墙根下解决。"汤姆没办法，赶紧奔到墙根下，痛痛快快地"解决"了一把。

完事后，汤姆觉得轻松了许多，不禁游兴大发，继续前进。走了一个时辰，汤姆又感到一阵内急，他四下看了看，别说厕所了，连先前那样的小墙头也不见一个，可四周的游客还是不少。他只好再次请教挑夫："哥们儿，这附近哪有墙头啊？"挑夫无奈地摇头说："这附近没有墙头，我们到了这里想方便时，都在那棵树下解决。"汤姆顺着挑夫所指的方向一看，不远处果然有一棵碗口粗的大树。

汤姆奔到大树跟前，看着四周三五成群的游客，实在不好意思"方便"，就忍着继续往前走。

可眼看前面的草原越来越辽阔，身边的游客却丝毫没见少，看来别人的兴致也很高，大有不走到尽头不罢休的气势。

又走了一会儿，汤姆实在忍不住了，再看看周围，坏了，连棵树都没有了！只好哭丧着脸问挑夫："哥们儿，你们平时要是走到这里，想方便怎么办呀？"

挑夫狡黠地笑了笑："一般游客到了这里，是一点儿办法也没有，只能憋着！不过看在你今天雇了我的份上，我就把我们挑夫的绝招告诉你。"

汤姆憋得满脸通红，急忙说："谢谢了，你快说，我实在是憋不住了！"

挑夫放下担子，抽出那根又窄又长的扁担，用力往地上一插："喏，就在这儿解决吧！"

智能

□ 朱闻麟

防盗门

王教授自从家里被盗后，下定决心自行研发新型的智能防盗门。工夫不负有心人，终于新型的智能防盗门上了岗，为此报纸上还作了专题报道。

刚好有个惯偷也看到了那则报道，他想，自己什么样的门没见过，还不是一样轻轻松松就搞定了，再说自己白天时间大多泡在网吧里，多少也算是半个电脑专家了，因此就不信这个邪，看清了报上写的地址后，就想会一会这扇智能门。

惯偷就是不一样，也不急着下手，而是装成收旧货的先到教授所在的小区侦察了一番，了解到教授白天家里没人，因此就来了个白日闯。

教授家在三楼，惯偷三步并作两步就上了楼，拿眼睛的余光扫了一下几个墙角，确认没有安装摄像头，于是就放心大胆地研究起了那扇智能防盗门。

要说这门在外表上与普通的防盗门没多大的区别，只是在门的正中央多了一个小小的电子屏，边上还有一排按钮。惯偷用手轻碰了一下门，那个显示屏上就跳出了一行文字："欢迎使用智能防盗门，开门请按确认键。"惯偷找到了那个"确认"键按了一下，随后屏幕上又跳出一行字："请回答下面的问题，答对三题门将自行打开。"

惯偷想，自己读书时最怕回答问题了，只能硬着头皮试一试。正在这时，题目出来了："1加1等于几？"一看到这个问题，惯偷险些笑出声来，正想按下2字键，一想不对，问题不可能这么简单，会不会是有意考验人，于是试着按下了3字键，不想屏幕上随即出现了礼花"恭喜你，回答正确！"随后又跳出："你现在在几楼？"这不是三楼嘛，惯偷又想按3，但最后还是想当然地按下了4字键，屏幕上又是礼花又是恭喜。"你是这家的主人吗？是按1，不是按2，不清楚按3。"对于这题，惯偷毫不犹豫地按下了1字键。

这时奇迹出现了，只听得"啪"的一声，防盗门打开了，透过防盗门往里一看，里面的灯也在相继打开。惯偷可高兴了，谁说智能的东西攻不破，自己不还是三下两下就搞定了，于是大步走了进去，身后的防盗门自行关闭了。

也许是太相信防盗门了，里面不仅所有的房门没关，就是书桌、衣柜什么的也都没有上锁。因为知道教授家白天没人，惯偷也就不慌不忙地一间间翻起了值钱的东西，好不容易把所有值钱的物品打了包，这才心满意足地准备离开。

当他走到防盗门前时，一看吓了一大跳，这门上写着："开门请按110！""110"可是他平生最惧怕的。这门真的特别，除了门边有个数字键外什么也没有，还是从窗户或别的地方出去吧，可找遍了所有的房间，愣是没有找到一个窗户。这是什么鬼房子，连个窗户都没有。

转了几个圈，还是回到门边，取出随身带来的小撬棒，可门上连个锁孔也没有，而且门缝也很小，自然一点用场也派不上。看看实在没办法，只得试着按下防盗门上的110键，然而门却一点反应也没有，连试了好多次，还是没有反应，再试按别的数字也是如此，惯偷急得双脚跳，只得用力敲门叫人。

就在这时，门"啪"的一声开了，惯偷正想出去，却与门外的人撞了个正着，抬头一看却是教授，后面跟着两个警察。

教授冷笑着说："你小子智能的也敢偷，告诉你吧，这门是我特地为你们这些人设计的，那些问题随便答什么都对，没想到吧。里面的键可是万万按不得，你一按，我手机上就反应出来了。"

"你的房子怎么没有窗户？"惯偷绝望地问道。"不会吧，你回头看看。"惯偷回头一看，只见每个房间都有窗户，而且还没装防盗栏，惯偷更是一头的雾水。

教授笑着说："你用显示屏开门，那些安装在窗户上的防盗板就会自动把窗户封起来。不过，考虑到你们不习惯，所以开门的同时，所有的灯会自行打开，这样里面就显得很明亮了。"

惯偷还是不解："那现在怎么有窗了？"

教授扬了扬手中的磁卡，说"这个嘛，因为我一直是用磁卡开的门，当然就很正常了，你那是非正常开门！"

距地铁最近的旅馆

□ 王庄子

小胡第一次到省城出差，临行前朋友提醒他，省城是著名的"堵城"，要想出行方便，就得找一家离地铁近的旅馆。

刚出火车站，小胡正琢磨着该往哪边走，就听见一声吆喝："快来啊，本旅馆距地铁站最近，不到两百米！"小胡心一动，心想这两百米的确挺近的，忙走过去。可还没走两步，就被另一家旅馆的工作人员拦住了，说他们旅馆距地铁更近，不到一百米。小胡更高兴了，抬腿要上这人的车。可旁边又有个人吆喝道："本旅馆距地铁不到五十米，要住的快上车！"

小胡喜出望外，毫不犹豫上了那辆车……

第二天一早，小胡出去办事。出门前，他特地向旅馆服务员问清最近的地铁站在哪个方向，然后拔腿就走，但一直走了好几个五十米也没看到地铁站的影子。走了近一个小时，他气喘吁吁地问路人快到地铁站了没有，人家告诉他最少还要走两三里路才能到。小胡气得头顶生烟，原来自己被拉客的给骗了！他实在咽不下这口气，事情也不想去办了，决定回去"讨个说法"。

小胡直接坐公交车回到那家旅馆，找到昨天在火车站拉客的人，指着他气愤地问："你怎么可以说这旅馆距地铁才五十米？明明到最近的地铁站要走好几里。"

那人一脸无辜地说："我说的没错呀，这里离地铁就是不到五十米！"

小胡一听，火冒三丈，拉着那人就往外走："什么？到现在你还这么说，那你跟我去走走看，往哪儿走五十米能到地铁站！"

"我可没说地铁站，我说的是距地铁不到五十米！"那人指着地面对小胡解释道，"我们旅馆建在环线地铁的上面，从这往下不到五十米肯定有地铁，不信你挖开看看！"

□ 郭　敏

艺术品位

最近有个外商要来公司洽谈业务。马总探听到那个外商特别钟情艺术品，尤其是维纳斯女神像，他灵机一动，赶紧派小刘去买一车子的维纳斯雕塑品，并且千叮咛万嘱咐小刘：一定要摆放在公司的各个角落，外商可能经过的任何一个地方都不能漏掉！

小刘不禁惊讶地问："马总，怎么要放这么多啊？"

马总胸有成竹地说："小刘啊，这你就不懂了！外商既然那么喜欢维纳斯，我们这么做，不就正好展现了我们企业的艺术氛围了吗？外商会认为我们是一个很有艺术品位的公司，值得投资。我看就这样，一定要给外商留下一个良好的外部印象。"

小刘点头照办了。

第二天，外商来了，马总殷勤地陪同他参观了公司大楼的各个地方，当他看到那些摆放得错落有致的维纳斯雕塑品时，不住地点头，伸出大拇指夸道："不错，不错，真有品位！"

回到会议室，外商正准备签署投资意向书时，突然感到有些内急，就问马总卫生间在哪里。马总急忙亲自领外商去，心里还得意地琢磨着：幸亏我见多识广啊，最近国外挺流行厕所文化，在厕所里都能品茶喝酒，摆上一件艺术品不是更显得有艺术品位吗？看来这回外商的投资绝对万无一失了！外商肯定满意到底……

马总正自我陶醉着，忽听卫生间里传来一声刺耳的惊叫，他还没回过神来，只见外商满脸怒色地跑出来。

马总惊讶地问："怎么啦？"

外商冲着他嚷道："你们不分男女吗？你们难道不清楚维纳斯是女性吗？把她摆在男厕所里，对她就是一种侮辱。我看你们根本不懂什么是真正的艺术！"说完头也不回地走了。

剩下马总呆愣在原地，喃喃自语着："维纳斯不能放在男厕所？"

（本栏绘图：顾子易 王俭 陈升立）

·幽默世界·

本期游戏难度指数：
★★★☆☆

世界500强面试题

五兄弟的房间

小明和他的四个兄弟分别住在互不相通的五个房间里，每个房间都配有两把钥匙。怎样才能保证这五兄弟随时能进入每个房间？

（王 雁 供稿）

福尔摩伍的问题

二氧化碳谋杀案

一个夏天的中午，女主人死在密闭的卧室里。警察勘查了现场以后，判定女主人是因二氧化碳窒息而死，并推测说是女主人在沉睡时，吸入过量的二氧化碳致死的。

卧室的窗门都关得紧紧的，因此不可能从室外输入二氧化碳，而卧室里除了女主人情人送来的半箱冰激凌外没有其他东西。福尔摩伍立刻说是情人杀死了女主人，你知道为什么吗？

超级视觉

危险的大桥

看，大桥上迎面开来了两列火车，多么危险啊。可是，仔细看看，这两列火车会相撞吗？

答案

福尔摩伍的问题

半箱冰激凌是用干冰来保藏的，干冰就是固态二氧化碳，挥发之后，令室内充满了二氧化碳，女主人因而窒息死亡。

五兄弟的房间

这五个人每人一把锁，把自己房间的门锁上，另一把锁锁在下一个房间的门上，第二个人房间的门锁在第三个人房间的门上……以此类推。这样，每个房间的门都有两把锁。每人开自己房间的门，又开下一个房间的门，这样多的房间，这样五兄弟就能随时进入每个房间。

www.ingramcontent.com/pod-product-compliance
Lightning Source LLC
Chambersburg PA
CBHW051931220626
47052CB00004B/652